現實與詩意

馬華文學的欲望

黃錦樹

目次

自序——現實的詩意，詩意的現實 005
（附：《馬華文學批評大系・黃錦樹卷》跋） 014

卷一 現實

華文文學——作為一種民族國家文學？ 021
（附：「為什麼要讀馬華文學」？） 035
「此時此地的現實」——重探「馬華文藝的獨特性」 037
香港—馬來亞——熱帶華文小說的兩種生成，及一種香港文學身份 068
從華人史看馬華文學——現實主義問題的駝鈴個案 091
為什麼失敗的革命需要小說？——再論「馬共小說」 108
後五一三時代的「一個大問題」——馬華文學作為流亡文學？ 128
（附：〈大山腳盆栽〉） 149

卷二　詩意

尋找詩意——馬華新詩史的一個側面　157
論非詩　191
空午與重寫——馬華現代主義小說的時延與時差　213
「滿懷憧憬的韻母起義了措詞」——論陳大為的「野故事」　258
「馬華文學的背後有個民國的影子」——試論馬華文學的「民國」向度　284
南方華文文學共和國——一個芻議　307

附錄

花踪——一場文學運動？　334
馬華文學裡的橡膠樹——我們的情感記憶，我們的「窠臼」　344
別再「華語語系」　365
金枝芒的《饑餓》和我們的貧困　384
馬華文學的欲望——一個「文學性」的故事　389

引用書目　404
論文原發表處　435

自序
——現實的詩意，詩意的現實

自一九九一年開始發表馬華文學論文以來，不知不覺三十年過去了，我的馬華文學研究也差不多到了盡頭。這是我第三本馬華文學論文集，共收十六篇文章。略分為三卷，正文兩卷各六篇論文，及附錄一卷五篇文字。

最早的一篇文章是發表於二〇一三年的〈尋找詩意——馬華新詩史的一個側面〉（是年也「重審開端」），原本是想就《尋找詩意》寫一本小書的，但計畫趕不上變化。這些年一有機會，差不多每年都會寫一點，大部份是應研討會或演講的邀約，有的且已收進二〇一五年出版的《華文小文學的馬來西亞個案》。

〈華文文學——作為一種民族國家文學？〉是應邀為「華文文學研究二〇一八高端論壇」會議而寫的（原來的題目更為挑釁——〈華文文學：作為（準）民族國家文學或流亡文學？〉），從華人史的角度，思考一下台灣文學本身的「華文文學情境」，既然它已義無反顧的朝向「有國籍」之路。在這條路上，台灣文學愈來愈像大馬建國後的馬來文學，也愈來愈像「有國籍」的馬華文學。

二〇一八年杪汕頭的那個會，讓我再度體驗大陸華文文學研究的高度政治化，及學術上的嚴重停滯。許多三十多年前「海外華文文學」這學科剛開始被發明時的老問題，竟然還不斷被重述。那語境如戰場。但華文文學的政治性，即便在大陸之外，也是不可迴避的問題。因此這篇不長的文章，也可看做是本書的一個緒論。

卷一的其他五篇，都關涉馬華現實主義（它一直是馬華文學的「最大黨」——倘若以政黨為喻）及它想建立「馬華文藝的獨特性」的核心欲望。

〈「此時此地的現實」——重探「馬華文藝的獨特性」〉企圖全面的清理這一已然教條化的左翼遺產。一九四七、四八年的「馬華文藝獨特性」大論爭，是革命衝動下的馬華文學自我確立的欲望，從政治綱領到文學上的差異創造（地方特色、「南洋色彩」），它也關涉馬華文學如何被區辨，而鄉土文學式的路徑是最便捷、最常被想到的方案。「台灣文學」的內在邏輯亦復如是。我把戰線一直拉到當代，甚至台灣，地域和時間拉長之後，可以更尖銳的驗證它的實用性和理論限度，揭露它的假面。從此時此地，到此時彼地、彼時彼地……時延與時差，時間也許比想像的更為微妙。這篇也可看做是本書的另一個緒論。

〈從華人史看馬華文學——現實主義問題的駝鈴個案〉也可說是對上述「獨特性」的一個檢視，在華人史的脈絡裡重探那一直自居主流的馬華現實主義，以澄清它的欲望。這回選擇考察的案例是駝鈴的「馬共小說」。這篇論文的寫作，對馬華現實主義的「秘密」有一些意外的發現。

〈香港—馬來亞——熱帶華文小說的兩種生成，及一種香港文學身份〉就以方天、劉以鬯這兩位離開中國後，經香港到馬來半島的「南來文人」為考察對象。兩位馬來亞的過客都可說是馬華文學的過客。在短暫居留期間，都為馬華文學留下有份量的作品。它們均可說涉及「馬華文學的獨特性」的實踐，雖然都努力經營地方色彩，但兩者取徑不同，留下的作品屬性也相當不同。在考察劉以鬯南洋時期作品的地方色彩的意義時，本文也論證了，星洲時期的劉以鬯還不是個現代主義者。他的現代主義者身份和香港作家身份是一體的。

這篇文章是二〇一五年應《香港文學》主編陶然邀請，而到香港發表的（為慶祝《香港文學》四十週年紀念之類的，劉以鬯是《香港文學》的創辦者）。四年後，陶然也猝然過世了。謹以此文紀念陶然先生。

〈為什麼失敗的革命需要小說？——再論「馬共小說」〉則以中共用以合理化革命成功的「革命歷史小說」為參照，重新思考一下「馬共小說」——面對革命的失敗，為什麼還需要小說？

〈後五一三時代的「一個大問題」——馬華文學作為流亡文學？〉可說是本卷第一篇〈華文文學——作為一種民族國家文學？〉的一個補充回應——馬華文學的「後五一三情境」，那「現實」——旅台，流亡文學，國籍牢籠，民族—非國家文學「盆栽」之形成……那對文學想像、文學實踐都有致命的壓力。

卷二有多篇都在馬華文學裡「尋找詩意」，也可說是尋找馬華文學的獨特性。〈尋找詩意——馬華新詩史的一個側面〉把詩意當成文學體裁那樣分析，在文學史裡看到詩意模式的更迭，也看到詩意的衰竭——一種文學性趨疲的、現實主義的「獨特性」。〈論非詩〉在這一問題的延長線上，以一場七〇年代馬華現實主義陣營關於「非詩」的論爭——最有趣的是，他們的爭論其實與詩無關，真的純粹攸關何謂「非詩」。在這一論爭的延伸視域上，本文順便檢視了「游川式」非詩的「獨特性」。這很難說不是「後五一三」的集體創傷效應。

本書只有三篇是具體分析非「現實主義」文學作品的，也較富於文學的激情。〈香港—馬來亞〉之外，〈空午與重寫——馬華現代主義小說的時延與時差〉分析了多個現代主義個案、探討箇中的時延和時差；〈「滿懷憧憬的韻母起義了措辭」——論陳大為的「野故事」〉則是陳大為詩的專論，探索其詩意程式之形成。這三篇自成一個整體。

〈「馬華身後有一個民國的影子」——試論馬華文學的「民國」向度〉和〈後五一三時代的「一個大問題」——馬華文學作為流亡文學〉及〈華文文學——作為一種民族國家文學？〉三篇有內在的關聯性，都關涉馬華文學複雜的身份處境（大馬，民國，台灣），這「現實」似乎並無「詩意」可言，但詩意也只可能被包覆在那樣的現實裡，甚至因不斷被輾壓而扁平、「無厚」。

〈南方華文文學共和國——一個芻議〉則可說是總結我多年來對「南方華文」問題的討論。在超越台馬本土視域非常遙遠的地方，本文試圖描述一個位處「世界文學體系」邊緣之邊緣的「加拉巴戈群島」（幾年前，數百年來被海員吃剩的最後一隻達爾文陸龜，孤獨老死了），一個文學烏有鄉。它之現實的想像性，源於其想像的現實性，一種論述的烏托邦詩意。

然而，隨著這些年大陸媒體的強勢推送（包括漢語辭典的規範作用、華文教科書的外包等），下一代的華文也可能更加接近共和國的標準語（普通話）了。在年輕一代的寫作者那裡，不難發現「幹活」逐漸取代「作工」，洗澡替代了「沖涼」，「爺爺奶奶」取代了阿公阿嬤（或祖父母），「公交」取代巴士，馬國取代大馬……甚至馬哈迪也理所當然的變成了「馬哈迪爾」、納吉成了「納吉布」，當然再也沒人「吃風」，吸引目光變成「吸引眼球」，品味成了「品位」，發酵（音同孝xiào）唸做發酵（音同窖jiào）。再「搞」下去，表演「獅子舞」和品嚐「豆腐腦兒」之日，大概也不遠了。

方言土語在一些老派現實主義的寫作裡也慢慢消失了，從方北方到駝鈴、流軍，此外大概還可以找到不少例子。從戰前戰後企圖藉用方言土語來標注寫作的「地方色彩」、「南洋特色」，到大馬建國後全面接受普通話（從南方化到北方化？），是個值得深思的問題。

卷三包含兩篇演講稿、一篇緒論，一篇對花踪文學獎的討論（〈花踪——一場文學運動？〉）。花踪文學獎的奢華、鋪張、高調、誇耀，在「馬華文學獎史」上絕無僅有，也必然空前絕後。藉由評獎，它不止掌握馬華文學的入場券，也幾乎決定了三十年來馬華文學「好作品」的標準。藉由華語區外國評審的引入，地域封閉視野被徹底打破，馬華現實主義更幾乎被全面的邊緣化。當然，那依賴於它背後強大的資本。對比於各種出版基金（個人名義的，會館的）的清貧，它當之無愧的成為當代馬華文學佳作最重要的製造機制，故而是諸多文青欲望之所投注。但風險也隨之而生。當老將不斷回籠成為「獵人」，匠氣勢必蓋過銳氣，暮氣壓抑朝氣。一種「文學獎體」是不是早已應運而生了呢？在某些著名的「老獵人」的作品裡，確實不難聞出那種很匠的氣味。這也是某種「馬華文學的獨特性」嗎？

〈馬華文學裡的橡膠樹——我們的情感記憶，我們的「窠臼」〉是我為跨文類選集《膠林深處》寫的序論，所選文章跨越文類、流派、意識型態立場。但卻也不無反諷的意味，因為膠林不屬欽定的「地方色彩」表象，不是「蕉風椰雨」。橡膠不像香蕉椰子榴槤紅毛丹屬南洋群島原生種，它和來自北方大陸的華人祖先一樣是外來種。它來自南美洲巴西，曾經是馬來西亞遍在的風景，但已快速消失中。多少代華人移民賴割膠維生，但它已在新一代的生活和記憶裡褪去。它必將從馬華文學裡退場。甚至我們的相關寫作，也可能會被看做是一種沒什麼現實依據的異國情調，一種無根的想像，不知其所以然的懷舊。我們的情感記憶對他人而言，也許不過是一種討厭的「窠臼」。因此這篇〈馬華文學裡的橡膠樹〉不無傷逝、哀悼的意味，當然也比較有個人色彩，篇尾尤其不似正規論文。

〈馬華文學的欲望——一個文學性的故事〉也是個「對話結束之後的對話」，一樣是不得已的老調重彈，毫無「詩意」可言，但無妨當做本書的另一個結論。那是二〇一九年九月中旬，應日本名古屋大學之邀而遠赴東瀛做的一場演講的講稿。我和林君在論述上早已分道揚鑣。因為輕蔑，十多年來友誼蕩然無存；對話也早已結束於二〇一三年的「重審開端」。本來不必再「對話」，但名古屋大學當局既然同時邀請他和我，且安排在同一個場次（另一位受邀「同台演出」的，是老前輩李有成教授），感覺上像是個「友誼萬歲」的場面。為了「宣傳馬華文學」，只好配合演出，從一個比較個人的側面，向對馬華文學沒什麼認識（可能也沒什麼興趣）的聽眾，「介紹」馬華文學這二三十年來的「發展」。也再度清理一下那一段荒誕的「文學性與友誼的故事」，再告別一次。

〈別再「華語語系」〉的因緣得特別說一下。二〇一八年初的〈這樣的「華語語系」論可以休矣〉是篇書評也是篇檄文。史氏的論述漏洞百出，我身在其中，不清理一番也實在說不過去。該文企圖終結華語語系論對馬華文學研究本身的負面影響。雖然在英語世界，馬華文學是Sinophone論的實質受惠者，但那論述逆衝回中文世界，卻是個學術惡夢。它強烈的政治傾向（尤其是史氏版），和大陸官方的華文文學研究，實不遑多讓。之所以不得不寫此文，而且故意用一種挑釁的方式，是要和那對象拉大距離。希望至少大馬同鄉的馬華文學研究，不要再糊里糊塗的動輒「華語語系」、「反離散」，而忽略了對既有的歷史語境該有的理解，而在空洞的話語裡流連。至於台灣文學界對它的持續的狂熱的愛，可能是個有趣的文化癥狀，留待圈內人自己去反省。

因為這篇書評，原本受「台灣文學理論關鍵詞」編委之邀而撰寫的「馬華文學」詞條，也就在沒有被通知的情況下，被有關人士直接擱置冷藏，再次應證了學界畢竟還是江湖。對彼此而言，這當然是場殘酷的，器量的測試。〈這樣的「華語語系」論可以休矣〉和〈馬華文學〉關鍵詞，都沒收進本書，就讓它留在《黃錦樹卷》裡。

關於這話題原本已經說完，但二〇一九年末廖咸浩教授邀約我再談，卻之不恭；只好從華人史的角度，重探一下華語語系論的底線。順便盤整一下它十多年來的學術累積，也連帶反省一下它的變體「華夷風」。Sinophone論雖然為馬華文學爭取到超逾往昔的曝光機會，但它的流弊也不能視而不見。文學研究還是該回歸基本盤。為了求新意，常看到某些話語機器會刻意的被運作；任何理論的借用都不該喧賓奪主，更何況，華語語系論並不是一種理論。在中文語境，它更像是場話語的怪病，而不是解決小文學情境的什麼神效偏方。

〈別再「華語語系」〉也是對「華語語系」的再度告別。這篇也可視為本書的另一「結語」。

本書有五篇論文曾被收入陳大為、鍾怡雯主編的《馬華文學批評大系：黃錦樹卷》（二〇一九），當時說好《黃錦樹卷》只是個選集，相關文章將來還是要收進我自己的集子的。《黃錦樹卷》並不能算是我的一本著作，即便那五篇不收進這裡，《黃錦樹卷》也只能是半本新書。

二〇二〇年春天整理相關文章，排列順序與現在的版本不同，拿掉了幾篇文章及短論。新補的一篇是二〇二一年寫的〈論馬華失敗的革命—歷史小說——為什麼失敗的革命也需要小說？〉。

三十年來，沒想到我似乎成了最「關心」馬華現實主義文學的留台學者（關心的程度大概僅次於本土學者莊華興），差別在於，華興認可它的代表性（作為馬華文學的主流，是「本土」、

「主體性」的展現），也彷彿在努力尋找已被實現的種種「獨特性」。我則認為它不過是中共革命文學的粗劣模仿，彼輩並沒有能力開展自己的思想內容，其實應視為另一種「中國性」的體現。「本土」、「主體性」也者，是「馬華文藝的獨特性」更符合時代學術話語的一種抽象轉譯。

十二篇論文（卷三的不算），有三篇曾刊於《中山人文學報》，但老友張錦忠今年已從主編的位子上退下來；該刊物多半會大轉型，變得更為「漢學」。兩篇刊於汕大出版的《華文文學》，自投稿以來，它一向對我頗為禮遇。該刊二〇一九年因政治原因被迫休刊。二〇二〇年杪通知我即將復刊，編輯即問我在它休刊前投過去的〈從華人史看馬華文學——現實主義問題的駝鈴個案〉發表了沒？答曰未。即開始編輯作業，春天做完最後一校，二〇二一年三月十七日《華文文學》編輯部突來電郵：「我們組織專家對二〇二〇年第六期的文章進行重新審讀。您的文章〈從華人史看馬華〉，在審查階段覺得文章不宜發表。根據上級有關停刊整頓的工作指示精神，不可抗力請您包涵。」一條路又斷了。

〈《黃錦樹卷》跋〉成於書出版後，無緣附於書內，現附於此序尾，或許可以補充說明一些什麼。

二〇二二年一月二十四日改寫於埔里牛尾

附：《馬華文學批評大系‧黃錦樹卷》跋

去年十月中旬，大為突然來函，說募到一筆錢，打算出版一套十卷本的「馬華文學批評大系」（但我一直誤記成「旅台馬華文學批評大系」），我們月底就敲定篇目了。往來商榷時，不止篇目，對人選我也有小意見。譬如，我認為最有意義的該是為那些寫了不少，但一直沒出版論文集的結集，譬如林建國、莊華興、黃琦旺；而有的學者代表性論文太少，則不妨用「合卷」的方式，但大為認為如果那樣當事人會覺得沒面子，但我認為硬湊反而不好。但我不是主編，說了也就算了，因此書出來後看到「傳火人」的名字還是吃了一驚。

收到大為邀請函之前不久，我經由系上向暨大建議主編一本《旅台馬華文學評論經典文選》，以總結我們二十多年來在台馬華文學論述的重要成果。同時，我其實也向系上建議我計畫出版中的一本論文可以交由暨大出版。我單純的想法是，大學一定要有出版品，外頭的相關領域專家來訪時，不致只送宣傳品。我提議時不忘強調，我的論文集不難找到全國性的出版社出版，不是要搶佔學校的資源。系上因此派我參加了一次校級的出版會議，會議中，主席從頭到尾只關注如何刪減出版經費，以節約開支，譬如已有的紙本出版品是否都可以改為電子版。態勢如此，我只能默默胃食道逆流而已。

二十多年來，廣州暨大中文系以華文文學為研究主力，旅台馬華文學是核心領域之一。而埔里暨大中文，一如台灣所有的中文系，始終強調平均，以沒有特色為榮。某些研究古典的老學究，對現代文學還是有根深蒂固的偏見，即便自己的研究做得也不怎麼樣。

因此接到大為的信時，真是感慨萬千。差不多三十年了，是該做個階段性總結，這種事，原本是暨大應該做的。

選文方面，譬如那篇〈神州〉，我覺得太長了，而且那是手稿時代的論文，沒有電子檔。為方便大為作業，有沒有電子檔是衡量的標準之一；是不是太長，也在考量之列。因此有六篇是原擬收在這兩年出版的論文集的「新作」，為此，那論文集會再往後推遲幾年。因為這《卷》定位為選集，論文的版權屬於作者，印量少，大概幾年內就會絕版，沒影響。原本他們還考慮之後弄進數據庫，那方面我和錦忠都深有疑慮，後來也就作罷了。

選文方面，大為十月十七日函：「有一篇我特別喜歡的評論，是史書美的。我和怡雯都深表認同。」即是那篇〈這樣的「華語語系」論可以休矣〉，大為同日又函「史書美根本是在招搖撞騙，我和怡雯都非常非常受不了她。」此函引用未經大為同意，不過我想他不會介意，英雄所見略同。他們為九歌出版社編的《華文文學百年選》〈總序〉批評「華語語系文學」，「它的命名過程很粗糙且漏洞百出，卻成為當前最流行的學術名詞。它建基於學理和心理上的『雙重反共』，在本質上並沒有改變任何東西，沒有哪個國家或地區的華文文學的創作和研究從此改頭換面。」（頁一一二）

和史某有關的，還有一篇短文〈作為台灣文學理論關鍵詞的「馬華文學」〉，那是受史某主導的「知識台灣社群」之邀而寫的，當然是在我撰文狠批她之前。之後，過了很久很久，聽說《台灣文學理論關鍵詞》快出版了，我忍不住去函問當初向我邀稿的學界大姐頭，是不是被搓掉了。覆函云：

「關於『理論關鍵詞』，請原諒我的疏忽，因為這個那個，因為所以，然而或許，那個這個，的原因，所以然而，如此這般這般……」（二〇一九年二月十日因當事人來電抗議我沒經過她同意即貼出來函，故用電影《史瑞克》中小木偶的修辭方式重新處理）

對我來說沒差，什麼水塘養什麼魚，什麼寵物吃什麼飼料。但邀稿時總是用公文體寫盡客套話，不用時總該主動交代一下吧？

《黃錦樹卷》還沒收到，前兩天大為來函說為大雨所阻，這兩天應該會收到。目次是請已找到書的錦忠拍給我的。排次有點奇怪，大為好像喜歡依論文發表年序排，我覺得先總論（大議題）後專論（作者論或作品論）會比較合理。書的單價不便宜，我自購了十本打算送有可能用得著的學界老友，我朋友不多，應該是夠送了。

但如果你自認是我的朋友，幾個月後還沒收到，不如再等幾年，待我的新論文集出來，會有一百本抵版稅。那時，如果送貨的郵差有興趣，我也會送他一本的。

因看到錦忠有跋貼於臉書，不禁也來跋一下。

二〇一九年三月十二日臉書

卷一

現實

華文文學
——作為一種民族國家文學？

只要想成為學科，一切學科都必須認為自己有邊界和某種內在規則，即使這些是隨時間變化的。

沒有什麼比民族自大和學科短視的組合更能讓學生停止創造性地思考。

——班納迪克．安德森（Benedict Anderson），《椰殼碗外的人生》

前言

「華文文學」作為一個學科，至少也有三十多年了。但它的一個基本設定一直是個疑問：把中國現當代文學排除在外。即便把「海外」兩字拿掉，它還是預設了海外，也預設了它在中國之外。對中國文學而言，這樣的外部特性源於兩項歷史實證，一是中國人的海外移民，一是中國文學的海外播散。二者之間，甚至有可能有因果關係。而後者，或者被解釋為「源—流」，中國影響論，或中國文學的海外版。但華文文學雖然以文來界定，但一向也預設了民族，華人。迄今沒有非華人寫作的，值得一談的華文文學[1]。

由於均處於中國的外部，常被圈在一塊的「台港暨海外」華文文學中，台灣文學、香港文學及馬華文學其實呈現了不同的議題特性。除了常被學者討論的題材、形式、手法種種之外，比較被忽略的反倒是那個「框」本身——處中國之「外」[2]，而彼此同框。它們之間的同異，和各自的歷史境遇、歷史條件相關，這當然也是老生常談了。但如果把它具體化，也許會有不同的啟發。就這問題而言，馬華文學、香港文學和台灣文學這三個個案處在同一問題的延長線上的不同位置，都攸關國家認同，三者之間都像是有別於己的特例。

1 本文原是應邀為「華文文學研究二〇一八高端論壇」會議而寫。該會召開於二〇一八年十一月二十六—二十八日，汕頭市，汕頭大學文學院編輯部主辦。本文如今的版本主要是補充回應一些現場意見及其他人發表的論文。說到這裡應該做點補充，這「高端論壇」的會議議程近乎無所不包，既包括內地的現當代中國文學、移居歐美的中國作家、港台暨海外華文文學，有論文，也有作家自述。它的混雜狀況也常表現在《華文文學》這本刊物裡，這種狀況可能是這學科始終不成熟的一個表徵。因為我們無從知道它把中國文學（及它的海外版）含納在內的用意究竟是政治的、學術的、還是技術的——點綴的——相較於它的體量，它的比重始終少得可憐。這樣的少，似乎就只是讓它存在，以它的「有」來反駁對它缺席的指控。但那其實是徒勞的，那區分是制度性的。本文的討論依據的是它一九八五年來的制度性劃分，那樣的劃分雖然存在著種種缺陷，但它的好處是沒有刻意掩蓋自身的意識型態預設，比刻意掩飾或有意無意的混淆容易找到施力點。

2 雖然我們習慣如此表述，但政治立場堅定的中國學者顯然並不如此認為。譬如古遠清，「大家知道，台灣文學是中國文學的一部分既不是『發明』，也不屬『虛構』，而是一種客觀存在。」（〈從「發現」到「發明」台灣文學——呈逆方向發展的兩岸台灣文學研究〉，「華文文學研究二〇一八高端論壇」提交論文，頁七）古氏引的是日據時代張我軍、楊逵等的「統派」發言作為依據，那是被日本殖民處境下的「祖國認同」，經常被視為內部論的依據。又如朱雙一教授的論文〈世界華文文學：全世界以漢字書寫的具有跨區域流動性的文學〉（同會議論文）還在辨析漢語、漢文、華語、華文這些老問題，反駁非大陸學者對大陸學者「中國中心主義」的指控時，竟然說，那是大陸之外的人自己建構起來的風車，大陸學者才不會有「中國中心主義」，顯然他也認為台灣文學屬中國文學是天經地義的事。該文一樣引張我軍的支流論以為據，還說「從文學史上來看，『中心／邊緣』的論述框架，並不大適合用於文學領域，一個作家文學地位的高低，端賴其作品的質量，而非其職位的高低或所處地理位置的僻近。」（頁四）這種對文學權力場域的無知或天真程度，還真令人震驚，難怪總是意識或無意識的執行官方話語。

包括朱壽桐教授在內的資深學者，總是理所當然的從中華文化一體化、文化統合論的角度來談華文文學（朱教授沒提交完整論文，發言摘要見《「華文文學研究二〇一八高端論壇」會議手冊》），不論是從「書同文」，還是「漢語」作為始源的角度，雖然有時會宣稱尊重差異，被意識型態蒙上眼後，都不可能把華文文學自身的差異當一回事。吉林大學的白揚教授回應我的論文時，針對我談得很少的香港文學部份，還特別強調「不容許任何地域本位主義」。這「不容許」三字簡直帶著殺氣。直接複述官方話語。這如果還不叫「中國中心主義」，真不知道該叫它什麼。這學科三十年來沒什麼進步，原因再清楚不過——意識型態的緊箍咒，扼殺了思考的可能。

十一年前的二〇〇七年我即曾以〈國家、語言、民族：馬華——民族文學史及其相關問題〉為題，寫了篇論文，其中有一節即針對大陸華文文學研究的意識型態框架。該文後來修改另題為〈兼語國民文學與「海外華文文學」——馬華文學史及其不滿〉，收於《華文小文學的馬來西亞個案》，相關章節題做「作為『海外華文文學』的馬華文學」，頁七五—八〇。二〇〇五年陳大為也發表長篇論文〈中國學界的馬華文學論述（一九八七—二〇〇五）〉，清理大陸的馬華文學論述，見氏著《思考的圓周率：馬華文學的板塊與空間書寫》（吉隆坡：大將出版社，二〇〇六），第二章。

非民族—國家文學，非國家—民族文學：馬華文學案例

以（海外）華人為對象的華人史一般不會籠統的把「海外華人」框在一起，而是會以國別作為區分。進入歷史脈絡時，也會更仔細的區分華僑和華人（華裔），它的區分點，正是被迫放棄中國的政治認同而選擇當地國籍。東南亞華人史的歷程非常清楚的顯示這一點。而星馬華文文學史上，兩種認同的角力一直延續到建國以後（詳參楊松年，二〇二〇），在馬來亞建國前夕的一九五五—五六年間，國家認同幾乎主導了彼時的文學議題。從南洋色彩、地方文藝到馬華文藝獨特性的提倡，可以說都朝向同一個目標。從歷史的後見之明來看，即是成為有國籍的馬來（西）亞華文文學。

然而，以大馬為例的華文文學史並沒有類比於華僑／華人的歷史區分，而切分為華僑文學／華人文學的不同階段，反而是被「華文文學」這概念所統攝。但僑民文學論戰的爆發，說明了認同問題雖然深刻的影響了華文文學的構成，卻沒有造成文學史的斷裂，反而是被吸收到文學史內部，成為文學史的內部問題[3]。即便如此，在馬來（西）亞建國後，「在地化」、地方特性問題雖然沒有直接和國民身份發生聯繫，卻成了隱含性的原則，內在的規範了馬華文學的屬性，大型文學選集常是執行相關規範的場所[4]。換言之，自從馬華寫作人擁有國籍之後，「作者的國籍」逐漸不證自明的延伸向「作品的國籍」。雖然建國後「有國籍的馬華文學」之「作者的國籍」＝

「作品的國籍」原則並沒有被上溯到這一民族國家建立之前，也就是默認二者可以分離。但之後呢，國籍的嚴厲就牢牢的滲入馬華文學的種種建制——文學獎、文學選集等等關涉身份與利益的場域[5]。進一步申論，甚至所謂的「馬華文藝的獨特性」也幾乎已變成一種純粹的形式要件。

然而弔詭的是，自一九七一年大馬政府公佈的國家文化備忘錄，不是以馬來文書寫的都被排除在「國家文學」之外[6]。這一排除，讓它成為此一民族國家之內的族群文學。國文—國家文學這樣的設置，施行的是單一語言民族國家的暴力。因此我曾經把馬華文學的生存狀態稱為非民

3 對應於從華僑到華人身份的轉換，應該有一個作為中國文學之支流或「海外版」的「僑民文學」的歷史階段。作為新移民，仍然以內地讀者為主要對象，題材是中國經驗，或漸漸轉向移居地的群體生活。以馬華文學為例，即是從李西浪的《蠻花慘果》、韓萌的《七州洋上》到李過的《大港》、《新墾地》。同論壇江少川教授的論文〈全球語境中「離散」與家園寫作的當代思考——新移民文學研究中有關問題的辨析〉中提到諸如嚴歌苓、張翎、虹影、陳河等，通常一半時間在海外，一半時間在中國，「幾乎所有的作品都是在國內刊物發表、出版，與當代中國作家沒兩樣，何來離散、流散可言。」「他們就是移居，可以移過去，還可以移回來。」這不是華文文學，頂多是中國文學的海外版。

4 詳我的〈「此時此地的現實」——馬華文藝的獨特性重探〉，《華文文學》二〇一八年第二期，頁二六—三四。

5 不過，《馬華文學百人傳》之類的書倒常「網開一面」。

6 關於國家文學，見張錦忠，〈國家文學與文化計畫：馬來西亞的案例〉（《南洋論述：馬華文學與文化屬性》，台北：麥田出版，二〇〇三，頁一一一—一二六）；莊華興，〈敘述國家寓言：馬華文學與馬來文學的頡頏與定位〉（《國家文學：宰制與回應》，吉隆坡：大將出版社，二〇〇六，頁一〇三—一三一）。

族—國家文學，或非國家—民族文學[7]，類比於馬來西亞的華文獨立中學，既對立於大馬國民教育系統，但又是它的補充。一直尋求國家的承認，但一直不被承認。但顯然，它是以國家文學、國民教育為自我想像，「被承認」一直是長期的目標[8]。因此莊華興曾呼籲大馬華裔作家應同時兼用馬來文寫作，以便滿足於民族與國家的承認[9]。即便是所謂開明的馬來學者，考量的基本條件還是寫作人的國籍[10]。

然而，大馬華文文學的特性之一就是，在有國籍之後不受自己的國家承認；但相較於印尼、泰國、菲律賓這些五〇年代前還有不錯的華文文學和華校的國家，民族國家的暴力直接剷除華文文學的根基（華文教育），馬華文學在國家文學內的沒有位置卻近似倖存[11]。歷史上，東南亞的華人問題和殖民帝國及它的意識型態繼承者對現代中國的疑慮——擔心華人的政治忠誠、擔心華人心向中國——有直接的關聯[12]。因為疑慮，而強勢貫徹單一語言民族國家的同化邏輯，印尼一九六五年的大屠殺及對華校、會館等的撲滅；菲、泰的同化政策；新加坡的全面英語化等，都基於類似的顧慮，與及冷戰格局裡對中共的恐懼。這恐懼當然不是憑空想像的，中共的輸出革命、印共、泰共、馬共等的長期存在且華人在其中佔了相當比率都是歷史事實[13]，而那似乎和華文教育有直接的關係[14]。即便在華文文學史內部，自三〇年代以降對中共文藝思潮的持續接收、對革命文學的盲從，也一定程度的應證了相關的疑慮[15]。由於和華人身份、華文教育、中國認同等均深刻關涉，華文文學難免一直深深的沾惹著政治，冷戰的意識型態深入其間[16]。國家意識成了它的內在性，不以馬來西亞為背景的馬華文學如果不是難以想像的，也是次要的。如果不認同這個國家，它可能就成了流亡文學。

中國改革開放的八〇年代方形成的「海外華文文學」學科，當然必須遵守國策。遠的，一九五五年萬隆會議之要求海外華人選擇單一國籍（尊重新興民族國家的現實）；近的，後毛時

7 完整的討論見〈馬華文學的國籍——論馬華文學與（國家）民族主義〉，《華文小文學的馬來西亞個案》，頁二〇七—二三二。

8 關於獨中教育的自我表述，參董教總歷年提呈給教育部的白皮書。

9 莊華興，《國家文學：宰制與回應》後記〈兼語寫作與現階段的馬華文學〉，頁一五七—一五九。

10 見吳小保，〈五三一文學運動：翻譯、國語與團結〉，《季風帶》九期，二〇一八年十月，頁二一—二六。

11 相應的，自然會有站在馬來西亞國民立場的學者，把被國家承認視為未來的長遠目標，而不管國家文學本身的單一語言民族國家意識型態預設，把希望賭在把馬華文學譯做馬來文上。見莊華興，〈兼語寫作與現階段的馬華文學〉。在大馬，或身為大馬國民寫作，馬來文比華文更為正當似乎是毋庸置疑的。反過來，以漢字為華文文學之始源論者，通常用這套話語來談港台文學時顯得理直氣壯，但一碰上馬華文學，就會撞上國籍之牆，就會轉彎，而改談影響、流動。

12 巴素（Victor Purcell）著，郭湘章譯，《東南亞之華僑》（台北：正中書局，一九六六）。

13 Anna Belogurova, Communism in south-east Asia, *The Oxford Handbook of the History of Communism*, Edited by Stephen A. Smith, 2014.

14 李光耀的同代人，出生土生華人家庭的李炯才在他的回憶錄中曾描述他的觀察，受華文教育的華人和受英文教育的，不止文化認同大不同，政治認同亦然（《追尋自己的國家》，台北：遠流出版公司，一九八九）。

15 謝詩堅，《中國革命文學影響下的馬華左翼文學》（檳城：韓江學院出版及發行，二〇〇九）。

16 左的指控「為文學而文學」的是風花雪月，美帝的走狗；右的指控革命文學是以文學為工具，是中共的應聲蟲。

代「不干涉他國內政」的基本外交態度[17]，都投射在「海外華文文學」的框上面——華文文學一向以國別為自然界限，其實即想當然耳的接受民族國家的邏輯（馬華、菲華、泰華、印華等），那區隔，其實也是華文文學和中國文學的自然界限。

真正「麻煩」的其實是台、港。

兩種民族國家文學：台灣的「華文文學」

有時我很憂心。杞憂著我們卅年來的文學努力會不會成為一種徒然的浪費？如果三百年後有人要人在他中國文學史的末章，要以一百字來描寫這卅年的我，他將會怎麼形容，提及那幾個名字？

小說家東年曾經對我說：「這一切，在將來，都只能算是邊疆文學。」[18]

精確一點來說，要評估台灣文學的作品，應該是從它本身固有的歷史背景和本身立足的現實出發，而不是台灣島以外的土地上來觀察台灣文學。[19]

這裡帶出的另一個問題是，現代中國文學其實也是一種單一語言的民族國家文學，以漢語為主體。中國學界的中國現代文學（一九一七—一九四九）／當代文學（一九四九以來）的切分，可以看出企圖切分兩種現代中國的民族國家文學。而被共和國的文學體制宣判已終結的中國現代文學，其實可以說是中華民國的國家文學。一九四九前後，相當數量的民國文人出走，而不論是南下、西行、東飛，都帶著自身的時間性。他們最重要的棲地是香港和台灣。

香港與台灣，不止是「多出來」的空間，還是溢出來的時間。因為長時間的被殖民（香港〔一八四一—一九九七〕，台灣〔一八九五—一九四五〕），別說是一百五十年那麼長的時間，即便只有五十年，也足以形成差異的文化。但日據時代的台灣，雖然已有微弱的殖民地華文文學（作為日語文學之對抗的漢文學），但真正成問題的還是一九四九以後，整個民國遷移台灣之後。以「自由中國」自居的國民黨政府，從一九四八迄一九九一的四十三年間，以「動員戡亂時期臨時條款」凍結了民國的時間。雖然國土僅剩幾座島嶼，「想像的版圖」卻擴及整個大陸，自居中國正統。而文學，自然延續了大陸時期的「香火」，以中華現代文學自居[20]。至少自一九四九迄一九七七—七八年間鄉土文學論戰爆發的將近三十年間，仍然是難以被挑戰的中華

17 包括不再輸出革命，停止支援各地的共產黨。
18 詹宏志，〈兩種文學心靈〉，氏著《兩種文學心靈》（台北：皇冠文化公司，一九八六），頁四四。
19 宋冬陽即（陳芳明），〈現階段台灣文學本土化的問題〉，《兩種文學心靈》附錄，頁七〇。
20 試看一九五〇年後台灣出版的幾套新文學大系便知：中國現代文學大系編輯委員會，《中國現代文學大系》（台北：巨人出版社，一九七四）；余光中主編，《中華現代文學大系：臺灣一九七〇—一九八九》（台北：九歌出版社，一九八九）；余光中主編，《中華現代文學大系：臺灣一九八九—二〇〇三》（台北：九歌出版社，二〇〇三）。

（民族—國家）文學。那對應的時間，恰是中華人民共和國不容許自由寫作的年代，三反五反，五七反右，一直到文革——在美援冷戰下的民國—台灣，雖然有政治禁忌，種種條條框框，但不是完全不容許寫作，因而僥倖有將近三十年的文學豐收[21]。而鄉土文學論戰的爆發與文革結束同時，並不是歷史的偶然。台灣自五〇年代以來被肅清殆盡的左翼現實主義文學思潮，經美國和香港，輾轉回到了台灣。鄉土文學論戰的主力文章之一，王拓的〈是「現實主義」文學，不是「鄉土文學」〉——有關「鄉土文學」的史的分析〉已被證實是襲自留美的保釣大將郭松棻的〈談談台灣文學〉[22]。郭文雖不長，卻從意識型態批判的角度整體的批判了冷戰美援下的台灣文學，幾乎是全盤的否定。郭認為那是文化殖民的狀態，與民族的大傳統割裂，盲目西化；一言以蔽之，「西方的感受和台灣的現實」，他開出的藥方是以民族主義來對治現代主義。雖然郭松棻的政治立場是左統，文中時不時強調民族主義，批判台灣文學「形式主義泛濫」，「剽取了西方書架上的感情，而要拿它套在台灣社會現實身上，始於格格不入，終而陰差陽錯」，強調作家應該要以「台灣的現實」為書寫對象，但並不如王拓的文章直接呼喚「現實主義」，也沒有明確涉及「台灣現實」背後的史觀問題。另外，雖然論者對於「鄉土文學」這一用語或有疑慮，但它後來卻成為關鍵詞——雖然它也時時滑向「本土」。

最重要的是，這一論戰揭開了台灣文學（史）內部潛在的深刻矛盾，那其實涉及對「台灣現實」的歷史理解。大致可以以陳映真和葉石濤的對立看出來。如果看待問題是從一八九五年乙未割台談起，把台灣問題留的前段（日治）看成是清末以來遺留的歷史問題；把國民政府遷台看成是現代中國內部整合（國共內戰）的延長賽，那一九四九以後的「台灣現實」就與冷戰、美援、跨國資本主義的掠奪、美國保護之下的政經文化重造，那就會是「統派」的立場，相信總有一天兩岸問題會解決。那樣的立場，就會把「台灣鄉土文學史」看做是「在台灣的中國文學史」[23]，也即是某種意義的「邊疆文學」。但如果只是就台灣這塊土地上的文學論台灣文學，認為它是由台灣的自然、歷史、文化條件而形成的，那台灣就作為主體[24]，而會被另一立場指控為「分離主

21 一般認為，一直到八〇年代末，作為戰後世代的現代主義者和鄉土作家都完成了主要著作，並得到了承認，那是「台灣文學的盛世」，恰逢大陸不容許寫作。

22 王拓文收於尉天驄主編，《鄉土文學討論集》（台北：遠景出版社，一九八〇年三版（初版於一九七八）），頁一〇〇—一一九。郭文原刊於《抖擻》，一九七四年一月，筆名羅隆邁，重印於人間思想與創作叢刊，二〇〇八年一月，《鄉土文學論戰三十年：左翼傳統的復歸》（台北：人間出版社，二〇〇八），頁九—二五。討論見簡義明，〈冷戰時期台港文藝思潮的形構與傳播——以郭松棻〈談談台灣的文學〉為線索〉，《臺灣文學研究學報》十八期，二〇一四年四月一日，頁二〇七—二四〇。

23 陳映真，〈「鄉土文學」的盲點〉，《鄉土文學討論集》，頁九三—九九。陳映真曾就這問題寫了大量的文章，諸如〈文學來自社會反映社會〉（《陳映真全集三》，台北：人間出版社，二〇一七，頁五四—七二），〈在台灣的中國文學：歷史特點、問題點和機會點〉（《陳映真全集二十三》，頁九—一八），〈民族分裂下的台灣文學：台灣的戰後與我的創作母題〉（《陳映真全集二十一》，頁二二六—二三二）等。

24 葉石濤，〈台灣鄉土文學史導論〉，《鄉土文學討論集》，頁六九—九二。

義」[25]。二者之對立是為台灣意識VS中國意識，前者後來進一步被「正名」為台灣主體意識。

葉石濤的版本還是最素樸的，還只談「鄉土」；經過十多二十年的演化之後，不止鄉土「昇級」為本土，台灣意識也被拔高為一種國家意識——然而，那當然不是指中華民國。簡言之，某些論者不止把它推向民族文學，甚至是民族國家文學[26]（就好比以台語指稱台灣通行的閩南語）。但由於那國家還在空想階段，因此，二十多年來，還只能說是一種（準）民族國家文學[27]。而這樣的國家意識立基於省籍、本土意識，以族群認同為核心，但同時也建構了它的對立面。這對立面，陳映真式的左統（認同中華人民共和國）應是相對少數；更多的，應該還是幾乎只剩一個空殼的民國。但如果不認同那未來的台灣國，也不認同「一中各表」的中國，那唯一的去處似乎也就只有流亡文學一途了。

和東南亞華人不一樣的是，台灣人沒有華人認同[28]。要嘛自認是台灣人，要嘛是中國人；民國的遷台或許是個關鍵因素，它畢竟是個完整的政權，而且遷居的人口龐大（超過百萬）。即便有流亡的意味，它的子民卻沒有被迫經歷從華僑到華人的痛苦轉換。換言之，他們沒有經歷為取得一個在地國籍而放棄政治上的中國身份——以華人史為比擬，他們像是華僑，雖有遷移，卻把遷地就地變成中國。相對的，把民國遷居者看做是殖民者（所謂的「再殖民論」近年幾已成本土派共識），即便掛著民國國籍，卻自認為台灣人（閩南人、客家人居多數，族群結構和東南亞沒太大不同，甚至更為單純），沒有華人的自我意識。這沒有華人的自我意識本身，其實道出了這些本省人和外省人深層的相似性——清朝子民的後裔，在幾乎要「成為日本人」後，從日本殖民地到民國，卻幸運的沒有經過華僑到華人身份的轉換。甚至可以說是反過來，直接從華人變為華僑。當民國就地中國化，他們也就再度獲得中國人身份。

相應的，東南亞華人的華語／華文是仿照中華民國的國語／國文而來的，之所以從國轉為華，是因為身處異地、非處民國，而只能以民族標記自身。因而在諸民族國家成立後，在認同自身民族文化的華人身上，就可能把國家認同和民族（文化）認同區分開來（一如中國內部的少數民族）。因為在民族國家裡，掌握權力的民族常把自身的文化「昇格」為國家文化，強迫其他民族認同，甚至同化。台灣的漢人還沒有這種經驗（但被稱做原住民的少數民族則一直處於被同化

25　陳映真，〈「鄉土文學」的盲點〉，頁九七。相關問題較全面的描述見江燦騰，〈當代「文學台獨」論述〉，台灣大百科全書網路版，二〇一一，http://nrch.culture.tw/twpedia.aspx?id=26570。

26　參彭瑞金，〈寫有國籍的台灣文學〉，《文學隨筆》（高雄市立中正文化中心，〔一九八九〕一九九六），頁六〇—六二。批評見我的〈無國籍華文文學——在台馬華文學的史前史，或台灣文學史上的非台灣文學：一個文學史的比較綱領〉，《華文小文學的馬來西亞個案》（台北：麥田出版，二〇一六），頁一六七—二〇六。

27　台灣文學系所的成立（真理大學最早於一九九七年率先成立）可以說是它建制化的型態之一。再如台灣文學館，由該館主辦的台灣文學金典獎等。

28　白揚教授在回應中反駁我這一談法，說台灣人的漢人認同是「不證自明」的，舉的是吳濁流在日本時代的證言。我的反駁很簡單：漢人／華人是不同的概念，漢人認同不等同於華人認同，華人（或華裔）對應的是民族國家的「有國籍」情境，日據時代台灣華人的漢人認同應比較接近「華僑」，對中國有深濃的祖國情懷。二二八事件後，這種情懷已然被流亡孤島的民國破壞殆盡。

情境），這或許也是台灣學界不論統獨，從不把台灣文學看成華文文學的潛在原因。要麼認為那是一種中國文學，要麼是台灣文學，要麼是流亡文學[29]，即便都是以華文寫作[30]。

香港的情況很特別，因為百多年的殖民情境，英語作為共通語之外，沒有強勢的官話或國語的壓制，優勢族群的粵方言自然變成了華人之間的普通話，這是非常特殊而有趣的案例。而那樣的語言環境，直接影響了此地華文的語感。身處殖民地而非民族國家，民族身份和國籍身份還是分離的。或曰，有城籍而無國籍。作為共和國和民國的緩衝地帶，即便整體商業氣息濃厚，還是一塊文學的綠洲。不是民族國家文學，也不是流亡文學——但可能也快了。

二〇一八年十一月修訂

29 流亡文學的問題較少被討論。王德威「後遺民論」庶幾近之。王德威，《後遺民寫作》（台北：麥田出版，二〇〇七）。

30 極端的台灣文學論者甚至主張以羅馬化的台語寫作。那樣的台語當然是模仿民族國家的國語，對非閩南語族群是壓制性的，操作的還是民族國家邏輯。另一方面，作為閩南語的一個地域分支，在語言學上和閩南語也難以區隔。

附：「為什麼要讀馬華文學」

對馬華文學還算友善的青年學者朱宥勳，最近在一篇談到我甫出版的《華文小文學的馬來西亞個案》（麥田，二〇一五）時順口說了一句：「對於台灣讀者來說，『為什麼要讀馬華文學』確實是一個不易回答的問題。」（〈失聯的散兵〉，《旺到報》，二〇一五年四月二十五日）這「確實不易回答的問題」，其實在十年前可不是什麼問題。

當年，即便我們在文學獎評審紀錄裡，有時會看到某位評審批評特定馬來西亞背景的作品「離台灣太遠」而拒絕推薦；但兩大報書評版對待我們在台出版的新書，禮遇的規格和本地作家並無不同。很顯然，那時的台灣文學體制（包括各種《文選》）還不太有「為什麼要讀馬華文學」的問題。

而今，多半是直接跳過去，把你當成不在場。我也是後知後覺，這幾年因「重返業界」才發現，奇怪，台灣文壇什麼時候變得那麼小——那麼心胸狹小了。有位摯友曾為我解惑說，是十年台灣文學系所的效應吧。但這問題我沒有答案。如果把現象表述為問題，可以說，是台灣文學更其為台灣文學了。因為台灣更其為台灣了。但那不過是一種「字外無字」的自我理解方式。

但我們也知道，台灣讀者一直沒有為什麼要讀歐美日大陸香港的文學作品的問題，不論是高端的經典還是低檔的話題垃圾。「馬華文學」這標籤很可能很直覺地誘發此間讀者某些負面的，根深柢固的蔑視情緒。因而，「為什麼要讀馬華文學」這樣的問題很可能已經是台灣的東南亞問題的一部分了。在台灣人的集體意識裡，東南亞永遠是個比台灣落後很多的地方。

在我初抵台灣的八〇年代末，可能因為殘存的民國想像裡猶有「文化中國」的襟抱（那時頗以為迂腐可笑），只要水平夠，作品就會得到充分的尊重，被認可為這文學系統的一部分。雖然解讀時多有誤解或不充分處，但那閱讀的誠意是可以清晰感受到的，尤其來自於專業讀者（學者、作家）。

朱宥勳的疑問透露了，只怕是這同行系統本身也出問題了。

他們可能沒有意識到，這其實是相當典型的「華文小文學」的精神癥狀。台灣文學已迅速馬華文學化。既然如此，何不乾脆把馬華文學當成台灣文學來讀？

「此時此地的現實」

——重探「馬華文藝的獨特性」

本文審視馬來亞建國前馬華文學史上最重要的一場論戰的理論效應，並嘗試把彼時還不存在的歷史條件納入，重新思考這個有七十年歷史的理論與實踐問題。那涉及特定小文學成立的條件，也涉及寫作者移動造成的認同／被認可的問題。

一切文藝都有獨特性，這是因為只有有「獨特性」的文藝，才是現實主義的有藝術價值和政治價值的文藝：這是因為只有有「獨特性」的文藝，才有此時此地的戰鬥作用，才能發揮文藝武器的力量，才能有力的幫助現實的政治力量。[1]

本論文原宣讀於「易地而處：文學的跨域、移植與再生學術研討會」，東海大學中文系，二〇一七年十一月十一—十二日。為本人國科會計畫「馬華文藝獨特性重探」的研究成果。

1 周容，〈談馬華文藝〉，頁二〇一。

> 現階段的馬華文學，存在著兩種令人憂慮的主要發展趨勢，第一種趨勢是文學作品社會性的低落，第二種趨勢是馬華文學的獨特性的逐漸喪失。……一些年輕作者，在外來思想的影響下，媚外和殖民思想日益濃厚，他們的文章，越來越遠離馬華文學的傳統與我國的社會現實。[2]
>
> 很多人覺得傳統應該到中國文學去汲取，不知道我們也有。[3]

移植

四十多年前（一九六三年九月），台灣人類學先驅李亦園教授曾經到馬來半島柔佛州的蔴坡小鎮做研究，探討幾乎是以華人為主體的現代馬來亞小鎮的形成，題做《一個移殖的市鎮——馬來亞華人市鎮生活的調查研究》，描述了華人移民的「易地而處」：受需要大量勞工的橡膠或錫礦產業的吸引，從中國南方移居到半島英殖民地上的陌生新市鎮，卻很快的各就各位——沿著血緣或地緣的網絡，不同的方言群體從事不同的行業，一人站穩腳步之後即牽引親戚同鄉。若干年後，即如其他馬來半島的小鎮那樣，不止空間佈局相似——兩條，或三條大街；大街上是店面，各行各業，衣食所需。一個，或兩個round about（環形交叉路口），生活所需的各行業進駐了不同的方言人口，其後是方言會館，宗親會館，商會，甚至報館（或派報所）[4]，南洋的小鎮（印尼、菲律賓、泰國等）大抵如此。

位於半島南方的蘇坡開埠於一八八四年，從十九世紀末到二十世紀初，因錫礦及橡膠業需要大量廉價勞工，兼之中國動亂，後來被稱做晚期移民的華工大量自中國南下，促成了諸多新市鎮的肇建。然而文化與文學的建設卻比市鎮的形成困難得多，除了要有文人（文學的行動者）之外，它必得有現代華文學校、報刊雜誌、出版社之類的基礎建制。是以三百年的移民史裡沒有文學作品，反襯出「有文學」或許才是歷史的偶然性。是否已然從沒有「士」階級的移民史走向一個新的階段？——包括文人階層的形成、「歷史」的創建（譬如：華人史）、現代國家、國民身份……等。

2 吳岸，〈馬華文學的再出發〉（一九〇〇），《馬華文學的再出發》（一九九一），頁四—五，這口吻大馬本土作家頗常見。

3 〈馬華文學的再出發〉，頁九。

4 李亦園一九六一年去做調查時，蘇坡已經相當繁盛，「已有六條縱走的『大馬路』和十條以上的『橫街』，在這中心區域內有各種不同商店一千八百多家，戲院五家，設備完善的政府醫院一所，郵政局一所，電訊電話局一所。全鎮內有各教育之學校二十八所，其中包括華文中學一所，以及華文小學九所。」（頁六一—六二）梁紹文一九二〇年去時看到的景象卻是「街道只有四條直的，五六條橫的；鋪店約七八十家，但這麼一個小地方，卻有十多家妓寮，四五間道士院……此地學校頗多而有精神。總人口不過一千幾百人，已經有三所很具規模的學校……」（頁一五六）。

文化人一樣需要棲身之所，因此多集中於新加坡、檳城、吉隆坡、怡保等基礎建設較完善的地方。眾所週知，最早的寫作者是已具備一定寫作能力、新式教育訓練起來、因中國內亂而南下的「南來文人」——即便白話文運動降低了寫作的門檻，本地出生的寫作者的養成，仍需要更多的時間——開創一個新的文學傳統，談何容易。南來文人有現成的資源可以運用，但也不可能是直接的移植，跨域以再生，而是需要相應的調整。調整的方向，即是所謂的在地化（「本土化」），自有馬華文學以來，即迅速問題化。從三〇年代以降，不論是南洋色彩、地方特色還是馬來亞化的主張，它的對立面都是「僑民文藝」[5]——書寫中國題材，中國背景的故事——事關認同。往往如此，文學論爭不過是認同問題在文學場域內的投射。「馬華文藝的獨特性」論爭[6]不過是類似問題的又一次重演。它當然也不會是最後一次。

論爭

一九四七、四八年間在馬來半島爆發的關於「馬華文藝的獨特性」與「僑民文藝」的為時一年多的大論戰，是馬來亞建國前最重要的一場大論爭。早在六〇年代，新加坡小說家苗秀就譬之為「馬華文學的一篇『獨立宣言』」[7]。

所有的論者都曉得，那是個特殊的年份——二次大戰結束沒幾年，馬共與重返的英殖民者的蜜月期即將結束，國共內戰白熱化；明顯偏袒馬來人、傾向單一民族國家的馬來亞聯合邦被提出，替代了前此比較傾向多元文化但大受馬來社會抨擊的馬來亞聯邦計畫，更作為爾後的馬來（西）亞民族國家的原型。華人公民權與國籍問題迫在眉睫，「華文」存在的合法性也即將成問題。易言之，這論爭就發生在馬來亞建國之路上。它當然事關文學，但顯然也不只是文學，還非常的政治。這一點也不奇怪，自有馬華文學以來，政治的動力始終遠大於文學自身的動力。文學的存在理由一直是政治的，不論是反殖，反封建，還是所謂的反映現實。

5 詳楊松年，《戰前新馬本地意識的形成與發展》。

6 相關討論見方修《戰後馬華文學史初稿》（馬來西亞：董總出版，一九八七）即花了三章共五十二頁，佔了全書三分之一的篇幅，詳細描述了各造論點。方修指出，其時其實「具有本地性格的創作，還是佔著更大的比重的。」（頁二八）楊松年〈本地意識與新馬華文文學〉對事件經過有一番簡略的描述（《新馬華文文學論集》，頁一四－一八），謝詩堅在其篇幅浩大的《中國革命文學影響下的馬華左翼文學（一九二六－一九七六）》有十數頁的討論。給予的篇幅並不多，卻頗有定調甚至定論的意味——他說那是「主導權的鬥爭」，為的是「馬華文學獨立」（頁一三〇－一四〇）。從文學史或批評史的角度，是這個主題最接近結論的看法了。這觀點當然也可說是承繼自方修。

基本文獻多收於苗秀主編的《新馬華文文學大系一》，六百多頁，但多年來也沒見有什麼新發現補充。再則是二〇一六年杪台北的「跨越一九四九」研討會上（二〇一六年十二月二十五－二十六日，東華／中央／現代文學會等），竟然同時有兩篇論文涉及這議題。張錦忠，〈過去的跨越：跨越一九四九，回溯一九四八，與「馬華文學」之為「獨立」行動〉，但其結論其實沒有超過謝詩堅。另一篇是魏月萍的〈「此時此地」：馬華與中國左翼革命文學話語的競爭轉化〉。二文都嘗試重探這議題，說明了此議題並非只是文學史議題，而是關涉馬華文學自身的屬性，有它延續的生命。

7 氏著《馬華文學史話》（一九六八）（新加坡：青年書局，二〇〇五），頁四。

依方修的敘述，「馬華文藝的獨特性」的論爭還分了好幾個階段，首先是凌佐的〈馬華文藝的獨特性及其他〉，開宗明義，是要遠離「中國文藝的海外版」，前提是把握「馬華文藝的社會基礎」，「深入的認識和把握整個的馬來亞社會現實發展狀況（過去的、現在的、將來的）」，步驟上「不妨先從馬華社會的認識把握作為入手……把馬華社會當成全面理解的起點，進而找出馬華社會與其他民族的聯繫和關係，更進而去認識和把握整個馬來亞社會現實的發展狀況（民族解放運動的發展狀況）……應該和馬來亞民族解放運動鬥爭結合在一起，而以馬來亞人民的姿態投進了這鬥爭。那麼，我們的馬華文藝的生命卻不是失去健康而變成沒有血色的灰白的浮屍。」[8]依其言，這是準公民的義務。民族解放是大我的意圖，具公共性。在這前提下，方有所謂的「馬華文藝的獨特性」——「從馬華民族是構成馬來亞社會的主要民族這既存事實的基礎上，馬華文藝有著積極的充實的內容的發展前途，和獨創的意義。」（同頁）[9]姑不論這論述的前提（在馬來亞建國前，馬來半島＋星加坡的華人人口和馬來人不相上下，華人也自豪於文化居於優勢）「深入瞭解馬華社會」預設了一種社會學式的歷史視野，接近於六〇年代後千里達印度裔小說家奈波爾（V.S Naipoul）的實踐，主張深入的描繪當下現實。這段文字接著的部份，後來引發論爭：「以馬來亞人民的立場為出發點，在工作任務方面，不能不把馬來亞的民族解放事業放在首要的地位，對於祖國的義務，雖然仍是應該負擔的，但卻不能不變為第二義的。」（同頁）這大概是箇中最重要的爭點——在地使命優先於「為中國做一點事」。

凌佐的思路相當清晰，立場也清楚。他的論述其後由周容接續，周容在一九四八年初《戰友報》新年特刊上發表了〈談馬華文藝〉[10]，但他的論點有點偏移。譬如以下的看法：「一切文藝都有獨特性，都是表現『此時此地』的，沒有獨特性的文藝是『僑民文藝』……要為此時此地的人民利益服務，必須表現此時此地的現實，此時此地的人民生活和鬥爭。」[11]基本上延續了凌佐的論述，但「此時此地」是他獨特的概括。周容且認為前此僑民文藝的傾向，「中國文藝的海外版」的傾向，是「手執報紙、眼望天外」，關心的是中國，與馬來亞人民生活的現實鬥爭是脫節的。周容的論點更加強調那「為人民服務」（毛澤東〈在延安文藝座談會上的講話〉）的馬華文藝應當以當下現實為關注對象，用兩個「此」字強化了時間與空間的限定，這在場。它的對立面即是「彼」——此時彼地，彼時彼地，祖國原鄉，那不在場。

周容文章發表後隨即受到李玄和沙平（胡愈之）的反駁，但除了對「此」的些許異議、強調僑民文學並非沒有價值之類的爭辯之外，其後枝枝節節的討論（包括周容本身的補充論述）並沒

8 《新馬華文文學大系一》，頁二〇二—二〇三。原刊於《星洲日報》副刊《晨星》，一九四七，十一。

9 〈馬華文藝的獨特性及其他〉，頁二〇三。

10 這份重要的材料不知何故沒收入《新馬華文文學大系》，目前論者多轉引方修《戰後馬華文學史初稿》。二〇一八年三月二十一世紀出版社編輯出版《緬懷馬新文壇前輩金枝芒》時，全文收入，與其他若干論爭文字共輯為「『馬華文藝獨特性』論爭文章選編」，頁一九八—二〇四。〈談馬華文藝〉文章雖長，其實沒什麼論點，它突出的其實是立場，及容易被引用的口號（「此時此地的現實」之類的）。

11 轉引自方修，《戰後馬華文學史初稿》，頁三四。《緬懷馬新文壇前輩金枝芒》，頁二〇一。

有增加多少有理論意義的論點。

兩種不同的立場和論點，竟爆發於左翼陣營的內部——馬共與被認為一向庇護馬共的中共之間：周容（陳樹英，馬共陣營最有論述能力及小說能力的「南來文人」），馬共的喉舌刊物《戰友報》、《民聲報》；與沙平（國際問題專家胡愈之的筆名，南下的中國民主同盟核心成員之一，後來證實是中共黨員，奉周恩來之命南下打宣傳戰），《風下》和《南僑日報》都是中共在馬來半島的喉舌。

苗秀在〈論「僑民意識」與「馬華文藝獨特性」〉（一九四八）就已清楚的指出：

> 我們提出「馬華文藝的獨特」這口號，其一目的，即在爭取僑民作家，投身馬華文藝鬥爭，為當地人民解放服務。一個有良心的文藝工作者，一個忠於現實的作家，他必然投身當前的現實鬥爭，反映此時此地的現實鬥爭，……
>
> 由於馬來亞的民族解放運動發展到現在的新階段，文藝為配合著這新的歷史任務，本身必須爭取獨立發展，所以得把外來輸入的東西變為自己的東西，把自中國移入的新文藝，生根在馬華文藝土壤中。（頁二五九）[12]

星馬華人史專家崔貴強從二十世紀華僑向華人轉化（「國家認同的轉向」）的整體歷程來看這場論爭，指出這涉及華人的雙重屬性、雙重任務、「雙重認同」、雙重國籍的問題（或者說，是華僑／華人的雙重性的問題）[13]。一直到五〇年代，即便建國已在日程上，在登記申請公民權、討論國籍時，多數華人（新客）還是希望保有雙重國籍，不願放棄中國國籍。因此「雙重任務」的主張，和保有雙重國籍的意圖是一致的。為僑民文學辯護者，基本上是支持雙重任務說的，也就是認為華人必須同時承擔馬來亞及中國的現實任務。「獨特性」論者則認為前者具優先性，相應的則是單一國籍論。崔著中也指出，其時在馬來亞的國民黨和民盟雖然政治立場不同，卻都是持雙重任務，強調華僑需關心中國的變革。在十九世紀末國民革命動員華僑以來，華人的中國認同就一直被強化[14]，一直延續到二十世紀五〇年代，一直到被迫面臨選擇。馬來亞這一新興民族國家構造伊始即不承認雙重國籍。多年以後，選擇馬來亞國籍的華人及其子孫必須學會把民族文化認同和國家認同切分開，在這樣的民族國家內，二者尖銳的對立[15]，那是個新的經驗。

很顯然，國家認同其實是個全新的問題，五百多年的華人移民史裡未曾遭逢。在近代，最

12 李廷輝主編，《新馬華文文學大系一》，頁二五七—二六〇。

13 崔貴強，《新馬華人國家認同的轉向（一九四五—一九五九）》，及後文的討論參考，第五章，〈華人與馬來亞憲制一九四六—一九四八〉，頁一五三—一八四。這書同時也提到這場文學論爭，把它置入相關的歷史脈絡，更覺有意思。頁一七〇、三二〇。

14 顏清湟著，李恩涵譯，《星馬華人與辛亥革命》（台北：聯經出版公司，一九八二）。一九四九以後播遷台灣的國民黨政權，也一直延續民國初年血統主義的國籍法。

15 晚近台灣在去中國化過程中，必然走向國家認同與（民族）文化認同的分離。

關鍵的當然是東亞諸民族國家的形成（當然包含中華民國），那意味著去殖民，意味著國籍、公民權、國民身份等。就華人而言，一方面是中國本身經歷的驚天動地變革——從帝國轉向民族國家，經歷幾次與西方列強敗北的戰爭，幾乎滅亡、被瓜分；歷經軍閥割據，且幾乎被一心「脫亞入歐」的日本帝國佔領，其後更爆發同樣造成大量死傷的內戰，凡此都造成子民離散。磕磕絆絆的走向現代化的中國，創造了國民、國語、「國語的文學」、國民中小學——「華人」的屬性也因此重新界定，被稱為「新客」的晚期移民以說華語／華文來界定華人的屬性。

當然，這整個論爭和未參與民族想像的土生華人沒多大關係，受英文教育的英籍民普遍不會說華語、讀／寫中文，當然不可能參與華文文學內部的論爭。然而相較之下，土生華人因多數是三代以上移民的後裔，樹大根深，和原鄉之間相對疏離。英殖民晚期，他們當然普遍比新客更為認同在地，也更積極、深入的參與本地的政治實務。一九四八年為處理華人事務（緊急狀態下成立的新村，有共黨同路人之嫌而面對「遣返」中國的華裔子弟）而成立的馬華公會，肇建者即多為土生華人商紳。

論戰結束不到半年，英殖民政府即宣佈馬來半島進入緊急狀態，馬共被迫地下化，陷入艱難的生存鬥爭，再也無緣參與公共論爭。但周容一方的論點卻得到普遍的認可，作為論戰的成果被繼承下來，成為爾後馬華文學界定自身存在價值的根本依據，也是支撐「有國籍的馬華文學」、「馬華現實主義」論述的脊樑。

次年，中共建國。對地緣政治、華人史、文化史上，那又是個巨大的分水嶺。一九五五年萬隆會議召開（距馬來亞建國不到兩年），周恩來代表中華人民共和國宣佈不再承認雙重籍，選擇留下的華人此後唯有遵循在地民族國家的法則，在政治上和「中國認同」保持距離（或將它內化、地下化、抽象化）。也不可能預料因恐華或反華而推出的同化法案或類同化法案（印尼，泰國，菲律賓）、土著保護法（馬來西亞），對華人與華文的存在會造成那麼嚴酷的「現實」。

前身

一九二七年國民黨清黨後，大量左翼文人南渡，革命文學隨之南渡，為避殖民政府耳目，易名為「新興文學」。在抗日救亡的政治綱領下，文藝大眾化、甚至漢字的拉丁化等，都是中國革命文學論調的複製，在戰略上，也必然延伸至僑民文藝（寫南來文人的中國經驗）和地方經驗（所謂「地方色彩」）的論爭。陳練青〈文藝與地方色彩〉（一九二九）只略言之，保羅的〈馬來亞文學試論〉（一九三六）竟主張要展現文學的地方特殊性，必須把漢字拉丁化以整合進英文、馬來文裡去。

一直到一九四七、四八年的「馬華文藝的獨特性」大論戰，仍是此一問題的延伸。在這之前，鐵抗（鄭卓群，一九一四—一九四二）的論述（一九三九—一九四〇）有里程碑的意義。馬華文藝獨特性大論戰的相關見解，其實並沒有超過鐵抗戰前的相關論述。左翼的現實主義理論的基本看法也具見於這幾篇文章：〈馬華文藝是什麼？〉、〈馬華文藝的地方性〉、〈馬華文學作品中的口語〉。

〈馬華文藝是什麼？〉（一九四〇）直接按字面把馬華文藝界定為「馬來亞中國僑民的文藝」：「馬華文藝最主要的是對於馬華社會的反映，其次才是非馬來亞。前者是主，後者是客。這和中國的邊疆文學一樣，移居邊疆去的文藝作者，必須發掘邊疆的現實，以『邊疆』的為主，其他的為客。」以華僑的立場，從文藝作為戰鬥的角度，強調必須反映馬來亞在地的、立即的現實。另一方面，從民族的立場來看，「馬華文藝界配合著中國文藝界的行動而執行著它的任務。基於此，馬華文藝界雖則反映的是馬華社會的現實，然而是在整個中華文藝的行動。即是說：她是在『一般』的動向之下進行她的具有『特殊性』的工作。」（頁九三）這一般與特殊的辯證，地域與國家、甚至境內與境外的辯證：

馬華文藝最主要的是對於馬華社會的反映，其次才是非馬來亞的，前者是主，後者是客。這和中國的邊疆文學一樣，移居邊疆去的文藝作者，必須發掘邊疆的現實，以「邊疆」的為主，其他的為客。這為的是作者對於所在地的「人」、「事」最為熟悉，且對於所面對的現實有反映推動的任務。[16]

如果與歷史情境更為複雜的中華民國—台灣相較，則是作為後殖民癥狀的所謂的鄉土文學問題。誠如陳映真在〈鄉土文學的盲點〉（一九七七）中指出的：

放眼望去，在十九世紀資本帝國主義所侵凌的各弱小民族的土地上，一切抵抗的文學，莫不帶有各別民族的特點，而且反映了這些農業的殖民地之社會現實條件，也莫不以農村中的經濟底、人底問題，作為關切和抵抗的焦點。「台灣」「鄉土文學」的個性，便在全亞洲、全中南美洲、全非洲殖民地文學的個性中消失，而在全中國近代反帝、反封建的個性中，統一在中國近代文學之中，成為光輝的、不可分割的一環。（頁九五）[17]

陳映真這段話可與鐵抗前引文相互補充，二者都共享了革命文學的視域。在陳映真的論述裡，「一般」和「特殊」的循環是「中國—台灣」與「亞—非—拉」弱小民族文學之間，在第三世界被殖民地文學的普遍性（「一般」）。他為鐵抗補充了殖民地弱小民族文學的整體視野，馬來半島其實是非常典型的案例。在這樣的論述裡，因屬殖民地的緣故，作為地域的台灣與中國之間，鄉土文學作為特殊性其實並不那麼特殊。鐵抗的論述裡可為陳映真補充的恰是邊疆—中國這樣的對立與辯證統一。在殖民地時代，那不是問題。但在民族國家成立後，就成了問題。民族國

16 方修編，《馬華文學六十年集：鐵抗作品選一九一九—一九七九》，頁九二。
17 尉天驄主編，《鄉土文學討論集》（台北：遠景出版社，一九七八），頁九三—九九。

家的成立劃下一道絕對界限。馬來半島地域與中國間之特殊與一般的辯證必須被切斷，獨特性的邏輯必須更強化它的內聚性，這也是建國後馬華文學本土論的特性。在型態上，和台灣文學的本土論竟是十分的類似。

關於邊疆文學論，鐵抗之後四十多年，就在鄉土文學後，台灣也曾出現過（以不同的語調）：

> 有時我很憂心。杞憂著我們卅年來的文學努力會不會成為一種徒然的浪費？如果三百年後有人要人在他中國文學史的末章，要以一百字來描寫這卅年的我，他將會怎麼形容，提及那幾個名字？
>
> 小說家東年曾經對我說：「這一切，在將來，都只能算是邊疆文學。」（一九八一）[18]

詹氏之論引發了「台灣結」與「中國結」的論爭，如何轉化邊疆文學的窘境？本土派認為那是統派自身特有的問題，「要評估台灣文學的作品，應該是從它本身固有的歷史背景和本身立足的現實出發，而不是台灣島以外的土地上來觀察台灣文學。」[19]簡言之，本土論的邏輯認為，只要自己當家作主，即可解決相關問題。那無疑在召喚國族之牆。但這事，在馬來（西）亞其實發生過了，只是在後者那裡，在有國籍之後，卻成了「民族文學」[20]。台灣呢？即便尚未建國，鄉土文學（本土意識、台灣意識）卻成功樹起了意識型態之牆，即便沒有創造出「僑民意識」這樣的名詞，本土／外來這樣的架構是相似的，「有土地的文學／沒有土地的文學」的對比也非常自然[21]。

馬華「邊疆文學」論顯然是殖民地條件下的產物，已為歷史陳跡，它在七〇年代末的死灰復燃版是「主流—支流」論（在台的星座、神州詩社成員在「僑生返國」的脈絡下「返祖」）。鐵抗另兩篇文章，〈馬華文藝的地方性〉強調：

> 題材是馬來亞的，直接的，活生生的；主題應該是進步的，能擔負組織華僑大眾的任務的。……內容的傳達，依靠著創作技巧，而馬華文藝作品，在技巧方面，應該吸取華人大眾的口語，使自身活潑，通俗，有生氣。地方風景的描寫，是「地方化」的當然結果，用不著著重描述。而口語和通俗，才是形式方面的條件。（頁一〇八）

---

18 詹宏志，〈兩種文學心靈〉，氏著《兩種文學心靈》（台北：皇冠文化公司，一九八六）。

19 宋冬陽（陳芳明），〈現階段台灣文學本土化的問題〉（一九八四），附錄於《兩種文學心靈》，頁七〇。

20 詳本人，〈馬華文學的國籍〉（《華文小文學的馬來西亞個案》）。

21 二〇二一年六月二十一日，中興大學台灣文學所邀請大馬留台新銳小說作者鄧觀傑對談時用的就是這標題：「沒有土地的文學——談在台馬華文學的境遇」。「沒有土地，哪有文學」是已故的台灣鄉土文學大老的標誌性口號。

他清楚的認知，表面上的地方色彩不是問題，它會在作品裡自然體現；強調口語和通俗（有趣味），考量到讀者的接受，都是很務實的。之後八十年的馬華文學，卻很少能做到。鐵抗甚至也考慮到「以馬華現實為主要的反映和推動的」馬華文藝的時間方面，提出一種更有意味的「此時此地論」：

> 譬如說，這一刻就有一種巨變在馬華社會中發生了，我們便得立即反映它，雖則有時長篇巨製的文藝創作不能像報告文學那樣迅速反映，但也得盡速反映那最近的。不但如此，我們還得根據現在去暗示未來，推動未來，使得產品能夠完成**現實主義的最高創造**。（〈馬華文藝是什麼？〉，頁九三，粗體字為引者著重）

在現實上，這樣有「前瞻性」的馬華文學現實主義作品從未出現過。

「此時此地的現實」

當時間拉長，「此時」就帶著反諷的意味——它自身難免處於流變之中。如果扣緊它的時間性，就會有論戰時郭沫若一針見血的反詰：「假如我們死死地拘泥在『此時此地』四個字的字面上，那只好說每天除了報紙記載之外便無須乎再要文藝了。」[22]此時本身的含混性——如果把它想像為如一日般短暫，則只有新聞報導趕得上它的快速流變，文學的經營往往需要額外的時間。愈是朝短時的方向推想，這命題的效度愈低。如果把它思考為新聞似的「事件時間」，那它和文學（熟成）的時間確是大異其趣的。但周容的「此時」的「此」應不止是那麼短暫，而是較大的時段——「此時此地的人民生活和鬥爭」不是一朝一夕之事。

這場論戰甚至引起中國文化界的注意。郭沫若和夏衍的文章[23]寫於論戰的末尾，頗有隔洋總結的意味。二氏都同意「雙重任務」說，所論也言之成理——不同的華人移民狀況不同，有的選擇長居馬來亞；有的只是過客，只打算暫居。必然的，前者關切馬來亞問題，後者多關切中國問題。郭沫若甚至合乎邏輯的指出：

> 不能把前一半（按：全馬罷業）切取為「馬華文藝」，而把後一半（「東北人民大翻身」）割棄為「僑民文藝」，要把兩半合攏才能成為健康的馬來亞文藝，事實上兩半都是現實，不能認為前一半是現實，後一半就不是現實。……把「現實」兩個字解釋為「眼前的現

22 郭沫若，〈申述「馬華化」問題的意見〉，原刊於一九四八年三月香港《文藝生活》總三十八期。林曼叔編，《香港文學大系一九一九－一九四九．評論卷二》。

23 夏衍，〈「馬華文藝」試論〉，《香港文學大系一九一九－一九四九．評論卷二》，頁二九三－二九九。這兩篇文章都收入《新馬華文文學大系》第一集。

實」還是極初步的錯誤，這只是舊現實主義的了解，……新現實主義的現實包含有未來的第三種現實──歷史發展的必然，未來的透視。（頁三〇一）

凌佐「深入的認識和把握整個的馬來亞社會現實發展狀況（過去的、現在的、將來的）」似乎比郭沫若新現實主義論的「未來的透視」及周容的「此時」的時間性更具「遠景」（盧卡奇現實主義論中的「遠景透視」），那是一種宏大的歷史視野了。不能否認的是，「此時此地的現實」論對「現實」的想像過於單一、刻板，籠統的以「人民」為主詞，沒有考量「現實」的多重可能性，更別說那論述完全沒考量寫作者個人層面的情感或情志的部份。之所以如此，它根本上是政治的綱領，首要的關切並不是文學的。

早在一九四八年二月，當時還是「馬華作家」的苗秀在〈論「僑民意識」與「馬華文藝獨特性」〉就已清楚的指出：

我們提出「馬華文藝的獨特」這口號，其一目的，即在爭取僑民作家，投身馬華文藝鬥爭，為當地人民解放服務。一個有良心的文藝工作者，一個忠於現實的作家，他必然投身當前的現實鬥爭，反映此時此地的現實鬥爭，……

由於馬來亞的民族解放運動發展到現在的新階段，文藝為配合著這新的歷史任務，本身必須爭取獨立發展，所以得把外來輸入的東西變為自己的東西，把自中國移入的新文藝，生根在馬華文藝土壤中。[24]

自馬共遁入森林、馬來西亞建國、大聯合政府成立、種族對立深化後，「人民解放」這一左翼政治理想，已成昨日之夢。

強調在地認同、「要為此時此地的人民利益服務」的「此時此地的現實」論者多半未曾想到，有朝一日國家會和民族發生分歧；所謂的「此時此地的人民生活和鬥爭」本身也產生了分歧。華文和華文教育歷經「此時此地的現實鬥爭」後勉強維持自身的存在，宛如被水泥封禁於尺土之地的文學亦然，時時刻刻必須面對自身艱難的「此時此地的現實」。提出「此時此地的現實」論的周容，在馬共被迫退往泰南後，他及森林中的伙伴們也反諷的被迫陷於一種困獸情境。[25]隨著種族政治的深化，連歷史都依不同種族、政治立場而裂解成各自的「我方的歷史」，「此時此地」論所期許的公共性，似乎愈發不可能。一九四八年後將近四十年間，馬共在馬華文學裡幾乎絕跡，但那難道不是大馬最重要的「此時此地的現實」之一？[26]

24 苗秀編選，《新馬華文文學大系一》，理論，頁二五九。
25 黃錦樹，〈最後的戰役——論金枝芒的《饑餓》〉及〈在或不在南方——反思「南洋左翼文學」〉，均收入氏著《華文小文學的馬來西亞個案》。
26 魏月萍的論文帶出另一個問題：諸多「此時此地的現實」中，到底哪個是最重要或最根本的？魏文以賀淑芳〈別再提起〉為

對馬華文學來說，僑民文學問題必然會時過境遷——當一代人自身的中國經驗被耗盡，如果沒有新的南來作者加入，那種寫作最晚也不會延續到無甚中國經驗的他們的下一代——之後就自然解決了。除非像新加坡那樣廣開移民之門，新的中國移民中的文青，寫作很難避免參照前半生的中國經驗，或許就不免重新製造「中國文學的海外版」[27]，人雖在他國，寫的還是以中國背景的中國題材。但對那對華人移民設下高門檻的馬來西亞，可能性就極低了。

因此當我們運用「此時此地的現實」之類的論述時，基本上都是和它的原初語境脫離的，為的是開掘其自身的理論可能性。如果受它的原初語境和條件束縛，它的意義或許就不可能超出既有的文學史脈絡。

獨特性

這想像的「獨特性」，到底是怎麼一回事？它如何被辨識——這裡，針對「馬華文藝獨特性」我們可以提出一個理論上的提問：有沒有什麼特殊標記，可以讓某部或某篇作品，被讀者自然的辨識為馬華文學？如果有，那是什麼？如果沒有，又是為什麼？

能被輕易指稱的「標記」往往是最表層的。

猶如李廷輝在《新馬華文文學大系．總序》中直截了當的粗暴告示：「凡是不以新馬為背景的，一概不收」，這其實是最常見的回答。一種排他邏輯。它限定了寫什麼會被認可為馬華文學，寫什麼則不是。

在這裡，功能上，「獨特性」用以區隔、排他，但這只是最消極的。《大系》作為大型選集，如同一個地盤，主編有權力做出種種消極、積極的限制。就像文學獎。從歷史上來看，「獨特性」的進階版即是「馬來亞意識」，誠如克全指出的，「當我們說到馬來亞意識時，自然會牽涉到有關馬來亞的事物上去。一般人以為只要拿馬來亞作為寫背景，作品裡多放幾株椰樹、膠樹，或在對話裡採用幾個『國語』詞彙，就算完成了這任務。這是一種很膚淺的見解。」[28]

他認為應掌握「多元民族生活的共通點」，增強「作品的地方色彩」，「提高寫作技巧的水準」以兼顧社會性與藝術性。（頁一二一）

關於地方色彩，苗秀且引陳練青在三〇年代的文字：「『地方色彩』該是某一特定地方的自

「最扣緊『此時此地』的社會議題」，難道諸如柔佛州依斯干達石化園區、關丹稀土廠、趙明福疑似「被自殺」、安華再度被控雞姦入獄、首相納吉的一馬主權基金淘空案等，都不是「此時此地的現實」？如何區分箇中的輕重主次？

27 新加坡的情況，討論見游俊豪，〈主體性的離散化：中國移民作者在新加坡〉。又如被歸入旅美作家的嚴歌苓，移居加拿大的張翎等，主要讀者還是在中國。自三〇年代以來，那些回返或被遣返中國的寫作人，被稱做「歸僑作家」。他們「回歸祖國」後，寫的題材包含其南洋的經驗和中國經驗。晚近的「新歸僑」，則被稱做「海歸作家」了。

28 克全，〈我對於「馬來亞文學」的管見〉，《新馬華文文學大系一》，頁一二〇。

然背景跟社會生活特殊風貌的綜合，有著本身特殊的色調。」[29]苗秀認為這樣是不夠的，「馬華文學必須有強烈的地方色彩，異國的情調」，但那必須「以實現馬來亞人民民主為其內容的」，「我們的作家，應該寫出一個投荒的中國人怎樣從赤手空拳變成一個百萬富翁的大頭家。」（頁一四七）依這敘述，如果不考慮藝術效果、藝術形式，方北方的《樹大根深》（鐵山泥出版社，一九八八）可說是符合期待的[30]。奮鬥的故事，發達的故事，「邪惡頭家荼毒工人」等題材，爾後成為馬華現實主義常見的題材。但，那有多大的「獨特性」呢？

一九四七—四八年的「馬華文藝的獨特性」論爭中，其論述基本上是內容取向的，凌佐，周容，到苗秀，都沒有考量任何形式方面的問題。以為單憑內容扣緊「此時此地的現實」，就可以讓作品自然具有「獨特性」。而那過於素樸的藝術形式，其實多借鑑於中國和蘇聯的革命文學，或寫實主義小說，毫無創意。

被擺在對立面的「僑民文學」和「中國文學的海外版」，其實蘊含的意思有些微不同，要求不寫作「僑民文學」和拒絕成為「中國文學的海外版」，後者還可區別出這麼一層意思——馬華文學自身是否能開展出一種讓它可以和其他地區的華文／中文文學產生區隔的獨特性？

除了極少數匿名的狀況如文學獎甄選之外，作品裸身出現以考驗讀者區辨力的機會其實並不多。大多數情況下，作者的名字，性別，年歲，出生地，職業，國籍，甚至方言群這些有社會學意義的基本材料，都會伴隨著作品。換言之，區辨首先憑藉的是文學外部材料，接下來才是看作品本身。即便到這階段，看的還是背景、題材這些比較明顯的區辨元素。單是如此——「獨特性」的消極要求——就隱然的給馬華文學的寫作者設下限制——大馬背景是基本門檻。這一來也幾乎就限制了文學的類型，科幻、武俠等都被自然排除了。

一九四七—四八年那場論爭爆發時，很多歷史條件都還未成熟。猶如這支小文學的歷史還未滿三十歲，「南洋為什麼沒有產生偉大文學作品」之類的急躁質疑即時有所聞。但「獨特性」的吁求不管怎麼看只能說是未來式的，一個左翼的未來文學綱領，馬共與民盟兩個敵對陣營都強調自己持的是現實主義立場。即便去除掉左翼預設，「獨特性」還是個有意義的問題，因為沒有一個文學系統甘於淪為附庸、支流、「海外版」。然而，單憑主觀的自我認定（「多元中心說——馬華自為一中心」[31]）夠嗎？另一種觀察方式是，馬華文學何以被（大陸）從其他華文／中文世界（譬如台灣、香港）區隔出來？原因也許再簡單不過——馬華文學有了國籍。那是因為馬來西亞華人終於有了這新國家的國籍。一九五五年周恩來在萬隆會議上宣告華人一旦選擇了當地國籍，就不再擁有中國籍。文學是不是也是如此呢？從兩岸「華文文學」學術範疇的建構中，可以

---

29 苗秀，〈論文藝與地方性〉（一九六三），《新馬華文文學大系一》，頁一四六—一四七。

30 苗秀在文內還提到作家應去寫膠工、錫礦工之類的生活，方天一九五七年出版的小說《爛泥河的嗚咽》（蕉風）可說是反映五〇年代馬來半島「此時此地生活」的代表作。

31 這表述其實也預設了民族國家。多元中心說見周策縱，《總結辭》。

隱然看到這一層考慮。

在馬來亞建國後，在馬來西亞組成後，彷彿作者的國籍可以消極的保障作品的國籍——如果作品以馬來（西）亞為背景。

那場論戰後，即便到馬來亞建國後，馬華文藝的「獨特性」是否已然樹立？只怕很少人敢給出肯定的答案。甚至建國六十年後的當代，這還是個問題，即便現實主義的獨斷受到現代主義的猛烈挑戰之後。然而，一般談論這問題的現實主義者（如方北方，吳岸等）都比較天真的認為，地方色彩就是獨特性[32]。甚至以為蕉風椰雨之類的「背景」就是了。

從它隱含的獨立性的角度來看，學習、模仿的對象改變之後，問題的結構還是沒什麼改變——這一點，和一個從學習模仿諸家入手的寫作者之成長為一個成熟的、有創造力的作者的情況並無不同。轉益多師，成一家之言；寫出突破性的作品，建立自己的風格，成為不同於其他既有的、已成歷史的、著名或不著名的作者[33]。

誰來認可是另一個問題。

誰有資格寫作馬華文學？

在大馬建國之後，顯然，除非是國民——或準國民——誰願意寫作馬華文學？

「外人」能寫作馬華文學嗎？處在世界文學邊緣之邊緣、無甚附加價值的馬華文學，誰會對它的存在感興趣？

中國文人避亂南下抵達英屬馬來半島和海峽殖民地，因而促發創生了還沒有國籍的馬華文學；南來文人的時代已成歷史陳跡，但不同時代的文學行動者卻仍繼續移動著，因而類似的問題重複出現。

背景負擔

當一個馬華作家離開大馬國境，長期居留在另一個國家（譬如：作為民國的台灣）；當他的「此時」離開那個「此地」之後——我們可以想像那此時是他的寫作時間（字持續在螢幕或紙上顯現）；相對於寫作的他的此在，那是遠方的彼地。然而那彼地無非是他的故鄉。然而，他的「此時此地的現實」，最根本的當然是他的馬華文學寫作，在國境之內的「此時此地的現實」之

32 方北方的討論見黃錦樹，〈馬華現實主義的實踐困境——從方北方的文論及馬來亞三部曲論馬華文學的獨特性〉，《馬華文學與中國性》，頁九五—一一四。

33 這樣的「成功例子」當然並不多。「獨特性」或許應該不止看正面、「成功」的例子。負面的例子，是一種衰竭的型態。在詩是「沒有詩意的詩」。其實例是，八〇年代以來為「反映現實」而犧牲了詩意。沒有詩意還能算詩嗎？在馬華，那不是問題。討論見我的〈尋找詩意〉（《華文文學》二〇一四年二月，頁九一—一〇〇），〈論非詩〉。小說則是「沒有小說感覺的小說」，失去（或不具備）講故事的能力，語彙貧乏。雨川是最有代表性例子之一，討論見我的〈書寫困難：困難意識／困難的書寫〉（《蕉風》四八七期）。雜文常是「複述的老生常談」或「純粹的攻訐」，後者代表例子之一是碧澄、唐林、甄供、陳雪風等。

外。不在場。從台灣文學的立場看，那豈不是一種僑民文學（「外來種」）——馬華文學的海外版？換言之，「此時此地的現實」既是馬華文學本土論的綱領，也無妨看做是台灣文學本土論的原則。從中我們可以看到寫本地／寫他鄉，甚至本土的／外來的這樣的結構。最開始的三四十年相當依賴「南來作家」的馬華文學（本土作者相對的少，栽培需要時間），務實的只要求南來者勿寫過去在中國的經歷。而台灣，即便日殖時代飽受壓制，漢語文的寫作卻未嘗斷絕；一九四九以後空前規模的「南來文人」大軍壓境，以特定的政權為後盾，不必封禁自己抵台前的經驗與記憶，不必被指控為「中國文學的海外版」，甚至一度乾脆自居為「現代中國文學」（正統），不必煩惱什麼「獨特性」問題。反之，它的對立立場很自然的打出「鄉土文學」的名號，更能接地氣，或許也更貼近彼輩的「此時此地的現實」了。而從鄉土文學論戰更不難看出，基本上由新舊兩個移民集團組成的兩個對立陣營，皆難免各自以對方的「背景」為負擔。各自負載著不同的時間性，土生華人／新客的差異時間性。另一方面，反映「此時此地的現實」主要來自左翼，既預設了毛澤東〈在延安文藝座談會上的講話〉的文學要為人民服務，也預設了文學必須受政治任務支配。它沒有給文學的自主性留下空間。但非左的文學立場可沒有這類的預設，比較相信文學有它自主的價值。換言之，兩者談的文學可說是兩種不同的東西。

在大馬留台寫作人這裡，「此時此地的現實」已從「為人民服務」的革命文學命題，被轉化成原先在革命文學裡不被重視的個人的抒情言志。那重新召喚回來的故鄉的「此時此地的現實」，已然是一種後遺效應。時間在個人生命經驗裡的發酵，更多是一種內向的時間，個人的詩情。或是進而反思與自身存在有關的歷史，總而言之是「南洋色彩」[34]。如果僅是抒情言志，在此地並不難被接受，但深入歷史則難免於「背景負擔」，往往會被此地的讀者習慣性的視而不見。因為那不止與他們的「此時此地的現實」無關，也與他們的共同記憶無關。對讀者而言，作者預設的默會知識一旦落空，理解就十分困難了。那「背景」對讀者是負擔，對作者當然也是──或許因而讓他們被孤立，像一座小小的文學孤島。

一樣可稱之為「南來」──大馬旅台作者移動方向與上世紀的南來文人相反──不是向南方來，而是自南方來，來自熱帶，再移民，興許還經歷國籍的轉換，錯位的歸返？

一旦移到他方，即便美其名為移植，也是艱苦的重新開始，必須因一方水土不同而有所調整。出生於馬華文藝的獨特性大論爭之年、二十歲即自婆羅洲古晉赴台的李永平五十年在台[35]的寫作歷程，頗能說明問題。在台出版的第一本小說集《拉子婦》（一九七六）以婆羅洲為背景，不同的篇章對應不同的「現實」。如〈圍城的母親〉對應的迫切危機是發生於一九六五年、造成婆羅洲華人流離失所的「紅頭番事件」（加里曼丹達雅克人被有心人士煽動屠殺華人）。《吉陵春秋》（一九八六）雖以古晉為背景，卻運用文學技術把它全面的去除南洋色彩，讓它呈顯為

34 相較於「在場的馬華文學」而言，這「南洋色彩」已是「彼時彼地」的「現實一種」。這也是為什麼田思等會批評張貴興、李永平筆下的婆羅洲是一種扭曲。關於易地後的「南洋色彩」，見我的〈地方特色與南洋色彩〉，《論嘗試文》。

35 這是籠統的說法，李永平有六年赴美深造，攻讀碩博士學位（一九七六─一九八二）。

純由漢字意象構成的「中國文學」——它對應的唯一「現實」是彼時的文學環境（「自由中國」文壇），及對一個「歸國僑生」小說作者的期待。一九九二年的《海東青》、一九九八年的《朱鴒漫遊仙境》對應的是民國—台灣的「此時此地的現實」。前者仔細摩寫發達資本主義下、爛熟的物欲和敗壞的人心，重返的日本殖民主義幽靈。雖然用「鯤島」、「鯤京」之類的辭彙替換台灣、台北，但台灣讀者，或曾在彼時的台北居留過的讀者，都可以輕易看出作品的意圖、作者的現實感。《朱鴒漫遊仙境》更迫近寫作者處身的當下現實。政治解嚴，動員勘亂時期（民國被封禁的時間）終結，萬年國代走入歷史，街頭上層出不窮的社會運動、學生運動，那「此時此地的現實」赤裸粗糲的呈現，讓《朱鴒漫遊仙境》趨近於報導。從「僑生」的觀點看，（戒嚴時代）的平靖一轉為喧鬧，「去中國」激烈的進行中，作為華僑論述之根據的文化民族主義的立足點將喪失殆盡。那被貼近描繪的「現實」顯然離馬來半島和婆羅洲太遠，如果拘泥於以大馬的「此時此地的現實」來界定馬華文學的屬性（獨特性無非是屬性的更嚴格界定），這樣的寫作，可能會被逐入非馬華文學之域。反諷的是，在馬來亞建國前那幾年，自中國南下的文人，為了建構在地的文學傳統而主張限制寫作者自身過去的經驗（被詆毀為「僑民文學」）凝注、反映身之所在的「此時此地的現實」。那是鄉土文學對初代移民的要求。《朱鴒漫遊仙境》無意中回應了那樣的期待，只是那視點，還是不政治正確的，自居為浪子的旅人畢竟還是此時此地的「本土」的他人。

地域保障名額

大概可以做一點簡略的總結：

一，在當代，我們對「馬華文藝獨特性」的談論，基本上已離開它之所由來的原始語境，和原初的問題設定；

二，它並沒有想像中那麼大的理論意義和理論潛能；

三，在實際操作中，其實只有在編選集時會直接面對「馬華文藝獨特性」問題。選集大概有兩類，一類是《東南亞華文文學教程》、《海外華文文學教程》之類的課程用書，幾乎都是大陸相關機構編輯出版，依地域編選，體現的是「地域保障名額」。其實我並不曉得它們的編選方針（選哪些作者、作品，其標準不得而知），那些編選者一般而言均較欠缺理論意識，大概也不會意識到什麼「獨特性」，可暫勿論。

一部馬華文學選（一般依不同文類選編，詩、小說或散文）當然得先確定作者是否屬「馬華作家」，國籍當然是必要考量因素之一。依個人經驗，常採取較寬泛的認定，曾經擁有馬來（西）亞國籍身份後來放棄，改入他國國籍，或未曾（譬如若干南來文人，只短暫停留，但留下了作品），只要他不否認自己是「馬華作家」即可。

至於挑怎樣的作品，又要看編選者的審美品味和意識型態立場（例如：現實主義的，現代主義的——其實沒多少選項），不管哪一種立場，都意味著對「獨特性」的一種辨識[36]。

四，那不能免於文學史的視野。但不是盲目的復返它的原初語境。一如所有的馬華文學選集，作品的選取，必得考量它（及作者）在它所屬的文學史上的位置。即便其人其作從跨地域文學的角度（譬如有豐富閱讀經驗的個別專業讀者的閱讀史視角）來看也許並不怎麼樣（如方北方的小說，吳岸的詩），但在馬華文學史裡卻有一席之地。在地的論述（即便貧乏）和認可，給予它一種保護。那樣的保護即便脆弱，有時甚至難以理解，也有它自身的合理性。

五、因此，「獨特性」也許和某種集體的偏見結構有關，就像民族主義。沒有一個民族不認為自己所屬的民族和語言是獨特的。

二〇一七年八月二十五日初稿
二〇二二年四月補

36 馬華文學選多半會有馬華在地作家學者參與，委由當地學者編選，或至少參考當地人編的選集，不太可能全然獨立於在地視野之外。近年域外出版較有規模、較有代表性的例子如一九九三，北京現代出版社出版的「馬華文學選集」〔共三冊，《最初的夢魘》（小說），《異鄉夢裡的手》（散文），《陽光．空氣．水》（詩歌）〕。那是大陸改革開放後，兩地交流產生的重要成果之一，是馬來西亞華文作家協會編選，給大陸讀者看的，理論上應該挑出最具代表性的「經典之作」。但馬華文學社群不知何時形成了一種慣例——竟然用公開徵選——溫任平主編、天狼星詩社出版的《大馬詩選》（一九七四）及二〇〇一年代出版的《馬華文學大系（一九六五—一九九六）》（雲里風總編，吉隆坡：彩虹出版社）一樣用公開徵選。「馬華文學選集」的小說是「由公開徵稿的百多篇小說裡，選取了三十五篇，也即是代表了三十五位作者。他們在『馬華文壇』都是一些知名的作者。」（原上草，〈導言〉，頁三）散文「稿件來源，是由作協秘書處發函予全體會員，請他們各自選出自己認為最滿意的三篇作品複印寄來，以供編委會採用。」非會員即由秘書處發佈新聞，「或通過各種渠道向他們徵求稿件。」（甄供，〈導言〉，頁七）「選錄的是活躍於當代馬華文壇作家的散文作品。」（頁八）詩選當然也不例外。主編吳岸在〈導言〉裡說：「這本詩選的作品，都是由詩作者自己提供，經大馬作協編選人員評選後選定的。」（頁一）沒有關於典律的反思，大概也沒想要把最好的馬華文學作品挑出來面向中文世界。簡而言之，這樣的操作並看不出有任何理論層面的反省，只是在沿用慣例，往往只有在教訓年輕世代時才強調「獨特性」及「我們自身的傳統」（見本文開篇引吳岸的話）。所謂獨特性也者，似乎是一種自然狀態，只要作者的身份符合提供作品的資格，他提供的作品就符合最低限度的獨特性要求。那不過是身份的投射。

香港—馬來亞

——熱帶華文小說的兩種生成，及一種香港文學身份

本文以曾經南下星加坡數年、最終落腳香港的劉以鬯為個案，勾勒同屬英殖民地的香港與馬來亞的文學關係；更以劉和同樣經香港南下的方天比較，探勘熱帶華文文學在殖民地時代的兩種不同可能趨向。在這基礎上，對劉以鬯的現代主義和香港文學身份提出一種不同的理解。

這裡談的香港—馬來亞的文學關係，是個蠻重要的問題。關涉的不只是這兩地的華文文學而已，也許還關涉到華文文學自身的結構性特質。這特質當然直接和中國、華人的漂流有關，也和帝國殖民有關。簡而言之，就是與中國之間的外部關係。一九四五年之前的台灣是日本殖民地，一九五七年之前的馬來半島就如同一九九七年之前的香港是英國殖民地。就像時間地理的隔離造成了方言的形成，從中國人、華僑、到華人這樣的過程，伴隨著的是華文的漂流，和各個地域文化產生互動，漸漸形成不同的文學傳統。這過程中我們仍可以看到幾個主要的元素——地方風土、方言、土語（如果有的話——在南洋這一點就很明顯）。

中轉站

當然台灣、香港在這一點上和馬來半島有所不同，南洋群島是更遠的外部。港台曾屬大陸的疆域，它之成為外部，和近代史上的帝國撞擊有關。鴉片戰爭、《南京條約》（一八四二）後的香港一直到一九九七；甲午戰爭、一八九五年馬關條約後的台灣，一直到一九四五年日本投降，與中國的歷史關係更為複雜，因而文學關係也就更為複雜。但馬來半島不是，一直是相當遙遠的外部，一九五七年的獨立建國幾乎讓許多人反應不過來。從此再也不是華僑了，不再是中國人，而是華人，有他國國籍的華人。但台港都不是，它們和中國的歷史與地理的連帶，難分難解。尤其和中國的鄰近，讓香港自晚清以來成為避禍南下的中國文人的中繼站。無意中開創馬華文學的那批人，都經過香港這中轉站，有的從此留在南洋，安家落戶，成了第一代華人。有的繼續流散到美加（如方天，楊際光，力匡，白垚等），有的待了幾年後返回香港（最著名的如劉以鬯）。這近乎純粹的外部關係，讓馬華文學面對的問題有部份和港台全然不同。

但香港獨特的位置，尤其是在一九四九年以後的二十年間更顯重要。自一九四九年中華人民共和國建國，馬來半島英殖民政府禁止中國出版品流入半島，而國民黨政府在台灣忙著用戒嚴和白色恐怖來穩定政權，香港的中文出版品乃成為英屬馬來亞華人最重要的精神糧食。馬大中文系的潘碧華在〈取經的故事——馬華文壇與外來影響〉[1]引用馬漢等的論述，指出五〇年代到七〇年代間的各種香港刊物及單行本（其實包括純文學的，綜藝的，及其他次文化的——從連環漫畫到電影、連續劇——影響可能一直到現在[2]），都可以在星馬找到。在兩個中國都鎖國的年代，香港和馬來半島同屬英殖民地，甚至使得「南洋」一度成為香港文化產品最主要的銷售地，銷量可能還超過了香港本身。那時間點，包括四〇年代始嚴格控制華文教育之前的泰國，一九六五年大排華全面剷除華校及禁止華文出版品之前的印尼，一九七六年菲化之前的菲律賓——一些重要的書店如香港世界出版社和香港上海書局，也在東南亞各大城市設有多個分部。以致五〇年代在香港發展（一九五二—一九五五）的張愛玲，在寫小說時會一直考慮她向來瞧不起的東南亞華僑會不會不喜歡她的某些寫法，也許也因此她竟也曾動念想寫鄭和（見宋以朗述，〈張愛玲沒有寫的文章〉[3]），一個異國情調的愛情故事。

這當然都是因為香港位置的特殊性造成的。正因為它是殖民地，就和租借地一樣，對中華民族主義來說它像是國恥，但它也恰可以緩衝「祖國的暴政」——當國家機器出狀況時。就像魯迅當年，國民黨要抓他，他也只好往租借地躲，也還好有租借地讓他躲。一九四九年以後，五〇年代以來，不認同共產黨也不認同國民黨，或被這兩黨視為敵人的人，還好有香港可以（暫時）棲身，可以稍稍和中共的紅色恐怖、國民黨的白色恐怖保持距離。而不為特定國家意識型態所容許的文學，也還好有香港可以容納。被左翼所痛惡的腐敗頹廢的中文現代主義，在上海熄燈之後，就是在香港重新開始的。

對我們而言，香港，香港文學最大的特性就在這裡。但左翼及國共的地下黨，也以香港為基地。一直到八〇年代，我們讀到的魯迅、茅盾是香港盜印的，沈從文、老舍也是香港盜印的。民國台灣及中華人民共和國以不同的政治理由禁掉的，都可以藉由香港這殖民地的自由空間而轉到我們手上。在馬來半島出版業還未成型的年代，不少星馬寫作人的作品也都假道香港出版。基於以上種種理由，莊華興在一篇文章裡把馬來半島與香港的這種文學關係稱做「港—馬文學共同體」。歸結以上種種，包括當時星馬華人社會還沒法栽培出來的知識菁英的往南流動：

> 劉以鬯初期，香港有一批文化人南下星洲辦《益世報》，包括劉問渠、劉以鬯、徐訏、鐘苓、趙世洵等。……楊際光（貝娜苔）已在吉隆玻《虎報》任總編輯，姚拓編《蕉風》之餘兼編《虎報·快活林》……劉以鬯自吉隆玻下星洲先後在兩三家報社做事，同時以葛里戈

1　潘碧華，（一九九九）二〇〇〇，頁七四七—七六二。

2　一九五六年出生的張錦忠二〇一五年一月十五日給我私訊：「我看的都是香港書刊（多過台灣書刊）。文藝最好就是《文林》（文少藝多）。少年時看的。還有《當代文藝》、《詩風》、《南北極》、《明報月刊》，左一點的是《海洋文藝》、《文學與美術》。投過稿的是《當代文藝》、《南北極》（雜誌，非文藝，但有詩文），還有《羅盤詩刊》。」那應是七、八〇年代的事了。

3　陳小扁訪談，南都網，http://ndnews.oeeee.com/html/201307/09/80776.html，二〇一三年七月九日。

（為筆名）寫了不少小說，一九五七年終於選擇返港。[4]

眾所週知的，馬來西亞最長命的文學刊物《蕉風》也是香港友聯銜命南下創辦的。其中多個靈魂人物都自港南下，催生了馬華現代主義。關於劉以鬯在星馬時期的小說創作，莊華興另有一篇文章細談。他甚至認為：

> 劉以鬯在星馬雖短短五年，但在馬華現代主義文學的寫作上扮演了開拓者或先驅的角色。在上世紀五〇劉以鬯年代末，臺灣現代詩傳入新馬之前，劉以鬯已經更早在《南方晚報．綠洲》和《南洋商報．世紀路》等副刊發表具現代主義色彩的作品。其時，《南方晚報．綠洲》由姚紫主編，這位編者集浪漫主義、象徵主義、現代主義創作於一身，在現實主義寫作氛圍的圍繞下，可謂獨樹一幟。劉以鬯由此，馬華現代主義創作的起源理應追溯到劉以鬯在新馬的年代，即介於一九五二—五七年之間。[5]

莊不止企圖改寫溫任平的馬華現代主義文學生成論（台灣影響，天狼星詩社主導），也企圖修正張錦忠的馬華現代主義起源論（直接取資歐洲，以梁明廣、陳瑞獻為主將）。但前兩者都是旗幟鮮明的文學運動（有宣言，有陣地，有敵人），劉以鬯其實不過是個人的戰役。但這裡最關鍵的問題其實不是現代主義，而是本土化。劉以鬯南遊的那些年，正是余德寬（申青）、方天

（張海威）、燕歸來（邱然）、白垚（劉國堅）[6]等南下創辦《蕉風》，強調馬來亞化的年代。劉以鬯的南洋寫作，他的異國情調，應該放在這背景來考察，尤其和同時在南洋的方天的比較會更有意思。從這延長線上，再來評估一下劉以鬯的現代主義。

熱帶異國情調

在一九五五年十一月十日《蕉風》創刊號即大大的打著「純馬來亞化文藝半月刊」，在五、六〇年代都力倡「馬來亞化」[7]——可說是比「本土化」更具體——可說是種文學的政治戰略，強調此時此地的文學，這都是對三、四〇年代馬來亞化的回應，更是一九四八年僑民文藝論爭／馬華文藝獨特性的積極呼應。在那樣的大背景下，非馬來亞背景的創作即便不是不受歡迎，也是極其邊緣化的。將心比心，這對南來作家而言其實不是件容易的事。

南來作家其實大部份都可說是流亡者。尤其在一九四九年以後，身世裡都有國破家亡的悲

4　莊華興，〈香港——馬華文學共同體的形成〉，《當今大馬》，二〇一四年六月二日。
5　莊華興，〈劉以鬯的南洋寫作與離散現代性〉，《當今大馬》，二〇一五年六月二日。
6　白垚一九五七年南下時《蕉風》已創刊兩年。
7　討論見賀淑芳，〈《蕉風》的本土認同與家園想像初探（一九五五—一九五九）〉，頁一〇一—一二五。

苦酸辛。他們都是因為中國動亂或者自身安全受威脅，或為自己的未來找一個機會而下南洋，在國共內戰及日本侵略的背景下南移。下南洋時普遍都已是中壯年（郁達夫、胡愈之南下時均四十一歲〔均生於一八九六〕，黃思騁〔一九一九—一九八四〕南下時三十八歲，方天〔張海威，一九二五？—一九七八？〕[8]南下時約三十歲，劉以鬯〔一九一八—二〇一八〕南下星洲時三十四歲），也就是說，早已過了寫作的養成期，已是獨當一面的寫作者，多半也正處於創作的盛年。更重要的是，他們都帶著豐富的家國記憶。在正常狀況下，前半生的記憶將是他們往後寫作取之不竭的資源，更何況他們都經歷風起雲湧的大時代。

「純馬來亞化」對他們而言不啻是自廢武功，那毋寧是一道禁令——被迫放棄寫熟悉的，被迫去寫最不熟悉的——這種禁令猶如宗教上的改宗，政治上的變節——或曰轉向。他們被迫在短時間內（方天只待了兩年，劉以鬯長一點，但也不過五年），調度當地的背景、景色、風情，揣度當地華人的所思所感，寫當地人的故事，時、地、事、物都受限定，研究者一直以來都低估了它的困難度。在這些從中國經港南下的中壯年文人中，在五〇年代的馬來亞，最用心也最有成就的可能就是方天與劉以鬯，而他們採取的寫作策略卻截然不同。

劉以鬯也著有《蕉風椰雨》，蕉風椰雨正是彼時標誌性的熱帶風光。因受限於所能掌握的資料，我主要就只談談《熱帶風雨》（香港：獲益出版，二〇一〇）和《甘榜》（香港：獲益出版，二〇一〇）。[9]《熱帶風雨》和《甘榜》中的五十五個馬來亞故事[10]，其實都以離奇的情節取勝。聊舉數例，〈黑色愛情〉信中稱讚自己太太「是個美麗的女人」的男主人公原來是個瞎子；

〈榴槤糕與皮鞋〉叔姪交換的善意構成戲劇張力，〈伊士邁〉努力想當淫媒的男人伊士邁口中窮得沒錢給孩子醫病而只好出賣身體的女人竟是其妻；〈老虎紙與兩顆心〉有錢的大老闆閒過頭用錢測試人心，而促成了一段姻緣；〈出賣愛情〉利用女人搞錢的男人遇上利用男人搞錢的女人；〈柔佛來客〉大老婆告知不知情的情婦她老公已婚的真相；〈街戲〉中元節，疑似鬼祟而假戲真做；〈皇家山遇艷〉是個鬼故事，鬼老實不客氣的現身；……好多即便不是類型小說，也相當廣泛的運用類型小說的元素——很多都有推理小說的意味，愛情故事也多，因為篇幅不長，敘事和描寫都精簡，最被突顯的就是情節，因而故事總是快轉，不會有複雜甚或矛盾的佈置、如負重物的語言讓讀者為難。

莊華興說，劉以鬯的《蕉風椰雨》和《星嘉坡故事》這兩個中篇「也是以離奇的情節取

8 中共元老張國燾之子。關於方天的基本資料，馬崙的《新馬文壇人物掃描一八二五—一九九〇》語焉不詳；更早成書的趙戎編著的《新馬華文文藝辭典》亦然。從這裡也可看出，馬華文學研究很多基本工作都還沒做好。

9 莊華興的文章引述別人的看法提到一些書都是我目前還掌握不到的：劉以鬯到新加坡後，便出版了《第二春》（香港桐業書屋出版）、《龍女》、《雪晴》（二者新加坡桐業書屋出版）三部小說集，中篇小說《蕉風椰雨》（一九六一年八月由香港鼎足出版社出版），還有《星嘉坡故事》（香港：鼎足出版社，一九五七）。關於劉以鬯的詳細書目資料，參考根據「嶺南大學人文學科研究中心」整理的〈劉以鬯作品年表〉製作的〈劉以鬯著譯編繫年〉，附錄於梅子編，《劉以鬯卷》（香港：天地圖書公司，二〇一四年七月），頁四八八—四九九。

10 〈手鎗與愛情〉是香港故事。其實傳奇故事的背景不是那麼重要，常可互換。

勝」[11]。那很可能劉以鬯的南洋寫作，其基調就是「以離奇的情節取勝」，也就是以馬來亞背景營造出一種美學上的異國情調，也即是傳奇，奇情，但普遍比毛姆的馬來亞故事簡短，少鋪陳。但毛姆的馬來亞故事多半看前面就猜到後面故事會怎麼發展，曲折度遠不如劉；而且喜歡設置一個旁觀的、很接近作者的聽故事者，與其說那是為了取信讀者（像是從某個現場聽來的）；不如說是刻意讓毛姆這旅行者置身於故事之外。但劉以鬯的馬來亞故事不是這樣的，而是直接進入故事，比較接近莫泊桑，雖然有時也用「在場聽眾」的策略[12]。如果說毛姆的策略是刻意在場的不在場，那劉可說是刻意不在場的在場——方言土語的前景化充份說明了這一點。

敘事上，只消再舉一個例子作為概括。如《熱帶風雨》中的〈巴生河邊〉，一個只有一隻耳朵的歌舞班的窮浪子，窮到連巴士都搭不起，因而攔順風車要到巴生去工作，卻想順道去看他的馬來情人（注意：三個浪漫元素——奇貌，異族女人，窮而有情），這個「因為冇鐳」，所以不想與她結婚，而「祇想去看看她，問她：『三年來，你好嗎？』如此而已」（這理由也很浪漫）的男人，原以為女人已忘了他或不理他，卻發現在河邊等待的她竟抱了一個祇有一隻耳朵的孩子（頁四九—五五）。這「祇有一隻耳朵」也許可用來概括劉以鬯的馬來亞故事的特色。

這些故事鮮見長篇累牘的心理描寫，也不見實驗性的手法，顯然是以趣味來吸引讀者。而從這些小說的佈局方式，也可反推出它預設的接受者——喜歡看有趣故事的讀者。這些作品不會去挑戰它的讀者，反而是投其所好。對照劉在下星嘉坡前，一九五一年在港出版的《天堂與地獄》裡的極短篇就已經是這樣的小說，如也斯所言，「輕鬆傳奇，往往有個莫泊桑式的驚奇結局。」

「可能給予讀者新鮮感，多於現代精神的探索。」[13]即便背景不同，現代主義的作品不是這樣的，它不止挑戰、挑選讀者，有時還想改變讀者的閱讀習慣，因而是絕對小眾、絕對的曲高和寡的。簡言之，劉以鬯的馬來亞故事，其實不是現代主義的，它提供的是娛樂，也是報紙副刊常見

---

11 讀過這兩部小說的麥樂文也指出，這兩部作品當歸屬流行文學之列，也提到該作品以「曲折而典型的愛情（為）主線」，「《蕉風椰雨》的寫法有如風物志，對地名、題材、用語」有充份掌握，而《星嘉坡故事》「寫到五六十年代盛行於華僑社區的『歌廳文化』，同時觸發故事發展。」（〈讀劉以鬯的兩篇南洋故事：《蕉風椰雨》與《星嘉坡故事》〉，http://www.101arts.net/viewArticle.php?type=hkarticle&id=1417）那反映了劉的南洋經驗，其實是殖民地都市浮華的中產階級生活。附記：二〇一五年七月八—九日，我到馬來西亞南方學院大學馬華文學館查資料時，架上恰有這兩本印刷頁百來頁的書，確是「以離奇的情節取勝」的愛情故事。《蕉風椰雨》以椰林為背景，敘寫由馬來人養大的美麗華裔女孩花蒂瑪和工人阿扁（是個帥哥）之間的戀情，小說讓花蒂瑪家負債累累以致必須把她嫁與長相醜陋的老闆兒子張乃豬，想當然耳，「頭家仔」愛她但她不愛他，花蒂瑪終於被說動捲款和阿扁私奔。但劉以鬯顯然認為如此還不夠離奇，加一層曲折——讓阿扁背叛可憐的花蒂瑪，讓她絕望而幾陷入瘋狂，再回頭來說愛她，而在爭吵中相殺，而死於大火，極盡灑狗血之能事。《星嘉坡故事》也相仿佛，從上海經香港到新加坡任副刊編輯的「我」張盤銘和美麗的歌女白玲邂逅相識，相戀，訂婚，誤會，以致她因絕望而不斷墮落。但誤會漸漸解開時，作者隨即再給她重重一棒——那位當年迷姦她奪走她童貞的漢奸胡阿獅突然出現，要她不能和張盤銘在一起，留下恐嚇字條說要殺死張，逼得白玲只好翻車自殺。這純故事性的「多一層曲折」手法在連載小說和電視連續劇經常使用。（按：二〇二二年大陸后浪出版社的華語文學系列出版了劉以鬯的《椰風蕉雨：南洋故事集》即包括前述兩個中篇及《熱帶風雨》中的數十個短篇、極短篇。梅子編，四川人民出版社。）

12 毛姆（W. Somerset Maugham），《木麻黃樹》、《馬來故事集》。

13 也斯，〈從《迷樓》到《酒徒》——劉以鬯：上海到香港的「現代」小說〉，頁六四。

的功能。從這裡也可見出作者對南洋讀者的想像——他們要麼還來不及準備接受現代主義，要麼還不到那個水平。

劉以鬯是個現代主義者，但只有在寫作某些作品時是。他更是個技藝嫻熟、能快速生產的專業作家、寫作機器。觀其年表，從一九四八年出道，於一九五一－一九五九的九年間，出版了長中短篇小說共十種，單就一九五二、一九五九這兩年，每年出版三種長篇，速度驚人。如果沒有一定的市場，出版社不太可能投資。而專業作家最基本的生存能力之一，即是能適應不同的市場情境寫作。返港後的劉以鬯基本上就是那樣的多面手，這也是香港作家的強大能力之一——各種不同刊物的專欄更是終極試驗，從董橋到溫瑞安，要成為過江的猛龍，要在香江生存，就得有不止「九把刀」。而那樣的多元能力與趣味（從武俠到色情），也是香港的文學生產能在東南亞取得廣泛成功的原因。簡言之，劉以鬯的馬來亞故事其實是相當典型的香港文學。

但在南洋的劉以鬯意蘊其實更為複雜。身為上海新感覺派的末裔，而上海新感覺派繼承日本新感覺派而來，既有歐洲現代主義的淵源，也有日本人對都會、對現代的獨特感受。就當時上海的脈絡而言，都市感覺、都會生存情境又得加上戰爭的陰影——戰爭有把事物加速、放大的功能，讓家鄉有異鄉感，戀情容易發生，更有利於傳奇的生成（張愛玲及其文學無疑是箇中代表）。而離境，對劉以鬯這類感受力被新感覺派訓練起來的一代人而言，也許傳奇比現代主義更為根本。

劉的南洋異國情調，倘若要平行比較，也許會讓人想起日據末期受台灣日本作家西川滿的殖民地異國情調調教出來的葉石濤筆下的台灣。葉的小說充滿鬼氣，即便本土意識強烈之後的〈紅鞋子〉，寫起白色恐怖也像是個異鄉傳奇。更別說〈西拉雅末裔潘銀花〉之類情欲色調濃烈的原住民傳奇。部份繼承葉的宋澤萊（一樣有現代主義淵源），有時候也會那樣，譬如〈岬角上的新娘〉、〈等待燈籠花開時〉等，都散發著異色的美；更別說《蓬萊誌異》及後期的血色蝙蝠、群魔亂舞。那也許是台灣自身的苦難歷史——殖民高壓繼之以戒嚴、白色恐怖——長期的擠壓造成的精神贅瘤。

但新感覺派本身是都會的，舞女、酒吧、櫥窗、摩登女郎、速成戀愛、肉欲、爾虞我詐的男女關係，這些穆時英等人小說中常見的元素，也被劉以鬯搬到南洋——這樣說並不準確，五〇年代的新加坡和香港本來就是相當繁華的殖民地現代都會，有其相似性，上海熄燈之後更因而獲益——一如新加坡之以馬來半島為其腹地，劉以鬯的馬來亞故事也常以昏暗的州府為其異國情調背景。

讀劉以鬯的馬來亞故事時，除了故事好看之外，一定不會忽略裡頭有些用語非常怪。我直接引用莊華興的整理：

> 這些詞彙也包括華語中廣泛通行的外語借詞與各方言借詞，前者如：羔丕（kopi/coffee，意指咖啡）、囉知（roti，切片麵包）、烏必斯（opis/office，辦公樓）、估俚（kuli/collie，苦力）、萬蘭池（brandy，一種洋酒）、馬打（mata-mata，員警）、吉埃（kedai，小鋪

子）、浪吟（ronggeng，馬來交際舞）、鐳（duit，泛指錢）、葛巴拉（kepala，管工）、打限房（kamar tahanan，拘留所，粵音）、特示（teksi/taxi，計程車）、甘榜（kampong，馬來村莊）、……吃烏頭飯（坐牢）等等，可謂洋洋大觀，把星馬華人的語言習慣學得唯俏唯妙，同時華土／華洋聲腔混雜，本土性雜糅著現代性，充分揭示了典型的星馬人文社會風貌。[14]

這些被華輿視為「華土／華洋聲腔混雜，本土性雜糅著現代性」的特徵，其實是異國情調在文體上的體現。方言土語讓它有十足的異鄉感——對當地讀者而言有種親切感，地方感。對非當地人而言，那像是瑕疵雜質，讀起來不舒服。然而讀三〇年代以來南來作家的作品，常會看到上述用語，好像那是他們身在異鄉的標記。同為南來作家的趙戎還為此編了半部辭典[15]。一九五六年《蕉風》上一場〈再談馬華文藝〉的座談上，署名重陽的就舉了個有趣的例子（該節標題：「反映『此時此地』」）：

據說有一個華僑回到故鄉，他母親問他說：「孩子，你去番邦了幾年，應該發財了吧？」「不，媽媽。」「為什麼呢？孩子。」「媽媽，我是在『巴剎』裡賣魚的，可是，生意真難做啊！『馬打』常常要來『加焦』你，動不動要『阿公』你，或者要捉你到『公班衙』去『密加拉』，說不定要你去坐『腳孤間』……」「孩子，你究竟說些什麼啊，媽媽可聽不懂。」

其實，在馬來亞，大家都是說慣了這種語言的。[16]

「這種語言」就是華語。華語並不等同於普通話，它是一種混合了方言土語的雜語。南來文人一旦寫作，就得面對那樣的語境。

在創作上，最能說明問題的，還是拿幾乎同時南下的方天做個比較。

一個大問題

方天逗留的時間比劉以鬯更短（一九五五—五七），可是他那已成馬華文學經典的代表作《爛泥河的嗚咽》（蕉風出版社，一九五七）的十一個短篇就是那短短不到兩年的成果。

方天採取的策略是嚴格意義上的寫實主義，所以我們看到集子裡十一個短篇，其中有〈暴風雨〉寫的是錫礦礦工的生活，〈十八溪墘〉寫的是新加坡的駁船苦力，〈一個排字女工的日記〉

14 〈劉以鬯的南洋寫作與離散現代性〉。
15 趙戎編著，《新馬華文文藝辭典》，頁二〇四—四三〇。
16 《蕉風》二十二期，一九五六年九月二十五日，頁三。

的主人公是個排字女工，〈我的博士論文〉的主人公是某衣料公司的店員，用他的觀點來觀察顧客百態；〈爛泥河的嗚咽〉寫的是船工，〈膠淚〉寫膠工。也就是說，在方天這些密集發表於一九五五、一九五六年的小說中，他的視角深入不同的行業的工農。在技術上，那必須掌握不同的專業細節，不同的專業語彙，瞭解不同行業工人碰到的不同的生存問題。那必須下很大的功夫去考察，誠如該書〈後記〉所言：「為了寫這些篇小說，我也曾去參觀礦場；看過割膠；到十八溪墘散步，看苦力們奔忙，聽他們談話；到大軲船廠看新完工的大軲下水，和船工的孩子們在水中栽迷子嬉水的情形。」（頁一四三）但更重要的是朋友告知的「馬來亞風土人情，以及各行各業的內情及掌故。」如同一個社會學家或人類學家那樣去考察。每篇小說後都附有方言土語的對照表，有行業的專業俗語行話，也有日常用語。後者和劉以鬯如出一轍，多係方言土語的音譯，而前者是劉的小說沒有的。

　　但關鍵的不是詞彙。或者說，用了方言土語也不見得就是本土的，因為那些詞彙作為一種異鄉的標誌，那毋寧是南來文人的一種身份標誌。但方天為實踐他的馬來亞化主張，不得不取徑於這些語彙。在他身上，我們看到一種對工農的真切關懷，那是彼時教條化的左翼也做不到的——他們不知道文學的真正戰場還是在文學。白垚曾高度評價方天這系列寫作；相較於彼時左翼的概念化，做中共的應聲蟲，方天以老知青下鄉的方式示範了一種真心誠意的寫實主義：

> 方天寫〈爛泥河的嗚咽〉的同時，正和他的《蕉風》朋友申青、燕歸來、陳思明深入聯合

邦的新村，在馬來亞獨立的路上，搬沙運石，開路搭橋，而五〇年代邊緣地帶的寫實主義，還在專心致志，向〈在延安文藝座談會上的講話〉加緊學習，向講話的人致最崇高敬禮。[17]

我們可以說，那其實也有意無意的在對抗另一種寫作——劉以鬯式的馬來亞故事的傳奇寫作[18]。舉個例，方天小說中篇幅最接近劉以鬯式的馬來亞故事的〈一個大問題〉，其實也有幾分

17 白垚，〈浮槎繼往傳黃石　歷史蕉風，當年的創刊意識〉，http://www.sc.edu.my/jiaofeng/mix—detail.php?id=974，二〇〇三，收入氏著《縷雲起於綠草》頁七一。

18 我這裡意不在貶低劉以鬯式的馬來亞故事。時過境遷之後，它還具備相當的可讀性，頗能娛人。非常湊巧的，在旗幟鮮明的左翼（三〇年代以降在馬來半島蔚為主流的現實主義）之外，恰好有兩種熱帶華文小說型態同時並存。其實這兩種型態同時並存於《蕉風》。《蕉風》四十期（一九五七年六月二十五日）策劃了個「馬來亞一日」專輯，其中作品篇名如〈教師手記〉、〈酒吧女郎〉、〈出海〉、〈新村廿四小時〉、〈膠工生活一頁〉……都是非常典型的方天式的小說（有幾分報導文學意味），其中的〈一個排字女工〉和方天以日記體寫的〈一個排字女工的日記〉相較之下更為簡略，因為它只有「一日」；兩個多月後的《蕉風》四十五期（一九五七年九月十日），同一個主編（方天）策劃的「奇異的遭遇」專號，所指則是奇情，其中如〈卿本佳人〉、〈捉姦的代價〉、〈無端端的發達〉……都訴諸一個故事的突轉點——一個意外，一個巧合，而逆轉了故事原有的路徑，只是這些作者小說化故事的能力遠不如劉以鬯，劉往往可以老練的多兩三個曲折。
按：「馬來亞一日」是承自二戰時死於日軍之手的，戰前最有才華的南來作家之一的鐵抗（鄭卓群，一九一四—一九四二）針對中國抗戰，在一九三九年在星加坡推動的「馬華文藝通訊」的報告文學運動，強調要反映此時此地的現實。氏著〈馬華文藝通訊及其運動〉、〈馬來亞一日〉，方修編《鐵抗作品選》（新加坡：上海書局，一九七九），頁一二五—一三三。形式上應是對中國抗戰文藝的模仿。《蕉風》三十五期署名花提摩的〈談報告文學〉有詳述緣由——「就在一九三五年，上海

傳奇的意味——裡頭有巫師抓鱷魚的情節（出現在談話裡）。但小說討論的卻是那個此時此地的馬來亞的現實裡的大問題——有沒有資格、該符合哪些資格方可能成為即將建國的馬來亞的公民，而那些對行政程序一無所知的南來華人，即便半生流落馬來半島，也不見得有辦法證明自己有資格成為國民。

一九五七年九月以後，沒有馬來亞公民權的方天離開馬來半島，給我們留下他的馬華文學遺產《爛泥河的嗚咽》。那是個示範，也是個尺度；也把這〈一個大問題〉留給了馬華文學自身。此後，不論是方天式的馬來亞化，還是劉以鬯式的馬來亞異國情調，都不是最根本的問題。在殖民終結之後，不論是馬來亞還是香港，文學都可能失去喘息的空間。

但這秋冬在馬來亞來得更早。一九四八年之後的馬來亞，它的喘息空間其實就被收窄了。因為反共，也為了建立以馬來人為主體的馬來亞聯合邦，一九四八年政府宣佈緊急狀態。《一九四八年煽動法令》的頒佈，系列的鉗制言論的法令，讓很多文學題材成了禁忌。尤其是事涉馬共的，質疑馬來人特權的，華文寫作都會自覺的避開，或不免觸礁。我曾經舉過一個例子，一九五二—五六年和劉以鬯同時旅居馬來亞的韓素英（新山和新加坡一水之隔，二人說不定曾在同一條街上相遇），她的英文馬共小說*And the Rain my Drink*於一九五六年（在倫敦）出版，在馬來亞並沒有被禁；但李星可中譯的《餐風飲露》上半部一九五八年在新加坡出版，下半部就被封殺至今[19]。

不用說，方天和劉以鬯這兩個有才華的華文寫作者也都自覺的避開馬共的身影，避開

《一九四八年煽動法令》劍刃所指的種種禁區。即便馬共或革命青年就藏身在異國情調的馬來亞故事蕉風椰影的暗處（革命的腎上腺素是戀情與情欲的催化劑）；更藏身於方天深情所寄的底層工農汗水淋漓的礦場、碼頭、膠林深處，貧苦辛酸的破敗家屋之下。可是在他們的小說裡，都被清理得乾乾淨淨，只剩下沒有。他們勢必都強烈感受到那股英殖民政府製造的、囚牢般的熱帶低氣壓。

方天和劉以鬯都選擇在一九五七年離境，這時間點並不是偶然的。一九五七年，正是馬來亞「猛得革」（merdeka，獨立建國）之年，換言之，南來文人都面臨一個選擇：是不是要接受殖民政府制定的種種歸化條件，放棄華僑身份，留下來成為當地公民？離去和留下，都必須考量每個人的處境，那不是個道德問題。離開馬來亞最後落腳加拿大的方天，從此在華文文壇如流星消逝。而離星返港的劉以鬯，真正的、在文學史上有一席之地的文學事業才開始；那即是眾所週知的，劉以鬯式的現代主義小說。換言之，離開馬來亞後將近七年，他方以滿紙荒唐言、一把心酸淚的《酒徒》來讓自己成為一個現代主義者。同時，他也在建構他自己的，文學的香港認同。為什麼不是「馬來亞文藝認同」？

文學社仿照高爾基主編的『世界的一日』為例子，發起編輯『中國的一日』，……」（一九五七年四月十日），頁四。

19 〈馬華文學與馬共小說〉，二〇一四年十一月二十四日，廣州暨大演講。

原因再簡單不過。因為香港還有時間，即便是從一九五七到一九九七年，至少也還有四十年的餘裕。

殖民地現代主義與香港文學認同

毫不奇怪的，比張愛玲（一九二〇—一九九五）還早生兩年的劉以鬯（一九一八—二〇一八），在一九九七年前早已完成了他文學上的主要著作。香港殖民期滿時，他虛歲八十了。劉的現代主義，其個人里程碑，寫作、連載於一九六二年的《酒徒》，那距離《蕉風椰雨》的出版其實不過才一年。寫於同年的《酒徒》序，就以娛人／自娛區隔自己的兩種寫作。步入中年，四十四歲的劉以鬯應該是十分自覺的在思考自己的文學史地位了。因此〈序〉中不吝以宣言的方式介紹意識流、內心獨白的西方淵源（怎麼寫），也坦白告訴讀者這本小說「寫什麼」——「這本《酒徒》，寫一個因處於這個苦悶時代而心智不十分平衡的知識份子怎樣用自我虐待的方式去求取繼續生存。」[20]小說本身也在發表文學意見，叨叨絮絮的內心獨白中，衡論五四以來的短篇小說、歷數西方現代主義小說經典，批評香港普遍漠視嚴肅的文學藝術。小說主人公籌辦《前衛文學》，意圖為純文學建立一個園地，但終歸失敗。藉由這一「失敗」，其實突顯的是作者本身的香港純文學認同——那個沒有，正是作者想藉由這部小說填充的。《酒徒》的側重文學論議、文學系統的自我指涉，當然也根本的限定了它的格局，它終究是個香港的現代主義小說的文學宣言。

以今天的目光來看《酒徒》（及劉的其他現代主義文本），當然不會覺得有多眩惑前衛。相較於福克納，它的主人公太正常，作品也無意於對人的心靈暗面的探勘（遠不如舞鶴、黃碧雲狂暴）；更欠缺一種憂鬱的光彩（如陳映真）、歷史哲學的深度和審美的出神（相較於郭松棻），這也許和劉偏好表面形式的張揚有關（如《對倒》，《黑色裡的白色，白色裡的黑色》），這種張揚，有一種難以掩飾的急躁，也帶著宣示的意味（好像在呼喊「你看，這就是前衛！」「你看，這就是現代主義！」），而它的一次性，其實比較像行動藝術，這一點就和王文興很接近。但王文興的「表演」，有過之而無不及。

劉的現代主義和他的傳奇均是以驚奇取勝，只是他的現代主義是以形式的——無非是組合上的、印刷上的、排列上的——而非情節。劉的傳奇的讀者一定會覺得這些現代小說不好看。之所以如此，仔細比較，會發現它用了一種基本策略——讓語言膨脹（用大量重複的排比等等）而造成冗餘。所以作者有時可以把長篇刪改成短篇——如《對倒》，或如《刀與手袋》之刪節為《他有一把鋒利的小刀》——那其實表示它是可以壓縮的，而那樣的作品情節其實相對簡單[21]。換句

20 《酒徒》，二〇〇三，頁一七。

21 羅貴祥甚至尖刻的評《對倒》：「這一篇不大像是小說，而似是一份經過文藝加工的心理治療的病歷報告。」對小說的技巧也提出諸多質疑。這些批評和質疑用於《酒徒》一樣切合。羅貴祥，〈評劉以鬯的「對倒」〉，附錄於《對倒》，頁二九三。

話說，這類現代主義長篇是壓抑掉情節的曲折而放大了語詞；而劉擅長的傳奇故事則是壓抑掉語言的冗餘及形式的前景化，讓情節快轉。這裡頭分明有兩種驚奇感與兩種壓抑：情節的、形式的。問題在於，為什麼這兩者是對立的？為了前衛，必得犧牲「好看」？這聽起來像是個禁令，很可能不是自娛／娛人這一組對立，而是從自娛—娛人（劉老確實很會說故事，層出不窮的傳奇故事俯拾皆是，也確實娛人）轉而為自虐—虐人（「自我虐待」是《酒徒》序裡的用語，用於描述主人公的精神狀態）。也許在作者看來，前者帶來的樂趣比較低俗（取悅讀者的方式接近通俗故事），後者比較高尚，比較像知識份子。而那現代主義外殼裡，裝載的是香港的此時此地的現實。香港的地景，街道，瑣碎的日常，也許最為貼近主人公的經驗世界；如果不加上白日夢似的幻想，就一點都不傳奇。那即是劉以鬯為自己建構的香港文學身份，一個認同香港的現代主義者，必得擁抱庸俗的香港日常。前半生的上海經驗一樣得抑制——頂多以「對倒」的方式錯體的呈現。

而劉以鬯現代主義小說最引以為豪的技巧內心獨白／意識流，遇到的最大挑戰不是別的，正是香港通行的粵方言。如果說《酒徒》的主人公本身是小知識份子，用華語來意識流無可厚非，那用在《他有一把鋒利的小刀》裡的主人公亞洪身上就不太說得過去了。只消和黃碧雲《烈佬傳》一比就可看出箇中重大差異，《他有一把鋒利的小刀》中的語言比較像是經過翻譯的，由方言譯成華語。這也是令我最感納悶的地方：劉在馬來亞故事中刻意前景化方言土語的那股勁怎麼不見了？難道方言土語和現代主義竟也是衝突的？六〇年代末王禎和在台灣的實踐讓我們看出其實不是那樣的（王禎和這方面的里程碑〈嫁妝一牛車〉寫於一九六七年，只比《對倒》的連載晚五年）。在劉以鬯小說的意識流裡，粵方言的被嚴格的限制到幾乎消音空白的狀態（是不能也，還是不為也？從劉的馬來亞故事的方言土語的嫻熟運用來看，應係後者）。那個沒有，是否也可說是某種症狀或標誌？難道是避免讓非粵方言區的讀者讀時覺得被冒犯——中原讀者常會覺得作品裡出現南方方言，對以普通話為絕對溝通平台的他們是一種冒犯。是否也可說是種外來者的標誌？還是說，他對現代主義或嚴肅文學的想像終究是以華語——普通話——為底線的？方言土語也屬於娛人的那一端？

餘話：沙漠與綠洲

在當代中國的學科分類裡，港台文學好比是中國現當代文學的一個特區，遲早要被重新納入中國文學的版圖的；猶如香港、台灣都是在近代中國歷史的陣痛中，暫時位居外部。就文學而言，正是那樣才有不同的可能性；一種和中國的持續對話，甚至對抗，一種在帝國外部的思考的可能。而馬華文學，即便在東南亞也是個特例，那是華人人口居於多數的新加坡也做不到的。李光耀意志下的新加坡比英殖民者更反動的是，連方言都要滅掉。

但一甲子以來，馬華文學猶如成長在水泥地上鋪的幾吋土裡的植物（別再提什麼雨林了），葉黃莖短根弱精神萎靡，得到的社會支持有限。做事的人少講大話的人多，有人甚至深以馬華文學的沒有為榮（認為那方是現實主義之本色），竭力捍衛它的貧乏（以為如此方能突顯結構性的傷害），種種主客觀的限制，使得它的發展當然遠不如香港。

自五〇年代以來，兩地均常被譏是文化沙漠；而居於國共之間的香港，作為緩衝地，大師巨匠絡繹南渡，臥虎藏龍。雖被譏市儈重利，其實文化底蘊深厚，代有傳承。港府的支持（各種文學獎，活動，作品及文學史料出版），學術界對文學生產的長期支援（專業的研究團隊，有積累有承傳；從也斯、葉輝到陳智德，一直不乏用心的評論，認真而可信的分析），有心人多，都是令我們羨慕不已的。

馬來西亞當然也有綠洲，但那綠洲從來都不是我們的，它只屬於土地之子（Bumiputra），馬來人。馬來半島雖多雨林沼澤，然而那都是土著保留地，在文化上我們一直只擁有一小片沙漠。一九五七年，當方天和劉以鬯離開馬來亞時，應該就很清楚的知道這一點了。

〔謹以此文紀念《香港文學》前主編陶然先生。〕

從華人史看馬華文學
——現實主義問題的駝鈴個案

馬華文學一向被看做是星馬華人最主要的文化創造之一。準此，它必然從屬於華人史——它在華人史的內部。另一方面，以「反映現實」為己任的馬華現實主義又把華人史作為它獨特的欲望，而讓華人史安居在它內部。本章嘗試藉由一個一般的現實主義個案，來講述這麼一個微妙的情狀。

華人史裡的馬華文學

為什麼會有華人史？似乎可以說，華人史之建構是一種問題化華人的途徑（以「史」的方式），誕生於二十世紀初期。由於南洋諸島都是歐洲帝國的殖民，殖民帝國的語言是強勢語言。因此，合乎情理的，最早的華人史出自土生華人宋旺相（Sir Ong-siang Song，一八七一—一九四一）以英文撰寫的史話性質的《新加坡華人百年史》（*One Hundred Years of the History of*

Chinese in Singapore，一九二三年初版），舉凡華人從事的行業、社會政治宗教活動、仕紳的軼事奇談等，無不涉及。再則如前殖民政府官僚譬如Victor Purcell的*The Chinese in South east Asia*（一九五一）及*The Chinese in Malaya*（一九四八）作為殖民知識之一環，有它的必然性。可以說是從殖民地華人治理中延伸出來的，除了縱向的歷時描述之外，橫向的如秘密社會、教育、政治、勞工各方面都有著墨。中文方面，如馮承鈞的《中國南洋交通史》出書時間雖早（商務，一九三七），但那是「交通史」的傳統架構，據中國歷代史籍中記載的南洋資料，後來如宋哲美《馬來西亞華人史》（香港：中華文化事業公司，一九六三）、王賡武《南洋華僑簡史》（台北：水牛，一九六九）移民史部分之所本，但那已是馬來西亞建國之後的事了。民族國家體制，對應的史之建制，也可說是順理成章之事。

更早的、現代意義的華人研究（以西方現代實證史學為典範），還是得從許雲樵、姚楠、陳育崧、郁達夫等創辦的南洋學會（The South Seas Society），開創南洋學（以歐洲之東方學為參照）作為開端。雖然其時並不冠以華人史之名，在一九四〇年創刊之《南洋學報》（*Journal of The South Seas Society*）上刊佈的文章，即從史學的角度處理南洋的種種，間或涉及華人。第一卷第一期除了張禮千的〈義興海山兩黨拿律血記〉這篇相當典型的華人史敘事之外，還發表了篇郁達夫的隨筆〈馬六甲記遊〉，作為「馬華」文學作品；而在一九五五年十二月的第十一卷第二期，既有高維廉的〈黃公度就任新加坡總領事考〉，也有鄭子瑜的〈跋康有為先生黃公度詩集序手稿〉，曾任新加坡總領事的黃遵憲，和康有為同屬流寓南洋的晚清維新派大詩人，是南洋漢文學的開端。而再一期（第十二卷第一期，一九五六年六月），在史地博物研究間，有鄭子瑜的〈郁達夫的南遊詩〉；第十五卷第二期（一九五九年十二月）又有鄭子瑜的〈南洋詩話〉、溫大雅的〈左秉隆的「勤勉堂詩鈔」〉、連士升的〈郁達夫紀念集〉。再一輯，第十六卷一、二合輯（一九六〇），馬華文學史教父登場了，〈馬華新文學的發展與分期〉。簡言之，可以說文學研究是南洋研究的視域之內，雖然它不只是華人史。反之，在基本上根據英文資料撰寫的維多・巴素（Victor Purcell）的《近代馬來亞華人》（*The Chinese in Modern Malaya*），當然不會涉及華文文學。宋哲美《馬來西亞華人史》、王賡武《南洋華僑簡史》一樣不涉文學，雖然《馬來西亞華人史》設「文教事業」小節，略述及華文教育及報刊。

二十多年後由林水檺、駱靜山合編的《馬來西亞華人史》（馬來西亞留台校友會出版，一九八四）情況就大不同了。馬華文學（史）佔了兩章，分別是由楊松年撰寫的第十一章〈戰前新馬華文文學論略〉，李錦宗執筆的第十二章〈戰後馬華文學的發展〉，都是流水帳式的編年敘述，共八十頁的篇幅，佔全書六分之一左右。十四年後，由林水檺、何啟良、何國忠、賴觀福合編的三卷本逾千頁的《馬來西亞華人史新編》（馬來西亞中華大會堂總會出版，一九九八），馬華文學和教育、宗教、新村、經濟、鄉團組織等並駕齊驅，和單卷本一樣佔了兩章，分別是由楊松年撰寫的〈獨立前的華文文學〉和陳鵬翔執筆的〈獨立後的華文文學〉。楊松年把「戰前」補寫至一九五七年，陳鵬翔從五〇年代寫到九〇年代，給現實主義和留台作者群都有不少篇幅（苗秀、趙戎、方北方、韋暈、吳岸、潘雨桐、商晚筠），雖然代表作家和

從華人史看馬華文學：馬華現實主義的欲望

策略上，這回選擇一位可能不是那麼「著名」作家駝鈴——可能恰足以代表更多馬華現實主義者——作為切入點。

駝鈴[2]在〈馬華文壇的現狀〉[3]（《駝鈴漫筆》，燧火出版社，二〇一五）批評謝詩堅《中國革命文學影響下的馬華左翼文學（一九二六—一九七六）》對馬華文學現實主義的「否定」後，有這麼一段鄭重的宣諭：

> 這根本是為了打擊現實主義文學而裝矇瞎說。事實上，現實主義至今仍是馬華文學的主流。它不但沒衰退，反而更加深化和蓬勃發展。作者們除了抓緊人物與環境的典型性的基本

1 譬如獨鍾作品相對平庸的姚拓，而天狼星詩社及李永平、張貴興都幾乎跳過去，這種隨意就受過完整學院訓練的學者而言是不可思議的。看來是從既有論文剪輯拼湊成的，相當不負責任。陳的相關單篇論文最近輯為《馬華文學批評大系：陳鵬翔卷》（桃園：元智大學中文系，二〇一九）。

2 本名彭龍飛，一九三六年生於霹靂曼絨，著有長篇小說《沙啞的紅樹林》，中篇《硝煙散盡時》等。

3 作者自注：發表於二〇一二年十一月二十二日，第九屆東南亞華文文學研討會，廈門大學。

> 要求之外，也採用其他一切適當的技法，力求作品達致最高的審美境界。他們不但接受了積極浪漫主義那種想像豐富，誇張而又生動的描寫。甚至連人的潛意識作用、電影藝術上時空跳接的蒙太奇技巧都派上用場。表現遠比那些故意排除理性而自稱現代者更具真實感，更富於生活姿采，更加吸引讀者。反觀那些拒絕讓人了解和把握的所謂現代派前衛作品，顯然沒有多少讀者，為了門面，只好時而發些互相揄揚的所謂評論。（頁一九八—一九九）

這段文字談到的「採用其他一切適當的技法，力求作品達致最高的審美境界」、「表現遠比那些故意排除理性而自稱現代者更具真實感，更富於生活姿采，更加吸引讀者」的馬華現實主義作品，很令人好奇到底是哪家的巨著，怎麼沒聽人說過。這段引文後有個註五，註出的是他自己的文章〈蚍蜉撼大樹〉（《爝火》文學季刊第三十五期，頁九），那棵馬華文學現實主義大樹到底是何方神聖？（這篇文章不知何故沒收入《駝鈴漫筆》，這方面彭某實遠不如陳雪風坦蕩）。找到這篇文章[4]一看，不禁大吃一驚，原來通篇都在謾罵我（還附了我的照片），針對的是我那篇〈製作馬華文學〉[5]，因為我批評了方修及馬華現實主義。同樣令人吃驚的是，前引那段「採用其他一切適當的技法……更加吸引讀者」的兩百多字，原原本本的出現在〈蚍蜉撼大樹〉裡。自己抄自己，沒有任何論證。那個進化版的馬華現實主義在哪裡？如果有，我們歡迎都來不及，怎可能忽視它？駝鈴大概沒有意識到，「採用其他一切適當的技法，力求作品達致最高的審美境界」後的作品會被他們歸入他們所不齒的現代派的，開個玩笑，這老兄難道是無意識的在恭維我們嗎？[6]

〈馬華文壇的現狀〉的話語是馬華文壇常見的同義反覆話語，遇到批評就以謾罵回應，而談馬華現實主義一定重複方修、只會重複其信仰表述，如文中的：

---

4 感謝潘舜怡小姐幫我從新紀元圖書館掃描，連帶其他兩篇罵我的文章。原來同期《燐火》策劃了個小專號來討伐我，事隔近二十年，幾乎可說是一九九二年「經典缺席」論爭的重演。只是這回，不是《燐火》讀者的我事發八年後方知悉。感慨的是，「蚍蜉」們二十年沒長進。

5 那是二〇一一年受陳大為之邀在台北大學一場研討會上發表的一篇小論文，會後不久全文刊於《星洲日報．文藝春秋》。全文分為「政治的文學：馬華左翼文學與方修」及「文學史的文學，文學的文學」兩節及結語部份外（全文迄今在「隨筆南洋網」http://www.sgwritings.com/bbs/viewthread.php?tid=52997及「豆瓣小組」https://www.douban.com/group/topic/17963763/都還可以找到），第一部份其實是對謝詩堅出版於二〇〇七年的《中國革命文學影響下的馬華左翼文學（一九二六—一九七六）》的書評，第二部份是老生常談，因此只有第一部份當成隨筆收進《注釋南方》（有人出版社，二〇一五），另題為〈左翼馬華文學的製作〉，頁一五五—一六〇。

6 《燐火》後來有些文章開始介紹拉美的結構現實主義，但其實包括拉美的魔幻寫實（大陸喜歡譯做魔幻「現實」）、東歐那些富於幻想色彩的小說，都是我這一代的文學養成。那和教條現實主義大異其趣，是吸納了歐美現代主義遺產之後的新創造。老現們大概看到「現實主義」四個字就興奮，可能連作品都沒讀過。如果讀了，就會發現那其實是他們最痛恨最恐懼的「現代派」。而改革開放後的中國當代文學，早就唾棄大馬老現們死守的革命文學死板的意識型態教條，莫言、韓少功、李銳、張承志、余華等都取資拉美東歐而在質上獲得飛躍，那一代的佳作也都是我們這一代文青成長時的養份。即便是魯迅，我們也比老現們讀得多讀得精讀得細。

在馬華文壇，今天可以堂堂正正走出來見人的，仍然是那些走現實主義路線的作者。他們的作品，不但反映了各個歷史時期人們的精神面貌，也呈現了國家社會的發展與變化。（頁一九九—二〇〇）

從這篇文章，我們不知道他所指的「他們」是誰，又是哪些作品「不但反映了各個歷史時期人們的精神面貌，也呈現了國家社會的發展與變化」；其實史的訴求和審美也沒有必然的關係。同文隨即譏諷現代派「始終不見較具思想性的作品」，也不知道箇中的「思想性」指的是什麼？那些他們引以為傲、不斷複述的現實主義教條？

既然看不出他所指的大樹是何方神聖，是不是該以駝鈴本身的作品，來檢視他的論述、作為武器的信仰？

前者可從他對「馬共小說」的批評見出。後者則不妨看看他自詡的長篇代表作。現實主義者的「馬共小說」或許正是馬華現實主義最佳的檢體[7]。

駝鈴在〈海凡的《雨林告訴你》〉談到「也有人寫了馬來亞共產黨的鬥爭」，隨即批評：

可惜的是，他們對於共產主義意識型態以及共產黨人的道德規範一無所知，全憑想像敷衍杜撰。由於情節稀奇古怪，一時也頗為吸引讀者，有的甚至因此獲得大獎。孰料馬泰政府與共產黨和解後，共產黨人大量推出講述他們的政治理念和鬥爭始末的書籍，兩相對照，那些

得意之作頓時變成了不倫不類讓人笑話的東西。（頁八九）

這段文字後來在〈馬華文壇的現狀〉中又出現一次。文中雖沒指名道姓，但有寫馬共題材小說的馬華作家並不多，所指並非馬共陣營裡的寫作者（雖沒提到金枝芒，但賀巾、海凡都提到了，後起之秀海凡更是此文褒揚的對象），依「孰料馬泰政府與共產黨和解後」判斷，就只有小黑及（或）黎紫書。批評雖不是重點，而是從這段文字裡透露出他認為馬共題材小說該怎麼寫——突顯「共產主義意識型態以及共產黨人的道德規範」、「講述他們的政治理念和鬥爭始末」那不是等同於宣傳？那豈不表示，小說不如回憶錄？也難怪此君的「馬共小說」《寂寞行者》（爝火出版社，二〇〇六）有大半本是「引述」馬共傳奇人物張佐的回憶錄[8]，同時，「太真實」，「佔全書一半篇幅（約三百頁）的卷三〈山林歲月〉裡以第一人稱出場的人物，都是真

7 這大致可分兩類，一類是馬共陣營裡的書寫者寫的，有部隊經驗，我曾撰文討論，見〈最後的戰役——金枝芒的《饑餓》〉、〈在或不在南方——反思「南洋左翼文學」〉、〈後革命年代的馬共小說〉，均見於《華文小文學的馬來西亞個案》。及本書的〈論馬華失敗的革命—歷史小說——為什麼失敗的革命也需要小說？〉。

8 潘婉明指出，《寂寞行者》大約有二百頁的篇幅是對張佐（張天帶）的回憶錄《我的半世紀》進行「高度抄寫」，〈文學與歷史的相互滲透——「馬共書寫」的類型、文本與評論〉，收於《從近現代到後冷戰：亞洲的政治忆憶與歷史敘事國際研討會論文集》，頁四六二。

實人物」[9]。企圖用抄寫馬共回憶錄及真名指涉來奪取真實性，這樣的操作方式，關切的是歷史的真實而非文學的真實。而他所理解的歷史真實，又訴諸於經驗的真實，預設只有身歷其境者才有資格寫某些特定題材。依那樣的設定，他其實也不具備寫「馬共小說」的資格，或許才因此用前述「抄寫」的方式挪移真實[10]。

他的另一部「馬共小說」《硝煙散盡時》讀起來像報導文學。總而言之，這是個拒絕虛構，或沒有虛構的能力的作者，他顯然並不知道「全憑想像敷衍杜撰。情節稀奇古怪」正是小說之本色。

《沙啞的紅樹林》是駝鈴自詡的代表作之一（見其〈我的出身與文學道路〉，《愛已深沈》，頁一七九）。這部四百多頁的小說，如果不是非常有耐心，或工作需要，實在不容易把它翻完。如果你期待任何小說本身的趣味，那是太苛求了。就這部小說而言，趣味絕對是奢侈品。它像是紀事，但你又可以看到角色在想什麼。文字質樸到乏味的程度，又非常刻意的標準化（不見方言土語，不論是詞彙還是語感，都很「普通」），情節高度生活化（也就是相當無趣）。章節的推展不是依賴特定的小說邏輯（小說敘事一般都會從某個衝突點展開——那可以讓敘事結構緊湊，或至少避免讓讀者太無聊），而是純粹自傳式的。甚至從主人公林金枝在娘胎時就開始寫，寫他父母那一代在霹靂州奮鬥的故事。接下來，章節之間的展開如果不從傳記的角度來看，就無法理解它的邏輯關聯。譬如主人公為什麼到新加坡去教書，到亞羅士打教書，到芙蓉去和朋友合夥開書店，到利民濟新民小學當校長，再到愛大華第三新村教書等，這些情節存在的必然性是什麼？主人公的這些經歷，其實和作者的自傳性散文非常一致，不論是《愛已深沈》輯一「回憶斷片」的回憶文章，還是《駝鈴自選集》散文部份、《華燈邊上的寒星——駝鈴說人生經歷》都告訴讀者，它的必然性來自經歷。甚至主人公被政治部盯上，被盤問等等情節，散文和小說都高度一致。和自傳的分離是二十一章三百頁以後，主人公「上山」拋家棄子加入游擊隊。之後大概有一百頁寫部隊裡的生活，不論是日常吃食、炮擊敵方直昇機、揹糧、藏糧、撤退等等，都是馬共回憶錄及部隊裡的馬共小說常見的細節。以同樣質樸的，報導式的語言，為了「真實性」，應該也是大量挪用、重組既有的馬共回憶錄。

我過去在討論賀巾的長篇小說時曾問了個問題：為什麼要選擇小說這一文類而又寫得那麼像自傳？為什麼選擇小說這一容許虛構的文類卻又不（敢）虛構[11]？馬共陣營裡的作者或許受限

9 潘婉明，同前。

10 方北方的風雲三部曲的第三部《花飄果墮》同樣用上抄錄新聞及文告的方式企圖奪取真實性。討論見我寫於一九九七年的〈馬華文學現實主義的實踐困境〉（《馬華文學與中國性》，修訂版）（台北：麥田出版，二〇一二），頁九五－一一四。那篇論文對這問題已有相當深入的處理。就馬華現實主義作家的水平而言，方北方當然優於駝鈴。但駝鈴可能代表更多人。對那些平庸之輩而言，方北方已經高不可攀。

11 那樣的小說等同放棄所有該文類賦予的武裝（那也是必須艱苦磨鍊的技藝，包括文字本身的焠煉），就只剩下赤手空拳。如果一開始寫作就抱持那樣的想法，當然不會花功夫在文學技巧的鍛鍊上，一旦過了黃金學習期（不會超過十年），很可能就會成為沒有技巧的「永遠的素人」，甚至淪為一種技巧殘障的狀態，大概就永遠都寫不出更高層次的作品，只能永遠維持在於黨的意識型態，但也可能是現實主義的教義本身造成桎梏（只有少數大才如金枝芒在《饑餓》裡能有所突破），在駝鈴這裡特別明顯——如果馬共陣營裡的馬共小說有經驗的真實（及意識型態的真實）給予他們寫作的正當性，在馬共陣營之外的駝鈴因為沒有前述的正當性卻又自居現實主義者，不敢或無力藉虛構以逼近另一種真實（親歷其境者說不出、不容許說出的），只能用抄的，或重組他人的經驗，製作一種偷來的、相似性的真實。這當然也是一種虛構，而且可能是最糟糕的，因為他們竟然以為那是真實的。這樣的現實主義實踐，當然是它自身的反諷。《沙啞的紅樹林》這樣的小說，它的思想深度在哪裡？說穿了也無非是一些老生常談，意識型態正確。

如果現實主義百年來真是馬華文學主流，從它的根本訴求來看，它存在的理由既是徹底政治的，也是為了歷史——華人史，而不是文學。現實主義者普遍沒有意識到，他們是在某種特定強烈的意識型態驅使下，以文學的名義「著史」[12]，審美要求對他們而言是最低限度的。相較於學院史學，它更是一種不折不扣的意識型態虛構。那樣的文學傳統，其代價是文學的缺席，沒有作品。方北方的「風雲三部曲」和「馬來亞三部曲」也莫不想成為華人史，沒有意識到文學與歷史之間的根本距離和之間的迂迴。可悲的是，我們的華人史知識不會來源於小說，因為小說並不可靠，即便是那麼乏味而努力表現得似乎可信如歷史敘述的小說（乏味倒是馬華現實主義小說的共同特色）。

史學是個獨立的領域，相關研究成果也快速累積中，華人史更是華人研究的核心領域，實不必小說赤手空拳來越俎代庖[13]。

最低階、入門的狀態。這可能是馬華老現們在文學上集體無能的根本原因。為了捍衛自己的正當性（因為沒有回頭路，只能硬著頭皮向前），只能集結共同信仰者以取暖（如創辦《爝火》，或和中國那些意識型態立場接近，對差勁的作品不吝給予外交辭令式的佳評的）；另一方面，對於來自不同立場的批評者，或質疑他們集體文學成就的，則詆為毀謗、污衊，甚至懷疑有什麼陰謀，斥為用外來標準否定馬華文學，甚至惡劣的批評不同道的作品是「殖民文化」（見作品其實只比基本水平略高、卻被馬華文壇嚴重高估的吳岸在〈馬華文學的再出發〉中的陳述，氏著《馬華文學的再出發》）（馬來西亞華文作家協會，一九九一），頁四—七，直白的說他們那種集體的平庸狀態才是「馬華文藝獨特性」、「正派文學」。駝鈴對虛構及戲劇化的拒斥見《駝鈴自選集》〈緒言〉（頁v）。

12 駝鈴就把自己的小說定位為「歷史小說」甚於「政治小說」（見其《駝鈴自選集》〈緒言〉，頁v）。這可能受了中共「革命歷史小說」影響。如果不瞭解其特殊欲望，就難免會覺得奇怪，何以寫當代而稱歷史？這種情況不止是駝鈴，譬如流軍（賴湧濤，一九四〇—），其「馬共小說」都是長篇巨構，寫馬共「長征」的《林海風濤》，莊華興讚譽有加，其文有專節談「《林海風濤》與華人史主題」，評價此書也多從此著眼，而非文學價值（莊華興〈現實主義寫作仍有可為——兼談流軍長篇小說《林海風濤》〉，二〇一六年八月十六日，新加坡文獻館，https://www.sginsight.com/xjp/index.php?id=16935）。流軍在《林海風濤》和《在森林和原野》的後記都提到他多次造訪和平村，和昔日的馬共戰士詳談，問清楚森林裡作戰和生活的種種細節，「這是歷史題材，所刻畫的藝術形象不能離史實太遠。我小心謹慎，克制懸想，不讓虛構越界。」（《林海風濤》〈後記〉，頁四四〇）《在森林和原野》的〈後記〉也用「歷史小說」來自我界定，「時代背景是真實的，發生地點和時間跨度是確切的，人物和故事則真假參半。」（頁四三七）出生柔佛、定居新加坡的前南大中文系畢業生流軍撰寫不少「馬共小說」，在以長篇小說著史方面是個有心人，但和駝鈴共享現實主義的意識型態限制，文字、形式質樸如實錄。又見本書的〈論馬華失敗的革命—歷史小說——為什麼失敗的革命也需要小說？〉

13 之所以如此，是因為馬華現實主義者們一直秉承文學有教育群眾的功能的理念（如方北方常談到的，「文學具有改造社會與指導社會的作用」、「負起教育和宣傳的責任」、馬華新文學「是華人教育媒介最好的工具」，〈九十年代馬華文學發展方向〉（一九九〇），《生機復活看馬華文學》，頁五一，五九）。古典文學存在的基本功能是語文與政治、道德教育，中西方皆然。但產生於世俗化大潮中的中文現代文學而自詡負教化功能，只能說是五四啟蒙與救亡、三〇年代文藝大眾化的殘

爝火還是餘燼？

一九九九年六月三十日創刊的《爝火》文學季刊已有二十年的歷史，它創刊於一九九七年底那場研討會[14]我撰文批判方北方、並宣告馬華現實主義的終結的一年半之後，因此創刊號上有篇署名秋山寫的〈狂妄風氣不可長——簡評「方北方事件」〉，所談無非「態度」；而撰於一九九八年十二月二十七日的〈《爝火》文學季刊創刊宣言〉（《爝火》創刊號）宣稱「我們創辦《爝火》，是為了維護馬華文學的純潔性和獨特性，並希冀將之發揚光大。」「純潔性」是神聖性的轉喻。宣言中有兩段話特別重要，一段針對的是八〇年代後留台人掀起的重估馬華文學典律、重編選集、重新論述馬華文學的風潮[15]。〈宣言〉稱之為「歪風」，另一段是自我期許。但這篇文字可能是《爝火》二十年最重要的文章，值得多引一點，奇文共賞：

不必諱言，自八十年代末期以來，馬華文壇頻刮歪風，剎那之間，惡浪滔天，黑雲壓城，出現了種種令人驚駭的怪現象：有人力圖剔除馬華文學的特性，把她游離於現實和優良傳統之外，使之成為是一種發抒無聊賴情緒、麻痺人心的器具；有人瀆辱馬華文學，把她作為墊高自己身價的名階利梯；更甚者，有人假借文學評論或研究之名，肆意攻擊、毀謗馬華作家，或者以外國的尺度，刻意貶損馬華文學及作家；……如此等等。

可是，馬華文學光焰萬丈長，各個時期作家所付出的心力和貢獻，豈能讓別有居心、狂妄驕橫之徒的陰謀可以得逞？正是「不知群兒愚，那用故謗傷？蚍蜉撼大樹，可笑不自量」！

處在漆黑之中，頻遭侵淩的正派文學，正需要有一點火光，以照亮著她的前行。

……

「馬華文學光焰萬丈長」真是難以理解的自信，完全不知道外部的世界是怎麼一回事。學養太差，評論看不懂，沒能力對話，只能回到原教旨立場，自封正派、正統，情緒性的發起對「異端」討伐的聖戰；我們的論述累積，對他們而言可能比沒有還糟糕。欠缺文學鑑賞力，無能欣賞佳作（從他們寫的那些亂七八糟的書評看得最清楚），作品好壞分不清（這些人還長期掌握文學出版基金的評審）。再則是沒有文學能力，寫出的作品好像是參與一場「平庸的比賽」。雖然

餘理念牢固的持存。類似的、但更教條的講法又見於孟沙，〈掙扎求生的馬華文學〉（《馬華文學雜碎》，一九八六，頁二二），抱持這種想法，自然會把讀者看成是等待被教育的對象，而把讀者看得很低，自己的作品也會越趨於簡單直白——但也許本來就沒有能力寫得難，耐讀，費思量。

14 馬來西亞留台校友會主辦，吉隆坡，「馬華文學國際研討會」，一九九七年十一月二十八日至十二月一日。

15 關於八〇年代後留台人的馬華文學「製作」，比較詳盡的討論見溫明明，《離境與跨界：在台馬華文學研究（一九六三—二〇一三）》。

〈宣言〉中有這麼一段話，可能是受到我們批評後，也強調「技巧」了，可能是前引駝鈴文之所本：

《熠火》強調馬華文學必須關心國家、民族和社會，反映現實，並具有我國本土性的特徵。但是，這並不等同於是一種乾癟的說教，或機械的摹寫，或現象的實錄。恰恰相反，我們叮吁請作家重視藝術技巧，提升自己，超越自己，力求寫出形式與內容結合得很好的感人作品，既可「吐納珠玉之聲」，又可「卷舒風雲之色」，如熠火般的照耀著人的精神世界。

「重視藝術技巧，提升自己，超越自己，力求寫出形式與內容結合得很好的感人作品」似乎是為了回應「現代派」對他們的作品欠缺藝術技巧的批評而增列的，但恰恰是這些人做不到的（他們大概也沒有意識到，依那方向走，就會成為他們眼中令人不齒的「現代派」），於是在實踐上，只能繼續淪為空話。

二十年來，由一群不曾寫出重要著作的「蚍蜉」主編的《熠火》，一直是星馬老牌現實主義取暖的大本營，集結了許多堅持「現實主義」的老作家，其功能與其說是培育文壇新人，不如說是取暖與怨恨[16]。他們竟然沒有意識到，正是他們的無知無能阻礙了進步。說《熠火》反映了馬華現實主義的基本水平應不算過份。看看那些可有可無的文章，只能說那是中國革命文學的可悲遺產，歷百年而陰魂不散。那世界，是個絕望的世界，它屬於早該死去的過去，文學史沒它的位置，當然，也進不了華人史。

二〇一九年七月二日

16 最近一期的《爝火》二十週年特刊（五十八期，二〇一九年六月），駝鈴的〈逆流中的《爝火》〉依舊得意洋洋的在謾罵我們這些「留台博士」（頁八），還發出可笑的井蛙之聲，真不知二十年過去，蚍蜉們究竟累積了什麼。

為什麼失敗的革命需要小說？

——再論「馬共小說」

「馬共小說」和中華人民共和國的「革命歷史小說」的淵源還有待被釐清，一如馬共的革命與中共的關聯，隱秘，但有其必然性。本文嘗試以中華人民共和國的「革命歷史小說」為參照，重探左翼以「歷史小說」自命的「馬共小說」。包括金枝芒的《饑餓》、流軍的《林海風濤》、駝鈴的《沙啞的紅樹林》等。

箇中關鍵是，中華人民共和國的「革命歷史小說」是以革命勝利為前提的，為的是論證革命的正當性。但馬共的「革命歷史小說」對應的卻是革命的失敗（即便不能承認），這些小說如何思考、再現「革命」呢？失敗（或陷入泥淖）的革命的正當性還需要藉小說來論證嗎？還是說，小說企圖完成一些別的什麼？這問題也許關涉以「反映現實」為職志的馬華文學現實主義的「存在的理由」和它自身的悖論，它從未被思考的部份。

「失敗的革命無歷史！」

——黃子平，（一九九六）二〇一八，頁三三

1. 馬共「歷史小說」

眾所週知，馬共小說（以馬來亞共產黨的革命活動（一九三〇—一九八九）為題材的小說）依其作者與馬來亞共產黨的關涉大致可分為三種，前馬共黨員（金枝芒、賀巾、海凡），左翼或非左翼非馬共黨員、現實主義者（駝鈴、流軍、雨川、丁雲），非左翼亦非馬共黨員有現代主義傾向者（小黑、黎紫書、黃錦樹等）[1]，而自覺的把自己的「馬共小說」稱做歷史小說的，是駝鈴和流軍[2]。

《駝鈴自選集》〈緒言〉提到中國若干學者提到他的《煙硝散盡時》、《沙啞的紅樹林》、《寂寞行者》時，說那是「政治小說」。作者頗不滿的說，「這樣的歸類是極具誤導性的，尤其是前兩部更是如此。盡管我用了一些篇幅來描寫那場政治鬥爭，但目的卻在於反映國家獨立前後

1 概括的討論見潘婉明，〈文學與歷史的相互滲透〉；黃錦樹，〈馬華文學與馬共小說〉。

2 流軍，本名賴湧濤（一九四〇—），祖籍廣東豐順縣徑門村，出生於馬來半島柔佛州邊佳蘭，南洋大學中文系畢業，著有《赤道洪流》、《林海風濤》等。

的社會變遷和各族人民面貌的差異，準確一點的說：這是『歷史小說』。」（頁v）

但他沒說清楚他心目中的「歷史小說」是怎樣的面貌。

流軍也用「歷史小說」來自我界定，《在森林和原野》的〈後記〉講得更仔細：

> 歷史小說有兩種表現手法，一是以歷史事件和人物為對象，在史實框架內進行創作，為展開故事貫串情節，適當的虛構、想像、刻劃等藝術加工是必要的。中國作家二月河的《康熙大帝》……名著都屬於這一類。創作這類小說，作者必須洞悉史實，熟悉歷史人物，所以其難度很高；二是取材於某個歷史事件，從而進行藝術處理，故事情節純屬虛構，人物有真有假，真的未必全真，假的未必全假。中國作家羅廣斌和楊益言合著的《紅岩》、高建群的《最後一個匈奴》、都梁的《亮劍》……英國作家狄更斯的《雙城記》等都屬這類作品。故事情節、刻劃人物擁有「天馬行空」式的發揮空間，寫起來比前者簡易得多。

他認為自己的小說屬第二類，「時代背景是真實的，發生地點和時間跨度是確切的，人物和故事則真假參半。」（頁四三七）其實他談的兩種歷史小說的差別只是程度上的，兩者都是高度依賴「史實」的。雖然前述引文都在強調兩種歷史小說的藝術加工部份，事實上「藝術加工」一向是此類馬共小說的弱項。

從流軍對自己的小說《在森林和原野》的描述也可看出一些端倪：

> （本書）內容以馬來亞共產黨帶領民眾反抗日本侵略、反英殖民統治的英勇事跡為主線。時代背景是真實的，發生地點和時間跨度是確切的，人物和故事則真假參半。馬共柔佛州州委投敵背叛、馬共總書記萊特和日本特高科暗中勾結、新村政策和村民吃大鍋飯、九・一黑風洞慘案等都是真有其人確有其事；政治犯越獄、游擊隊伏擊敵人運薪車、以ＡＫ步鎗射擊直升機等章節卻是三分真實和七分虛構。（頁四三七）

對馬共史或馬來西亞史略有瞭解的讀者都可以清楚看出，這段小說內容的自我描述是以馬共的歷史大事為骨幹的，讀過小說的讀者也會清楚發現，那極為貼近「歷史」。

除了前引〈緒言〉之外，駝鈴後來在一篇短文中對「歷史小說」有一番補充。他清楚知道「歷史小說不能當正史看」，面對陳劍的提問，「『故事』可否歪曲歷史事實？文學是否必須老老實實反映歷史事實」？他的回答是：

> 史實必須尊重。不過，歷史小說畢竟不能當正史看，就如《三國志》和《三國演義》一樣。小說為了人物形象的突出，免不了誇張和渲染。為了吸引讀者，作者也允許自行設計正史中沒有記載的事件和情節。但這也須合情合理，符合人物的思想性格。換句話說，歷史小說是以歷史為骨架文學為血肉的藝術創造。因此，歷史是歷史，小說是小說，不能混為

> 一談，更不需要爭論。我寫的是類似演義的小說，不能當作正史來指指點點。至於歷史敘述與文學敘述的最大不同點，我認為前者求真，言必有據；後者除了「真」之外，還要加上「善」與「美」。前者屬於學術的範疇，後者屬於藝術的天地。（頁一二四—一二五）

和流軍的說法差不多，也就是說，知道小說是需要虛構，是藝術創造，那和歷史敘述是不同的。前引的自我辯護，蘊含了這樣的意味，當學者從歷史真實的角度批評他的小說時，就可以辯稱那是小說，不是歷史；當學者從小說的要求做批評時，又會用歷史做自我辯護了。至於「我寫的是類似演義的小說」的自我認識，和他的小說實踐之間的距離，又是另一回事了。

流軍的小說動筆於二〇〇二年後，駝鈴的馬共題材小說寫於一九九一年至二〇〇四年間，和絕大部份的「馬共小說」一樣，動筆於馬共革命結束不久之後，也就是相關題材的書寫禁令解除之後。因為在那之前，馬共題材被禁止書寫的歷史，就和馬共被迫退進森林的歷史一樣長（一九四八年緊急狀態，一九八九年合艾和平簽署）。現代小說本就以當代題材為寫作重心（現代意識、現代感，都和題材的時間性有直接的關聯），星、馬其實都是五、六〇年代方建國的，歷史短淺的民族國家，馬共題材其實也屬「當代」（且和被殖民的歷史部份重疊），為什麼以並不很久以前的「歷史」為題材的小說，會被稱做「歷史小說」？

兩位作者都沒有特別解釋。但以星馬左翼自三〇年代以來到當代，都高度依賴中共的思想資源來看，最可能的參照還是五〇年代後中共的「革命歷史小說」。前述流軍的引文裡，即提到了

「三紅一林」之一的《紅岩》。

當然，提到與否並不是最重要的，這種關聯是方法論上的，更根本的說，是理論上的；那源於兩項依據：（一），馬共與中共的關聯，馬共長期受中共的支援，五〇年代末因英殖民政府的畢里斯計畫，糧食等後勤被阻斷而節節敗退，六〇年代初，大部份高層就是受中共收留保護在湖南[3]。無論是思想意識型態、戰略、組織各方面，都可以說是中共的模仿。（二），三〇年代以降從中國引進的「革命文學」（通常稱做「現實主義」）一直被延續下來，毫無疑問的，馬華文學現實主義可以看做是中共革命文學的模仿。這一點從方修到方北方、吳岸等亦步亦趨的現實主義論可以清楚的看出（作為相關文學觀的最佳代言人，方修的陳述可說最為完整[4]）。準此，可以合理的推測，第一、二型的馬共小說，由於共享的意識型態和文學觀，可以視為是中共「革命歷史小說」的一種模仿——即便不是有意的模仿，因為兩個系世界觀、歷史觀、文學觀上的血緣關係，當經驗結構也相似時，它就可能相似——能提供很有價值的比較視域。

3　陳平，第二十五章〈北撤中國〉，《我方的歷史》，二〇〇四。

4　方修，《馬華文學的現實主義傳統》（新加坡：洪爐文化企業公司）；謝詩堅，《中國革命文學影響下的馬華左翼文學（一九二六—一九七六）》（馬來西亞，韓江傳媒大學學院，二〇〇九）。

2.「革命歷史小說」

中國的「革命歷史小說」是其十七年文學（一九四九—一九六六）的核心部份，已經有大量的研究累積，是當代文學研究的熱點之一。黃子平把不同類型的相關作品命名為「革命歷史小說」[5]，即便依其內容及表現形式有的可歸類為「革命通俗文學」（浪漫化，演義式表述）、有的性質上接近成長小說、傳奇[6]；但它們的功能是相似的，是「將剛剛過去的『革命歷史』經典化」——「它們講述革命的起源神話、英雄傳奇和終極承諾，以此維繫當代國人的大希望與大恐懼，證明當代現實的合理性，通過全國範圍內的講述和閱讀實踐，建構國人在這革命所建立的新秩序中的主體意識。」[7]能夠如此，必須是作為意識型態上層建築被制度化，也就是進入包括教育體系（作為學生的指定讀物）、文學批評（必須是頗獲好評）、當代文學史（作為文學經典）等。那是國家機器方能為之，也就因為勝利的革命掌握了政權，掌握了國家機器。另一方面，相關的作品必須屬於「全民」的——即便它屬於特定的階級（「無產階級」）、特定的民族（漢語——掌握絕對優勢的民族（漢族）的語言），但它無疑是中華人民共和國的國家文學。中國學者談這「革命歷史小說」時不會留意到這些「無關痛癢」的問題，那是和馬共小說這一「失敗的—革命歷史小說」對照之下產生的「剩餘」。相較之下，馬共沒有取得政權、沒有掌握國家機器，以漢語書寫在只有馬來文作為唯一國語的馬來西亞不只沒那麼理所當然，還格外顯得政治不正確。就寫作內容而言，那幾乎都是些華人的故事，不夠「國民性」。其狀況，一如畢里斯政策下的新村（其居民基本上是華人）；其處境，就是馬華文學的處境。

但「革命歷史小說」不同，它屬於國家、為國家所擁有，因為那樣的作品負載意識型態功能，它受到國家嚴密的干涉也就不奇怪了。在諸多相關作品中，「以傳統小說的手法來表現『革命』的主題，語言通俗，具有很強的故事性」，「很受讀者歡迎」的「革命通俗文學」，如《林海雪原》、《鐵道游擊隊》等[8]，在馬共小說中找不到對應的個案（馬華現實主義普遍都很「嚴肅」，不屑於把小說寫得「好看」），可擱置勿論。依時間順序，邏輯上，就「大歷史」而言，此類小說應包括「革命的史前史」、革命本身的歷史；但也應包括「小歷史」，個人、群眾因為「覺悟」而參與革命的歷史[9]。兩者經常是交叉重疊的。其中，就包含了成長小說。梁斌的《紅

5 黃子平，《革命．歷史．小說》（香港：牛津大學出版社，一九九六），其大陸版為《「灰欄」中的敘事》（上海：上海文藝出版社，二〇〇一），台灣版為《倖存者的文學》（台北：遠流出版公司，一九九一）。

6 相關經典文本包括《紅岩》、《紅旗譜》、《創業史》、《青春之歌》等，討論見洪子誠，《中國當代文學史》，第八章「對歷史的敘述」；李揚，《五〇—七〇年代中國文學經典再解讀》，賀桂梅編，《「五〇—七〇年代文學」研究讀本》（上海：上海書店出版社，二〇一八）。

7 黃子平，二〇一八（一九九六）《革命．歷史．小說》（增訂本）（香港：牛津大學出版社，二〇一八），頁一一。

8 李揚，前揭，頁一。

9 與它同樣而異趣的「反共文學」則要麼加上個幻滅的結尾（姜貴的《重陽》、《旋風》），要麼直寫中共建國後，共和國統

旗譜》和楊沫的《青春之歌》是公認的紅色成長小說代表，前者是「旨在揭示中國農民在中共領導下由自發走向自覺革命鬥爭歷程的小說」[10]，而後者寫一個女知識青年的三度「成長」，一步步更深入的成為紅色「典型人物」，同樣深受讀者喜愛。

在諸多革命歷史小說中，《紅岩》（一九六一）獨樹一幟，被稱做「紅色聖經」，它以一件真實的苦難為依據，「真人真事改編」。其本事為「四五十年代政權交替時期，被稱為『中美合作所』的集中營裡，關押著許多為推翻國民黨政權而鬥爭的革命者。在國民黨政府軍隊潰散，山城重慶為解放軍攻佔的前夕，他們中有人越獄而出（如《紅岩》的作者），而多數被秘密殺害。」[11]它一九六一年出版，迄八〇年代印量達八百多萬冊，是自有新文學以來「發行量最大的長篇小說」，可能也是最家喻戶曉的；這部「共產主義教科書」是部集體創作，雖然署名羅廣斌、楊益言，但實際上是由「一群為著同一意識型態目的而協作的書寫者們」共同完成的，耗時十年（前揭，頁一二四—一二五）。署名作者是事件的倖存者，負責提供故事、描述現場狀況；共同參與完成的包括了黨組織（馬識途）、資深編輯（張羽）、資深作家（沙汀）、解放後相當有規模的出版社（中國青年出版社）[12]，就藝術性要求（文字、場景描述、人物刻劃、對話、故事性等）和意識型態要求（信仰、信念的陳述）等都「集思廣益」的盡力完成，因此能作為革命生活的教科書（黃子平，前揭，頁二一），富（符合主流意識型態的）思想性，同時兼具可讀性，因此深受讀者歡迎。

根據朱成發《紅潮》（二〇〇四）一書的描述，一直到文革結束前，華裔青年左傾者眾，氣勢相當驚人。紅色中國的出版品並不難取得，其中就包括「革命歷史小說」[13]。

3. 突圍或者受困的寓言

當我們拿中共的革命歷史小說來做比較時，會發現一個有趣的現象，金枝芒（陳樹英，一九一二—一九八八）的《饑餓》（一九六一）其實和《紅岩》是最可以類比的。雖然它的編者〈前言〉裡把《饑餓》和蘇聯作家法捷耶夫的《毀滅》相提並論：

> 《饑餓》形像地描繪了十四位革命戰士在英殖民當局嚴厲封鎖糧食的饑餓線上堅持鬥爭的慘烈事跡，從殘酷的一面反映出革命戰士的高貴品質，在絕望的境地仍然看到曙光。……雖

治下對人民的迫害，尤其是土改（如張愛玲的《秧歌》）。

10 李揚，前揭，頁三二一。

11 洪子誠，前揭，頁一二三。

12 詳細討論見錢振文，《《紅岩》是怎樣煉成的—國家文學的生產和消費》（北京：北京大學出版社，二〇一一）。

13 關於革命歷史小說的閱讀，二〇二〇年十二月十九日我電郵請教流軍（賴湧濤）先生，獲得答覆如下是確定的，「那些革命小說我都讀過」，印象最深的是《紅岩》，「《林海雪原》如武俠小說。金庸的《書劍恩仇錄》比它寫得好。」而是否有存史之心，答案也是肯定的——後人欲了解馬共史，「（必須）讀流軍的小說。」他說。

然最終只剩下五位戰士，但他們毫不動搖，看到的畢竟是革命的前景，終於突破重圍轉移勝利。……正如蘇聯十月革命時期的著名小說《毀滅》，敘述一個游擊隊的勇士們在殘酷的鬥爭中英勇犧牲，最後只剩下幾個戰士，故事悲切壯烈，卻也使讀者體會到勇士們高貴的革命精神和品質，從而增強革命的鬥志。（頁一一一）

在故事上，《饑餓》和法捷耶夫的《毀滅》有更為直接的相似性（游擊隊受困—犧牲—倖存者突圍），和《紅岩》的相似性則是結構上的[14]（中共成員受困（受俘）—犧牲—倖存者突圍），但「增強革命的鬥志」云云，卻必然會碰到歷史結果那堵鐵牆。歷史結果作為「革命歷史小說」的解釋語境，《毀滅》（一九二七）、《紅岩》都是革命成功的歷史小說，在那樣的條件下，「倖存者突圍」是「增強革命的鬥志」，頗有勵志之效；但如果是失敗的革命（《饑餓》成書時敗象已陳），「倖存者突圍」就像是個強加的光明尾巴，不如它的受困—犧牲那般有代表性、寓言性（簡言之，解釋的重心就可能轉向受困—犧牲，討論見我的《最後的戰役》）。說到底，作者（作為馬共的一員）撰作此小說的初衷可能還是勵志，譬如小說的最後一段：

這一場鬥爭，也是困難和艱苦的。但他們從殘酷的饑餓中過來，經歷了森林游擊隊戰爭中的最大的困難和最高的艱苦，這也不足以阻止他們的鬥爭的前進的步伐了。在黨的領導和群眾的支持下，隊伍又慢慢壯大起來，高舉著民族解放的光輝燦爛的旗幟，勇往向前了。（頁三六八）

這樣的結局其實和《紅岩》差不多：

> 東方的地平線上，漸漸透出一派紅光，閃爍在碧綠的嘉陵江上；湛藍的天空，萬里無雲，絢麗的朝霞，放射出萬道光芒。（頁五六五）

然而《饑餓》出版是年，離馬共革命畫下句點雖還有十九年，但部隊已被迫北撤出馬來半島邊界，駐守於泰國南部。當然，如果革命成功，就意味著《饑餓》所描繪的困境最終被克服了，那只是革命史的一個插曲，《饑餓》就可以像《紅岩》一樣，視為克服困境的樣板。革命失敗，小說就只能是失敗的一個寓言。

4. 青春輓歌

出生於新加坡的賀巾（林金泉，一九三五—二〇一九），成長於「紅潮」的年代，身為早

14 我並沒有暗示二者間有什麼影響關係。《饑餓》的初版（一九六〇）還比《紅岩》初版（一九六一）早一年。

慧的文青，賀巾二十來歲時的作品，不乏見證華裔青年迎向左翼信仰的「青春之歌」（〈青春曲〉、〈沈郁蘭同學〉等），但大規模、整體的「重寫」還是革命結束之後撰寫的近二十萬字的《巨浪》。那都看不出任何中共「革命歷史小說」的影響。

《巨浪》以一九五四年五月十三日新加坡的「五一三」事件為啟始點，敘述一群華裔左翼中學生和英殖民政府的對抗，寫學運、反黃運動、為南大籌募經費等。他們投身的政治運動受殖民政府的嚴厲打壓——那被理解為或足以動搖政權。外部的嚴酷讓內部擠壓，那是對信仰、情誼的嚴厲考驗，脫隊是常有的事。青年同志之間的協力、互助、嫌隙，甚至情愛糾葛，有的被逮捕，有的因被追捕而被迫潛入地下，從青澀的學生「走入工農」，歷經苦難而真正成為一個無產階級戰士。其中最受矚目的（反）高潮，應是領導李欣的成為叛徒，出賣了大量同志——在他成為叛徒之前，就已經不是好人，曾迫姦女下屬。革命＋戀愛是有的，但在賀巾的筆下並不浪漫也不熱烈；是惶惶而緊張的日常生活。瑣碎的細節鬆散的被聚合，就它無趣的程度，其理由與其說是小說的，不如說是「史」的。那樣的青春之歌毋寧是苦澀的。它包含了成長小說的元素，但沒有特別著墨，一如它對男女情感的處理，都淡乎寡味。就小說論小說，從整體佈局來看，揭發領導的腐敗可能是一大亮點，和青少年革命理想的單純共同構成了小說存在的理由。這在其〈後記〉中都有清楚的表述，直陳其「存史」之意圖所在。因作者作為身歷其境者之一，寫作風格恪守「反映現實」，潘婉明即認為該著「在某種程度上為『五一三學運』提供了『有力』的當事人說法」[15]。意謂：賀巾所寫種種均可能「有所本」，即便黨史對它持續保持沉默。

故事時間是一九五四至一九五九年，不過五年，作者十九至二十五歲。賀巾二〇〇四年寫完這部沒什麼小說趣味的小說時，已年逾七十，回顧的是五十多年前青少年時的學運時代，大概也是那批星洲知識青年的黃金時代，呼之欲出的，是我於青春無悔的呼喊——只是能有共感的，多半是那些有共同記憶的同時代人。在時代的巨浪裡，大多數人終究只能成為歷史的泡沫。

緊接著《巨浪》而撰寫的《流亡》，視野收窄，從《巨浪》的幾個青年學生收縮至從陳天柱的限制觀點來講述流亡印尼後的經歷，更具自傳色彩[16]。那樣的收窄了的視野，所能見證的不過是幾位流亡印尼的馬共的經歷，不可能提供一個整體視野。就整體馬共而言，流亡印尼者是絕對少數。小說技術不難克服視野的限制，《流亡》讓人看出賀巾無意為整體馬共代言，那或許也受限於他的經驗主義——反諷的是，在這樣的操作中，失敗的革命歷史小說，在革命失敗之後，體現為小說的失敗。那是極其低度小說化的小說，一種回憶錄偽裝成的小說，那也標誌了馬共知識精英反思的限度[17]。那和中共革命成功的革命歷史小說在風格上也是大異其趣的，平淡質樸到接近無風格。

15 潘婉明，〈政治不正確與文學性：馬共書寫的「馬共書寫」〉，《燧（上、下）》。

16 和陳國首的訪談資訊相當一致（陳國首，〈賀巾談創作與人生〉（上）（下），《聯合早報》，二〇一三年四月二一—五日）。訪談載，賀巾一九六二年到印尼教中學，一九六五年印尼九三政變排華，賀巾改到漁村的國民學校去教書，一九六八年學校被燒毀後改到農村種菜養豬，一九七六年離開印尼到港澳，再到中國，到湖南參與革命之聲廣播撰稿。

17 討論見我的〈在或不在南方——反思「南洋左翼文學」〉，《華文小文學的馬來西亞個案》賀巾部份。海凡（洪添發，一九五三—）可說是馬共陣營最後的希望，還在發展中，猶可期待。他的寫作會比較靠近第三種類型，比較把小說當小說。

5. 代史

這種「無風格」也是第二型馬共小說最主要的「風格」特徵。沒有文體上的自覺，也沒有文類的自覺，「使命」的自覺倒是有的，「歷史小說」的命名即說明了這一點。雖然駝鈴、流軍談「歷史小說」時都提到「演義」甚至《三國演義》，知道「歷史小說是以歷史為骨架文學為血肉的藝術創造」（〈馬華文壇的現狀〉），但似乎並不知道演義其實是高度戲劇化的，史實甚至只剩下框架或背景，需要強大的虛構能力。《駝鈴自選集》的〈緒言〉在談到「歷史小說」後，針對小說寫作發了一通議論：

> 對於文學創作的態度，我是很認真的。一開始便認為，小說應該是一幅詩化的人生圖景，不但內容要符合真善美的條件，而且佈局結構和情節發展都要順乎自然規律。對西方的「fictions」這個字眼，我的理解是純粹虛構的故事。事實似乎也是如此，他們所設計的情節變化，往往出人意表，全然不避「戲劇性」之嫌。對於這種創作手法，我一直頗為躊躇。（頁v）

這段文字是相當有意思的癥狀文本，暴露了不少「文學概論」層面的問題。1.「小說應該是一幅詩化的人生圖景」，大概只有某些「京派」小說家才會那樣想；2.「內容要符合真善美的條件」那更難，真、善者未必美，善者未必真、美，善是道德上的要求，真是真實性，一般只有政治性強的儒家或政治宣傳品方可能做那樣的要求；更何況，美常不是內容層面而是表達層面的事；3.「佈局結構和情節發展都要順乎自然規律」，這就更奇怪了，到底這裡頭的「自然規律」是什麼？從他的小說來看，似乎指是現實世界裡事情發生的順序，氏著《沙啞的紅樹林》順著作者自傳展開的情節順序可以為證[18]。這可能就是駝鈴理解的職在「反映現實」的現實主義的奧義了。

馬華現實主義者為什麼繼續寫不好，又能持續不斷的寫（無意義的重複、重複的無意義），對我而言一直是個難解之謎（如同一種行動藝術——卡夫卡筆下的饑餓藝術——那般），駝鈴是極少數能清楚表白他們到底（也許是不自覺的）陷入了什麼思想困境的寫作者。前述引文似乎沒意識到中國傳統說書人有句口頭禪：無巧不成書；不知道好的小說是對「現實」的創造性重組；可能真的沒聽過馬克吐溫和波赫士都說過現實比想像更離奇——想像（虛構）還得遵守藝術的規律，得避免老套，現實則不必，可以完全憑靠偶然律。很顯然，駝鈴這類人是活在一個全然有序的宇宙裡，故而其「自然規律」是沒有什麼驚奇，平淡如水的，他的宇宙是透明的，徹底可理解的，沒有秘密（更別說神秘），沒有不可理解性。難怪他的小說故事之所以推展得如此板滯、欠缺波瀾。

〈關於歷史小說〉在批評本文列為第三類馬共小說作者時說，他們「對歷史一無所知偏又

18 我在〈從華人史看馬華文學〉初步探討過駝鈴的長篇和他的文學觀。

自視前衛」，「到底只能閉門造車」，「既沒有什麼閱讀的價值，更沒有進行研究的必要」（頁一二四—一二五）——顯然他對「歷史」是有定見，知道歷史是什麼，只有準確的傳達歷史之「真善美」者，才有價值。同頁還有這麼一句：「我們所期望的是，更多曾經時代的風口浪尖者拿起筆來，作更深入更細緻的刻畫。我們不僅要為文學添華章，也要糾正被歪曲了的歷史。」（頁一二五）那「被歪曲了的歷史」是什麼呢？是大馬官方版的馬共定位嗎？作者並沒有明言，他顯然認為「經時代的風口浪尖者」——即那些歷史親歷者的見證是未被歪曲的歷史。然而，不論是賀巾的小說，還是那些數量龐大的馬共回憶錄，都告訴我們，那些歷史當事人也是有其限制觀點的。而其《寂寞行者》的「自然規律」則是照搬張佐（張天帶）的回憶錄《我的半世紀》（張元出版，二〇〇五）。因為不在「內部」的關係，他們原本可能有一個相對的優勢，即：可以整體的觀照那場革命。

流軍的情況應該也相似，《林海風濤》〈後記〉有這麼一句話：

「這是歷史題材，所刻畫的藝術形象不能離史實太遠。我小心謹慎，克制懸想，不讓虛構越界。」（頁四四〇）

他的小說自我限定在怎樣的「史實」的範圍內，還待仔細探究。但他們都以為自己對那歷史有透徹的瞭解，以為自己的小說足以代史。流軍甚至說：「將來要瞭解馬共，要讀我的小說。」

但他們的小說或許因為選擇了低度戲劇化的策略（不似中共的革命歷史小說，不惜動用「地方形式」、通俗文學資源），毫無小說的趣味可言。單是「文學性」就相去甚遠。妄圖以小說代史，卻為了他們心目中正確的歷史和政治，犧牲了小說

6. 失敗的革命─小說

對應於近代左翼失敗的革命，理論上，中文世界應該還有另一類失敗的革命─歷史小說——在台灣島上，對應於台共、其後是中共地下黨的失敗（被肅清）。有趣的是，相應的作者並非以「歷史小說」回應，而是現代主義意味的抒情小說，陳映真從〈鄉村的教師〉到〈鈴璫花〉、〈山路〉的系列小說；郭松棻的〈月印〉、朱天心〈從前從前有個浦島太郎〉等。這些技術純熟的小說的取徑都不是歷史小說，而是沒有史詩企圖的現代小說，甚至具強烈抒情意味，時見沉鬱。顯然，彼輩意不在存史，而是藉小說以反思特定歷史境遇裡的生命經驗，或那歷史的意義，而不在於史實、歷史細節[19]。第三類「馬共小說」的路數與此相近，在歷史距離之外審視歷史。

19　報導文學及當事人的回憶錄或許滿足了這方面的需求，尤其是藍博洲《幌馬車之歌》、《台共黨人的悲歌》等系列相關寫作，可以說是那一段「失敗革命歷史」的考古挖掘，成果也最為可觀。

然而，以台灣文學的相對繁盛，以「失敗的革命」為書寫、反思的對象的作品相對的少（在戒嚴時代的一九六〇—一九八〇年間，陳映真幾乎是唯一的代表），倒是很值得思考的現象，國民政府長期的戒嚴、白色恐怖當然發揮了最主要的作用。

7.「歷史」

相較於台灣，馬華作家的左翼傳承更為明顯，民族國家語言上的種族隔離也許意外的保護了馬華革命文學的存在，勉強維持在貧窮線上。當然也因為，相對於槍桿子，那樣的文學對政權的威脅微不足道。馬華左翼的文學門檻低，雖然陣容龐大，但文學成就卻相對貧乏。一九四八年緊急狀態宣佈後，馬共潛入地下，退入森林，同樣也在馬華現實主義的作品中消失。那直接肇因於政治的禁令，也讓馬華現實主義瀕臨破產，無法實踐「反映此時此地現實」的政治許諾。當馬共重返馬華現實主義，革命已結束，相關禁令已解除，那特定的「此時此地的現實」已成了「歷史」。

即便是寫於革命旅途的小說（如金枝芒《饑餓》），現世時革命也已告終，那「失敗」，也成了它的解釋語境。而有幸活到革命結束的作者（如賀巾），也只能為那代人付出的青春重唱一曲輓歌，以「我」的親歷見證。對受現代主義洗禮的一代寫作者，即本文的第三類馬共小說而言，革命的失敗和歷史都是文學反思的對象，那也是文學該有的位置——對那段歷史保持一個反思距離，回到文學自身、小說自身。

小結：失敗的革命歷史為什麼需要小說？

綜上所述，針對「失敗的革命歷史為什麼需要小說」，可以有三種不同的回答。a.見證革命意志的堅定，即便面對困境也不氣餒，不投降，青春無悔，犧牲無悔。革命雖無成，意志卻不敗（金枝芒，賀巾）；b.小說可以存史，甚至代史，傳達「正確」的革命歷史。此類小說的「天敵」可能是馬共回憶錄；c.歷史需要反省，不止是那些被寫下的歷史本文，還有歷史本身，尤其是那些未被寫下、甚至無法被寫下的。馬共的革命作為歷史的一環，當然必須成為文學反思的對象。

對馬華文學現實主義而言，馬共可以說是一個試金石。前述三種馬共小說裡，可以看到兩種馬華現實主義。一種已經完成其歷史任務，另一種，可能弄錯了自己的歷史任務。

後五一三時代的「一個大問題」

——馬華文學作為流亡文學？

當我將第一次迸發的火焰
焚化成灰
一縷絕響夢遊似的飄蕩著
幾萬年的絮聒又在今夜響起

一箭之外是你立過的水漬
沒有風景的候車亭
你的影子覆蓋著我的影子
閃耀著我題的新名字

——林綠，《十二月的絕響》[1]

一個作家除了以極高的熱情和他能夠做到的最大誠實寫作外，他沒有為自己的國家效力的其他更好的方式。

文學是作家首要的誠實，首要的責任和首要的義務。如果他在國內可以很好的寫作，他就應留在國內；如果流亡有利於他寫作，他就可以離去。

——巴爾加斯．略薩（Jorge Mario Pedro Vargas Llosa），〈文學與流亡〉

一九七二年四月十六日，還在唸高中的十九歲學生賴瑞和（一九五三—二〇二二）在台灣《中國時報》的「海外專欄」發表了一篇讀者投書式的文章〈中文作者在馬來西亞的處境〉，直指王潤華（一九四一—）、淡瑩（劉寶珍，一九四三—）、林綠（一九四一—二〇一八）、陳鵬翔（一九四二—）等「不回來」，甚至「沒有在馬來西亞的中文刊物上發表文章」、「已經對馬來西亞的中文文壇失去了信心——或者說失去了興趣」[2]。其後翱翱（張錯，一九四三—）、林綠、劉紹銘

本文初稿曾宣讀於「May 13, 1969：後五一三馬來西亞文學與文化表述國際會議」，高雄：國立中山大學人文研究中心，二〇一九年五月十三—十四日。

1 林綠，《十二月的絕響》（星座詩社，一九六六）是「一套詩」（依其〈自序〉言），共二十首，多首顯係情詩，雖然作者並不承認。這些詩談不上成熟，說明性的句子嫌多，也常嫌說得太盡。

2 賴瑞和，〈中文作者在馬來西亞的處境〉，我引用的版本是劉紹銘《靈台書簡》的附錄（台北：三民書局，一九八九〔一九七二〕），頁二三〇—二三三，該書後來的增訂版把它刪掉了。

（一九三四－）等都有文章回應，甚至同代的留台音樂人陳徵崇（一九四七－二〇〇八）也參與了論爭，其後若干在地的文青葉嘯等亦涉入。那可能是自馬華文學「有國籍」以來第一場重要的論爭，但此後多年並沒有引起學界充份的注意。它涉及的不止是馬華寫作者「人才外流」的問題，更關涉「馬華文學」的屬性。類比於一九五五年方天演繹馬來亞華人公民權問題的小說〈一個大問題〉，這問題其實也可說是馬華文學的「一個大問題」。擺在後五一三的脈絡——賴文刊出時五一三還未滿三年，被屠殺的華人猶屍骨未寒；「土著至上」的新經濟政策不過兩年，大馬官方的國家文化備忘錄出台不過一年；而被指責「人才外流」的，是第一代留台人中優秀的馬華文青。其時台灣重啟的「僑教政策」進入第二十一年，而大馬僑生留台史，也不過十六年[3]，距馬來西亞建國，也還不到十年。

「人才外流」與馬華「文學觀念」

關於「人才外流」，青年賴瑞和顯然把問題看得太簡單。「回來」，未必就有「立錐之地」。三十多年後，張景雲在〈立錐無地〉一文中舉了不少例子。當然，這些年文史哲高學位人才多了，「我們哪來那麼多南方學院、新紀元學院、拉曼大學中文系的教席容納他們」[4]。公私立大專院校、研究機構員額都很有限，而且還涉及人脈、關係等錯綜複雜的條件，沒那麼單純[5]。如果沒有博士學位，只想靠寫作維生，是不可能的。一九七一年留台、一九七七年畢業返馬的商晚筠（黃莉莉，一九五二－一九九五）必須長期棲身新聞媒體，發展得並不算順利；

一九八八年陳鵬翔〈新馬留台作家初論〉[6]中拈出的八〇年代中葉返馬的兩大「瑰寶」，後繼的文學表現得也沒有想像得好——或許，以大馬的土壤，最好也就只能是那樣。更多的是返馬後放棄寫作的，一旦沒有作品、沒有名字，就不可能、也「自然」沒必要成為研究對象。

而關於「人才外流」，彼時的回應文章談得最深刻的是同屬留台人的陳徽崇（一九四七—二〇〇八）[7]，他寫了幾篇文章反覆致意。[8]在〈澄清馬華「文學觀念」要緊〉有這麼一段沉痛

3　關於台灣僑生政策的早期歷史，詳陳美萍，《美援僑生教育與反共鬥爭（一九五〇—一九六五）》，國立暨南大學歷史系碩士論文，二〇〇四。

4　張景雲，〈立錐無地〉，馬來西亞《東方日報》，二〇〇六年十二月十七日：大馬華裔人才外流當然和種族固打制有直接的關聯，結構性的排擠、歧視，甚至羞辱。相關問題又參楊白楊，〈老調重談人才外流〉，https://m.malaysiakini.com/columns/40276?fbclid=IwAR3jIuOJQQHkGbVBLzjC4fhhWDIoSSC8-xrojsweuoOMIEbpUZJZ0Er-t9c，感謝方美富提供這份資料。

5　多年以後，賴瑞和被他十九歲拋出的回力鏢打中，以致大半輩子只能漂泊異國，晚年退休方返鄉定居。在其二〇一八年一月十二日臉書文〈新山最好〉有文「吉隆坡（四年）、台灣台北（五年）、美國普林斯頓（五年）、香港（五年）、台灣新竹（十一年）」。台北、普林斯頓是求學，香港、台灣是工作。賴一九七六—一九八〇年留台，美國畢業後曾短暫回馬大兼任一學年，傳聞因大學學位是台灣的而不獲聘。這一點，當事人不願證實。

6　《文訊》三十八期，一九八八年十月，頁一二九—一三八。

7　陳一九六七年留台，一九七一年師大音樂系畢業，一九七二年在台北永和國中教書（實習）時，回應該場論爭，次年即返馬。見〈陳徽崇生平記事〉，傅承得編，《陳徽崇：他的文字與紀念他的文字》（吉隆坡：大將出版社，二〇〇九），頁八。

8　包括〈馬華作者一去不回來？〉、〈楔子：淺顯答覆川谷的四點質疑〉、〈三〉、〈馬華文藝求新難〉。

的話：

正當大家都在大馬文學的大舞臺上粉墨唱戲的時候，我「悲觀」那些只會在臺下吹口哨甚至在臺底拆臺的人太多；正當大家都合力討論與建設大馬文化的時候，我「悲觀」那些在可以浪費的小版位上說風涼話的人太多。真正的馬華文學並不能只留下一小塊園地而滿足；真正的馬華現代詩不應該在馬華文壇上形成鶴立雞群的姿勢。為馬華作者求歸向也好，馬華作者回不回來、要流到那裡也好，關心馬華文學的命運也好，從討論大馬華裔文化到創造大馬文化之道也好，但我們不要忘了一路上要給大馬文學史以充實與真材實料。現在不正視馬華文壇上畸形的現象，現在不建立起真正的馬華文學健康中心，讓過多的貧乏文學與贗品充塞，讓過多的舊世紀口號阻礙，結果搞得亂七八糟，弄得烏煙瘴氣，要辨清馬華文學史真正之路，恐怕歸向難尋。

所以我說，澄清馬華「文學觀念」要緊！[9]

真正的重點其實並不在於是否「人才外流」，而在於不管回來，或外流，是否能端正馬華文學的風氣，創造出有份量的馬華文學作品——雖然陳文「一路上要給大馬文學史以充實與真材實料」的表述不是那麼明確，但「過多的貧乏文學與贗品充塞」、「讓過多的舊世紀口號阻礙」卻是相當清楚的。涉及的問題四十多年來都沒能解決，以不同的表述方式重複出現，包括「評論文字匱乏」、文學建制不全、黨派化、沒有能力思考、專業化不足、作品的文學品質不足（詩意、文學性問題）等。陳徽崇不是文壇中人，但恨鐵不成鋼的悲切猶勝於文青。也許他投身的是更為冷門孤絕的音樂領域，在其時的大馬，是沙漠中的沙漠。多少年後，「在可以浪費的小版位上說風涼話的人太多」的狀態沒多少改變（雖然場所可能移到「面子書」）；能寫出有意義的作品的並不多（不論是創作還是評論）。〈澄清馬華「文學觀念」要緊〉最有意思的是，它的引號不是用來框「馬華文學」，甚至不是「馬華」——這都涉及認同政治，而是「文學觀念」，顯然他對什麼是好作品有預設，有要求。他有自己的鑑賞力，是個有水平的讀者。從第一篇回應文〈馬華作者一去不回來？〉就把重心從「人才外流」的（假議題）拉回問題的核心。陳徽崇的提問可以直接表述為：你們到底是要怎樣的馬華「文學」？

在馬中文文學作為流亡文學？

之所以說它揭開了「一個大問題」，關涉的不只是（或根本不是）「人才外流」的問題，其

9　一九七四年二月，《蕉風》二五二期。《陳徽崇：他的文字與紀念他的文字》，頁五九—六〇。

實更涉及對「馬華文學」（馬華「文學」）的認知與界定。

那個大背景非常複雜。在中國大陸，文革熾烈進行中，故而馬華革命文學也隨之唱著樣板戲；在台灣，自文革開始的一九六六年就發動了「中華文化復興運動」[10]，整個文學體制都朝向「中國文學」的自我論證。一直到一九七七、七八年鄉土文學論戰後，那種正當性論述才逐漸土崩瓦解。冷戰，美援，大馬五一三後迅速把種族主義制度化，土著特權、固打制、國語、回教等都成了不可觸的「敏感問題」，華文文化被邊緣化，盆栽境遇已然形成。

〈中文作者在馬來西亞的處境〉在解釋王潤華等的「外流」時，話鋒一轉，說道：

> 我認為他們的「自我放逐」是一種價值選擇——他們要回到中國文學的一部分嗎？這是個複雜的問題，在馬來西亞，用中文寫的作品一向被人稱為「馬華文學」；這名稱已經沿用很久了。中文作品在港臺可以堂堂正正的被稱為中國文學，而在馬來西亞卻要被稱為「馬華文學」，這一點說明了這裡的文化環境不同於港臺；這裡的中文作品是以「流亡文學」的姿勢存在著的。它的存在像是歐美的中國餐館，為這個國家增添一點多元種族文化的色彩。未來的文學史家在撰寫現代中國文學史的時候，是否會把「馬華文學」列為中國文學的一部分，是很叫人懷疑的。（頁二三一）

也許不能怪賴瑞和這篇立論輕率的投書思路含混。畢竟還太年輕，表述時也許憑直覺多於細密的思考。但這無疑是有意思的癥狀文本。從引文中可以看出，他知道「馬華文學」概念既有的學術脈絡（「這名稱已經沿用很久了」這句子下的注是方修的兩本書：一九六二年出版的《馬華新文學史稿》、一九七〇年出版的新書《馬華文藝思潮的演變》），也知道大馬的文化環境不同於港台。

那怎麼會生發「這裡的中文作品是以『流亡文學』的姿勢存在著的」的論斷？從文中看出，作者在中文作品、中國文學、中國意識之間建立了等式，方修勾勒出的「馬華文學」的在地傳統幾乎被視而不見。

為什麼會有那種返古式的、「純」中國文學的概念呢？

賴瑞和顯然分享了天狼星詩社以中國意識為現代中文文學之核心的相關看法，雖然該社一九七三年才正式成立，但文學活動在一九七〇年即已開始[11]，幾乎也可說是「後五一三」的文學事件。雖然年少，賴瑞和卻積極參與了那個被溫任平稱做大馬現代文學的「塑形時期」[12]，是箇中重要的批評聲音[13]。

10　參林果顯，《「中華文化復興運動推行委員會」之研究——統治正當性的建立與轉變》（台北：稻鄉出版社，二〇〇五）。

11　〈天狼星詩社：七十年代大事記〉，《文學觀察》（天狼星出版社，一九八〇）。

12　溫任平，〈馬華現代文學的幾個重要階段〉，溫任平編，《憤怒的回顧》（天狼星出版社，一九八〇），頁五—一四。

13　一九七四年溫任平為香港文藝書屋編輯出版的《馬華文學》（列為文星叢刊第二九七期），作為「大馬詩人作品特輯」出版。

從把在馬的中文文學設想為「流亡的中國文學」，再擔憂它在中國文學史裡沒有位置[14]，因為不夠純粹。這思路放在彼時的「自由中國」文壇來看並不難理解，比賴瑞和長六歲的李永平（一九四七—二〇一七），就是因此在多年以後創造出他中國文學的里程碑《吉陵春秋》的[15]。而當時，從星座詩社大將尤其是林綠、翱翱的回應來看，這種現在看來有點難以理解的中國文學觀，在那個年代是再正常不過的。翱翱是港僑自不待言，「四年的時間便把我從一個身份上的『香港僑生』變成一個真真正正的中國人」[16]，林綠的回應文不止讚同翱翱如此表述，還加碼說，「我想潤華、淡瑩、陳慧樺亦如此。」他坦率的說，大馬的藝文環境遠不如台灣，「更何況我一直認為所謂『馬華文學』即是『中國文學』，既已在主流裡，何須再回到支流去？」[17]這看法幾年後溫瑞安的〈漫談馬華文學〉原樣重述，亦可見星座詩社和神州詩社共享一種意識型態基礎。這樣的論述其實理據薄弱（中文寫作不可能脫離中國文學傳統↓所以它只能是中國文學↓如果在海外，它即是支流），依賴的是情感邏輯，從華人史的角度來看，是一種意識上的返祖（幾位論者都提到那個關鍵詞：中國意識）。就像不願承認中國人的後裔成了華裔——可以不認同中國，甚至中國文化。

賴瑞和的中國文學流亡文學論當然還有一個當下的背景，即馬來西亞國家文學計畫的出台。賴瑞和在〈「文化回歸」和「自我放逐」〉裡有這麼一段話：

> 從國家的觀點來看，馬華文學是可有可無的東西，或者是一種「工具」（真正的國家文學

是馬來文學Malay Literature）；因此從中國文學的立場來說，它就變成了流亡在國外的中文文學，自生自滅。[18]

張錦忠指出，「馬來西亞在一九七一年提出國家文化這樣的文化計畫，……反映了文化計畫及解決社會文化問題的政治和行政行為。……實際上，國家文化更是一九七〇年公布的『新經濟政策』的文化版本，目的在強化一九六九年五月十三日種族衝突後政府規畫的新意識型態『國家原則』，並昭示國語和土著文化的法定地位不可動搖甚至不可質疑。」[19]國家文學的不承

14 這議論比詹宏志的「邊疆文學論」早得多。「三百年後有人要人在他中國文學史的末章，要以一百字來描寫這卅年的我，他將會怎麼形容，提及那幾個名字？小說家東年曾經對我說：『這一切，在將來，都只能算是邊疆文學。』」詹宏志，〈兩種文學心靈〉，氏著《兩種文學心靈》（台北：皇冠文化公司，一九八六），頁四四，回應文中涉及的另一個議題是，星座諸子的作品被捐棄於巨人版的《中國新文學大系》，翱翱，〈他們從未離開過〉，原刊於《中國時報》「海外專欄」，一九七二年五月七日，收於氏著《從木柵到西雅圖》（台北：幼獅文化公司，一九七六），頁一八一。

15 一九七二年，李永平應是在台大外文系任助教，〈拉子婦〉甫於是年發表於《文學雜誌》。

16 翱翱，〈他們從未離開過〉，頁一八〇。

17 林綠，〈關於「自我放逐」〉，《林綠自選集》（台北：黎明文化公司，一九七八），頁五七—六一。

18 這裡依據的版本是附錄於溫任平編，《馬華文學》，頁一五三—一五六。原刊於《中國時報》「海外專欄」，一九七二年。

19 〈國家文學與文化計畫：馬來西亞的案例〉，氏著《南洋論述：馬華文學與文化屬性》（台北：麥田出版，二〇〇三），頁一二三。

認機制，成為一股推力，催生了賴瑞和所謂的大馬境內的中文流亡文學，或推使它外流，回到主流——冷戰戒嚴體制下的自由中國文壇去。這是從星座詩社到神州詩社共享的歷史背景。天狼星詩社的「流放」意識因此也有其現實依據。那是文化認同的問題，是一種再中國化。職是之故，賴瑞和把那股外流稱做「文化回歸」。那其實更貼合林綠的意思，後者在回應〈中文作者在馬來西亞的處境〉時辯稱，他不是自我放逐。因自我放逐包含著某種痛苦、某種不甘願，但他並沒有，不過是「擇良木而棲」而已。

馬華文學的國籍

相關討論中，不乏有人注意到國籍問題。但多只是關注到星馬的分割，認為兩個國家的華文文學不能混為一談[20]，不認為星加坡被切除是個問題。身為局外人的劉紹銘恰好在新加坡南洋大學教書，年歲和閱歷，都使得他談起問題來更為警覺。

首先，新加坡經驗讓他深刻的意識到馬來西亞是個新建立的民族國家，認為賴的流亡文學論放在殖民地時代或許說得通，「現在新加坡和馬來西亞都成為一個國家了，在執政者眼中，『馬華文學』（最少在新加坡如此）是與『馬英文學』、『馬印文學』和『馬巫文學』的地位一樣，是國家文學的一元，絕對不是『流亡文學』。」[21]但他犯了一個錯誤，以為大馬的文化政策和新加坡一樣寬容（雖則後者是英語獨大式的假平等）；馬華文學確實如賴所言，在國家文學裡沒有位置，但是否就只能歸屬於流亡文學呢？其實並沒有邏輯上的必然性。

再來，更重要的是，他把問題提昇到超越人才外流、國籍諸層次：

決定那一個作家屬於那一國的文學，最重要的因素是什麼？種族？國籍？文字？或文化背景？新馬獨立後，使在那裡土生土長的中國人，在一夜之間有了國家。而如果我們純以國家觀點來作文學的分界，那麼，馬華文學也就名正言順的成了國家文學了。但由於這些馬華作家，既屬漢族，又用方塊字，作品裡反映的文化背景，雖然摻雜了濃重的「多元民族」色彩，但作者本身，仍是「血濃於水」，唸著唐詩宋詞出身的。既然這樣，他們的作品，收入中國文學史的範圍又有何不可？這等於亨利詹姆斯和艾略特，雖然晚年放棄美國籍，但美國的文學史家，卻沒有一個肯放過他。

反之，一個中國人，生長在新馬，可是自幼受英文教育，除了種族、姓氏和某一些生活習慣與中國沾得上一些關係外，其餘一律西化，用英文寫作，作品反映的道德和價值，也是西方的。這種作家的作品，大概只能稱作「馬英文學」了，算是「英聯邦文學」的一支流。……

20 賴瑞和，〈「文化回歸」和「自我放逐」〉，頁一五三；黃昏星，〈「談問題的重點」與「漫罵文章」〉，《蕉風》二六〇期，一九七四年十一月。

21 〈讀「中文作者在馬來西亞的處境」後的感想〉，《靈台書簡》，頁二二六。

從康納德（原籍波蘭，第二語文是法文，第三語文才是英文）、美籍黑人作家（如詹姆士鮑爾溫）、猶太作家（如雅瑟．密勒）和葉慈、喬哀思（同屬愛爾蘭作家）等人的例子來看，我們相信國籍、種族、血統都不是決定那一個作家屬那一國文學的重要因素。……（頁二二八—二二九）

這數百字涉及的問題比較複雜，依序談論。

1，如果「馬華文學也就名正言順的成了國家文學」，那問題會減少一大半，這一點，劉氏當然低估了大馬的政治環境。後續的發展，國家意識確實進駐，時而成為主導。

2，華人以漢字寫作的作品是否可歸屬於「中國文學」，冷戰結束後，一般傾向於用文來替換國，「中文文學」或「華文文學」替換「中國文學」以避免爭議。八〇年代改革開放後大陸學界注意到（有國籍的）馬華文學的存在，模仿這表述而建構「海外華文文學」這一高度政治性的學術領域[22]。三十年來，在進行文化收編時，官方論者最愛用「漢文化」這大屋頂來進行收編。

3，馬英文學處境和馬華文學有點類似。在國境之內，它應屬國家文學但不屬（因為馬來特權的同化政策）；國境之外，它與廣大的語文共同體產生聯結。

4，比較文學的訓練和眼界，使得劉氏談這問題時，有一個世界文學的背景。最後關涉的，其實是作家本身是否夠大，作品是否夠有份量，以致能超越它自身的出身、種族、語言、國家。這一定程度重複了郁達夫一九三八年在星洲被迫回應的〈幾個問題〉中對南洋中文「大作家」的期許，但同時，也還沒有考慮到他列舉的大師巨匠都是以歐洲「文學世界共和國」的主流語言在寫作，而中文並不在其列[23]，即便「國籍、種族、血統都不是決定那一個作家屬那一國文學的重要因素」。

5，與談者之一的川谷其實也贊同文學作品的水平才是最根本的，雖然他在表述時把這樣的半個句子放在前頭：「從政治的立場來說，當然國籍的因素最重要。」[24]國籍問題還是被提出來了。

與〈馬華作者的歸向〉同期的《蕉風》，即刊出了梁園的〈對馬來西亞華裔文化的一些見解〉；緊接著的下一期，即有同一作者的〈怎樣才算是馬華文藝〉，更直接的以國家意識來立論，這不妨稱之為「有國籍的馬華文學」本土論的原始檔。其大要為，一切以作者的國籍為據：

22 我在二〇一八年六月在汕頭的「華文文學高峰會」上聽到學界大佬親口表述。討論見我的〈華文文學——作為一種民族國家文學？〉，收入本書。
23 見本書〈南方華文文學共和國——一個芻議〉。
24 當然，接下來的「但我認為」之後的才是主要意見，見〈馬華作者的歸向〉，《蕉風》二五〇期，一九七三年十二月。引文見頁二五。

一個作者，不管其祖先或其本身來自任何國家，或出生於任何國家，只要他放棄外國的公民權，在法律上歸化為大馬公民，那麼他所寫的作品便是馬來西亞文學。

即使他歸化為本地公民之前，在外國已寫了一些作品，他歸化後，他以前的作品也應屬大馬文學。

從本地公民這一觀點出發，則一個本地公民的作者，他筆下所寫的，如以外國為背景的，或印度，或中國，或意大利，或世界各國，則也應屬大馬文學。

反過來說，一個大馬公民，他在離開我國到別國之前，他所寫的作品，雖有百分之百的本地色彩，但是，一旦他放棄大馬國籍，拿別國的公民權，如印尼，印度，中國，英國等，那麼，他的作品便立刻成為外國文學，而不是我國的文學了。

但是，如果該作者到外國去居住，沒有放棄馬來西亞人的身份，則他的作品，不管以前在大馬創作的，或現在在外國寫的，一概都是馬來西亞文學。[25]

依照這絕對的國籍邏輯，入籍新加坡的要切除（大部份南來文人），無法取得大馬國籍的要切除（方天，楊際光，白垚，姚拓等），國籍不明的要切除（金枝芒等。馬華文學史最好從一九六五年寫起），入籍中華民國的要切除（李永平，李有成，張貴興，張錦忠，黃錦樹——入籍而偷偷保留大馬護照的除外）……依此，以後要談馬華文學，作者得先亮出身份證或護照，先驗明國籍。

五一三之後，要更懂得愛國。

這是笑話嗎？當然不是。英年早逝的梁園[26]大概不會預見到，四十多年後，有人企圖把他的主張落實，以切割出一款正牌的馬華文學[27]。

另一方面，二〇一五年由《文訊》雜誌主辦的「小說引力：二〇〇一—二〇一五華文長篇小說」票選各地域的代表性華文長篇小說時，大馬部份的選委竟以國籍為門檻，可見後五一三的國民教育有多成功。順理成章的刷掉李永平和張貴興而不覺得可恥；而台灣那些蛋頭竟也理所當然的把張、李當外人，即便他們已入中華民國籍多年[28]。兩地其實都在操演民族國家邏輯，意識

---

25 《蕉風》二五一期，一九七四年二月，頁一〇—一一。同期葉嘯的〈從「馬華文學」到「國家意識」〉，論點我是贊成的。身在馬來西亞，哀叫什麼流放、呼喚什麼中國呢？二十多年前對馬華文學中國性的批判，呼籲斷奶，應已對這種病癥清理得差不多。

26 本名黃堯高的梁園（一九三九—一九七三）是個早慧的寫作者，一九七三年不幸遇害，傳聞因某些作品太過寫實（揭發了某些弊端）而被襲擊。一九七〇後出生的大馬文青知道他的可能不多了。〈怎樣才算是馬華文藝〉刊出時已是遺作。

27 葉金輝，〈文學的國籍、有國籍馬華文學、與「入臺」（前）馬華作家：兼與黃錦樹和張錦忠商榷〉，《中外文學》四十五卷二期，二〇一六年六月，頁一五九—一九〇。

28 大馬部份，詳細的評審紀錄見李樹枝〈「二〇〇一—二〇一五華文長篇小說二十部」馬來西亞評選紀錄〉，《文訊》三六九期，二〇一六年七月，頁五九—六三。評選者的相關意見亦刊於同期《文訊》。台灣的部份見《文訊》三五四期。大馬部份，金枝芒的《饑餓》一開始就被專家學者們刷掉，也是件離譜的事。好像有意無意的用不同的標準排除掉礙眼的作品。我

的，或政治無意識的。這其實也說明了，文學問題是多麼的政治，那樣的政治化又有多無聊。

一九七四年返馬後致力於音樂教育的陳徽崇，十多年後終於開花結果，和小曼等合作開創出享譽世界、流播廣泛的二十四節令鼓，又再過二十年終於獲得國家承認[29]。那來自古中國《禮記》月令的節氣系統，雖然仍活生生的存續在農民曆裡，但那是相當純粹的中國意象。那鼓，或鼓聲，更直接淵源於方言會館，深植於方言群的地方文化，廣東大鼓，潮州大鼓，舞龍舞獅，遠古的回聲。這當然可說是對五一三後、針對大馬政府種種族政策擠壓的一個文化上的回應[30]。它之被接受為大馬多元文化的成份之一，或許正在於它看似純粹的中國特性（作為一種文化標本？）。

成立於一九七三年的天狼星詩社，和兩年後成立的神州詩社有著一致的、強烈的慕古文化趨向，對古中國的富麗華美有一種強烈的浪漫渴求，溫瑞安一九七五年出版的詩集就叫《將軍令》，那白衣少年的江湖裡就激烈的響著鼓聲。這支文學，應該就是少年賴瑞和說的流亡文學。它或許流亡於大馬民族國家的內部，或許「龍哭千里」的流回冷戰戒嚴體制下的孤島民國。

一九七五年因與母社決裂而自立門戶的神州詩社，一九八〇年被政治解決。其間，也是賴瑞和留台的年月（一九七六—一九八〇），但他和同代的有才華的旅台大馬文青張瑞星、張貴興、賴敬文等，一樣選擇在神州詩社之外。

兩年後的一九八二年，《大馬青年》創刊；次年，一九八三年，標榜言論建國的《大馬新聞雜誌》創刊，大馬青年社創立。又三年，作為一種自律美學之文學標本的《吉陵春秋》出版，它成功的去除了語言雜質和背景負擔，既是文學共和國之原型，也被視為來自異鄉的中文寫作者所能取得的最高成就。這一路徑的進階演化，即是張貴興的美學劇場，《群象》、《猴杯》、《野豬渡河》以其充沛的文學性，「超越」了馬華文學的政治、倫理—美學限度。

相較於二十四節令鼓和天狼星詩社之被迫（或被誘）回歸民族文化母胚的趨勢，同樣成型於一九八八年的動地吟，同樣訴諸表演性，但更關注「當下現實」，以最淺白的文字，吶喊。這樣的操作，把文字的詩意讓渡給那聲光姿態的現場。它恰在《吉陵春秋》的美學自主性的對立面。這樣的「犧牲」的文化史意義，仍值得細緻、深入的討論。

其後

拉長時間，如果以我們的當下為透視點去看那場論爭，陳徵崇強調的馬華「文學觀念」、及是否有作品的產出重於外流或回歸，就可以被轉換為：這些當年甚被期待的文青，是否真符合期待，創造出「給大馬文學史以充實與真材實料」的作品？坦白說，並不理想。

懷疑到底有多少人認真讀過它。

29 討論見黃琦旺，〈原始的脈絡——廿四節令鼓的抒情敲擊〉，《學文》十三期，二〇一八年一月，頁一〇八—一一三。

30 關於動地吟富於理解之同情的討論，見黃琦旺，〈動地（不）哀吟——在一條悲壯的詩意上求索〉，《學文》十四期，二〇一八年二月，頁七九—八七。

以星座詩社而論，林綠〈關於「自我放逐」〉中就提到星座詩社幾個大馬成員，「畢洛、葉曼沙、洪流文等，在臺時分別出版了《夢季．銀色馬》、《朝聖之舟》、《八月的火焰眼》詩集，大學畢業後皆已歸去。不過，這些赴臺前是『馬華』作者的同仁，回去後竟然『封筆』，從商的從商，從政的從政……」（頁五八）那其實是留台生的常態，神州詩社諸子迄今傳承得同代的寫作者（陳強華、羅正文、黃英俊、王祖安等），返馬後能繼續寫作，且能寫出有價值的作品的，非常稀罕。那外流的呢？其實也好不了多少，只有極少數能硬撐下去。

大部分寫作者寫到一個階段後就停筆了，原因常常是非常個人的，無非是家庭、工作、婚姻，甚至健康、家人的期待、政治環境嚴酷（馬華作者倖免於此）、寫作陷入瓶頸等等。文學史或文學評論喜歡以「江郎才盡」來籠統帶過，箇中甘苦，大概只有當事人能體會。在大馬，種族政治擠壓下，生存空間變小，對大部份寫作者而言（除非自詡身負特殊使命）生存／生活當然比寫作重要，多寫一篇或少寫一篇，多出一本書或少出一本，對個人，或文學史都不見得會有什麼影響。一個名字靜悄悄的從文學場域消失，往往也不會有多少人惦記。

二十多年來，自從有了花踪（加上若干台、星文學獎），六字輩以後的大馬文青似乎可以依靠那樣的刺激來延續自身的文學壽命[31]。

以林綠自身為例，據《林綠自選集》的〈小傳〉：

……十六歲開始寫作，二十歲出版第一本書。五十三年（一九六四年）進入政大西語系，

> 五十六年大三時（一九六七年）獲全國優異詩人獎及海外文藝學術獎。五十七年（一九六八年）大學畢業，留母校任助教，並兼任臺北出版的香港英文周報總編輯，該年並獲亞洲自由大學榮譽碩士及國際桂冠詩人協會頒贈之傑出文學刊物及詩人獎。大學時期，與翱翱、王潤華等人共辦《星座》詩刊，……大學畢業後第二年赴美深造，入華聖頓大學比較文學系直攻博士學位，……。

看來非常優秀，但到某一個時刻，突然就垮掉了。王潤華、淡瑩在憑弔林綠的〈星座隕落的綠色之星〉裡寫道：

> 可惜走上師大講堂之後，林綠寫作的熱情逐漸淡化，也由於走不出個人感受的情緒書寫，開拓不了有歷史感的創作新世界。**留台的華文作家很多都如此**，因而開始失落，後來更忙於喝酒應酬。（引者著重）[32]

31 關於花蹤，見本書〈花蹤——一場文學運動？〉。

32 刊於《文訊》三九四期，二〇一八年八月，頁六六。同期還有張錯、陳慧樺等回憶林綠的文章。

張錯的悼文暗示他是走不出婚姻失敗[33]。

才子賴瑞和後半生成了唐史專家，在華文文學的創作和論述上都談不上有什麼傑出表現，幾本散文《杜甫的五城》、《男人的育嬰史》、《坐火車遊盛唐》都只是還好而已。馬華文學不論是作為創作還是研究對象，放棄還是件比較容易的事，也可省卻許多旁人的風涼話。「給大馬文學史以充實與真材實料」並沒有想像中容易。

純以寫作論，「外流」諸才子中，相較之下，李永平可能還是最為「鞠躬盡瘁，死而後已」的。雖然，有國籍的馬華文學史並不見得容得下他。然而，寫作到底是個人的戰役，回國或外流都不是最根本的問題。差別僅在於，歸返者或未曾離開的人有主場的優勢，好像就先天的佔據了一個較高的道德位置。那位子對寫作未必有幫助，愛起國來卻非常方便。

二〇一九年二月十六日埔里

二〇一九年五月補

33 張錯，〈一顆將星遽殞〉，《文訊》三九四期，頁七〇—七二。

附：〈大山腳盆栽〉

二〇一八年三月在大山腳日新獨中召開的「大山腳文學國際研討會」，據說是史無前例的以特定地域文學為主題的研討會，召集了十位「國內外研究馬華文學的佼佼者」（雖然有幾位顯然名不副實）參與研討，他們的成果即便良莠不齊，也為本文的討論提供不少方便。可以假定，這些學者為了寫論文，勢必對「大山腳文學」做了番清查，哪一些議題、哪一些作家值得一談的，所謂的低端的果實先摘；邏輯上，也不能排除可能有某些個案因為太難而被集體的避開（就這些大山腳作家而言，顯然沒有[1]）。但「大山腳文學」這樣的命題（及其先期副產品，辛金順編，

1　其實也不能完全說沒有，不是因為作品難，而是難以討論，那就是陳強華。正式論文沒人討論他，但在圓桌上，陳強華幾乎成了主角，大山腳文學的靈魂人物。見〈圓桌會議：地方誌、集體記憶、敘事——從大山腳看馬華文學〉，《大山腳文學國際學術研討會論文集》。另一個沒有充份發揮的是文學社團、文學活動和出版方面的，圓桌會議也略略補充了。比較講究的研討會一般得規劃議程，有的必不可少的課題不會讓它缺席，一些亂七八糟的論文題目也不會出現。但研討會總難免有幾分酬庸性質，它肩負一定的社交功能，有的學者著眼正是這非學術的部份。

《母音階：大山腳作家文學作品選一九五七—二〇一六》），都不免出現一個直接的悖論：所謂的大山腳文學，是指1.出生於大山腳的作家寫下的所有文學作品，還是2.大山腳作家寫下的，以大山腳為主題（或背景）的作品，又或是3.不限於出生於大山腳的作家寫的，大山腳主題的作品？研討會和作品選都是以1為主，因此難免會被質疑所謂的「大山腳文學國際研討會」的「大山腳文學」，強調的不過是作者的出生地是大山腳而已[2]。之所以如此，其實是地域文學想像的固有悖論[3]。

作者出生於某地域，未必就以該地為書寫場景。因此這「大山腳」也可說是「馬華文學」本身的轉喻。

文學的生產和消費集中於城市，那是因為生產、流佈都有賴於城市的機制，文人作為社會的中間階層，能讓其棲身的行業（如教師、報刊編輯、新聞工作者）或建制（如報館、學校、出版社、書店、會館等）往往也只有城市能提供，雖然城市也有小鎮和大都會的差異。自有馬華文學以來，在星馬分家之前，新加坡無疑是絕對的重鎮，一切都往那裡匯聚。馬來亞建國後，就難免以吉隆坡（及其衛星市八打靈再也）為重心，不論是出生於蔴坡還是怡保、檳城、大山腳（Bukit Mertajam），其實差別沒那麼大，因出生地不同而調度的背景差異，是不是豐饒到足以構成一種「學」，和該地域的文化底蘊有直接的關聯[4]，也攸關該地域的文學累積[5]，大山腳的地域文化到底超出大馬其他華人小鎮多少呢？譬如蔴坡，新古毛？但為什麼大山腳出生的寫作人特別多？圓桌會議的發言提供了部分解答，一是文學社團比其他地域多，新人容易入行；二是前輩有心帶後輩，不止陳強華，菊凡、溫祥英也是老師（雖然溫並不屬大山腳），老師有心鼓勵，新人自然比較容易建立自信。這情況和天狼星詩社全盛期類似的類聚效用。但是否能生產出夠份量的作品，又是另一回事了。

不論有意還是無意，研討會都聚焦於「有國籍的馬華文學」。如果把這研討會看做是對「大山腳文學」的一番清理，有幾篇論文放在一起看特別有意思。以下我把它看做是「大山腳文學」（甚至馬華文學）精神史的不同階段。李有成的〈論一九六〇年代的大山腳詩〉以蕭艾、憂草、

---

2 黃欣怡，〈山腳下的文學等待被看見——大山腳作家選集與文學國際研討會的觀察〉，《季風帶》十一期，二〇一九年四月，頁一一五—一三〇。黃欣怡一直質疑「大山腳文學」的特色究竟是什麼，如果預設的是大山腳風光（或地誌），那就未免太狹隘了。這質疑毋寧是針對這研討會的命題、規劃與總結的。「大山腳文學」雖不乏實質，卻也不能否認有它的虛擬性（吹牛膨風）。「大山腳文學」問題置換成我們更熟悉的表述即為：什麼是馬華文藝的獨特性？馬華文學難道只能寫馬來西亞的「本地風光」嗎？相較於「馬華文學」，「大山腳文學」規模更小，當然更見窘迫。

3 很令人懷疑規劃者是受到近二十年來台灣地方文學思潮的強烈的影響。有一股偏狹的氣味。比較合理的規劃是把檳島、吉打的吉林等也涵括進來，那些週邊區域的作者有的互動頻繁，應視為一個整體。那就不致剔除溫祥英、方昂、冰谷、梁園等重要作者。

4 比如中國的任一古都，或江南等文化豐饒之地，都足以成某「學」之對象，不止歷代累積了大量文史作品，地域本身的物質和非物質遺產也都非常可觀。

5 大馬的地域文化相當豐富，不乏有歷史的地方，但文學寫作遠遠趕不上。譬如檳城本身就比檳城的文學有趣得多，馬六甲、怡保等地亦然，因此地方史研究相較之下，比文學研究容易取得顯著的成果。

艾文的早期作品為討論對象，那些寫於馬來（西）亞建國初期，五一三事件之前，充滿理想主義，樂觀、陽光，那是馬來亞建國前後的時代精神，彼時不論左翼右翼，都以愛國主義為共同歸趨[6]，有一種不可自抑的天真。李教授把它嫁接進當代時興的「世界化」理論，指出「這些詩所透露的，是擺脫殖民統治的桎梏之後，人民渴望當家作主，實現建國理想的集體願望。」（頁一三）雖自言是一種「迂迴的後殖民讀法有意將這些產生於大山腳小鎮的詩創作帶進世界歷史的時空，遙相呼應二戰後眾多反殖民、去殖民或後殖民的文學生產」的「世界化」操作（同頁），其實也不過是些老生常談。作為有國籍的馬華文學史的第一個階段，那樣的樂觀天真，幾乎只屬於某個歷史瞬間，在世界歷史上也很常見。

高嘉謙的論文〈畫夢的鄉土：論憂草散文的鄉土感性與抒情〉以一九五〇年代末、六〇初北馬文青慧適、魯莽、憂草等的抒情散文為考察對象。這批和左翼「戰鬥散文」不合時宜的唯美抒情，卻一定程度的迎合了馬來亞初建國時的樂觀精神，被理解為那是對國土、地方、本地風光熱情奔放的愛。但這些作者的展現方式和蕭艾等不同，也和左翼作者頌歌式的愛不同，他們師法四〇年代何其芳等的抒情散文，因此高嘉謙說那是「畫夢的鄉土」。這和李有成討論的個案是同一時代精神的兩種不同表現，都不無浪漫色彩。但這天真的鄉土夢，這充滿青春氣息的「少年馬華」（嘉謙語），至遲到五一三、新經濟政策實施之後，也就難免黯淡或枯萎了。林春美的論文談的，是接下來的故事。

林春美〈蕉風吹到大山腳：一九七〇年代的小說敘事〉以七〇年代大山腳作家小黑、陳政欣、宋子衡、菊凡等的小說為考察對象，指出「一九七〇年代的大山腳小說敘事若說有個色澤，那必定是昏暗的、陰鬱的。體現在菊凡的小說題目上，那是『暮色中』。體現在小黑的小說題目上，那是『黑』。」（頁二六）這是很有意思的概括。五、六〇年代的金色、白色或草綠色（所謂的理想主義、夕陽無限好的黃金時代）很快的轉向夜暮。那批以小鎮小人物的生存狀況為主題的小說，呈現了底層華人的貧困、多子、挫敗、無力感、絕望，再現的是新經濟政策下華人小市民普遍的生存困境。華教的困境也頗受關切。

論文的末尾，林春美也對「大山腳文學」本身做出反思：「這些大山腳小說家並非一定在大山腳說故事，而且所說的也未必都是大山腳的故事。唯其如此，他們的小說才更具一種概括性——那是一九七〇年代的故事。」（頁四一）

這也基於一個簡單的邏輯：只要是重要的大山腳作家，都是重要的馬華作家，其人其文都有概括性[7]。另一方面，代表性的馬華作家其實並不多，要成為代表性的馬華作家，門檻其實也不

6 詳林春美，〈非左翼的本邦：《蕉風》及其「馬來亞化」主張〉，《世界華文文學論壇》，二〇一六一月，頁七一—七九。

7 魏月萍的論文〈文學共感的地域學?:大山腳文學社群的認同建構〉從史書美的一則老生常談出發，以文學主題對比華人史，從「過番南渡」、「反殖與馬共」到「武吉地誌」，「『大山腳文學』作為一個『地域空間』，在歷史共感、情感聯繫以及常民生活互動方面，呈現出其獨特的表現型態，構成大山腳本身的地方文學敘事。」（頁六一）由於論文本身沒有取其他地域的馬華文學作品來比較，不太清楚箇中的「獨特的表現型態」是怎麼推出來的。但這三段式的粗略勾勒（譬如，以庶民生活為主題的寫作未必就是「地誌」）應該也有相當的普遍性，移民到在地化是大馬華人移民的普遍經歷。這當然得考量作家的世代。陳政欣、菊

高。

林春美的論文其實也隱然道出，七〇年代後的大山腳，其實也一定程度的盆栽化，代表性的作家都面臨一定的窘境。菊凡、宋子衡都結束現代主義時期語言與形式技巧的探索，轉向「寫實」；而溫祥英因個人因素停筆多年。似乎可以說，新經濟政策、種族固打制、內部安全法令、敏感問題等，相當程度的擠壓了華人庶民的生存空間，那艱難的現實，直接限制了文學寫作的可能——從生活到寫作，都趨於貧困、平庸。即便是號稱寫作人最為集中、馬來亞建國後產出最多作家的大山腳尚且如此，作為馬華文學的一個縮影，它可說是馬華文學盆栽境遇的一個具體例證。

那之後的故事，借用方路的用語，就是一個個灰色的「傷心的隱喻」了。

二〇二〇年八月

凡、溫祥英等一九四〇—一九四五年間出生的，多半是移民的第二代，猶有父輩南遷、辛苦入境隨俗的記憶；也親身經歷了抗英反殖，即便沒見過馬共，也會從報章雜誌、街頭巷議裡和他們遭逢，更別說新村計畫就發生在他們成長的年代。如果是六〇後出生的，經歷就大不相同了。除非特別有現實意識和歷史意識，否則「此時此地的現實」很容易只剩下扁平的「地誌」。

卷二

詩意

尋找詩意

——馬華新詩史的一個側面[1]

山谷云：詩意無窮，而人才有限，以有限之才，追無窮之意，雖淵明、少陵，不得工也。然不易其意而造其語，謂之換骨法；窺入其意而形容之，謂之奪胎法。

——惠洪，《冷齋夜話》卷一

為了生存，他們犧牲了詩意。

——王安憶

1 本文曾在二〇一二年七月七—八日在馬來西亞拉曼大學金寶校區主辦的「時代、典律、本土性：馬華現代詩歌國際學術研討會」上宣讀。談動地吟的部份，現場受到年輕詩人曾翎龍的挑戰，我在註裡做了回應。對論文審查人的回應見最後一節。

本文嘗試追索馬華文學的詩意，自文學史的開端以迄當代。時間從戰前、戰後迄馬來亞建國、馬來西亞成立，關涉的議題從詩的國籍與詩意的政治、詩的可能性與詩意的自毀，反詩意、詩與歌，詩與戰火中民族的吶喊等。這不止涉及馬華新詩的處境，也涉及它的可能性。馬華新詩的可能性究竟在哪裡？本文嘗試沿著歷史脈絡做一番初步的探討。

我孤冷躑躅在青蕪滿目的田疇，
幾個赤裸裸的農夫正在低頭芟草，
口裡不住的呻吟著苦命一條，
豈生也不辰陷他於無形監牢？！

我走遍了整年是夏的馬來半島，
隨處都顯露著人類坎坷。
炎炎烈日只薰蒸著有色的方趾圓顱，
漫漫世界充滿了白色恐怖。[2]

這是南來文人冷笑（朱冷夫）發表於一九二八年的詩〈《萍影集》敘詩〉九節的其中兩節，聞一多式的抒情腔調，語言流暢，音色悽楚，生動的傳達了一種飄零感。九節中以「我孤冷」開頭的就佔了四節，分別描述了膠工、黃包車夫、礦工、農夫的苦狀，題旨清楚，甚至略顯概念化。但清楚的突顯了說話人的立場、態度和心緒，適當的文言讓語句顯得凝煉，部分疊韻讓語音有股不盡的迴旋餘音。在這斷章中，可以看到作者具備一定的語言功力。在戰前的殖民地馬來半島華文文壇，文學史開局不過十年，左翼思潮帶來的對工農兵的概念化再現伴隨著遊子去國的孤獨之感。在普遍的公共關懷之下、在日軍侵華的陰影裡，南來詩人接受了祖國的抗戰號召，以文字調動各種可能的大眾化表現形式——山歌、民謠、鼓詞、彈詞等，力圖讓詩歌發揮充份的社會功能。在那樣的背景裡，詩意是一種吼叫、吶喊、或者悲鳴。與及馬華文學的讀者都十分熟悉的：

我只是一個無名的歌者
唱著重覆過千萬遍的歌
（中略）
然而我是一個流放於江湖的歌者
（中略）
然而我還記得走我的路，還在唱我底歌

2 方修主編，《馬華新文學大系・詩集》，頁三九—四〇；楊松年主編，《從選集看歷史・新馬新詩選析》（一九一九—一九六五），頁四四—四五。

我只是個獨來獨往的歌者
歌著，流放著，衰老著……
……疲倦，而且受傷著[3]

這是溫任平一九七一年的名篇〈流放是一種傷〉開頭和結尾的幾個句子。省略的二十七行是說明性的。說明那些歌對歌者而言熟悉得「血液似的川行在脈管裡」，說明他的曲高和寡，不隨時流；說明歌詞的古老且中國風，歌者的孤高與受傷。相較於冷夫詩中的「我」明顯的異鄉人身份，勾勒出的是左翼視域裡殖民地馬來半島的世間圖象，因而說話人在敘事裡勾勒了四個具體的空間（四個典型的工農環境）；而後者，在三十四行裡出現了八次的我，其實並沒有在敘述空間裡移動，「在廉價的客棧裡也唱／在熱鬧的街角也唱」裡的空間比較像是比喻，一如箇中的唱歌、流浪、受傷，其實都非常抽象，自憐的感覺充斥全詩，從第一個句子到最後一個句子。如果說前者暗襲了聞一多〈死水〉的格調，那後者是不是宗祧了六〇年代台灣準民國遺民現代詩中的流亡詩意？

一、關於詩性

根擄一般馬華文學史的說法，馬華新詩的歷史和文學史本身一樣長，精神經歷也和其他文類並無不同。甚至在理論和實作上，對中國新文學的依賴也十分相似。另一方面，學者在面對馬華新詩時，也往往一視同仁——並沒有特別關照它的文類特殊性。我這裡問的其實是個很簡單也很基本的問題：從馬華新詩的發展的自然狀態來看，馬華新詩的「詩意」是怎麼一回事？它是怎麼被建構的？在歷史的發展中是怎麼被體現的？

當然，邏輯上我們不可能預設不存在詩意的詩。或，當詩意不存在（詩意真空，或詩意處於懸置的狀態）時，問題就變成了，那些——那堆文字組合為什麼還可稱為詩？如果它們是詩，那是否一切的文字組合都可稱之為詩。這一來我們又回到文學性的問題上面了。

托多洛夫和伊格頓（其他可以類推）反省俄國形式主義的文學性概念時，都不約而同的提到俄國形式主義者可能犯了把文學＝詩（借日本人愛用的表達式）這樣的錯誤[4]，也即是把西方近代（浪漫派）以來對詩的界定推衍為文學性，但那對敘事文學是不適用的。托多洛夫尤其指出，適用於敘事散文和詩歌的「文學」定義是不同的，與前者相關的一組詞彙是再現、摹仿、虛構性。而「詩歌通常並不展示外部的真實性，它一般都自給自足。」[5]以自身為目的，故而

---

3 陳大為、鍾怡雯編，《馬華新詩史讀本 一九五七—二〇〇七》（台北：萬卷樓，二〇一〇），頁九四—九五。

4 伊格頓（Terry Eagleton），「像形式主義者一樣看待文學實際上是把一切文學都看做是詩。」（《當代文學理論》，台北：南方出版社，一九八九，頁一三）。

5 托多洛夫（Tzvetan Todorov），〈文學的概念〉，氏著《巴赫金、對話理論及其他》（百花文藝出版社，二〇〇一），頁一九。

往往需充份發揮民族語言的特性，尤其是語言的物質形式——聲音。精通十數國語言的雅克慎（Roman Jakobson）曾指出，各民族語言裡自發形成的詩，基本上都是有韻的，於中國這原也切合，但五四文學革命把這一合理性革掉了。因而即使是中國的白話新詩的現代歷程，也是一面建構詩歌形式、一面尋找詩意。誠如奚密在《現代漢詩》裡指出的，「現代詩人面臨的最大挑戰，是如何回答這樣一個迫切的問題：當現代詩拋棄了格律、文言文和辭藻，它如何被認可為詩？沒有古典詩歌那些長久以來經典化的語言和形式特徵，現代詩人如何證明自己的作品是詩？」白話詩本身即是現代中國語言危機的產物[6]，因而不得不然的，詩人必須致力於「詩歌重新定義的建構，包括回答『什麼是詩？』、『詩人對誰說話？』和最根本的，『為什麼寫詩』這樣的關鍵問題。」[7]詩人必然要遭遇尖銳的「文學身份」危機。承白話文運動而來的馬華新詩，必然也分享了同樣的問題境遇，這三個問題對馬華詩人而言也是非常根本的，也涉及了馬華文學的根本。

關於「什麼是詩」，或許可以藉俄國形式主義者像雅克慎的路徑一探。避開詩本身界定上的多元分歧，而把重心放在詩歌功能（Poetic function），詩性（poeticity）——詩之所以為詩的必要條件：「詩性被呈現，當詞被感受為詞而非所稱客體的簡單再現或情感的抒發，當詞及其組成、其意義、內在及外在形式擁有其自身的價值，甚於將之漠不關心的委託給現實。」[8]不論是詩性還是詩歌功能，強調的都是經由語言的特殊操作而達致的審美效果（如其在〈語言學與詩學〉中揭櫫的「把對應原則從選擇軸投射到組合軸」[9]，如隱喻的創造）。更重要的是，詩歌功能是雅克慎提出的六種語言功能之一，在具體詩作中，語言的其他功能（表現功能、指涉功能、社交功能、意動功能、後設語言功能）同時存在，換言之，詩性既是詩作品的局部，又是決定性的要素。

那詩意呢？

那當然離不開語言的特殊運作（語言的形象性、感受性），也即需經由詩性的中介。蕭統《文選序》「事出於沉思，義歸乎翰藻」之說近代以來被引為圭臬，那和俄國形式主義者的看法是相當接近的。然而縱使把俄國形式主義者對詩的看法僅僅限定於詩，也不保險。歷史相對論者（及形形色色的新主義）會質疑說，每個時代不同的社會集團對詩的界定是不一樣的；如正統馬克思主義者的看法，往往認為那不過是資產階級情調，是壓迫階級的品味、佔統治階級的意識型態的一部份[10]。

6 我過去嘗試從系統的角度做了些討論，詳〈文之餘？論現代文學系統中之現代散文，其歷史類型及與週邊文類之互動，及相應的詩語言問題〉，刊於《中外文學》三十二卷七期，二〇〇三年十二月，頁四八—六四。收入本人《論嘗試文》（台北：麥田出版，二〇一六）。

7 奚密著，宋炳輝譯，*Modern Chinese Poetry Theory and Practice Since 1917*《現代漢詩：一九一七年以來的理論與實踐》（上海：三聯書店，二〇〇八），頁二一、二五。

8 Roman Jakobson, "What Is Poetry?" *Language In Literature*, Belknap Press of Harvard University Press, 1987, p378。

9 同前，頁七一。

10 對當代中國新詩有深遠影響的毛澤東的〈在延安文藝座談會上的講話〉即是一例。

關於詩意，《漢語大辭典》提出四種說法，其中的三種說法與本文的論題比較直接相關。一、詩思、詩情。二、詩的內容與意境。三、像詩裡表達的那樣給人的美感和意境。四、作詩的方法（用某某詩意）。關於第二點，《辭典》引何其芳〈《工人歌謠選》序〉：「（詩意）是從社會生活和自然界提供出來的、經過創作者的感動而又能夠激動人的，一種新鮮、優美的文學藝術的內容要素。」[11]何其芳沒說出來的是，「那新鮮、優美的文學藝術的內容要素」必須藉由文學形式與修辭技藝方能被傳達。總而言之，詩意包含了詩思、詩的內容及詩的效果（讀者接受）三個方面。這樣的解說當然並不週全，「像詩裡表達的那樣給人的美感和意境」這樣的表述其實預設了對詩的某種認知，因而也涉及了風格化的問題。如果用中國傳統的詩學修辭來表述，可以說，詩意涉及了「體」——各種風格類型——大至唐宋詩之分、題材風格（邊塞詩、田園詩、宮體詩），小至個人風格（李杜體、李商隱體、東坡體）。依學者分析，以《文心雕龍》為例，傳統中國的文體論其實同時規範了理想的風格類型、審美效果、風格要素、形式規範[12]。換言之，「詩意」問題其實和文學體裁問題類似，極少是真正的原創，如俄國形式主義者及托多洛夫所言[13]，那總是前有所承，因為寫作者畢竟首先是讀者，總是得生活在文學傳統裡，詩意的審美感受力的陶養、形式技巧的習得，都一定程度的來自文學傳統。當然，具體的社會生活提供了經驗和情感上的刺激。總而言之，詩意並不是虛無飄渺、不可把握的，它其實離不開模仿。差別或許僅僅在於，古今中西，模仿的對象改變了。

即使擁有豐厚古典詩學傳承的中國，也必須面對革命文學狂暴的挑戰。而馬華文學，很長一段時間，是新中國革命文學的海外子嗣。甚至可以說，馬華文學的歷程一直在模仿中國現代文學——這當然源於中國文學的致命影響力——尤其是革命文學的決定性影響，從方修、楊松年到謝詩堅，都已有明確的論證。

從更宏觀的角度來看，甚至連文學史的結構也（或許是無意識的）模仿現代中國文學。

這麼說的理由在於，中國新文學和馬華文學同樣作為華人的現代性事件，雖有些微的時差，但基本上可說是同時的。除了境外—殖民地（及爾後的他語的民族國家）這地域差異之外，一些根本問題都重複了中國現代文學，如前面提到的那三個問題（什麼是文學？對誰說話？為什麼寫作？）革命文學本身都提供了解答，文藝是啟蒙、反殖、抗戰的武器，對人民大眾說話，為公眾而寫。衍伸出來的問題，諸如文藝的大眾化問題、文學的普遍性與特殊性、地方形式與口語問題、文學的在地化、民族形式問題等，從《大系》理論卷收錄的文章中都可以清楚的看到。表面上看來這些論題是從中國文學場域搬來的，但其實很多問題是共享的，大至亡國，小至文學自身民族屬性的確立（民族形式到了南洋被轉化為馬華文藝的獨特性）、寫作的意義，白話文學於焉

11 《漢語大辭典》卷十一，頁五三一。

12 顏崑陽，〈論《文心雕龍》辯證的文體觀念〉。

13 前者見托馬舍夫斯基，〈主題〉，收於方珊編譯，《俄國形式主義文論選》（三聯，一九八六）；後者見〈體裁的由來〉，《巴赫金、對話理論及其他》。

是危機時代的表述；它震顫於一種生死存亡的迫切性。那也是馬華新詩的詩意的問題情境。至少在馬來西亞建國前，因彼時的馬華文學尚未有國籍，華人其實多為中華民國籍。而一九五七年後的馬華現代主義，仍是由晚期「南來文人」所催生者[14]。革命現實主義與現代主義的對比或對抗，是不是重演了中國現代詩史中的結構對立呢？

郭志剛、李岫主編的《中國三十年代文學發展史一九三〇——一九三九》由周同道撰寫的第四章〈三十年代的詩歌〉以「火的吶喊」與「夢的呢喃」這組對比來概括三十年代中國詩歌兩種對立的詩歌路徑：

> 以殷夫為代表的左聯詩歌、以穆木天、蒲風為代表的中國詩歌會的大眾化詩歌及國防詩歌和臧克家、艾青、田間的左翼詩歌構成了現實主義詩歌主潮，勞苦大眾和民族悲歡是他們不變的主題。華麗的辭藻、纏綿的軟語和卿卿我我不屬於這世界，在民族受難之際，他們用詩歌發出火的吶喊；以戴望舒、施蟄存為代表的《現代》雜誌詩歌和下之琳、何其芳等人的詩歌構築中國詩歌發生以來的一個高峰，田園鄉愁、都市的風景與疾病和個體命運、個人情懷乃至潛意識的關注統攝了他們的詩歌主題，水旱災害、異族入侵、軍閥爭霸都在視線之外，他們精心推敲詩藝，匯整西方現代主義詩學與中國古典詩學，詩歌宛如夢的呢喃。（頁一一七）

因而我們大致可以粗略的概括出兩大類型的詩與詩意（既然我們預設了凡詩必有詩意，也知道詩意涉及模仿）：革命文學的、現代主義的詩意（前引文把中國古典文學的詩意也包括進來）；細看的話，涉及中文世界（現代中國、台灣、香港）各名家的「體」，從戰前到「後現代」。

作為邊緣性的小文學體制，猶如脆弱而開放的小經濟體，「外來影響」一如季風，總是從特定的方向、週期性的撲來，帶來生機，也帶來寒意。

二、吶喊與呢喃：殖民地苦難中的詩意

馬華新詩的歷史如果從一九二〇年算起，已超過九十年；即使從一九五七年起算，也有五十多年。因此這篇論文面對的幾乎是個不可能的任務。不可能遍讀那數千百本詩集（也難以遍尋），比較可行（但也可說是比較取巧的）做法，是借重既有的研究成果。尤其是涵蓋度比較大、較具代表性的選集。如方修編《馬華新文學大系．詩集》（一九七二）、周粲編選《新馬華文文學大系．新詩》（一九七八）、楊松年主編《從選集看歷史：新馬新詩選析（一九一九—一九六五）》（二〇〇三）、鍾怡雯／陳大為編《馬華新詩史讀本一九五七—二〇〇七》（二〇一〇）。

方修大系收的詩介於一九一九—一九四一年間，周粲編選的收詩一九四五—一九六五年間，

14 張錦忠，《馬來西亞華語語系文學》，頁五二—五七。

楊松年主編那本時間上包含了前二者（一九一九—一九六五），編選時間也晚得多（差了近三十年）。多了時間的沉澱，也可說是對那時段的詩做更為精要的選取。對以上三個選本做了大略的比較後，就本論文的意圖來說，楊的選本完全可以取代方、周的選本。理由如下：兩部《大系》所選共四、五百首左右，但那四十多年間有代表性的馬華新詩其實沒那麼多。一般而言，當時間拉長、標準稍嚴之後，很多因特定的時代因素而選的作品，會被時間淘汰。楊松年在〈前言〉裡說這部選本「所選取的詩篇，戰前部分共一一八首……戰後部分共一〇二首。整部選集選取的詩篇共二二〇首。」（頁一七）大致是方、周選本的半數，雖然從較長的文學史段落來看，值得一選的詩也許沒那麼多。如果以楊的選本中是否有評析來做切分，有評析的遠少於沒評析的，相關篇數是戰前三八：八〇；戰後三四：六八。有評析的應是更為精選者，總數加起來不過七十首，作為那時段的專門選本，可說已是頗為審慎了。「從選集看歷史」本身直接界定了那四十多年的詩的特性——詩為時代、向時代而作。這選本集合了黃孟文、歐清池、林順福、郭惠芬、方桂香老中青三代戰前馬華文學專家，多人均為編委，且參予選詩評析。雖然文學史分期、文學史主題借用的是楊松年的架構，選詩的態度較持平，也較少革命文學的偏見，品味也比較好，可以一定程度的改變讀者的文學史視野。

討論一九一九—一九六五年馬華新詩的詩意，除了前述三個選本，原甸的《馬華新詩史初稿（一九二〇—一九六五）》也是重要的參考。

戰前馬華新詩，以方修的選本為例，大部份詩作當然都是「火的吶喊」，充斥著口號與宣諭，勞苦工人、失業的工人、哀吟的女工、哀嘆的人力車夫；概念化、語乏修飾，直白淺露，很難說有什麼「詩味」。但那符合編選者的口味，方修〈導言〉裡評為「韻味深永」的那些勵志性的詩句，在受過當代現代詩洗禮的讀者讀起來，只怕不免味同嚼蠟。而〈導言〉中不斷強調某某詩人詩作比諸某某詩人詩作「高了一級」、「又更高一級」，著眼的是「思想內容」是否「高明」，態度是否「積極進取」。字裡行間也有提到某些詩作的中國影響（郭沫若、唯美主義），但原甸的表述更清楚。從中我們確實可以看到也如中國三〇年代一般，同時存在著吶喊與呢喃，

> 「每當社會處在沈悶的時期，這一類創作（按：泛指現代派）的風氣便氤氳而起了。這個時期的馬華詩壇，便出現了一些如朱自清所說的，『沒有尋常的章法，一部分一部分可以懂，合起來卻沒有意思』的新詩作品，散布在報刊上。」（原甸，頁二四）

雖然詩作也許不怎樣，但可以看出我前面談到的「文學史的結構性模仿」。郭惠芬《戰前馬華新詩的承傳與流變》也有專節處理到受現代派影響的詩風（頁二八六—二九四），甚至格律詩與具實驗色彩的圖象詩（第九、十章）。更別說吼社的詩歌大眾化精神及實踐，直接模仿了中國詩歌會；東方丙丁也一如蒲風，朗誦詩也登場了。這種吶喊的詩意形式一直延續到民族國家成立多年以後（譬如吳岸，譬如「動地吟」）。總而言之，殖民地時代馬華詩歌比現代詩運動以來窄化的文學史的圖景複雜得多。

在戰前留下的最好的詩篇／詩句裡——尤其是格律詩與象徵詩派意味的，可以看出那些（南來）文人可能有較好的中國古典文學修養，有比較豐富的詞彙；經營的詩意也常可以讓人喚起古典詩情，畢竟大部份詩歌母題都有著極其長遠的歷史（彼時人的經驗結構還沒有因歷經現代而

簷前不見那諦聽著梅花雀，
沈沈幽室何處找那妙響琤琮？

何處去找那妙響琤琮？
窗櫺外只喟息著陰峭的寒風
在這月明星朗的夜裡——
他更披上了雪般蒼白的死裳。

寂寞衰頹的古木榻上，
靜眠日久被棄破琴一張；
寂寞衰頹的我心之上，
又來了一篇無名沈重的創傷。15

這首不見於方選的詩，介於原甸分期「新興詩歌運動」與「沉鬱的低唱」之間，看不到什

15 《從選集看歷史》，頁一一三。

麼「南洋色彩」，或可歸入「沉鬱的低唱」。但它成功的營造出一個自足的詩的世界，方之於同時中國的格律詩，其實毫不遜色。如果從古琴作為傳統文人高潔精神的象徵來看，全詩可說是悲吟一種文化精神的壞毀失落，雖然詩作沒有給出「社會原因」，但那也不是詩該做的事。整齊的詩句，古典的氛圍，一定程度的押韻，圍繞古木榻與破琴，不斷的增補著色，自傷自憐，劫後弦斷、泥塵裹封、年華老去，徒留殘夢。文字功力頗佳：「夢」有時間性（古夢），有明亮的顏色（「金色」），卻如霧氣迷茫（「氤氳著」），而以暗為背景（「暗裡空自氤氳著金色的古夢」）。而「悲哀的黑影」卻又具象化為物——纏繞的薄紗（「絞綃」）；又被著以情緒性的形容詞（「慘淡」）。第三節出現了不再有的琴聲（「妙響琤琮」），它復現於第四節，且溫度下降（「陰峭的寒風」）、星月俱現（「月明星朗」），順理成章的帶出死亡的意象：「披上了雪般蒼白的死裳」。一個「棄的故事」。如果拿來和溫任平的〈無弦琴〉相較，還是可以看到明顯的高下：「沾滿灰塵的陳舊　無弦琴／有一闋無聲的哀曲／破碎的回憶，姑娘的圓臉喲／誰不沈湎／聽！遠處『歸來吧』又再唱起／多麼深沈的喟息、抑鬱／呵，我的歌哀感和愁傷／我的心是那無弦琴」[16]，不過是簡單的比喻，簡單直白的抒情。

即使是吶喊，有時不乏語言上的經營。如衣虹的〈三等艙客〉（一九三〇）在以具體的細節控訴三等艙客的悲慘境遇的同時，也以格律、明喻維繫著起碼的詩意。又如江風控訴日軍侵略的〈古城〉（一九三九）語意悲憤激昂，但從首節和末節來看，仍相當程度的以詩語來維護詩意：

一顆落寞的心懸在古城頭，
秋空迷濛依舊飛著肅殺，
蔓草在墳塚上淒惶顫抖，
修長的天道沒有雁影，
舊日的回憶是一個夢。
（中略）
匍伏在混沌時日裡的人群，
手指著牆上寫著復仇的字樣，
祈禱著一串帶笑的日子，
人群要撕下老妓樣的旗幟，
包裹著敵人帶血的頭！[17]

階梯形式的文字排列，語言時見潑辣（「膏藥旗像老妓樣飛上城空」），較好的平衡了時代

16《無弦琴》，頁三三。
17《從選集看歷史》，頁一五一。

的需求與詩意。再如星島吼社骨幹之一的劉思的〈代募寒衣〉（一九四〇）詩旨為北方中國抗戰中的戰士募寒衣，而詩的最後兩節詩意分明：

借一天雲／裁無數的棉衣／在不易被發覺的地方繡上最溫柔的相思字
寄去／在遠方／此時／等著的正是暖意呢[18]

雖然在革命文學的陽剛語境裡，「借一天雲」這樣的句子毋寧是過於文藝腔的，然而「在不易被發覺的地方」卻彷彿是一種詩的自覺，一種自我指涉，也合理化了「一個偉大的世紀降臨的啟示」裡這樣輕柔的詩意。劉思的〈別宮扉〉（一九四〇）也是篇商籟體佳作：

你我的命運都像飄蓬
一小時裡擔心幾回風
耐不住這漠漠的黃沙
希望又向別一方開花
但赤道上何處有春天
美夢從來好欺負少年

你看悠悠的新加坡河
可不是一曲離人哀歌

我如野馬飛過萬重山
剩下隻影獨對著荒寒
不知前面還有幾多程
只覺一程比一程陌生

為了忘卻來日的悲哀
你要喝盡這最後一杯[19]

全詩以速度取勝，運用古詩常用以比喻離鄉漂泊的用語飄蓬（飄飛的蓬草）來喻說話人的無定感；全詩扣緊與飛有關的意象，藉由速度快速運轉，漂泊的徬徨一轉而為送別的歡快。這些

18 《從選集看歷史》，頁一六九；《馬華新文學大系》，頁一八六。

19 《馬華新文學大系》，頁一八五。

葬歌

聖•提•

一個**黑**
緊緊的追着。
破的**夢**
亦在背後。
今天今天
還沒有到來呢。
好好兒在地層裡**睡**罷。
春尚未到人間。
好好兒將息罷，
親愛的**力**。

（此诗按原刊式样排版）

（原载1929年2月16日《南洋商报》副刊《文艺周刊》）

鈔票--淚

革塵作

鈔 票……
吃——
——扒——
瘟——警察。
牢—暗坑。
腦~~~紅≈≈≈
票~鈔~票~鈔……
—淚 !!!
女，男，孩，白發~~~

（此诗按原刊式样排版）

（原载 1929 年 3 月 23 日《南洋商报》副刊《文艺周刊》）

詩，都一定程度的延續了古典詩的情調。但也有法國象徵派大家韓波〈骰子一擲〉式的試驗（見上頁）：

以字體的大小、粗黑來強調重點。雖然大致可以看出批判現實的意圖，但留下的空白也不少。關於相關的詩意，郭惠芬的解釋說，〈鈔票〉一詩「向我們暗示，『鈔票』是金錢物質的等價物，但也是萬惡的陷阱（即『暗坑』），其中包含著男女老少的血淚。」[20]從「暗坑」和「淚」和標題的「鈔票」一樣大可以猜想它大概是對金錢的批判，但其中的「瘟」、「腦」、「紅」、「白發」及相關的特殊符號，都是難以譯解的，它們構成了圖象存在的自身目的，體現了強烈的現代感。譬如說整首詩都是孤立的單詞，沒有一個句子；字與字間以標點符號聯結，上下文關係尤其含混不清。另一首〈葬歌〉有的字如「今天今天」與「力」竟比標題還大；有句子，可是上下文關係並不清楚。郭惠芬說它的主題是「死亡是一個親愛的『力』，它在『黑』暗中埋葬了死者破碎的『夢』，讓他在春尚未到人間的時候，可以輕鬆的安『睡』。」（同前）如果說前面四個句子的主詞是死者，他揹著破碎的夢，被象徵死亡的黑緊緊的追著，他也是在地層裡睡、被祈禱安息的主體，根據上下文，那他豈不也是那「親愛的力」？而那黑和夢何以「今天今天」還沒有到來？這一節的「還沒有到來」等同於「春尚未到人間」的「未到」，還是是兩回事？「一個黑」的「黑」是形容詞，用量詞「一個」來聯結本來就很突兀；而最後的「親愛的力」的「力」一樣非常抽象，是權力、氣力、力量還是人名？主題似乎是社會批判，但形式上是絕對現代的。因此如果是郭惠芬講的老生常談，就毫無「詩意」可言了。

三、民族—非國家文學的（反）詩意

某種詩意

比較奇怪的是，不論是《從選集看歷史》還是周粲編選的《新馬華文文學大系・新詩》，一九四五—一九六五的二十年間，從「馬華文藝獨特性主張時期」到「本地意識繼續騰漲時期」有意思的詩作非常少[21]，多數語言直白，詩意寡淡。周粲雖然在〈導論〉裡說「以抒情詩為主」，但小詩多平淡，只有威北華的〈石獅子〉較具詩意。而比較明亮的聲音是艾青式的，如杜紅〈我不能離開你，我的母親土地〉、原甸〈我們的家鄉是座萬寶山〉、槐華〈你死在熟悉的鄉土上〉、〈水塔放歌〉、李販魚〈我永遠站立在祖國的土地上〉等（多首曾被選進獨中華文課本）。這些後來多被歸入新加坡文學版圖的作者，前引諸頌歌式的放歌，在馬來西亞最具代表性的詩人也許便是吳岸了。吳岸的代表作諸如〈盾上的詩篇〉、〈達邦樹禮贊〉、〈我何曾睡

20《戰前馬華新詩的承傳與流變》，頁四〇六。

21 五〇年代的馬華現代詩，近年黃琦旺有系列論文展開細緻的討論。

著〉、〈南中國海〉、〈獨中頌〉等，都是直白的頌歌，詩意顯豁。彷彿每個短句後的空白，都預設了朗誦的舞台現場。

至於鍾怡雯、陳大為編的《讀本》，標明選的是一九五七—二〇〇七年間的詩，顯然更自覺的意識到文學史的民族國家身份。它和周、楊選本重疊的時間只有九年（一九五七—一九六五）。有趣的是，代表那九年，甚至新馬共有文學史的詩人只有一位，也就是吳岸（這值得探究）。吳岸之後，就是被溫任平譽為馬華第一首現代詩〈麻河靜立〉的作者白垚了。如此的安排，強烈的突顯了編選者的現代（及其小老弟「後現代」）立場。就文學史的立場來看，那當然是很不公平的，雖然以一九五七為起點有民族國家的正當性，卻不符文學史的正義。

從文學史的角度來看，五〇年代末馬華現代主義肇端，詩意歷經一番重大變革。兼之兩個民族國家先後建立，「馬華文學」也被分割。旅台現代主義肇始。較具代表性的詩選也許是溫任平主編的《大馬詩選》，二十七位年輕的作者，最老的楊際光其時四十七歲，最年輕的溫瑞安十九歲，所收詩作有相當明顯可辨識的現代感。它包含了旅台與在地，但排除了分割掉的新加坡。這可能是馬華詩選裡最具「詩性」的自我意識的。以新批評為理論後盾，意識到詩歌語言的詩性，藉用溫任平在〈馬華現代文學的意義與未來發展〉中的話：

「一是體製的從自囿到自由伸展。詩節的行數變得不規則，……二是技巧運用之趨於多樣化，除了慣用的明喻、暗喻、對比等手法外，更用了象徵、並置法、時空交揉、物象轉位表象方法」及借鑑電影、繪畫、音樂的手法。「三是語言文字方面的推敲經營，……力求曲折深蘊有歧義。……企圖把經驗中相斥的份子治於一爐。」[22]

而力圖讓詩達到自身的自足性，一個自足的、語言的小小世界。我想方娥真這首小詩〈窗〉相當具有概括性，可以作為馬華現代詩的一則寓言：

世界上的窗
都在夜裡對著燈光發呆
它們同時有著一個古老的記憶
從很久以前起
所有的行人都是陌生客
寒著臉尋找自己的庇護
當你走過長街
當我走過長街

22 《憤怒的回顧》，頁六八—六九。一個較簡略的解說的版本，詳謝川成，〈如何欣賞現代詩〉，《蕉風》三三九期，一九八一年六月，頁七五—八六。

美麗的簾影背後
是什麼[23]

全詩只有十行，只有幾個基本的意象：窗、燈光、行人、長街、簾影。詩分兩個部份，開始的六行是專斷的預設：窗與燈光是溫暖的守候，許諾給陌生人庇護——那無疑是詩意給現代詩人詩的許諾，經過簾影（詩語與相關的詩的手法）的過濾，燈光被轉換成一個非疑問的疑問：是什麼。是燈火，是守夜人，是美的幸福的許諾，是詩。一個自足的、自我指涉的世界。

現實的艱難，或者被直接轉化一種重新被召喚回來的古典詩意，也即是我稱之為中國性—現代主義的天狼星詩社的新古典主義。誠如張景雲的提問：「它所代表的中國性寫作如何趨近現代性？中國性寫作的詩歌語言與詩歌美學精神之間的現代性張力如何化解？」[24]其實古典詩意是馬華新詩的「詩意的無意識」之一（藉用互文性理論的「文學的記憶」的講法），它在漢語的根部，戰前詩人曾經調動過，「麻河靜立」的白垚也深愛（如寫於六〇年代的〈靈感〉的「邀得了一天星斗，一山雲夢」；〈紅塵〉全詩，及〈南斜〉的「老來病矣／問還能狂勝那三杯否？／猶記當年醉態／擊鼓看劍拍遍欄杆」[25]，後者直接化用稼軒詞「把吳鈎看了，欄干拍遍，無人會，登臨意。」〔辛棄疾〈水龍吟〉〕）。在較好的情況下，是像余光中及楊牧那樣，轉化、延伸古典詩意，或承襲古人的實驗精神——如余光中把韓愈、李賀、李商隱等讀成古代的現代詩人——那其實吻合保羅德曼〈文學史與文學現代性〉的講法：任何創造性的古人在他的時代都是最具現代感的，是彼時的現代性的代表[26]。當然，現代性的精神之一是與傳統決裂。

弔詭的是，傳統並不是鐵板一塊，傳統總是被選擇的傳統：被選擇來決裂與繼承的不是同一個傳統（譬如：胡適建構新詩的現代性召喚的是古代的白話詩「傳統」）。但天狼星的召魂畢竟還是遁入一種古典中國的拜物教，從唐詩宋詞到江湖、武俠，自戀自傷；終至在香煙繚繞的仿古的神龕裡把自己神格化為一尊「精致的鼎」，現代感也就「雲深不知處」了。但那樣的詩情不乏繼承者（如林幸謙，加上情色的向度），在它的更新版裡，詩語努力挖掘想像的心靈傷口，以創造詩意。

然而在那樣的詩意裡，確實看不到新生的民族國家馬來西亞在不久前[27]方動了大手術，割除了新加坡那顆馬來政治菁英眼中的大毒瘤；看不到這民族國家急遽的馬來化、華文教育水深火熱——更別說幾年前的種族衝突——那「此時此地的現實」，因現代詩不屑應時，應時總嫌傷詩質。那是現實主義者們的主題了，雖然彼輩的詩總是詩味寡淡得難以確認是否為詩。

23《大馬詩選》，頁三五。
24〈語言的逃亡〉，《有本詩集》，頁二。
25《縷雲起於綠草》，頁二三四—二三六。
26 保羅·德曼，《解構之圖》，頁一六五—一八九。
27 詩集所收的多為一九七一年前幾年內的作品，新加坡一九六五年獨立，一九六九年五一三事件爆發。

在詩意的精神史裡，從七〇年代到八〇年代，當現代主義已快速的老化為一匹「疲乏的馬」，當詩意被困於過剩的自我意識；同樣衰疲的老現實主義因現實的急迫在文學新人手上獲得自我更新，馬哈迪時代的政治抒情詩人們（方昂、游川、小曼、傅承得、陳強華等）登場了。有留台背景的或者承繼彼時台灣詩壇主流的音色（楊澤、夏宇、羅智成），或者藉用本學科的傳統抒情腔調；在地的則從大白話出發，而詩的自我指涉成了它自身的反諷，如方昂的〈歌手與詩人〉（一九八八）：

有許多歌歌手不能唱
唱了成噤聲不出的禁歌
有許多詩詩人不能寫
寫了成噤聲不出的禁詩
歌手與詩人是淺池裡青蛙
吞吐著單調的咯咯咯與呱呱呱[28]

依詩中的論證，現實的急迫迫使詩如果要存在必須自我犧牲，猶如〈鳥權——和游川〉所言：「聽不聽非關你的義務／唱不唱卻是鳥的權利／被鎖了起來還是要唱／唱你愛或不愛聽的歌」[29]，用的是被現代派唾棄的豆腐乾體，且題旨顯露，語無藏鋒，如果根據前引〈馬華現代文學的意義與未來發展〉裡對詩的規範要求（「力求曲折深蘊有歧義」）來看，這簡直是「非詩」[30]。他所和的游川的詩〈養鳥記〉（一九八九）四句更其白話，「養了一只鳥都不唱歌／真是叫人掃興的事／放了牠嘛又怕牠／海闊天空唱了起來　這只鳥，真鳥！」很難說有什麼詩意，甚至單從詩本身也看不出題旨是什麼，詩的附記卻有詳細的敘述：「柯嘉遜博士在甘文丁拘留營不肯唱營歌。出來之後卻抱著吉他到處大唱特唱其民權歌，真鳥！」[31]相較之下，〈養鳥記〉那幾行字反而像是不過在發揮「交際功能」，而游川的詩大類如此[32]。存在是沉重的，而詩是粗鄙的。陳強華和方昂的詩〈讀《鳥權》直喊他媽的——致鳥詩人方昂〉（一九九〇）一樣直白無餘味[33]，但正是這喧嘩的鳥叫與蛙鳴，「單調的咯咯咯與呱呱呱」詩意自我坎陷，為了吶喊——

28 方昂的「時事詩冊」，《鳥權》，頁八三。

29 同前，頁八二。

30 參本人另文〈論「非詩」〉。

31 游川，《血是一切真相》，頁四二。

32 早在一九七八年，時任《蕉風》編輯的張瑞星（張錦忠）就質疑過游川（時筆名子凡）那樣的詩歌寫作的詩意問題。《蕉風》沒刊出質疑的信，倒是刊出了子凡的答覆。他自我辯護是在走一條「有人間性、有人情味，平易近人，深入淺出的詩」，強調「寫平樸的詩是要有勇氣的，你要捨得放棄那些華麗的語言、繽紛的意象、迂回的隱喻……而驅使生澀、散漫但樸素親切的口語，使它們發生關聯和火花，以表現平凡事物的高貴情操。這下子，就像高空飛索，只要一個不留神，就會跌入『非詩』的深淵。」（頁五）講得很好，「捨得放棄」四字尤其有意味。可見他並非沒有自覺。但那種拿捏本身就是困難的，更何況有時在衝動之下或許就會忘了拿捏。詳細的討論見〈論「非詩」〉。

33 陳強華，《那年我回到馬來西亞》，頁一一九—一二〇。這本集中這樣的詩不少，但也有比較「富詩味」的。這是平衡的問比戰前殖民地馬華文壇更為嚴重的犧牲了詩意。在那詩意悲涼的馬哈迪時代，存在的危機被以詩為名的一種赤裸裸的寫作，轉化為詩自身的危機，於是轉而為歌（一如抗戰的年代），藉由表演——舞台、空間、現場、聲音、公眾的激情來拯救詩意——把它轉而為現場的、聲音的詩意[34]。而文字本身，卻往往慘白如詩的骸骨[35]。這可以說是另一種形式的「抗戰」了。對民族國家而言，毋寧是非常反諷的。

反詩意的詩意

然而，正是這時候，後現代詩風潮從美國經台灣轉口，直接影響了更年輕世代的詩人。這方面相當有代表性的詩集也許是《有本詩集：22詩人自選》，但也許本文不必再徵引詩句了。學養很好的老詩人張景雲先生為它寫了篇相當有意思、水平很高的序，在馬華文壇簡直是空谷足音。但竟也沒徵引任何詩行。

他談到集子裡有些複調式的寫作，有些他自己偏愛的「非／反詩意寫作」，尤其關於後者，解說頗為耐人尋味：

> 前者作為一種技法可用於任何詩歌美學意圖，而後者本身就是一種詩歌美學意圖。非／反詩意寫作是永遠在邊緣地帶的（不是安於，而是主動）追求自我邊緣化的詩美學態度，它不偈限於任何流派或時代，因此即使是在革命再革命的現代主義及其顛覆者後現代主義

裡，也有它們本身的詩意寫作主流，通過規範化寫作形成一種習套，對非／反詩意寫作傾題了。

34 關於「動地吟」，詳參田思，〈「動地吟」與馬華詩歌朗唱運動〉（www.hornbill.cdc.net.my/data/henaiz01.htm），及林春美、張永修，〈從「動地吟」看馬華詩人的身分認同〉（http://blog.yam.com/dajiang/article/14412263）。

35 二〇一二年七月八日論文發表時，引起年輕詩人，動地吟新一代的代表人物之一的詩人曾翎龍的抗議，徵得他的同意，把抗議發言引在這裡：「1. 詩人們沒繼承游川詩風，但在精神或情義上，是親近的。2. 動地吟的詩不是寫來上台朗誦，而是寫好後，因為有動地吟才選上去的。如果詩不好，與動地吟無關，與個別詩人有關。3. 動地吟不會讓詩人陷落，反而有類似拯救詩人的潛功能。是一個凝聚點，詩人們一起喝酒作樂，繼續寫詩。4. 詩意並不一定以文字呈現，動地吟能讓一首詩轉化和升華。我舉了〈老鄉〉為例子。5. 動地吟為詩尋找讀者。許多觀眾不是會讀詩／買詩集的，都因為動地吟而接觸了詩。6. 一九八八年茅草行動後，一九九九年烈火莫熄，二〇〇八年三〇八，二〇一二年更是決定國家未來的重要一年，動地吟總是適逢其會，喊出了時代的聲音。7. 隨著時代巨輪滾動、更多年輕詩人加入，動地吟已經改變，此前大多訴諸華族主義和悲情，如今視角更廣闊多元。8. 游川詩之無詩意，我舉了〈寂寞〉一詩反駁。游川詩大多流於直白，但還是有一些精品。既然是尋找詩意，應該選精品。」（二〇一二年七月十二日電郵）第一點涉及動地吟本身的階段變化，也就是游川逝世後或許進入了「後游川」時代，曾翎龍在電郵裡指出從華族議題走向更為多元的公開議題，但它的基本取向還是對政治現實的批判，因此我認為它是不折不扣的現實主義寫作，是現實主義的當代轉型。第二點我懷疑也有階段差異，有的人可能是先寫好才選去動地吟，有的人或許就被那樣的形式設定好，寫什麼及為何寫決定了如何寫。第三、五點與我的論文無關，動地吟當然有它具體的社會功能，那也與本論文無關。而第四點涉及了不同類型的詩有可能詩意在表演中的增值，是個可以繼續開展的論題。第六點應證了動地吟的時事傾向，因此我懷疑動地吟的觀眾對情詩的容忍度。我的論文主要針對游川、方昂的詩（也許該加上傅承得），游川少數的詩有詩意並不足以反駁我的論點，當然我更沒必要以游川少數有詩意的詩來反駁我自己。關於游川詩的討論，見〈論「非詩」〉。

軋擠迫。[36]

這是很精彩的提醒。涉及的已不止是詩意，而毋寧是詩性（poiticity）——詩的存在的可能性條件本身。它為本文一開始引述的雅克慎的界定補充了政治—歷史條件：單是語言的自足性是不夠的，還必須考量詩所處的地緣政治條件。

我的理解是：作為邊緣的小文學系統，馬華新詩太容易受到其他中文系統（或其他系統）的影響，很容易變成附庸。而詩的詩意本身，就是那風格化的陷阱。以反叛起家的現代主義及後現代主義到後來都不免如此，因為它們都對詩意有所預設[37]。因此，馬華新詩的現代性或許不在於詩意的自覺，而是反詩意（或反—反詩意）的自覺，對特定模子的反叛。馬華新詩的邊緣性，也即是它自身成立的條件，它的詩意，必須是（反）反詩意，或非詩意。但那並非對詩意的否定，讓語言赤身裸體、私處暴露，而毋寧是發揮詩意自身的否定性——否定性的詩性，經由對詩自身的哲思、對現實的介入、反思歷史[38]，以找到馬華新詩自身的邊緣位置。

後記、詩意的有限性：答審查人

這年頭論文都要審查，有審查好過沒審查，似乎也可以考驗一下學界的水平。

兩位論文審查人都提到詩意是可變的，不同世代的讀者閱讀時會產生不同的詩意領會，「不過這種論述方式往往會過於主觀，雖然我們可以借重各種理論來支撐己見，但詩意本來就是因時因地而異的，不同的人可以建立不同的詩意標準」等等，如果我像審查人說的，或如審查人設想的陷入這種相對性的泥淖，論文當然就不必寫了，只能表達「感想」。

為了避免陷入二君勾勒的相對性泥沼，本論文第一節就企圖從理論上、案例上加以限定。我們不爭論詩意本身的本質，而企圖從理論上劃出它的有效範圍，論文該節指出，那看來似乎漫無邊際的詩意其實是有限的，往往是經由模仿、學習而來的，其實囿限於若干個風格類型。以馬華個案來說，馬來西亞建國前是全方位的中國影響，它的詩意類型從中國現代文學裡直接可以找到它的母胚。建國後主要是台灣影響，一路從現代主義走到所謂的後現代主義，不論是同時作為讀者的寫作者還是純粹的讀者，都是在特定的參照系裡來感受或建構詩意，「但詩意本來就是因時因地而異的，不同的人可以建立不同的詩意標準」豈非無根遊談？

又審查意見說，「『兩部《大系》所選共四、五百首左右，但那四十多年間有代表性的馬華

36 〈語言的逃亡〉，頁四。

37 本論文初稿完成後，讀到香港評論家葉輝的〈城市：詩意和反詩意〉，文中是這麼界定詩意與反詩意的：「『詩意』指傳統意義上的意境元素，『反詩意』是指有別於傳統詩意、構成詩的新感性、新美學據點的另一種可能的因素。」氏著《書寫浮城》，頁一六二。不知道張景雲的論述和它有沒有觀念上的血緣關係，不過葉的論述是比較簡單的二元模式。

38 序文亦重申老艾略特（T. S. Eliot，一八八八—一九六五）給詩人的老告誡，「詩人必須平衡存在意識與歷史內容」，並對抗語言被政治謊言挪用，關心政治、捍衛語言的純粹性。

新詩其實沒那麼多』。真正討論到的只有三首，讓人很難從中判斷實情」，引文裡的引文是本人的學術判斷，審查人應該要讀過那兩部《大系》才是；如果讀過，應該有能力舉出實例或反證或與本論文的舉證對話，而不是用這樣不負責任的疑似之詞。

又有一問，「大馬華新詩史是否還需要有一種比『從詩意到反詩意』更『本質』的描述？」依本論文的最後推論，如果有，也是在未來。因為大馬新詩太容易受來自北方的風影響，還沒有真正的、自己的聲音。

埔里
二〇一二年四月初稿
二〇一二年七月修補
二〇一三年三月十六日再補

論非詩

盡可能地緊縮與簡縮——像炸彈用無比堅硬的外殼包住暴躁的炸藥。

詩人必須為創造語言而有所冒險，如採珠者之為了採摘珍珠而掙扎在海藻的糾纏裡，深沈到萬丈的海底。

有人寫了很美的散文，卻不知道那就是詩；也有人寫了很醜的詩，卻不知道那是最壞的散文。

——艾青，《詩論》[1]

1 艾青，《詩論》，第一則頁二六，第二則頁三二，最後一則出自詩書中的〈詩的散文美〉，頁五九。

任何愛詩的人都知道，不要說寫出，就是要看到一首好詩也多麼困難。目前整個世界都充滿冒充的詩人，打著現代詩或現實主義的招牌，以掩眼法來愚弄讀者。跟愛詩的朋友在一起，我常說我多想看到一首詩如晨霧、澈於寒溪，而又感人肺腑、令人不可自己的詩。這樣的詩應是純樸的、真誠的，不靠文字堆砌故弄玄虛，而藉超凡脫俗的技巧和深湛廣博的修養而來建立它的價值。

——楊際光，〈無題——三十年前舊作贈劉戈〉[2]

是詩？非詩論爭

一九七六年初，陳雪風（陳思慶，一九三五—二〇一二）針對金苗[3]的詩集《嫩葉集》展開苛刻的批評，作者不客氣的回應後，引發了一場綿延數個月的論爭，「從南洋商報的『讀者文藝』版，轉到星洲日報的『文藝春秋』版，前後歷時五個多月，有數十位寫作者參加，所發表的文章，共計一百二十多篇，在字數上，超過三十萬字。」[4]「肇事者」陳雪風其後把部份他認為比較重要的爭論文字編輯為《是詩？非詩？論爭輯》，在〈前言〉裡略述其緣由後，對這場論爭加了句重大的論斷：

這是一九七六年度馬華文壇，同時也是馬華文藝史上空前的一件盛事。[5]

從「同時也是馬華文藝史上空前的一件盛事」來看，編者／引戰者不無幾分得意。但只要讀一讀《是詩？非詩？論爭輯》的四十多篇文字，就可以很清楚的看出，這其實是場學術水平不高的論爭。

引發論爭的〈是詩？非詩——評金苗的「嫩葉集」〉是篇實際批評。該文一開始就提到《嫩葉集》出版後有多位讀者撰文讚賞，陳雪風認為其實「沒有什麼值得讚賞的，相反，它無論在內容或形式上，都存在著許多問題和缺點。」陳的批評是全盤否定的，批評《嫩葉集》裡的情詩「不只沒什麼特色，就是說既寫得不優美，也不生動，而且多是陳腔濫調。」（頁一）其他諸如概念化、詞彙貧乏、情感凡俗等，從所舉的例證來看，也是言之成理。但這種全盤否定、高高在上的態度，是任何被評者都很難接受的。另一方面，得理不饒人的陳雪風，喜歡糾纏於細部的文字操作，有點像新批評但更為獨斷。如批評金苗把孩子出生的哭聲比喻為「像一支號角，吹奏鼓

2 楊際光，《純境可求》，頁八三。
3 據馬崙，《新馬文壇人物掃描一八二五—一九九〇》（頁一六一），本名黃金聲，一九三九年生於吉隆坡，華小老師、校長。
4 《是詩？非詩？論爭輯》〈前言〉，頁一。
5 同前註。

舞的激情」是「不知所云」；《嫩葉集》好用尋常的明喻，每每過於直白，幾乎是一目瞭然，有的甚至是宣諭。試舉詩集中比較「好」的一首〈紅毛丹〉（集子中的最後一首）為例：

青青的　青青的
一串串　一串串
祖國的青春
祖國人民的心靈

紅紅的　紅紅的
一串串　一串串
祖國的火焰
祖國人民的嚮往

人踏出來的小路
伸向每棵樹邊
樹頂有一大塊一小塊的籃
地上有一大片一小片的光

樹上有嫩葉
蘊藏希望的綠
樹下有枯葉
無上榮耀的黃[6]

明喻，紅毛丹的生／熟→青春／火焰→心靈／響往；嫩葉→希望的綠，枯葉→榮耀的黃，都非常直接，預設的讀者的文學水平不高，也可算是「文藝大眾化」的實踐吧。至於被陳雪風苛評的情詩和詠孩子的詩，和集子中其他的「詩」類似，當然算不上出色，詩的意味也不濃，很接近分行的散文。但這樣的詩集，其實並沒有低於同一陣營的基本水平，也許包括陳雪風自己以郁人為筆名出版的詩集[7]。那到底在爭什麼呢？

回應人之一駝它企圖調解兩造，在〈風雪和嫩葉〉裡嘗試建立一個和解的平台，「嫩葉集應該是居於現實主義的作品。現實主義有下列主張：反映現實，歌誦光明，抨擊黑暗，譜出未來，

6 《嫩葉集》，頁九九。
7 平心而論，郁人的第一本詩集《多重的變奏》（野草出版社，一九八八）還是略勝《嫩葉集》一籌。但也僅僅如此。

內容決定形式，形式為內容服務等等。」（頁二五）雖然這位論者說要把「風雪和嫩葉」之爭交由讀者仲裁，但從行文來看，他既認為風雪有理，也認為嫩葉並非無據，「最低限度，他沒有唯美派、現代派、純藝術派的傾向！」（頁二六）從這樣的論述不難看出，這論爭其實是茶壺裡的風波，現代派，或非工具論的寫作，都被劃在「是詩，非詩」之外，沒有被討論的資格[8]。譬如為《嫩葉集》寫序的半島的辯護文開宗明義：「任何文藝作品，都是階級意識的反映；任何文藝批評的作品，都是為階級路線服務的；各為自己的路線宣傳、推銷，以便獨佔文壇。」接著區分出兩條路線，「一條是人民大眾的路線，另一條是反人民大眾的路。」而推衍出：「真正的文藝批評工作者，是為大眾文藝的作者們服務而進行批評的。偽冒的文藝批評工作者，是敵對行動的鬥爭，是論戰，」是惡意，壓迫[9]。依其意，《嫩葉集》是人民大眾的路線的，而對如此「正確」的道路的批評是惡意的。半島甚至舉《嫩葉集》中的〈鋤草的小姑娘〉為例：

雖是個十二三歲的小姑娘
幹起活來可真像樣
手揮著鋤頭在芭場
小姑娘接受雜草的挑戰
不怕日曬更不怕風吹

勞動的兒女身體壯
即使傾盆大雨來了
最多把薄薄的雨衣穿上

那個討厭的工頭可真勢利
小姑娘稍微停停手他就指斥
呸　工頭又有什麼了不起
在老板面前還不是唯唯

小姑娘出門時東方還未大白
回家時太陽已掛在西山
小姑娘的臉兒曬得通紅
活似害臊的新娘

8 陳雪風對現代詩自曝其短的批評見其〈論現代詩及其他〉，氏著《關於文學的思考》。

9 半島，〈批評・論戰・立場・資格：有關文藝批評的幾個問題〉，《嫩葉集》，頁四六—五一。引文見頁四六。

「幹活」其實是北方慣用語，被吸收進中華人民共和國的「普通話」系統，星馬受閩粵方言影響，華語多言「作工」。小姑娘、臉兒也都是非當地語境的「普通話」，是從閱讀材料繼承來的書面語。整首「詩」直白淺露到不需解釋，其實傳達的不過是左翼的教條，歌頌勤苦的女工，被剝削階級，最後兩句被陳雪風批評比擬不倫，也確實。這麼簡單的「詩」，半島竟說它「提出了下述幾個社會問題與國家問題：一、女工失學，做工養活自己，幫助家庭。（其實從內文根本看不出這一點）二、工頭與工人的矛盾，工人蔑視工頭的奴才勢利相。三、富家子弟看不起勞動的人，勞動者同樣看不起這些富家子弟，工人有自豪感。四、肯定祖國，當人群不知有國家觀念之時。五、吁請國家關心接班人的孩子做童工問題……」[10]如果說第二點是老生常談的話，一、三、四、五都是望文生義的臆想，硬塞進「詩」裡的。依這種解釋方式，再平庸的文本都可能被塞進滿溢的意義。這樣的論爭當然沒有交集。由於兩造都預設「為人民而文學」[11]，政治掛帥的考量，題材與意識的「正確」優先於美學——甚至可以無限後退，因此像金苗《嫩葉集》這種小學水平的「詩」，竟可以引起那麼熱烈粗暴的討論，可以反映出兩造的水平。

論爭的參與者都是所謂的「現實主義」陣營中人（略左的，及更左的，其共同敵人是所謂的現代派），參與者的意識型態立場都很堅定、強烈，學養和訓練卻普遍令人不敢恭維，充斥著斷章取義、咬著一兩個句子死纏爛打，經常無端的擴大戰場，又愛吹毛求庇，因而似乎可以沒完沒了的胡扯下去。一堆免洗餐具似的、可能只有編者才知道歸屬於何人（因為要發稿費）的筆名，反映了馬華文壇（自居左翼的）雜文寫作者的習氣。這樣夾纏不清、煙硝火氣的論爭方式，也是這暴躁、文學作品水平低下、文學素養低落的文壇的常態，金苗那類的寫作者有自己取暖的同溫池[12]，陳雪風那樣的批評方式也持續了一生。

關於詩意

論爭相關的背景也值得注意。論爭發生之年恰是文革的末尾，文革結束於該年十月毛澤東過世（毛於該年九月九日過世）後。自三〇年代以來，馬華現實主義一直亦步亦趨的跟著中共的主流論述走；反映現實、為人民服務、愛國主義等教條像烏雲那樣密佈。自大馬建國以來的這十三年間，借溫任平的表述，那恰是現代文學從奠基到塑形到懷疑的時期——

> 六五年十一月學生周報特闢「詩之頁」，由周喚主編，經常刊出現代詩。六七年，完顏藉主編南洋商報文藝副刊，大量刊載現代文學作品，努力栽培現代文學新人，……蕉風月刊在

---

10 半島，〈再看看金苗的詩「鋤草的小姑娘」〉，頁六二。

11 見陳雪風的遺作，《人民需要馬華文學：陳雪風文學評論集》（野草出版社，二〇一二）。

12 譬如一九九九年創刊的《爝火》，金苗是副主編，時見類似的「非詩」發表。

這時期大力譯介西洋文學，刊登港台現代文學，並努力栽培本地新人……[13]

這一場短暫的現代運動，可以理解是在革命文學的雜草裡重建文學性、尋找詩意的比較有計畫的嘗試。那當然有冷戰美援的背景，但更關聯著文學教養和水平的提昇，以非工具論的世界文學為背景。

除了少數例外，現代主義深受港台文學影響，「懷疑時期」的自我批評，也和台灣鄉土文學的挑戰不無干係，當然也源於那種寫作自身動力的耗盡——與其說是過於刻意求工、求晦澀，不如說是被過剩的古典中國意象、被自我複製淹沒。而馬華現實主義對六〇年代後萌生的現代主義思潮一向持全盤唾棄的立場，當然不可能去思考那全盤被否定的敵對陣營對詩到底有怎樣的思考，也不可能去理解兩種不同的美學意識型態之間是不是可能有可以共量處。

如果我們只是關注這場論爭本身，其實學術意義不大，論爭的兩造（挺詩作，挺批評者）對於什麼是詩、什麼不是詩的界定，都出於意識型態立場。抽離那淺水潭，什麼是詩，什麼是「非詩」其實是個有趣且不好回答的理論問題。

幾年前我曾在〈尋找詩意〉一文中嘗試探討一個馬華詩史中似乎不能討論的問題——因為一般人會認為「詩意」過於主觀，過於虛無飄渺——但形式主義的方法其實可以相當程度的處理。理論上，只要它是顯現為形式，而那在歷史裡總會形成模式，軌跡，經由特定的方法，可以分類、分析。詩意如此，那「非詩」呢？從「是詩，非詩」的論爭來看，被批評為「非詩」的，並非不存在的事物（如幽靈），而總是已被寫下來的。

在爭論中產生的詩／非詩之辨並非A／-A那樣截然二分，那關涉判斷者的價值預設。就《嫩葉集》的論爭而言，判斷詩／非詩都源於意識型態立場，其中「詩意」沒有明確的被提出，但在陳雪風批評金苗的某些詩作時，還是會感受到某種詩意的預設，雖然他可能自己也說不清楚——不願說清楚，或根本沒能力說清楚——被自己喜歡打混仗的習性弄矇了[14]。再加上對語言文字的詩學層面認識有限，更無法提昇問題的層次。然而，相較之下，對立陣營對「詩」的預設看來是純意識型態的，只要符合左的意識型態教條，「詩意」似乎可以完全不必考量。

而對我們而言，真正有趣的是，存在著兩種可能：「非詩」在「詩」的內部，或外部。

在進入這區域文學（有其自身的傳統，當然，它的問題也有它自身的歷史；一樣的，受其地緣條件制約）的問題之前，也許可以先放寬視野，回顧中國文學革命以來的白話詩史，因為那是個更大也更為建制化的系統，在各自的詩之路上，行動者們也努力尋找詩意，反思詩的可能性。邏輯上，沒有人會努力尋找非詩。

13　溫任平，〈馬華現代文學的幾個重要階段〉，《文學觀察》，頁一〇八。

14　譬如同樣寫於一九七六年的〈談談詩歌創作的幾個問題〉即開宗明義拈出「文學是語言文字的藝術」，還舉了劉大白煉字頗工的「秋晚的江上」，也認為語言文字掌握得不好，意圖寫出好東西來，是不可能的。他舉的負面例子還是金苗的詩。見氏著《關於文學的思考》（大秋事業社，一九九五），頁八二—九二，引文見頁八二—八四。

在新詩發展的最初二十年內，好些寫詩的人經由實務操作已敏感的發現詩有它自己的表述邏輯，並非如胡適設想的那樣，依循構建中的國語文法；也認識到白話文的淺白不足以滿足詩的要求。其中如聞一多、朱湘等的嘗試建立一種新詩的格律，十四行詩體（「商籟體」）的引介，戴望舒、梁宗岱、李金髮等引介法國象徵主義；朱光潛等反思漢詩的千年軌跡，試圖汲引古典詩學資源以為今用；廢名（馮文炳）取法晚唐詩以求澀，馮至之取法里爾克……那些不同世代的有天賦的詩人如徐志摩、聞一多、戴望舒、馮至、卞之琳、何其芳、辛笛、穆旦等，從實踐中很快的建立起詩的節奏、韻律、語法，諸多名篇即便沒有一個難字，也不是直白可解（最著名的例子如卞之琳的《魚目集》、馮至《十四行詩》、何其芳《畫夢錄》等）。簡而言之，早在港台現代主義之前，中國新詩已建立了自身的語法，那和口語是有距離的，即便經常從日常語言汲取資源。港台現代主義並非橫空出世，實是有所繼承[15]。

游川式「非詩」

一九七八年四月，《蕉風》第三〇二期上刊出一篇詩人子凡答覆編輯張瑞星的信，一封答辯書。這是一個年輕詩人（游川時年二十五歲）給另一個年輕詩人（張瑞星時年二十二歲）的答辯書，這文獻在大馬新詩史上有重要的意義（雖然作者不止一次做了類似的表述[16]），那涉及他的轉向，甚至涉及一個時代的詩—非詩—風的形成，而不僅僅是告別現代主義。

以下把一些重點都引出來：

我不反對你說我的詩「太」偏重「功用」。不管是啥，一旦太過了，就是一個極端、一個框框。「唯美」是另一個極端，另一個框框。咱們不少詩人自困其中。

咱們的詩人，寫深奧唯美詩的多的是，多我一個不為多，少我一個不為少。大家寫得大同小異有啥意思呢？我總覺得應該有多些人出來寫有人間性、有人情味、平易近人，深入淺出的詩。所以我走上了這條路。但平易近人，深入淺出談何容易？……

「平易近人，深入淺出」是一句老話，但精神恆新；尤其在大家一窩蜂賣弄高深莫測外衣的當兒，這種精神更清新。我這樣說，也許人家誤會我在搞「大眾化」，其實不是的。大眾哪裡在乎什麼文學呢？而實際上，咱們的詩連知識份子的「小眾化」都做不到。我只是努力做「小眾化」的工作罷了。「大眾化」和「提高」是不能截然分開的，「大眾化」不是要詩人單方面一味去遷就大眾，而也應該同時提高大眾的教育及欣賞水平，而大眾又反過來要詩人提高作品的水平。這當然牽涉到教育，甚至其他問題。以咱們目前的教育水平和發展，

---

15 見梁秉鈞的博士論文LEUNG, PING-KWAN, *AESTHETICS OF OPPOSITION: A STUDY OF THE MODERNIST GENERATION OF CHINESE POETS 1936-1949*, SANDIGO: UNIVERSITY OF CALIFONIA, 1984.

16 見游川故後友人為他編輯出版的《游川詩全集》輯錄的〈游川創作觀〉，頁一八—二九。

「大眾化」再搞上十年也未必搞得出什麼看頭來。

瑞星，寫平樸的詩是要有勇氣的，你要捨得放棄那些華麗的語言、繽紛的意象、迂回的隱喻……而驅使生澀、散漫但樸素親切的口語，使它們發生關聯和火花，以表現平凡事物的高貴情操。這下子，就像高空飛索，只要一個不留神，就會跌入「非詩」的深淵。我非打醒精神不可呵。

從子凡的回應大略可以猜到張瑞星的提問，那可能涉及兩種詩觀的碰撞，在兩個同代的詩人之間，及（或）詩人與其有文學教養的讀者之間。偏重功用，大眾化是兩大重點，而這兩點其實緊密關聯。一九七五年詩路改變之後的游川，確實朝向偏重功用、明顯的朝向「大眾化」之路。因此子凡的答辯裡針對「大眾化」著墨特多，但他對大眾化的談論，只能說是強辯、詭辯。依一般常識，自三〇年代以來，在抗戰背景下形成的「文藝大眾化」，其要義就是要求文人放下身段，採用庶民大眾能理解的形式、語言，貼近當下現實的題材，以求「老嫗能解」。為的是以文藝鼓動大眾以動員抗戰，因而不惜調度地方傳統原有的藝術形式，包括各種說唱藝術（粵謳、大鼓等）[17]。在那樣的訴求之下，當然不可能預設任何的難度，愈簡單愈平易近人愈符合要求。

而子凡的答辯，涉及社會整體閱讀水平的提昇，譬如從大馬想像台北的閱讀公眾，或者十九世紀巴黎文學場域完全自主的狀況，那樣的條件之下，高水平的讀者反過來可以挑戰作者。馬華文壇的情況，幾乎永遠不可能。答辯詞裡說「再搞上十年也未必搞得出什麼看頭來」，但子凡這回覆迄今已過了四十年，閱讀公眾的結構其實沒多大改善，文學（大概除了青少年小說[18]）不管求淺求深，大概都只能是「小眾」。但那和寫作之刻意「大眾化」是兩回事，「大眾」確實不需要文學，在資本主義社會，電視連續劇和八點檔就足以填補他們上班之餘的時間，文學的閱讀公眾一直都只能算是小眾，但如果人口基數大，數量就不小。然而在大馬華社，一直以來，可能的文學閱讀人口就很小，或許就是那群同樣在爬格子的人。但寫作的人是否會去閱讀同儕的作品，也一直是個謎。至少能判定的是，現實主義／非現實主義陣營的作者，說互相瞧不起還算客氣了。即便是同陣營的，只怕也很難免於文人相輕。

游川那樣的「平易近人」吸引不了有鑑賞力的讀者。那樣的寫作，在作者端，是降低寫作的門檻（譬如不用典，不複雜的打磨文字）；在讀者端，是把對讀者的要求降到最低（以游川、方昂等的詩，大概華小三年級即可通讀無礙，不需什麼文學訓練）。「淺出」不難，至於是否能「深入」（現實），只怕未必然。更麻煩的是，子凡自己也意識到，那樣注重社會功能，「平易

17 見謝冕，《中國新詩史略》（北京：北京大學出版社，二〇一八），第四章〈我愛這土地——中國新詩（一九三七—一九四八）〉，該章詳細敘述了新詩如何從內斂的抒情轉向高亢的朗誦，彼時的主要詩人田間和艾青所創立的格式，對馬華新詩的影響一直延續到當代，其中學得最像的大概是吳岸。在詩學的發展上，它的終點是毛澤東一九四二年五月〈在延安文藝座談會上的講話〉，主張文藝要為人民大眾服務。那既定調了此後三十多年的中國當代文學，也定調了馬華現實主義文學。

18 那大概替代了武俠和言情小說的位置。文學作品還需面對港台和翻譯文學的競爭，問題並沒有想像的簡單。

近人，（深入）淺出」的寫作趨向，有它自身的危險性，它其實趨向詩的臨界點——非詩。

辯詞的末段，「寫平樸的詩是要有勇氣的，你要捨得放棄那些華麗的語言、繽紛的意象、迂回的隱喻」說得好像經營「那些華麗的語言、繽紛的意象、迂回的隱喻」比「寫平樸的詩」容易，任何有寫作經驗的人都知道，情況其實剛好相反。前者常被認為是才氣的表徵，但過頭了就會文勝於質，但文學也不可能絕對的質樸，毫無文的意味。歷史的正常的狀況是，文的不同形式在不同時代的顯現，一部中國文學史也在反覆辯證這個道理。「寫平樸的詩的勇氣」的趨易避難，或竟是為了掩飾才氣之不足？

如果要否證這一點，其實並不難，只要游川本人經歷過「華麗的語言、繽紛的意象、迂回的隱喻」到「平樸的詩」即可。但以游川的詩之路來看，他前期的詩即便稍微講究技巧，也談不上「華麗的語言、繽紛的意象、迂回的隱喻」[19]，雖然他曾自述：

初寫詩，以為越難懂的詩就越好，因為詩壇上很多被贊好的詩，自己都看得似懂非懂，請教前輩詩人，他們也講不出個所以然來。為了掩飾自己內容的空洞貧乏，我也寫起這種詩來，東一個意象，西一個隱喻：這裡象徵，那邊矛盾語法……弄到無處無名堂，一句明明白白的話，非得顛倒扭曲到高深莫測不可，而所寫的非死亡即性，非存在即孤獨，那些虛虛無無，連自己也不甚了了的問題。[20]

同樣寫於一九七八年的這段文字，最有意思的是道出他作為詩之讀者與寫作者的挫折與失敗，指控現代主義逃避現實，故弄玄虛的論調在台灣現代詩論戰裡相當常見，「覺得他們太遠離現實了。明明是活在紅塵裡，又何苦去追尋一片遠離紅塵的淨土呢？就向《笠》那份鄉土精神和社會批判意識學習了。」[21]他選擇的《笠》詩社和現代派的場域位置、審美觀均大異其趣[22]。難懂、看不懂而是否仍然感受到箇中的難以言喻之美，也關乎讀者的氣質、才性、美學秉賦等，其實並不能強求。中文現代詩裡的傑作，瘂弦的〈深淵〉、洛夫的〈石室之死亡〉、楊牧、夏宇的許多詩作都不好懂，而四〇年代何其芳、卞之琳、辛笛等的代表作也都需要反覆閱讀。游川上述的談論，其實只見證了他對詩的認識相當膚淺。加上審美感受力的缺乏，造就了他過於現實的詩觀。如果一切都可以用大白話直白的表達，詩，或任何語言的藝術都沒有存在的必要了——「所寫的非死亡即性，非存在即孤獨」，沒錯，文學所關涉者無非生老病死，但它有千百萬種姿態，並非概念化的存在。

19 主要是一九七五年出版的《鞋子》，一九七七年出版的《嘔吐》中的部份。均見於《游川詩全集》輯一；對這些早期詩作的評論見葉嘯，〈什麼生活寫什麼詩〉，傅承得、劉藝婉編，《游川式：評論與紀念文集》，頁一七－三八。

20 〈游川創作觀〉，頁一九。

21 〈游川創作觀〉，頁二〇。一九八六年致方昂函。為游川辯者也可說這些文學意見不過是和好友間的閒談，不是深思熟慮的「詩話」。然而，自古詩話多閒談。

22 但游川私淑的白萩，卻是有經營現代詩的能力的，早期詩作有的甚具現代感。參《白萩集》。

只能說詩之道千萬途，寫作者只能選擇適合自己的道路。這一點，只要拿他和兩位前輩楊際光（一九二五—二〇〇一）和白垚（劉國堅，一九三四—二〇一五）甚至陳強華（一九六〇—二〇一四）略做比較就很清楚。楊際光相信「純境可求」，而純境，不是分析性的語言能窮盡的，必須以個人的藝術感性加以應對[23]（從朱光潛、宗白華到錢鍾書，論之者多矣）；高舉現代主義大旗的白垚，自一九六四年三月在《蕉風》發表〈現代詩閒話〉，第一篇〈不能變鳳凰的駝鳥〉即指出，「反對現代詩的主要力量，是詩作者而不是讀者。」而那些所謂的詩作者，本身的欣賞能力貧乏[24]，這當然觸及前引子凡答辯書談到的「大眾化」問題——教育讀者。其後的十餘年間，《蕉風》即有計畫的引介中國四〇年代及港台當代現代主義的佳作名篇，及刊載在地年輕人的習作。從其文其詩來看，白垚有很好的文學鑑賞力，故能金針渡人。同樣有好鑑賞力的是比游川小七歲的陳強華。雖然因為病了而把他人的詩當成自己的詩而揹負抄襲惡名，不幸成了波赫士式小說裡的悲劇人物。但《爛泥》所輯多佳詩佳句，顯然輯詩者對詩境有一種強烈的憧憬。

但即便是被視為革命文學最高成就的詩人艾青[25]，對語言、文學是怎麼一回事可是有充份自覺的。在其〈我怎樣寫詩的〉（一九四一）明確談到：

我最嫌惡一個詩人沿用一些陳腐的濫調來寫詩。我以為詩人應該比散文家更花一些功夫在創造新的詞彙上。……假如我們沒有把文字重新配置，重新組織，沒有把語句重新構造、重新排列；假如我們沒有以自己的努力去重新發現世界、發現事物與事物的關係，人與人的關係，我們就沒有必要去製造一首詩。[26]

這表述相當接近俄國形式主義的第一堂課——也即是任何寫作課的第一堂——（語言與對象的）陌生化、詞的復活。但艾青略有不同的是，他雖然強調要「大膽地變化，大膽地把字解散開來，又重新拼，重新凝固起來」，終極指向卻是語言的「純樸，自然，和諧，簡約與明確。」這

23 關於楊際光的純境，香港青年詩人、評論者陳謙有文細論，〈純境的追求：論楊際光〉：「楊際光詩中的純境不（只）是一個美境，而是一種理解事物的態度，存在於對現實世界的另一視，那純境不只是楊際光個人的。楊際光的詩未直寫現實，好像只專注個人，其實處處可見對現實的呼應。」氏著《解體我城：香港文學一九五〇—二〇〇五》，頁一一一。

24 《蕉風》一三七期，頁一二。

25 大陸的文學史一般都對艾青推崇備至，聊舉一例。如孫郁的《民國文學十五講》（山西人民出版社，二〇一五）〈新詩之路〉一章在列舉了艾青的成名作後評述：「他的內心一直擁抱著大地和那些困苦的存在者。心緒與蒼茫的大地那麼美妙的綁在一起，這是左翼作家才有的情懷。」「艾青的創作開啟了詩歌的新天地。比李金髮要廣博，較郭沫若要精致，氣魄上高於聞一多、載望舒諸人，美的音色也是徐志摩那些人難以望其項背的。」（頁一四二—一四三）艾青那幾首代表作確是佳作，但大戰過去後、大革命過去後，艾青的作品耐看的其實也不多。那種大吼大叫的格式，時過境遷之後，難免有空洞之感。藉用孫郁的評比法，它或許「氣魄」高於卞之琳等，但精致婉曲微妙是遠遠不如的。他的詩論雖不乏自相矛盾或教條，有些比喻還是很有趣的。再者，一如一個余光中足以完勝受其影響的馬華現代派，一個艾青，也可完勝他的馬華私淑弟子們。由此以觀，馬華文壇的問題，可以思過半矣。

26 艾青，《詩論》，引文見頁一一三。

終點，和游川要求的「平易近人」是相近的，卻是千錘百鍊後的產物[27]。

對游川而言，更要命的是，「明明是活在紅塵裡，又何苦去追尋一片遠離紅塵的淨土呢？」那是一種非常「現實」的世界觀，和藝術追求的準烏托邦趨向其實是格格不入的。綜而言之，從子凡（游川）的詩觀（那些論點其實都非常膚淺）我們可以看到極其現實的世界觀，在那樣的世界觀後面，是一種「這世界是透明的」的同樣膚淺的哲學觀，認為世界可以輕易的被穿透、被表述；連帶的，是一種透明的語言觀，經由最簡單的組合，它就可以精準的抵達事物，甚至「言志」。

相應的，它預設了主體內在世界的簡單性，沒有深度，因此游川才會埋怨「所寫的非死亡即性，非存在即孤獨，那些虛虛無無，連自己也不甚了了的問題」——對於真正的藝術家或哲學家，正是不甚了了才需孜孜不倦的探索，甚至窮竭此生。認真面對世界的玄奧微妙，語言的不透明性，藝術的不可窮盡性，才可造就大詩人。簡言之，游川辯辭裡作為「大眾化」的對立面的「深奧唯美」自古以來就是詩的世界，即便其中有假貨、爛詩；而另一面，其實是雜文的世界，那是個平面。放逐抒情[28]，以致無力抒情[29]。這膚淺的平面（為一代吶喊詩人如方昂、傅承得等所共享的平面），我們或許可以把它直接命名為非詩。

這樣的詩觀、世界觀，和大馬教條馬克思主義主宰下的現實主義的差距不大，只是後者更其膚淺更其教條而已；和陳雪風之流，當然就更為接近了。在精神史上，它們都是三〇年代戰爭陰影裡「文藝大眾化」的嫡傳，即便嫁接上去左化——不敢左也不能左——的鄉土寫實詩風，也不過是借屍還魂。共同的後果是，認為「寫詩」是再簡單不過的事，幾乎就是胡適最初構想白話詩的天真口號「我手寫我口」的實踐。篤信「什麼生活寫什麼詩」（頁二七），最終還是會遭到他的詩的報復——《游川全集》裡的大部份「詩作」，其實只是分行的雜文，充斥著老生常談[30]。譬如這首自我指涉的〈詩人〉（一九八〇），我們只需把分行取消，加上標點符號，即可還原它的本相——雜感：

有人說，詩人要關心社會，寫政治的詩。我想，在這個年頭，詩人最好少開尊口，擲筆不寫詩。其實，詩人也真難做，即（既）要討好少男少女，在他們鐘情懷春時；又要安慰老

---

27 一個有趣的對比是，反對小說需要技巧的現實主義陣營的小說老將駝鈴，其毫無技巧可言的長篇小說《沙啞的紅樹林》，大陸的馬屁精學者竟稱讚它是「天籟」。見魯原，〈歷史的沉思　天籟的迴響〉，王枝木整理，《駝鈴小說的創作：藝術天籟的迴響》（頁四五—五二）。整理者王枝木甚至加碼稱許曰：「他擯棄現代小說常用的幻覺、變形、夢幻等藝術手法，而以沒有技巧的技巧來完成這部作品，使讀者有渾然天成之感。」（〈出版前言〉，頁二）「沒有技巧的技巧」可以說是寫作的最高境界了——真是無知到令人咋舌。

28 徐遲的〈放逐抒情〉是抗戰文藝裡的重要文獻，討論見謝冕，《中國新詩史略》，頁一七二—一七五；陳國球，〈放逐抒情——從徐遲的抒情論說起〉，氏著《香港的抒情史》（香港：中文大學出版社，二〇一六），頁四一三—四三三。

29 關於抒情的回歸，需另文討論。不同的動地吟詩人，也應個案處理。這裡只談「社會效應」。

30 游川的摯友傅承得在〈游川論〉（一九九三）努力論證游川詩的佳處，有興趣的讀者可以參看。收入《游川式：評論與紀念文集》，頁七八—一〇九。

人，當他們步入蒼蒼遲暮。實際上，詩人，也無能改變社會，充其量也只不過點綴點綴民主，當執政者高興時。（頁一五三）

在這種自嘲裡，其實也意識到那種犧牲詩意的功能論也是徒然的，其實也不過是同溫層的取暖。即便是後來的動地吟，在大馬種族政治以語言為隔離牆的民主治下，也是相對安全的，牆內是同溫的水塘，裡頭的魚們其實是不必擔心被煮熟的。那些撕心裂肺的吶喊，其功能並沒有超過取暖。

詩，和任何創作類似，成少而敗多，佳作少而平庸之作多，不能因凡庸之作的存在而否定一本詩作，或一種寫作路向。但劣作的比率多到一個程度，卻難免令人懷疑那到底是條怎樣的路。

在這裡，看到的其實是雜文對詩的侵入。雜文和沒有詩意的詩一直是馬華文學史上產量最高的兩種文類。這兩者間的共同點，除了沒有詩意之外，就是老生常談及情緒的直露發洩。這或許也可說是大馬華文文化總體貧乏的一種反映。趨易避難，重功利實用而竟無用，犧牲詩意，犧牲美，也犧牲了深思，而把一切歸咎於實際政治，不自覺其為共謀。

當所謂的後現代經台灣從美國進口轉入大馬華文市場後，「什麼生活寫什麼詩」進一步解放為「生活即詩」、「話語即詩」，好似「非詩」就無處容身了。但情況可能正相反。

二〇一九年三月四日

空午與重寫

——馬華現代主義小說的時延與時差

本文以天狼星詩社同時代的一些現代主義小說家（陳瑞獻、菊凡、宋子衡、溫祥英、小黑、洪泉、張瑞星等）及後起者——遲到者（如賀淑芳）為討論對象，著眼於他們前後期寫作的差異。前述作者，有的停筆，有的延續既有的現代路徑，更深入的探索；有的「向現實轉化」，早已拋卻早年的實驗；有的愈見老辣，有的轉趨枯淡。這些作者，經歷了數十年生命的流轉，是否還讓那現代的鐘面延續，即便文學風潮已幾番更新。從這些不同案例，本文嘗試修正溫任平的現代主義論，思考馬華現代主義小說的一些基本問題：那一直延續著的現代時間，究竟在小說本身有著怎樣的投影？時間的弔詭是否進駐文學本身？在離境者和「遲到者」身上又有怎樣的表現？

將息

〔關於馬華現代主義〕

人到黃昏
容顏總在巴士窗玻璃浮想
鳥披黑紗飛入林中的交融
結晶的星子迸裂底回響
我是倒影迴鏡裡的流雲嗎
而在輓歌中我看到
菊在人間淡出淡入
說不再寫詩了
寫詩的不復年少了
看我雙眸的
塵埃
要歸寂於怎樣的園土

這首〈將息〉收於張瑞星（張錦忠，一九五六—）的折頁詩集《眼前的詩》（人間出版社，一九七九）。《眼前的詩》只收了十三首詩，彼時的作者猶在《蕉風》當編輯，稿件不足時，常需補白——以各種不同的筆名，撰寫各種文類的文字，從詩、小說、散文、書評、影評，不一而足。那是個很獨特的歷練，一種獨特的文學工坊。那四五年間[1]累積了相當數量的作品，除部

本文初稿宣讀於「馬華文學研究與傳播國際學術研討會：天狼星詩社與現代主義」，馬來西亞：拉曼大學（金寶校區），二〇一五年七月四—五日。

＊附記：本文之撰著，旨在向三位前輩致意。

首先當然是我的老友張錦忠，在撰寫過程中，很多細節不確定（尤其事關時間——譬如梅淑貞大概哪個年代開始不太創作之類的）還得向他請教。長期讀他的論文受惠不少（也感嘆於他之略嫌散漫，論文常「未完，待續」）；雖然不見得都同意他的判斷。

其次是菊凡，那是撰寫論文中偶然的收穫。我收藏的《暮色中》攜自家鄉，沒註記購買年月（當然也可能是朋友送的，我的記憶也不是那麼可靠）。當年大概也只讀了箇中的〈暮色中〉，一直對那母親背影的暮色有印象。這回為寫論文細讀後，也沒料到〈空午〉其實更為出色，那是意外的收穫。四十年來的馬華文學評論顯然對他是有所虧欠的。當年我們合編《回到馬來亞》沒給菊凡一個位置，我也有過錯。

第三位是這研討會致意的主角溫任平。我一直不喜歡天狼星詩社的自我中心，厭惡他們之喜歡自我宣傳。但溫任平談馬華現代主義的兩篇論文是里程碑，那是無可否認的，我們都從中受惠。他帶著弟子們整理編纂《馬華現代文學選》等工作，也是功不可沒的。在七〇年代末、八〇年代初期就注意到馬華文學史料（包括《蕉風》、《學報》）沒有積極保存的問題，也可說是空谷足音了。

份詩作集結成《眼前的詩》，小說集結成《白鳥之幻》之外，其他作品並沒有整理出版。但自一九八一年底留台後，張瑞星顯然實質淡出創作領域[2]，幾乎「說不再寫詩了」。

自一九九七年以馬華文學為對象的博士論文獲得學位後，也陸續展開關於馬華現代主義文學的論述，迄今為止雖還沒有完成專書[3]。但已對既有的，以溫任平為主的馬華文學現代主義論述，做了重大的擴充和修正。張錦忠的修正，主要是針對溫任平輕輕帶過去的「探索時期」，那開端。

張錦忠和溫任平最大的不同在於，他嘗試把整個問題放在一個更廣大的背景來思考。自中共建國後，現代主義從上海到香港、台北迄馬來半島的離散歷程，有著不可忽略的東西冷戰的大背景；他且突出陳瑞獻、梁明廣直接從西方接引的另一種很有創造力的華文現代主義，而不是轉介自港台、被中國性過濾過的那一套。如此而大大豐富了馬華現代主義的問題視域。因此我嘗譬之為馬華現代主義開端的守護者[4]。他之所以如此執意守護那因「國籍」（其實是國土分割），而被劃出去的「開端」，又顯然和他在《蕉風》那幾年的編輯工作有直接的關係：他不止是個編輯，還是個作者，而且有高水平的同儕相互砥礪。那個年代的編輯還得深入個別作者的作品，參與商榷文字，甚至大幅度刪改（那是我常聽到的故事），進而提攜、鼓勵某些有潛力的作者走上創作之路（佳話如李蒼之於左手人，張瑞星之於洪泉），在文學作品的鑑賞及對文字的要求上不難看出，他本身就是個堅定的現代主義者。那種文學的感覺結構內化後，甚至可能成為他的「存在」不可或缺的一部份。雖然約略有人知道張錦忠當年是個頗受期待的文青，但並沒有特別留意他的現代主義身份。

1 據其在〈舊雨問答——潘正鏞、周維介訪問張錦忠談新華／馬華現代文學〉中的自述：「從一九七六年底到一九八一年初，編了四五年。」氏著《南洋論述：馬華文學與文化屬性》（台北：麥田出版，二〇〇三），頁二三四。

2 見其自述，〈我的文學岔路，在離散的時光裡〉，黃錦樹、張錦忠、李宗舜主編，《我們留台那些年》（吉隆坡：有人出版社，二〇一四），頁一〇四—一一一。詩和小說近年又重新料理出版，《像河那樣他是自己的靜默》（詩集，大將出版社，二〇一九），《壁虎》（小說，有人出版社，二〇一九）。

3 相關論文已有七篇（有的沒完稿）：

①〈陳瑞獻、翻譯與馬華現代主義文學〉，二〇〇〇，氏著《南洋論述：馬華文學與文化屬性》。

②〈（在中國周邊的）臺灣新詩現代主義路徑：余光中的案例〉，蘇其康編，《詩歌天保》（台北：九歌出版社，二〇〇八）。

③〈亞洲現代主義的離散路徑：白垚與馬華文學的第一波現代主義風潮〉，張錦忠（編），《離散、本土與馬華文學》（高雄：國立中山大學人文研究中心，二〇〇八）。

④〈「守著另一種燈光或黑暗」：追憶（馬華現代詩的）逝水年華（一九七〇—一九七九）〉，「時代、典律、本土性：馬華現代詩歌國際學術研討會」，二〇一二年七月七—八日，Kampar, Perak：拉曼大學中華研究中心—拉曼大學金寶總校區。

⑤〈想像一個前衛的共同體：陳瑞獻與星馬華語語系文學的在地現代主義，或，馬華現代文學運動2.0〉，中國現代文學會／國立東華大學華文學系／國立台灣文學館主辦之「眾聲喧『華』：華語文學的想像共同體國際學術研討會」，二〇一三年十二月十八—十九日。

⑥〈南方的前衛：陳瑞獻的案例〉，「全球化下的南方書寫：文學場域與書寫實踐」國際研討會，台南：國立成功大學中文系，二〇一三年十月十二—十三日。

⑦〈在冷戰的年代：華語語系現代主義文學的（未竟與延遲）故事〉，「冷戰時期中港台文學與文化翻譯」國際學術研討會，二〇一五年三月六—七日，香港：嶺南大學。

4 〈守護馬華文學現代主義的開端〉，黃錦樹，《注釋南方》（有人出版社，二〇一五）。

眾所週知，溫任平（一九四四－）把一九五九至一九八〇年間的馬華文學現代主義分為四期，天狼星詩社活躍於後二期，即塑形時期（成熟期之別稱，一九七〇－一九七四）、懷疑時期（一九七五－一九七九）[5]，在溫任平編輯出版《憤怒的回顧》時，因神州詩社在台另起爐灶、溫氏兄弟失和之類的事件，天狼星的亮度已經銳減，甚至漸趨黯淡了，自身也處於高度憂鬱的「懷疑時期」。先不管這分期正不正當，任職《蕉風》，用各種不同化名寫作的張錦忠正落在這「懷疑時期」內。

懷疑時期懷疑什麼呢？以余光中為精神導師的天狼星詩社，一併繼承了余光中的中國情懷和對現代主義的狹隘理解。而七〇年代中下旬的台灣，反對運動漸成氣候，一九七七－一九七八年間更爆發了鄉土文學論戰，現代主義和中國性一併被嚴厲的檢討、質疑，「懷疑時期」之說無疑也承襲自台灣。借用台灣後來慣用的修辭，此後的大風潮是「回歸現實」，放棄現代主義的實驗精神。在馬華文壇，「回歸現實」是非常微妙的事。《蕉風》創刊後沒多久，就一直被現實主義陣營視為敵人，攻詰圍剿，不遺餘力。而大馬的「現實」一直是讓左翼的現實主義給壟斷的。「探索時期」的現代主義是和教條左翼的論戰中一步步建立起來的，牧羚奴且以其出色的小說與詩捍衛了他們的文學立場。而他們詬病現實主義的，正在於後者之欠缺文學的自覺，沒有給文學留下自主的空間[6]。

大馬的政治社會語境與台灣不同，一九四九年後的二十年間，台灣的左翼早就被兩蔣嚴酷的白色恐怖給撲殺殆盡了。但台灣的鄉土文學還是影響了其後的馬華小說。而小說，恰恰也是天狼星現代主義最弱的一環。

關於現代主義時期的馬華現代小說，溫任平〈馬華現代文學的意義和未來發展：一個回顧與前瞻〉中談到，它大概是六〇年代中葉才開始。星馬分離後，溫任平最推許的是宋子衡（黃光佑，一九三九—二〇一二），他說：「宋子衡是馬華作家當中，對人性、道德、善惡問題表現得最敏感，也探討得最多的一位小說家。」[7]這篇一九七八年的演講稿，在剔除被歸屬為新加坡作家的陳瑞獻（這位被張錦忠稱許為馬華現代主義最有才華的作者）之後，對現代主義小說只特別提出宋子衡，還花了數百字描繪其長處（頁九一—九二）[8]，其他了不起只提及名字：「六〇年代舉足輕重的小說家還有張寒、溫祥英、麥秀、菊凡等，他們各有成就。篇幅的

5 溫任平，〈馬華文學的幾個重要階段〉，《憤怒的回顧》，天狼星詩社，一九八〇。溫任平這兩篇論文（及後文將多次引述的〈馬華現代文學的意義和未來發展〉）是馬華現代主義最重要的研究論文之一，經常被引用。

6 《蕉風》七十八期（一九五九年四月）魯文的〈文藝的個體主義〉強調「個體主義」、高倡「文藝必須是文藝」（頁四—五）；再下來的一期，《蕉風》七十九期（一九五九年五月）齊梁的〈重新發現文藝本身的真正價值〉之呼應〈文藝的個體主義〉（頁三），在那左浪滔滔、著重集體主義的年代，當然是有針對性的。

7 《蕉風》三一七期，一九七九年八月，頁九一。

8 《蕉風》二四〇期（一九七三年二月）的「評論專號」，在《宋子衡短篇》出版的次年，就有由天狼星詩社成員組稿的「宋子衡短篇小說評論專輯」，可見天狼星詩社對宋子衡小說的特別重視。一九七九年十一月三二〇期又有一次「宋子衡小說專題」，受肯定的程度遠在同儕之上。

關係，只能存而不論。」（頁九二）稍後而方有小黑（陳奇杰，一九五一—）、朱牛人（朱廣邦）等，這名單裡當然也不會有一直到「懷疑時期」才冒現的洪泉與張瑞星。本文就選擇幾個方便讓我展開論述的個案（我的預設是，有的作品具備說明問題的潛在特性）來討論馬華現代主義小說自身的時間弔詭。

空午

〔從宋子衡到菊凡〕

溫任平在〈馬華現代文學的意義和未來發展〉這篇論文裡指陳的宋子衡小說的特色值得稍做討論，故不嫌冗長引出來——

他喜用意識流的手法去捕捉小說中人物的心態，用象徵技巧來「融景入情」。他的小說充滿了各種衝突，理智與感情的衝突，生與死的衝突，個人良知與社會規範的衝突，這些衝突成了宋子衡小說的特色。從這些特色中，我們肯定他是個道德感極重的作家。他關懷人在各種荒謬而不可測知的情境或危機中的反應，人在面對突然蒞臨的「命運際遇」會作出一些什麼抉擇。宋子衡不斷「考驗」他筆下的人物，使他們活在「道德緊張」裡，逼使他們隨著環

境的變遷而作出相對的適應，這些，我們看到這些人物在小說裡成長，覺得出來他們是有生命的。（頁九二）

不可謂不推崇備至。而從這篇講詞的腳註，可以發現針對的其實只是薄薄的《宋子衡短篇》（棕櫚出版社，一九七二）。如果你仔細去讀一讀《宋子衡短篇》，你可能會懷疑溫任平的讚詞稱讚的對象會不會是那個寫《包華利夫人》的福樓拜，《兒子與情人》的勞倫斯，或寫《臺北人》的白先勇[9]；如果從比較長時段的文學史來看（不論是就宋子衡寫作的歷程，還是和比他稍晚出版集子的那些作者如菊凡、溫祥英），你可能會懷疑宋子衡可能根本就不是什麼現代主義者。

雖然在溫任平的論斷數年後，溫的弟子謝川成（謝成，一九五八—）在〈略論馬華現代短篇小說的題材與表現〉[10]還是襲用溫的評語，顯然他也注意到宋子衡的小說的弱點是「作者本身太過參與小說故事的發展，往往太過明顯的『現身說法』，過度拉近了作者與小說中人物之間的距離，因而破壞了客觀的效果。」（頁九一）宋子衡的小說的這些弱點（及其他謝文未道及的，其

9 一九七九年接受張瑞星的訪問時，宋子衡倒是坦承他是白先勇、黃春明的讀者。《蕉風》三二〇期，一九七九年十一月，〈尋求人的位置〉，頁一〇二—一〇三。

10 《蕉風》三三八期，一九八一年五月，頁八五—九五，本文收入《憤怒的回顧》。

文字及敘事技巧也欠佳。敘事技巧方面，溫祥英早就針對個案毫不客氣的指出過[11]），其實非常醒目的一直貫串到他最後一部小說集《表嫂的眼神》（燧人氏，二〇一三）。

但宋子衡在文學史上的評價應該是被溫任平那篇論文定調了的，雖然天狼星詩社成員早在那演講的五年前的一九七三年、即在《蕉風》的「宋子衡短篇小說評論專輯」發表他們研讀《宋子衡短篇》的成果。溫任平這段文字，可說大體概括了天狼星詩社對現代小說的尺度的理解。比較奇怪的是，溫任平的論文除了「用意識流的手法」和「用象徵技巧來『融景入情』」、「小說人物不是『扁平人物』」這三點外，對宋子衡的小說技巧並沒有多著墨。勾勒最多的其實是小說的主題。尤為關鍵的是，現代主義者對文字和敘述形式近乎偏執的要求，那種不顧一切的實驗精神，在宋子衡的小說裡其實是看不到的——牧羚奴倒是標準得多，而溫祥英關於寫作的漫長的痛苦告白也多涉及此。

為什麼溫任平和他的弟子們對現代主義小說的論述都如此明顯的偏斜呢？原因不外乎，一、他們對現代主義小說其實了解得不多；原因或許在於，二，他們不喜歡那些公認的現代主義小說的幾個標尺，譬如《現代文學》和《蕉風》都引介過的，福樓拜、卡夫卡、喬艾斯、福克納；那是因為，三，他們對現代主義的實驗精神持保留態度；四，那是因為他們接受的現代主義是被民國—台灣以「中國性」之網過濾過的。經那認知框架過濾之後，就不會偏好七等生、王禎和而只能傾向白先勇，不好洛夫、商禽而偏愛余光中。天狼星對漂亮的中文有著先天的偏好，有選擇性的親緣性，這限制了他們對現代主義的理解。

話雖如此，宋子衡的文字相當一般，以溫任平能欣賞魯莽散文的鑑賞力，不致看不出來吧？更有趣的是，謝川成〈略論馬華現代短篇小說的題材與表現〉同時「略論」了菊凡（游亞皋，一九三九—）的小說，但真的非常簡略，而且語帶輕蔑，解釋說他不討論菊凡小說的技巧的原因在於「菊凡小說的技巧還相當生澀。因為技巧生澀，在情節發展上就不能控制自如。他的故事，平凡，簡單，也缺乏獨創性。他寫現實生活，往往流於浮泛，刻劃不夠深入。」（頁九四）菊凡的同代人、好友溫祥英（溫國生，一九四〇—）也如此毫不客氣的批評他的第一本小說集：

> 我認為菊凡是失敗的。他所表現的現實面，是浮面的，不透澈的，也沒有什麼深入的洞悉。他給我的印象是：他先有一個概念，然後才從現實中擷取一鱗半爪來支持他的觀點，以致他的小說佈局非常散漫，處處露出匠痕，沒有張力。[12]

11　見溫祥英針對宋子衡〈壓軸那場戲〉的批評〈戲在哪裡？〉，《半閒文藝》（蕉風出版社，一九九〇），頁八五—九三。

12　〈盲人摸象——菊凡「暮色中」的摸索〉，《蕉風》三〇九期，一九七八年十一月，頁三七—四四，引文見頁四三。收入氏著《半閒文藝》，頁七三—八四。

溫祥英勇於自我批評（見其一九七四年的〈更深入自己〉[13]，一九八四年的〈溫祥英訪談〉[14]及《半閒文藝》第三輯「自彈自唱」諸文），但對同儕的批評也相當苛刻（見《半閒文藝》第一、二輯諸文評），我覺得溫、謝的批評都是不公平的。

就寫作人的第一本小說而言，《暮色中》（棕櫚出版社，一九七八）其實比《宋子衡短篇》出色得多，它的實驗精神並不亞於《溫祥英短篇》（棕櫚出版社，一九七四）。集子中的小說篇幅都不長（宋、溫的也都不長，溫對宋的小說也沒有好評），但菊凡小說中的意識流其實用得比宋子衡的小說更為頻繁也更為流暢（諸如〈空午〉、〈羊齒類盆栽〉、〈頒獎日〉、〈老人與狗〉、〈鐵軌〉、〈虎牙〉、〈浮屍〉），文字比宋、溫都來得細致，也不乏「用象徵技巧來『融景入情』」。為什麼會被批評為技巧「相當生澀」，那不是我能瞭解的事，就像我不能理解為什麼溫、謝師徒會那麼推許宋子衡。

以下試從《暮色中》挑兩篇我認為最有代表性的來談談。

就以被溫祥英批評「工業問題沒有深入討論」的〈暮色中〉為例，短短四頁兩千來字的篇幅，怎麼可能去「深入探討工業問題」？那未免太強人所難了。

作者顯然志不在此。菊凡用了抒情詩極簡主義的技巧，在很小的空間內，很少的人物，很少的文字，幾乎沒有情節可言。

一塊政府的空地，母子二人佔用了種植，成了「我和母親依賴著過活的菜園」，但政府即將收回。故事裡的父親車禍過世，八九年來，母女二人相依為命，靠那塊地種菜過日子。然而政府把它批給了別人建工廠，因而牽動了這一家孤苦無依的人的生活。三個月前接到通知時的那個黃昏，食不下咽的母親「把飯碗丟下」，對女兒說，「阿妹，妳得去找份工作了。」但又不捨得讓她離開家，於是母女合力種菜、賣菜維生。在父親故後那昏暗的日子裡，「幾年來，我和母親把大部分的時光，消磨在這塊小菜園裡，好像處身在無人的深山。今天，是我們收割最後一點的菜了。」「明天開始，我們將不再踏上這些黑土。」〈暮色中〉中的「暮色」指的正是母女倆和那塊土地告別的最後的黃昏。因此是個無限悲涼無比沉重的暮色。

「那裡還可找到如此一塊地？」

暮色中，母親如一樽古老的泥像。

不動聲色的文字，哀而不傷，令人想起他的晚輩方路文字溫度調節得最好的時候。小說結以女兒跟著母親摸黑「走在彎彎曲曲的小徑上」，充滿象徵意味。路難行，女兒緊緊跟著母親，女兒依偎的心意溫暖、降低了那股黑夜般的絕望感。這小說沒有張力嗎？當然不會，全篇是用相

13 《蕉風》二五四期，一九七四年四月，頁五－一一。收入氏著《半閒文藝》。

14 《蕉風》三七七期，一九八四年十月，頁二一－二二。

互兩種對抗的情緒（如：擔憂未來／相濡以沫的決心）讓它隱伏下去，非常含蓄，讀太快就忽略了。

謝川成在前引論文的最後一節以說教的口吻告訴讀者：

> 短篇小說不應僅僅表現生活的片斷經驗或表面的現象……必須從片斷生活經驗著手，然後盡量在數千字裡面，象徵出完整的人生經驗。……短篇小說的特質也在於用簡潔的文字去表達深刻的旨意，一如現代詩那樣。[15]

然而，〈暮色中〉不正是個近在眼前的出色例子嗎？它不正是首簡潔的現代抒情詩？這怎麼會「技巧生澀」呢？顯然，謝川成還是用「情節發展」的傳統觀點來看小說，比他的視野走得更遠的就看不到了。

菊凡這批小說在最好的情況下，情節正是極簡的。

再舉一例。集子的第一篇，〈空午〉。

也是極簡主義。單一角色的內心獨白。單一空間。父亡。哥哥們離家，母女相依為命，十一歲渴望父愛的女孩，獨自守候家屋的午後，意識流裡交雜著想去父親般的老師家做功課的心聲，期盼沐浴那自己也弄不清楚是否摻雜了情欲的父愛，及母親的擔憂（「……妳老師會不會是個心理變態的人呢？妳老師會不會對妳別有居心呢？」）之間。這是篇相當出色的心理小說，運用尋常的事物來寫少女的寂寞無聊和情竇初開。第一大段文字就相當有力的勾勒全局：

屋子裡面是空空洞洞的，幾株陽光，直挺挺地從屋頂的破洞中穿進來，插在破了許多窟窿的地上。很寬大的廳前，牆上掛著那個又古舊又被蛀蟲吃得存下個空殼的掛鐘，只要稍一震動，它便會分屍地落下來。它早不知在那一個日子裡死去了。像個木乃伊。長針和短針也鬆落地垂直地指著六字。左邊的牆上掛著已褪了色的照片，灰塵早已把它們掩蓋了，使玻璃底下的人像，永遠無法笑得自然、活潑。雖然這樣，可是凌凌卻還可以辨得出那是已作古三年的爸爸；那個為了養家而成天在七英里外替人除草的媽媽；那個去年跟女人私奔了的哥哥；另一個是在遠地工作的二哥；最後一個是她自己。一個白天除了上學，下午回來沒有大人照顧的女孩子凌凌，今年才十一歲。

幾株陽光是六〇年代以來台灣典型的現代詩修辭，這起手勢，現代主義者們怎會認不得？陽光像幾株樹，從屋頂的破洞穿進來，「插在破了許多窟窿的地上」，那屋頂和地板上的洞好像是被它們插出來的。這是明喻，也是象徵，這是個上下都破了洞的家。但這第一個句子沒有出現樹

15〈略論馬華現代短篇小說的題材與表現〉，頁九五。

這個字，只用量詞幾株；植物本性向陽，而陽光畢竟是透明的，虛空的存在。它原該是希望，但那樣的希望卻來得詭異（「插在」）。因此它象徵了後文女主人公心底呼喚的愛與希望之飄渺。我們可以想像那空間的氤氳迷離，暗塵浮動。陽光會隨時間偏斜，它不是真的植在那兒，它的功能毋寧是更其突顯了大廳的空洞寂寥。

牆上掛著的剩下空殼的掛鐘，「像個木乃伊」，它還在，可見，但不過是死去的時間的屍骸，暗示了家變後女孩置身的「時間與存在」。這段文字原書七行，寫陽光、破洞與時間花去三行；其他四行寫一張照片，透過女孩的眼睛，寫父亡後這個家的崩解潰散。簡言之，就用那樣的一張照片，概括出所有實際上沒有出場的人物各自的「存在與時間」。他們都離去了，只有女孩獨自被剩下來，尤其在那每一個心裡交戰的下午。她的空洞時間因無聊與寂寞而膨脹、放大而佈滿整個畫面。

接下來的一段，寫我們都很熟悉的老屋子的聲音：「照片背後，傳來嘰嘰喳喳的壁虎叫喚聲。屋樑上和柱子中，也傳出嘎嘎嘎的蛀蟲笑聲，單調而煩燥。」它們的無序替代了計時器有序的響動。

但更關鍵是下段，風吹過，果實成熟了。中文的讀者都熟悉風的古老象徵（風馬牛不相及的風，春情；風者，動也），也知道果實成熟隱喻什麼（禁果），因此也可以感受到「我要留給老師吃」這句單純的誓言式的話語可怕的暗示。

> 屋外風吹過了，後門那棵紅毛丹樹，嘩啦嘩啦地搖盪。像是魔鬼從那邊跨過似的，令人聽了心悸。樹上的紅毛丹，紅得發紫了。可是凌凌打不開胃口去嚐它。我要留給老師吃。她對自己說。那棵番石榴，風過處，辟辟拍拍地跌落滿地。要是老師來我家，我便要把那些青的，粹（脆）的，採給他。

作者用自由間接文體進出女主人公的心緒，老練的藉用生活裡的尋常事物「情景交融」。我們不知道那個「牽著她的小手說：妳就做我女兒吧」的男老師幾歲，總之是可以做她父親的年歲，說不定相當老。小說接著就用老公雞做暗示，

> 一隻尾巴脫盡了羽毛的老公雞，悠閒地啄食地上那個熟得發出臭味來的大木瓜。木瓜雖便宜，可是富有營養，老師最喜歡吃的。木瓜樹上還有兩粒熟了一半的大木瓜，應留給老師，凌凌對自己說。

她想去請老師來，「叫他陪我玩到傍晚。可是，媽卻不准我去老師的家。」當她想到母親懷疑她的老師「是不是個色……」，那隻老公雞即「無緣無故地咕嚕了聲」，好像在抗議，打斷了她的思緒。那形象有幾分邪惡，是負面的暗示。最後她決定出門時，「那隻禿身的公雞，又無緣無故的喔喔啼啼起來。」好像響起勝利的號角。這是相當老練的技巧。

整篇小說的衝突是心裡的，並不在外部；母親的叮嚀（內）和公雞的叫聲（外）從頭響到尾，我們知道這女孩「個子長得比年齡要大得多」，多半已開始發育（木瓜是不是暗示她胸部的發育呢？）。母親叮囑「不要讓老師摸觸妳的身體」，舉了其他人家女兒被拐走的種種經歷，有的「給人騙到膠林去亂來」。但女孩不知道「怎樣亂來」，她沒什麼性知識；我們也知道老師摸過她的頭，拍過她的背，讓她覺得很幸福。她一直掙扎於母親的禁令與老師的誘引（老師說：「妳可以每天三點過後，帶書包來我家，做完功課，我就給妳聽唱片，看電視。」）之間。最後導向一個行動，離開那空屋。一個可能的冒險。女孩的心聲可謂驚心動魄：

……我不管，我要去，我要給他做女兒，我要把後門所有的果子都送給他。老師是個好人。長大後，我要結婚給他。我喜歡他。我一定要去找他玩。

「結婚給他」是有力的生澀，有一股悲涼的童稚感。女孩對成人的世界並不瞭解，但連串的「給他」的決心，卻傳達了一種悲劇感——如果她老師真如她母親所料，如果真如小說中老公雞的暗示，可能就是個《蘿麗塔》式的陰慘的故事了。簡言之，這是個《蘿麗塔》式的故事之前的故事，菊凡以極微小的篇幅寫了個出色的心理劇。那是個好像什麼事情都沒有發生的空午。小說最後，正因為留白讓它意味深長（相較之下，也是寫師生情愫的〈羊齒類盆栽〉就遜色多了）。

回頭看溫祥英的〈盲人摸象〉的批評。關於〈空午〉這篇小說，竟然只做了「內容分析」，沒有討論「怎麼寫」。雖然花了三百多字（這篇小說只有二千多字），把故事內容重新講一遍，得出的結論竟然是「『空午』中的現實，就是：生活使人無暇照顧自己的子女，社會卻使人對別人失去信心。」[16]這樣的論述，還真有「盲人摸象」的意味。《暮色中》的〈頒獎日〉、〈老人與狗〉、〈鐵軌〉、〈女人〉等也都是佳作，就不一一仔細分析了。在起點上，這其實不是《宋子衡短篇》所能企及的。

像〈空午〉（一九六九）這樣的「更重視內在的心理的實況」的標準現代主義小說[17]，為什麼會被視而不見數十年呢？如果我們以馬華現代主義為敘事主體，是不是也可以說，對宋子衡的過度評價，對《暮色中》的漠視，是種精神上的空午？

不是小說中的那種心理掙扎，而就是個空洞衰敗的大廳，下午時分，人都走光了，時間釘死在牆面上。

16 〈盲人摸象——菊凡「暮色中」的摸索〉，《蕉風》三〇九期，頁三八。
17 溫任平，〈馬華現代文學的意義和未來發展〉：「讓我在這裡重申：現代主義着重寫實，它非旦重視外在的實況，更重視內在的心理的實況。」（頁八六）

牆上的嘴
〔關於牧羚奴〕

月非法
渡過
小巷
使內臟內旋

——牧羚奴，〈粗月〉

但那牆面上，原本有一張嘴。

文學史的空午狀態，部份原因或許在於，一九六五年隨著新加坡被迫獨立，有國籍的新華文學憑空誕生，六、七〇年代星馬最有才華也最早熟的現代主義者，在那時代顯得鶴立雞群的牧羚奴（陳瑞獻，一九四三—）隨同新加坡被切割出去。即便他比宋、溫、菊還小上幾歲，但對現代文學的理解更全面，也更早掌握現代小說的奧義。一九六九年（是年，新馬分離的傷口還是新鮮的，還在滴血；那也是大馬種族政治新創口五一三事件發生之年。比陳瑞獻小四歲的李永平離開婆羅洲赴台已兩年，寫下第一批現代主義小說）以二十六歲之齡出版的《牧羚奴小說集》（新加坡：五月出版社，一九六九）就已經是相當成熟的現代主義小說了，這部小說的出版比《宋子衡短篇》還早三年，但新加坡已經是另一個國度了。

比他小一歲的同代人溫任平，當然沒有忽略陳瑞獻這最強勁的同代人，〈馬華現代文學的意義和未來發展〉談馬華現代小說，第一個名字就是牧羚奴。「他的怪異的文字的運用，以及新奇的句法結構可說震撼了新馬兩地的文壇。牧羚奴的大膽新穎，充分表現了現代主義的創新及實驗精神。」（頁九一）也提到牧羚奴小說對底層的人的關注，處理方式且迥異於當道程式化的寫實主義，因此引起注目與爭議。梁明廣也提到，一九六七年七月牧羚奴的中篇〈平安夜〉在新加坡《南洋商報．文藝副刊》刊出時，震驚文壇[18]。《牧羚奴小說集》的出版[19]，對新加坡被切除還來不及反應的馬來半島文青，應該也很震撼吧。小說重新成為小說。文學重新自我文學化。現代主義小說的若干標準技術，意識流／內心獨白，壓縮、拼貼，不標點的長段，象徵隱喻的頻繁調度等，在《牧羚奴小說集》都是家常便飯；而偏好以底層的人（幫派份子、畸零人、殘障人士、工人、小販等）為主人公，彷彿可以聽到方天《爛泥河的嗚咽》的更激進的回聲，和那宣稱「為人民而文學」

18　見其為《陳瑞獻選集．小說／劇本卷》寫的〈序〉。徐鋒編（長江文藝出版社，一九九三），頁vii。

19　這版本我沒有，我用的是《陳瑞獻選集．小說／劇本卷》。作者轉贈的《陳瑞獻小說集一九六四—一九八四》（新加坡：跨世紀製作城，一九九六）與前者相似，但前者還多收了兩個極短篇。

氣勢如洪的程式化的左翼文學的直接碰撞，就像〈平安夜〉裡那場幫派人物肚破腸流的械鬥。

我的意圖不是全面評估陳瑞獻的業績（這早就有人做了，見方桂香《巨匠陳瑞獻》），我更感興趣的毋寧是在他的年代，陳瑞獻在現代小說之路上已經走多遠。有的作品非常適宜幫助說明。牧羚奴發表於一九七一年九月《蕉風》第二二四期「牧羚奴作品專號」的〈牆上的嘴〉可能是陳瑞獻小說最怪也最為暴虐的，收進《陳瑞獻選集》時改題為〈水獺行〉，感覺其實不如〈牆上的嘴〉那般有股超現實主義的恐怖詩意[20]。

故事是牧羚奴偏好的社會底層人物，江湖人物，走私、販賣人口的海賊。小說的主人公「有一對殺氣很重的眼睛」，行事和思路都怪異。故事的舞台是海上圈魚的奎籠，因此隨著潮水漂漂盪盪的，本身就帶著超現實感。兼之明月在天，敘事場景快速切換不同的時空，以致敘事有時感覺像是現代詩式的偽敘事。故事的線索撲索迷離，很多細節的上下文不是很清楚，包括那女孩是怎麼死的？那賣洋蔥的女人是誰（他的情婦？）那幾個老人是誰？裡頭糾葛的男女關係是怎麼回事——岳母與海賊女婿的單向畸戀？

但故事也許不是最重要的，而是這小說在表達層面上處處展現一種現代詩的語言強度，畫面感極強，流淌著達達主義以來的詭麗色調。小說第一句「三個裸女在洗澡」，一幅裸女圖，「浴室沒有門，也沒有頂蓋。」因此那男人可以從高處往下，一覽無餘的俯視那幅活色生香的裸女圖。「有一口井，他的頸上爬滿苔蘚。」如此寫男人在井中的倒影，甚至可以感受到水面的微瀾。「有一口井，井中沒有他的倒影，他的倒影在海面上，隨波浪到處搖動。」一個鏡頭切換，由昔而今，由陸上而海上。他過去戀慕女人，而今販賣以謀利（「瓦形鋅板凹入的部分，每一個空隙都藏著個蠕動的女人。」）。其中一個女人曾讓他「心在黃綿綿的香料中長出八根赤紅的足爪」，「他的每一根斷掉的微血管管口都冒著瘴氣」，他好像是什麼超現實的異形怪物，畫面色彩強烈而具動感。諸如此類的，都可以看到這篇小說在表達層面上的強化，創造出意象本身的張力。

「三個裸女在洗澡」那場景在時間中逐漸壞毀；或許這是篇「三個女人和一個男人」的故事。少時曾經有過情愫的女孩不明不白死去——多半是被強暴殺害的，他似乎（這篇小說的景象常是幻覺，或想像）目擊凶案。但我們看這段文字：

> 正當園丁俯身向那口井汲水之時，他倚在一枝發光的橫木上，俯首看她在黑暗中掙扎，他也記得當他抬頭向上望，那枝發光的橫木橫過她的下身，她正躺在他頭頂的空間微笑。

前三個句子和後三個句子在空間上顛倒，前三句，「他倚在一枝發光的橫木上」「俯首」，

20 我略略對了一下，收入文集的版本與《蕉風》的版本一致，但我覺得〈牆上的嘴〉這題目更好。故本文引文據《蕉風》的版本，因不難覆按，不另註頁碼。

女孩在下方掙扎求生；後三句，「抬頭向上望」，女孩在上方，微笑。兩個場景其實是不同的時空景象，一實一虛，小說用「他也記得」來縫合。「那枝發光的橫木」像陳瑞獻紙刻常出現的漂浮物，「橫過她的下身」卻不提供支撐也不是穿過，純粹是意象的拼貼，純粹是位置的關係。那「發光的」自身成了光源。死去的少女有個關鍵的特點，一口年輕的好牙，「她有非常清潔的牙齒，這是重要的，因為她死後牙齒不會腐爛。」那象徵她不再受時間腐蝕的青春美好，那一口好牙，成了他回憶中的收藏。作為對比，他的情婦滿嘴爛牙，發臭、衰老——

小說晦澀的原因之一在於，空間場景不是那麼有序的切換。「有一對殺氣很重的眼睛」的他似是黑道老大、曾經是軍人，上岸時是某個廟的當家神棍；指稱也在切換，這個「他」偷情時忽而變成「那個騙子」（「褲袋裡的手鎗」維持著他的同一性），那偷情的場景也很怪——比十多年後台灣「本土現代主義」中最怪最愛寫性的舞鶴還怪。譬如這麼一段，寫他們的交歡——於他竟如同苦刑（好像在為女屍提供性服務）——因女人滿嘴爛牙，嚴重口臭：

他抗拒著屍臭的襲擊，不停唸著禱詞，希望自己不曾誕生，不曾被紀錄，不曾跟別人說出名姓，也不曾跟任何個體接觸或認識。

何苦如此？小說下一段方補出他們的偶遇。廟會後女子在幻覺的襲擊下（看到白衣女鬼），突發羊癲瘋（民間一般都會認為是中邪），翻白眼、口吐白泡、四肢緊縮，為防止她咬斷舌頭，

「他趕緊將食指和中指硬塞入她口中。一陣抽搐過後，她的雙腳開始亂踢，她的雙拳在他臉上亂搥，她的牙齒深深陷入他的指肉裡。」被咬得刻骨銘心，肉爛淌血。這是極不尋常的「肌膚之親」，和牙齒直接相關，意象上和前文的聯繫相當緊密。從中文小說的整體脈絡來看，這種頹廢和暴虐在八、九〇年代的舞鶴和黃碧雲的某些小說那裡看到類似的操作，只不過後者還同時前景化了方言，牧羚奴的方言運用相當審慎節制。

作者接著出色的寫了七段月色推移（月色在小說裡扮演了重要角色）、七個特寫鏡頭，極富詩意，藉以帶過敘事。從草葉到針車、餅乾店的桌上、「一把吊在黑房的三絃琴的琴弦上」、「繡鳳枕上及一滴溫暖的血」、「月照在一片柚木上，一個雕工正在創作這世上第一張木刻報紙。」這細節彷彿標指出小說的歷史座標，那是一八一五年，傳教士在馬六甲創辦的《察世俗每月統紀傳》（但月亮也可能說謊，從後文看（有快艇）這應是「舊時月色」）。月光接著照過那「三個裸女洗澡」的露天浴室，經過這一番時空漫遊後，把主人公帶回海上奎籠，他的家。被問及手上的傷口時，他回以「被狗咬的」。接著小說以抒情的筆調寫了菜姑和她女兒之間渙發著香氣的母女關係，及其最終破滅（菜姑偷窺女兒女婿歡愛）。然後發生一場異樣的海上火拼，大爆炸（四十多年後已成連續劇常用橋段），及菜姑對家人執行的連串殘酷而不可思議的善後處決。男主人公最終為自身引燃的大火所噬，毛髮被燒光、衣服被焚盡，光溜溜像一隻水獺游向菜姑的快艇。

小說這時轉向另一種詭異的愛戀關係——好像是對張愛玲《金鎖記》的一個怪異的回應，

就像《金鎖記》裡曹七巧之戀慕他的風流小叔。「菜姑想，他是美的，他變成一件破爛的衣服之時，才是真正屬於她的東西。他的頭顱沈重的吊在艇外。」奄奄一息的海賊頭子，成了心思叵測的老女人的獵物。

小說的最後幾頁好像是幕獨立的戲劇，怪異的「人瑞喜劇」。小說一開始時那三個裸女的浴室換成了一男一女兩個人瑞在洗浴，敘事中有一句說明：「是兩副在時間的倉庫中唯一僅存的皮骨的精英」，侍候的「年輕人」六十五歲，老女佣大著肚腩，好像捷克的木偶劇。語言退化、破碎成單詞。但在這怪異劇場的行進中，不斷穿插的是「他的頭顱沈重的吊在艇外」，總計重複了六回，像是在倒數計時。可以說，這裡頭有兩種不同的時間，一個是垂死的時間，一個是倖存但卻衰老、綿延的時間。也許寓示了華文文學的現代主義時間。後一種時間可能是前者的迴光返照的幻視。

〈牆上的嘴〉最後的結尾是這樣的，一幕出色的超現實主義景觀——我們甚至可以辨識出某個層面的駱以軍（這篇小說寫於一九七一年九月，駱和我都還只四歲，賀淑芳一歲）：

他的頭顱沈重的吊在艇外。他似乎嗅到薄薄的花露水的香味。他睜開眼睛，看到一隻手，從一口井中抓出一個胎盤未脫的血淋淋的嬰兒，放在月球的表面上。菜姑看到海盜的眼睛鼻孔嘴巴和耳朵流出一種暗色的液體，液體流過他的臉，滴入波平如鏡的海中，激起一圈圈令她心醉的漣漪。

那口井，即是小說一開始那口「青苔蓋滿井緣」，供給裸女洗澡水，象徵意義之起源的井。「一個胎盤未脫的血淋淋的嬰兒，放在月球的表面上」，那嬰兒我把它看做是時差的孩子，它象徵著一種復返的現代主義的重寫（重新獲得時間）的可能性，誕生於上一代的垂死時間中。雖則它也像是牧羚奴現代主義小說自身的寫照，詭麗而荒涼。他是孤獨的，在他的時代，猶如獨自漫步在沙漠般荒涼的月球表面。

身為現代主義者，牧羚奴小說整體的避開了歷史的向度（一如十多年後李永平的《吉陵春秋》），沒有就歷史本身進行思考。但或許那就像賀淑芳的〈創世紀〉思考的是文學自身的存在與時間。

時差：冷藏的世界

〔在馬，留台，轉向〕

溫祥英的《溫祥英短篇》（棕櫚出版社，一九七四）比菊凡《暮色中》（一九七八）早出版四年，比《宋子衡短篇》晚兩年。關於溫的小說，張錦忠有一番推許的論斷，「集子裡頭的〈瑪格烈〉、〈冷藏著的世界〉、〈憑窗〉與〈人生就是這樣的嗎？〉卻頗為可觀，可視為馬華現代主義的代表文件，尤其〈冷藏著的世界〉與〈人生就是這樣的嗎？〉二文，堪稱經典之作。」[21]但那稱許，也是在書出版三十多年後的事了。

《溫祥英短篇》出版後兩年，比溫小七歲的李永平的《拉子婦》在台北出版（華新出版公司，一九七六），集子中的〈支那人——圍城的母親〉、〈黑鴉與太陽〉、〈死城〉這些發表於七〇年代初期的短篇小說，都是相當成熟優秀的現代主義小說，文字和敘事技術都考究，篇幅普遍也比溫、菊的稍長一些。

早逝的商晚筠（黃綠綠，一九五二—一九九五）的《癡女阿蓮》雖只比《拉子婦》晚一年出版（聯經出版公司，一九七七），卻已是相當標準的鄉土文學了。不見現代主義的自我懷疑或形式的實驗，可以視為是在台灣現場受鄉土文學思潮衝擊的直接回應。集子中諸如〈癡女阿蓮〉、〈戲班子〉、〈木板屋的印度人〉、〈林容伯來晚餐〉連題目都是相當典型的鄉土文學，技術上也比宋子衡那些同樣寫於七〇年代的鄉土之作成熟得多（《冷場》，蕉風出版社，一九九一，作者在〈序〉中說，《冷場》原該由棕櫚出版社出版於一九八〇，因故拖到一九九一）。這些書寫時間，都包含在前引溫任平文章里程化的馬華現代主義時間內。然而每個個體都有自己的生命時間，因此每個人都得面對他自己的時差。

七〇年代中葉後，在新加坡的陳瑞獻早已把重心朝向油畫和書法；同為《蕉風》編輯也曾有一些現代主義文學實驗的李蒼，一九六七年留台之後漸離創作的航道；梅淑貞八〇年代後也淡出創作，小說實驗終未成帙；小黑也做了「現實」轉向。張錦忠的同齡人張貴興，年輕時曾以紀小如等筆名在《蕉風》發表一些極富現代感的短篇，一九七六年赴台留學後，在文學獎的擂台屢獲肯定，漸漸走出一條自己的傳奇之路，文字華美，但其實寫作的態度也不是那麼的「現代主義」。

如果說李永平的現代主義真正的成熟是在一九八六年的《吉陵春秋》（洪範書店，一九八六），那是因為他更超越了之前的自己（技術更好，但作品本身是否「更好」，還很難說）。同年，菊凡的《落雨的日子》（棕櫚出版社，一九八六）已經遠離現代主義的探索了（《暮色中》的探索不被祝福只怕脫離不了干係）。不斷自我懷疑自我批評、充斥著挫折感，不斷重寫自己的溫祥英，也要到二〇〇五、二〇〇六年方生產出自己更純粹的精品如〈唔知羞〉、〈清教徒〉（均收入溫的新舊作品合集《清教徒》，有人出版社，二〇〇九）[22]；雖然《溫祥英短篇》出版後的三十年間，他也零星發表了些小說，不斷的「更深入自己」。洪泉繼續埋頭他的現代主義探索，成績續如何還有待評估。

在學術上重新整理馬華現代主義論述的張錦忠，他的前身，位處於前引溫任平文章里程化的馬華現代主義時間暮色中的張瑞星，《白鳥之幻》（人間出版社，一九八二）是他文青時代的代

21 張錦忠，〈溫祥英〈在寫作上〉注解〉（二〇〇六），附錄於《清教徒》，頁一八五。

22 討論見我的〈重寫自畫像——馬華現代主義者溫祥英的寫作及其困境〉，本人《華文小文學的馬來西亞個案》（台北：麥田出版，二〇一五），頁二五七—二八〇。

表作。該書出版後三十年間，小說偶有作，但和年輕時一樣不甚經意，沒有現代主義者的刻苦自勵，沒有野心。身為敏感於時間流逝的寫作人，曾在《蕉風》多次談論、引介波赫士這位處理時間迷宮的阿根廷大師的張錦忠，一樣得面對自身的時差。那個偶然重返的寫作時間，總好像帶著什麼秘密。

重寫：有情波動

〔時間的秘密〕

午後
細雨如墜鳥
雪下有晴波動
佇立窗前
無言
終於說：那不是晴
是情
〔下略〕

寫這首刊於《蕉風》第四〇〇期（一九八七年二月）的小詩〈歲末小詩：有情波動〉時，張錦忠應該是在南台灣高雄西子灣攻讀碩士學位了。「細雨如墜鳥」，那「細雨」似乎未免太大了些，興許是冰雹。但或許那墜鳥是細雨造成的幻覺。

張錦忠被論者稱許頗有七等生風味的少作《白鳥之幻》即多鳥喻，〈白鳥之幻〉「我要把所有的人都變成白鳥要所有的鳥都在天空飛翔」，「我期待著，白鳥一定會出現，我一定要變成白鳥。」（頁一三）看來並不是白鳥之幻，而是白鳥之誓。也許是把七等生的白馬轉喻成白鳥了。那單純的夢想，以童稚之眼，把華小生白色上衣轉變成羽翼，以逃避苦悶的「最底層課室」的上學日子。

〈十三藍鳥與秦沫〉既是科幻神遊，也是後設小說。小說中寫道，「人們在秦沫的遺稿中發現這篇題為『十三藍鳥與秦沫』的科幻小說。」（頁一八）也提到這作者「出版過一本結構主義的評論集」。其時（文末標記一九七九年二月，一九八二年二月）即便在台灣，結構主義也才剛開始。因此它似乎是未來的時間指標。更關鍵的是秦沫在筆記本上的遺稿：

「我寧可寫一部現代版的『唐·吉訶德』也不願寫科幻小說。」

最後他這麼寫：

「但我的『唐·吉訶德』是無形的。我必須留下一篇觸目可見的東西。」（頁一八）

文中也提到波赫士。而這兩句話正是模仿自波赫士的〈《吉訶德》的作者皮埃爾·梅納爾〉。波赫士這篇不可思議的小說中的那個作者梅納爾，「不想創造另一個吉訶德——這樣做容易得很——而是創造正宗的『吉訶德』。他從未打算機械地照搬原型，他不想模仿。他值得讚揚的壯志是寫出一些同塞萬提斯逐字逐句不謀而合的篇章。」[23]怎麼可能重寫出一部與已有之書一模一樣的書？因此小說中才會說「但我的『唐·吉訶德』是無形的。」而〈《吉訶德》的作者皮埃爾·梅納爾〉這篇微妙的小說其實是在談閱讀。探尋文學寫作的神秘可能性的波赫士，在結構主義的時代方在法國走紅，被潛在文學集團（Oulippo）視為宗師。

曾在《蕉風》多次談論、引介波赫士的張錦忠，對波赫士的戲法顯然非常著迷，那些年他當然也憑著自學讀了很多書。《白鳥之幻》幾乎每篇小說都涉及外國文學作品。那對都市明顯有疏離感的，略帶憂傷的小說的主人公總會談到閱讀，甚至談到寫作。諸如〈花月〉的《荒原》（艾略特）、〈廋離者〉的《康同的歸來》（王敬羲）、〈殺人者〉（海明威）、〈山鳥、鼠鹿、鱷魚〉的〈十三種看鳥的方式〉（《看黑鳥的十三種方式》*Thirteen Ways of Looking at a Blackbird*, By Wallace Stevens），或〈浮沙和水和浮沙〉之於〈我愛黑眼珠〉（七等生）……因此《白鳥之幻》也可說是文學的自我指涉之書，多篇都帶有後設的色彩——簡言之，處身馬華現代主義「懷疑時期」斜陽裡的張瑞星，他的懷疑不是導向鄉土文學，而是朝向寫作自身——那種種形式技巧，即後來被炒得很廉價的所謂的後現代。那樣的懷疑，可能會導向寫作之不可能；因為原樣重寫《堂吉訶德》(或任何既有的文學作品)畢竟是不可能的。換言之，張錦忠雖然是個現代主義者，但他的小說其實不那麼現代主義。少了現代主義的那股執著和虔誠，那股對文學自身的狂暴的意志[24]，更偏向後現代的嬉戲——他的時間超前的衰竭了。

一九八五年三月，錦忠在《蕉風》第三八二期發表了篇全由囈語互文組成的〈雙城《初稿》〉(錦忠說是他的「最後的現代主義文本」)，「『說什麼?』沒說什麼」(頁六、八)，「文字是城中唯一的遊戲」，「我，寫小說的人放逐了我。」(頁七)。小小的文字遊戲，好像說了什麼，卻又什麼也沒說，懶得說，就結束了。令人讀了既挫折又絕望。

三年後，張錦忠發表了篇向波赫士致意的短文〈書寫的人與無盡的書寫〉，談到〈十三藍鳥與秦沫〉之被波赫士《夢虎記》幽靈般的預先進駐，憂傷的寫道：「……他的書寫，終究是虛妄之舉，終究只是一種重複行為；他的正文，不外是場默劇，演出時沒想到竟是在提前搬演千哩外的意象幻影。」[25]其實沒那麼悲觀，這問題受波赫士影響更深的埃科有過一番精彩的解套。由於埃科本身知識非常淵博，熟諳多種歐洲語言，是中世紀專家；故而能夠掌握波赫士小說裡神秘知識的中世紀根源，能夠在源頭處與波赫士對話，就不會畏懼影響的幽靈效應——甚至強悍的轉而

23 博爾赫斯著，王永年譯，《虛構集》(浙江文藝出版社，二〇〇八)，頁三〇。
24 天狼星的現代主義亦然——終究產生不了真正的鉅構，甚至連余光中都超克不了。
25 《蕉風》四一二期，一九八八年三月，頁五六。

影響波赫士作品的解釋[26]。但錦忠〈雙城《初稿》〉那樣的無限返回的自我指涉的寫作，看似開放實而封閉，其實是一種時間耗盡的書寫。

二〇〇七年，因慶祝大馬建國五十年，張錦忠發表一篇重寫方天小說的小說〈一九五七，大家一起猛得革〉[27]。被「重寫」的，是方天寫於一九五六年三月的〈一個大問題〉。眼看馬來亞獨立（猛得革）在即，方天用問題小說的方式，讓馬來半島底層的唐人和馬來人閒聊，談談即將來臨的公民權問題、國籍問題。而〈一九五七，大家一起猛得革〉當然只能是篇後設小說，帶著些許遊戲的意味。經對照可以發現，重寫版的內容本身並沒甚更動，錦忠只是讓方天小說的主人公增添五十年的歲數，因此都年過九十。但在這樣沒有展開細節的重寫裡，那平添的歲數只能是空洞的五十年；如果展開細節，那漫長的一生也許將是一部膠風「棕」雨的長篇小說了。問題在於，錦忠沒有試圖把自己那五十年的經驗以現代主義的方式改頭換面的填補進去——最便利的大概即是以亞興伯孩子的視角，仰視父輩五十年來的風霜點滴[28]。

因此〈一九五七〉最關鍵的部份不是改寫的部份，而是那書寫者太過清醒的自我指涉——被壓扁的時間——那時間問題：

> 到了二〇〇七年七月老者亞興伯快要九十歲了，他已將這個五十年前的大問題忘得一乾二淨，雖然五十年後，時不時還有年輕的馬來鬥士舞起克利斯高喊支那人回唐山。這意味著小說無法繼續或收尾。他可以遺忘，可是身為作者，我不能忘記，我得繼續尋找一九五七的故

事，從一九五六年，我出生那年，找起。對我而言，一九五七太遠又太近。……

小說家書寫五十年後，我閱讀這篇猛得革故事時，想起的不是小說家或猛得革，**而是如何書寫一個和數字有關的遺忘的故事**。然而，我所構思的故事無關亞興的大哉問。早在年輕的馬來鬥士舞起克利斯高喊支那人回唐山，遠在一九六四年新加坡七二一種族暴動，或一九六九年吉隆坡五一三慘案之前，香港南來小說家已用自己的身體回答了亞興早就遺忘的問題。小說家後來再度離散，從新加坡移居加拿大。許多年後，我所敘述的只是一篇和一九五七這個數字有關的小說，故事是這樣結束的：

> 天邊的雲霞照映得膠林一片火紅，老者亞興伯一手握著一枝原子筆，一手撥著算盤，在一本藍布封皮賬簿計算：2007—1957＝50……2020—2007＝13……2020—2007＋50＝63……2020—2007—1957＝……（粗體字為引者著重）

26〈博爾赫斯以及我對影響的焦慮〉，翁貝特．埃科（Umberto Eco）著，翁德明譯，《埃科談文學》（*Sulla Letteratura*），（上海：上海譯文出版社，二〇一五）。

27《星洲日報．文藝春秋》，二〇〇七年八月二十日，http://news.sinchew.com.my/node/250，作者〈後記〉：「重寫已故前輩作家方天五十年前小說〈一個大問題〉（收於氏著《爛泥河的嗚咽》〔吉隆坡：蕉風出版社，一九五七〕）」。

28也許有人會說，那是副刊邀稿的限制，但作者如有心也可私底下一補再補，以一種現代主義的認真。

這仍然是個閱讀的故事，論述的故事，但「所敘述的只是一篇和一九五七這個數字有關的小說」似乎也嫌太輕了些。

誠然，《爛泥河的嗚咽》其實是「有國籍的馬華寫實主義」的典範文本之一，雖然作者並無馬來（西）亞國籍。這一事實本身成了〈一個大問題〉本身的標記。〈一個大問題〉所談論的問題在建國五六十年後，仍然是個難以解決的大問題，時間在遲延。

這遲延的時間被張錦忠這離鄉的現代主義者，以空洞的形式再度標記在作品裡。但即便是他自身的故事，可能也沒辦法全盤硬塞進這小說既有的時間架構裡。因為〈一個大問題〉的故事時間和書寫時間都有著報紙新聞般的精確：書寫完稿時間為一九五六年，即張錦忠這重寫者出生那年，但方天寫這篇小說時錦忠還沒出生（三月八日，錦忠生日是十一月九日）——還在娘胎裡受孕中（母親受孕還不足一個月，他可能還沒演化到魚的階段）；另一個時間更有趣，小說的敘事時間。小說裡有個細節，阿都拉對亞興伯說「明天是掛沙節」，掛沙節（Hari Raya Puasa），即穆斯林的開齋節（回曆十月一日）。經查，一九五六年的開齋節是公曆五月十二日，因此小說中人物的對話在五月十一日，錦忠在娘胎裡大概剛滿三個月。因回曆是純太陰曆（依月相週期來安排），「所以與以太陽曆為基準的公曆相比，每個伊斯蘭曆年約少十一天，也因此齋月在公曆中的開始日期每年都會推前十一天」（http://zh.wikipedia.org/wiki/賴買丹月）。在公曆裡每年倒退十一天，約三十三年回到原點，因此還有十七年需倒數。

如果以錦忠重寫的五十年時間遙隔來算，17×11＝187天，又再度倒退半年，二〇〇七年的開齋節落在十月十三日（http://www.timeanddate.com/holidays/muslim/hari-raya-puasa-1）。如果小說的敘事時間還是依原始的敘事時間（開齋節前一天）來算，〈一九五七〉這篇「書寫一個和數字有關的遺忘的故事」就該落在十月十三日。換言之，五十年的時差，斗轉星移，讓那對話的日子從獨立日前三個多月，擺盪到獨立日後將近一個半月，已過了「慶祝大馬建國五十年」的時日（八月三十一日）。若真要較論「和數字有關的遺忘的故事」，真正發生重大變化的是這依陰晴圓缺計算的回教時間。但錦忠的小說顯然把這月之刻度的時間的秘密略過去了。那一天發生了什麼事呢？馬來西亞愛國雞婆聯盟在台北師大播放「用紀錄劇情片的方式來看五一三事件、ISA法令和茅草行動等議題」的《大榴槤》（http://kepomalaysia.blogspot.tw/search/label/The%20big%20durian）。這也許是件微不足道的小事，但涉及的也都是馬來西亞的大問題。

重寫，難免會碰到小說自身的時差，與及自身的「存在與時間」。顯然，錦忠沒有用現代主義式的認真去面對它，沒有試圖捕獲那時差神秘的文學意涵。

那一九五六，也是《蕉風》創刊的次年。那年，南洋大學本科生正式上課。旅馬的韓素英出版了她極富現代感與後殖民意味的「馬共小說」長篇杰作*And the Rain my Drink*；次年，一九五七，馬來亞建國，馬華寫實小說的里程碑《爛泥河的嗚咽》出版；青年文學導師白垚南下，左翼烽煙裡文青們私下的現代主義文學已經開始，但「欽定」的「探索期」還要再等兩年。錦忠勾勒的現代主義的離散，當然早已悲涼的開始了，（一九四九、一九五〇以來）那些不認同或不為中共認同的知識人喪亂南渡，流亡南洋的方天和韓素英深具文學自覺的寫作，當然也是一種現代主義。玫瑰不叫玫瑰依然芬芳，也依然是玫瑰。

關於重寫：文字，性別與時間

〔妳驅魔的密語〕

時間是微妙的。

《憤怒的回顧》回顧、總結它出版之前二十一年的馬華現代主義文學。在它出版二十一年後，馬華現代主義理應已耗盡了它自身時間的二〇一一年，年逾不惑的賀淑芳在台灣出版了她的第一本小說集《迷宮毯子》（寶瓶文化公司，二〇一一）。

在某些方面——尤其是語言的晦澀上，她像是個遲到的現代主義者。拿她父輩的作家溫祥英來做參照特別能說明問題。我曾指出，在寫作上，她可能與溫同樣經歷語言的艱苦搏鬥[29]，對文字的選擇有一種福樓拜式的敬虔；也可能和溫祥英一樣走著「更深入自己」的內在探索之路[30]，這也是相當典型的現代主義路徑。她也和溫一樣著重寫作的自我反思、自我指涉、自我懷疑（這一點是溫任平論文界定的現代主義文學特性沒有涉及的），但又不致掉入自我解構、自我取消的懸崖。

《迷宮毯子》中處處可見現代主義的步履刻痕，尤其是〈創世紀〉、〈重寫筆記〉、〈迷宮毯子〉、〈消失的陸線〉諸篇。這裡只略談談〈重寫筆記〉和〈創世紀〉，以作為馬華現代主義時延的一個見證。

〈重寫筆記〉的女主人公，遇打搶而失落了筆電，裡頭有為寫小說而做的筆記。看到這裡，讀者可能辨識出後設小說討厭的氣味。但別急，那是自我指涉沒錯，但這小說有比制式後設小說對寫作這回事更為深遠的思考。小說裡主要有三個不同的舞台，一是警局（遭劫，做筆錄——當然，筆錄也是一種寫作，原該是徹底寫實的，但我們將看到因為官僚、便宜行事造成了虛構）；另一是醫院，母親彌留之際，女兒與她長期的心理爭戰到了尾聲，日日以美麗的謊言在她耳畔為她送別；在無聊的等待中，她以鍵盤寫作，重寫失落的筆記。再則是她租住的「自己的房間」。

敘事就以獨白的方式往返於這三個場所，瑣碎的話語，警局的筆錄、失責的工作（沒按時交出雜誌社要求的訪問稿——那當然也是一種寫作）、思念一個離去的男人。煙霧，窗外的天橋，天橋下的流浪漢……小說以這些瑣碎、日常、精確的細節，讓讀者以自身經驗去驗證，藉此讓讀者接受——這就是她那一段時間的生活。那重寫（同時是說——在瀕死者耳邊的訴說、對自己

29　〈在語言裡重生〉附錄於賀淑芳，《湖面如鏡》（台北：寶瓶文化公司，二〇一四），頁二二六—二三〇。

30　當然，她也寫了若干其他題材的作品。我的描述並沒有排除社會關懷、女性意識之類的標籤。由於出道晚，她的探索之路還不是很明確。但從最近的作品來看，那是人生已然過了中途站的她必然的途徑之一。

說）的時間，應是以母親的死亡為終端的。

這裡的重寫，不是上一節那種針對現有文本的重寫，其實即是寫作本身。從柏拉圖的理念論來看，寫作也只能是對這世界的重寫。雖然這篇小說宣稱是對失落的筆記的重寫，在某種意義上，每個寫作的人都有一本失落的筆記。

為何重寫呢？為何寫作呢？

這小說的辯詞本身即是文學的，當她逐步增大語言的強度——展現一種華麗的福樓拜主義：

那十根手指還想去抓回飛走的線。那十根手指還想快速地敲打鍵盤。劈哩叭啦。每一根腳趾都晃在風裡，當它們憤怒時，它們想要把上面的大腿和頭顱都敲在地上。當它們後悔時，它們就會蹙成一堆，使全身孔竅縮起來，使冰冷的空氣灌進心肺裡，使肛門往內收縮，把身體由內往外翻過來，以便能狠狠拋掉體內的驚懼，以便使時間逆流，好讓水退回灑蓬，草回到泥裡，糞便回到肛門裡。（頁九八）

寫作時手指如狂風暴雨，這段文字以極度誇張的語言刻畫寫作（打字）時身體的張力反應，好像那是場生死攸關的搏鬥。最後用電影手法，《時間箭》式的敘述，讓時間逆流。

接著的一段同樣精彩，是延續的手指的舞蹈：

起初僅僅只是為了越過日曆上的柵欄。手指跳在鍵盤上只是為了填充空位。填塞那些等著鉛字的印刷機，但空白總是越填越多，因為手指的腦袋想要創造點東西來證明自己。手指頭上可以看見時間形成的沙丘。手指頭百無聊賴的敲打著鍵盤。時間沒有罐子可以儲藏。但手指被分配到一定額數的時間，用掉的時間總是得從那筆時間裡扣除。直到每根手指都脫掉在鍵盤上。（頁九八）

好像整個身體就只剩下手指。電影手法：拉近、特寫、放大，蒙太奇拼貼（時間的沙丘），時間調慢——喻指的仍然是時間和寫作的問題。「直到每根手指都脫掉在鍵盤上」當然是極其誇張的電影手法——特寫、放大，定格。那雙手像玩具人偶的手那樣（因沒看到血），終至脫線、手指掉下。

《迷宮毯子》裡最狂暴、最現代主義的，當數〈創世紀〉，另一篇創作的寓言。〈創世紀〉以狂暴的語言展開，近乎瘋子的囈語，語言比其他篇更為晦澀也更有刺痛感，好像是由〈重寫筆記〉那瘋狂的手指打出來的。小說的主人公是被語言戳指的「妳」，一個被剝奪一切、被排擠到剩下的世界、被囚禁、被強暴的瘋女（似乎在呼應女性主義的「閣樓裡的瘋女人」），幾近一無所有，只剩下被傷害的身體，和寫作。然而這個「妳」的寫作，用一種比文字更為古老的個人符號——塗鴉；它的意義非常原始——「驅魔」，推離敵人（「惡鬼肆虐，必須驅魔」），以建構自己的絕對唯我的世界（夏娃的，露西的）——它的載體也比紙更為古老——寫在這世界的表面：

「就在這條街上，把所有可以寫字的平面寫滿符咒。」「洋洋灑灑地寫了整面牆壁。亂麻一樣的條紋。星狀花紋。打叉的線條。湊在一塊密密麻麻的線條。像毛蟲一樣扭曲攀爬。妳驅魔的密語。

再也無須刪劃與塗改。寫在電話亭的遮雨板上，寫在紅色郵筒上面，寫在綠色垃圾桶蓋上。」（頁一四二）

好像在調侃董啟章高調的「為世界而寫」似的。這裡的寫作是前文字、也是絕對個體的；它且是絕對女性的——它跑進肚子裡，「那些線，那些點，在妳的肚子裡。變成一頭羊。」（頁一三八）——變成子宮，變成化育萬物的裂縫。這「瘋女」當然是女性寫作的內在自我的一個寓言，寫作既是重寫也是續寫——那些能指浮動，所指不定，因而意義含混；

「妳幫她把沒寫完的繼續寫下去。……用只有自己懂得的密語寫字。每隔一段時間，那些密語就忘掉它們自己的意思。因為它們經常改變主意，……到後來，那些密語就開始意見不合，也不知道它們彼此在吵什麼。」（頁一三六）

它可能會是所謂的瘋子的語言，或夏宇式的小鹿亂跳的言語。〈創世紀〉本身就是這樣的文本，語言破碎、意象漂浮，那個突如其來的「妳」沒有身世，沒有國籍，沒有家人、朋友，絕對孤獨無依，只是個孤零零的女性第二人稱「妳」。我們也不知道這個「妳」和小說中的女性第三人稱的「她」之間的關係到底是怎樣的——

> ……她又來了。她自由自在地在每一樣事物的表面上奔竄。那些出奇光滑的牆壁。那層閃光的表皮。妳知道她懷什麼鬼胎。沒錯，她正在改變。她正在偷。偷別人的臉。也許它偷了妳的密語。她變了。
>
> 那張肉色怪臉正在變化。
>
> 她的臉正在生長。首先只是長出一些細小的裂縫。裂縫慢慢擴大。
>
> 那些裂縫像眼睛。像嘴。像鼻子的洞口。它們也像別的東西。妳所熟悉的，妳的文字。
>
> 裂縫增加，橫七豎八的裂縫。那些星狀的條紋，那些分開的、或是銜接的、不規則的曲折線條，那些亂麻一樣的傷痕，妳的密語飛到她臉上去了。像用美術刀割在桌上的花紋，像雜草，像毛蟲，密密麻麻地交織鋪開在那張臉上。（頁一四三—一四四）

這是對互文，與及「寫作源於日常生活片斷的變形重組」這些講法的小說式的重建。裂縫可以是傷口，也是這世界最原初的標記，最原初的區分性差異，漢字字形即起源於「錯畫」。它是最原初的痕跡，符號的胚胎，理論上可轉化為一切形象或文字。「妳」和「她」應該是種鏡像關係（接下來一頁就出現了鏡子），後者是前者對象後的形像（臉）。寫實主義認為再現的世界和真實世界之間是一種鏡子式的反映關係，但現代主義卻是破碎的鏡子裡的鏡像。破鏡，或扭曲的鏡像，正是現代主義的藝術辯護——因現代主義者在能指上的強力運作，使得「反映」變得不可能。它「反映」的毋寧是絕對的個體性，絕對的內在性，「我」的瘋狂。從這角度來看，〈創世紀〉可能是最徹底的馬華現代主義文本，是溫祥英「更深入自己」的一個瘋狂的、女性的實踐版本。因此這篇小說充斥著破碎的身體意象，尤其是沒有身體作為支撐的臉和眼，處處是暴力與傷害。

沒有明確時空背景的〈創世紀〉，採取的策略部份和李永平《吉陵春秋》相似。一般認為那是最現代主義的馬華文學（即便李永平痛恨這歸屬），當然，語言策略全然不同，《吉陵春秋》的場域位置接近余光中。那樣的寫作彷彿要超越、掙脫馬華文學那文學地緣政治的背景拘束，切斷種種拘絆，自轉為寓言。相較之下，〈創世紀〉也許更接近陳瑞獻的〈牆上的嘴〉。

當大馬「此時此地的現實」被返還時，就成了《湖面如鏡》（寶瓶文化公司，二〇一四）裡的〈Aminah〉。〈Aminah〉可看做是〈創世紀〉平和得多的重寫；它是個波赫士〈環墟〉似的故事，但回教顯然比祆教嚴酷得多，浴火重生難乎其難，彷彿只有夢遊是唯一的逃逸之路。再一次重寫，就成了〈風吹過了黃梨葉與雞蛋花〉，「她」時而換了個名字，但仍然被囚禁。這篇小說可說是個名字的故事，從馬來文名到中文名，阿米娜不斷重寫她自己，最後成了一陣風，吹向遠方。這已是重寫的重寫了。它們都可說是〈重寫筆記〉的不同版本與型態。重寫是為了讓時間重新開始，重新變為孩子。

因此，在本文的末端，讓我們回到〈重寫筆記〉終端的一個抒情時刻——女兒重返母親愛的懷抱。彼時年幼，主人公和母親還很親密，母親微笑著重複的應答女兒愛的詢問（是的，是的，是的），小說用了精彩的電影手法，讓時間快轉，一個畫面疊印在另一個畫面上。蒙太奇拼貼：「直到有一桶衣服落在她腳邊。直到六張口都落在她的手臂上。她一直微笑。」（頁一一九）沉重的生活負擔疊加，子女間愛的爭奪，毀了母女間原初的愛與親密，讓她們彼此都再也笑不出來——那「她一直微笑」像一張告別式的海報那樣停格。

在這裡，寫作如同電影，可以重新調度失去的時間，生命逆行溯游，草退行成種籽，魚返還自身為卵，青蛙回到蝌蚪，回返最初的美好。

二〇一五年四月二十一日埔里
二〇一五年四月二十二—二十四日修補

「滿懷憧憬的韻母起義了措詞」[1]

——論陳大為的「野故事」

本文以《巫術掌紋：陳大為詩選一九九二—二〇一三》為線索，考察陳大為二十多年來的詩路，從〈治洪前書〉到〈拉爾哈特〉的精神之旅，並探討在陳大為的詩之旅中，史、故事究竟是怎麼一回事，是否存在著某些根本的欠缺？是否深受台式後現代主義的濡染，而決定了陳大為詩的路徑，一直朝著輕的路徑走，難以抵達真正的深刻？

「誰把餓的去聲都押韻於此」

陳大為無疑是當今最著名的「馬華詩人」之一，可能僅次於前輩詩人王潤華[2]。在留台的寫作者中，他也是唯一的詩人。除了學科背景（中文／英文（比較文學））不同之外，他的詩路和散文的書寫策略，和王潤華還真有許多可比之處。兩人都經過完整的學者養成訓練，也都在學院裡教書、做研究。都曾取資於中國古典神話傳說，均曾以「南洋」資源寫出代表作，書寫策略一樣偏於輕巧，降低背景負擔等。其中一個原因或許在於，兩人在漢語詩壇擁有的佔位空間有其相似之處——雖然「返回」新加坡，和以外籍教授身份留在台灣，還是有差別。因為歷史的關係，某些部份的新加坡幾乎可視為是馬華文學的「內部的外部」（我曾稱之為「虛擬境內」）。

小我兩歲的陳大為晚我兩年留台，但他在台灣文壇受矚目比任何同儕都早。根據《治洪前書》附的年表（〈治洪紀事〉，頁九四），從一九九〇年大學二年級二十一歲開始寫詩，次年就以〈髑髏物語〉和〈飼虎事件〉獲台大文學獎首獎的肯定。又一年，就獲得彼時台灣最權威的文學獎之一的中國時報文學獎的新詩次獎（評審獎），陳在台灣文學場的「進場」可以說相當順利。此後十年間，他獲得台、馬華文文壇各種大大小小的文學獎，其詩路上可說是堆滿了文學獎獎盃。

本文初稿曾宣讀於兩岸暨大合辦之「跨域：馬華文學國際研討會」，二〇一五年五月二十三—二十四日，廣州。

1 陳大為，〈大江東去〉，《巫術掌紋》（台北：聯經出版公司，二〇一四），頁七七。

2 我之前一直沒有注意到，陳大為、鍾怡雯合編的幾部馬華文學作品選，如《赤道形聲：馬華文學讀本一》（台北：萬卷樓圖書公司，二〇〇〇）、《馬華新詩史讀本 一九五七—二〇〇七》（台北：萬卷樓圖書公司，二〇一〇）、《馬華散文史讀本》（台北：萬卷樓圖書公司，二〇〇七）、《華文文學百年選馬華卷一 散文》（台北：九歌出版社，二〇一九），《華文文學百年選馬華卷二 小說、新詩》（台北：九歌出版社，二〇一九），王潤華的散文和詩一篇都沒收——即便是眾所周知的名篇（如〈天天流血的橡膠樹〉〔散文〕。〈象外象〉〔詩〕），那是很不公道很不應該的，王潤華還沒小到可以忽略。（二〇二二年一月補注）。

相比之下，王潤華留台時台灣文壇還未進入文學獎時代，時值台灣文學現代主義的盛世，政治戒嚴，文化上既橫的移植又力圖再造傳統中華文化，那是自由中國的年代。王與台灣現代主義諸詩人巨擘如楊牧等為同代人。而陳大為登場時，已是解嚴後百無禁忌的台灣，後殖民、後現代、性別論述成為顯學。台灣現代詩歷經了夏宇等的詩語言革命後，詩的題材和表現方式均再無任何限制。看來似乎更自由，但對一個詩人而言，更根本的問題在於，如何從芸芸同行中脫穎而出，創建出自己獨異的詩路？〈髑髏物語〉和〈飼虎事件〉都可說是「故事新編」（前者取材《莊子・至樂》，後者取材於佛祖捨身飼虎），第一本詩集《治洪前書》的全部、第二本詩集《再鴻門》的三分之一左右，都是「故事新編」；另三分之二，是「返鄉」，調度的是故鄉的資源。

在新加坡的王潤華，調度星馬的歷史—政治資源時，在地的讀者不會覺得隔漠，但王發表於八〇年代的《南洋鄉土集》卻寫得輕巧，似乎刻意避開彼時新加坡華文教育的滅頂危機，他其實親歷了南洋大學的轉型。那種微小謹慎，反映的也許是李光耀嚴厲管制下的新加坡公教人員的精神處境。陳大為的南洋書寫，輕巧處與王確有相近處，其間也不見得有影響關係。

本文的目的不在比較王、陳兩位詩人，而是針對陳大為的詩路做一番探討。我關切的不是他寫作的題材本身（寫什麼），而毋寧是題材後面那個更根本的問題：這一路走來，陳大為是如何尋找，營構他的詩意的？在這過程中，他是如何調度、操作他的題材，與及採取了怎樣的語言策略？

陳大為新近出版的《巫術掌紋：陳大為詩選一九九二—二〇一三》包含了新舊作，也包含了作者對自己詩路的回顧。該書自序〈巫術的掌紋〉寫道：「我在大一國文課教了十幾年的大陸當代小說，它們對我在創作上的滋養，竟然超過其他文類。我的敘事技巧和核心精神，主要源自大陸當代小說，其次才是兩岸的詩和散文。」（頁五）這是有趣的自述。詩的滋養主要來自小說，而陳大為的詩從最開始即異常偏重敘事，敘事，故事，歷史——這少不免會涉及陳對歷史的理解。陳的操作，是否涉及詩與史之間的緊張性，還是說，根本不存在這種緊張？如果是這樣，那又是為什麼？

本文嘗試探討陳大為詩中敘事性的「跨域」，敘事性與詩性（詩意）之間的張力。

「這是熱衷翻案的時代」

相較於其他詩人，陳大為有一點與眾不同——幾乎不寫情詩[3]，或者說，不以情詩見長，或，無意於以情詩爭勝。台灣著名的中生代詩人楊澤在論魯迅的散文時，針對魯迅的不寫遊記，有個有趣的比喻——「散文家不寫遊記，就像詩人不寫情詩一樣不尋常」。遊記作為閑適文的典型，其實不如情詩之為詩的典型。即便叛逆如夏宇、強調知性如羅智成，亦不乏情詩名篇，其餘名家更不待言。陳大為的這一沒有，和另一個沒有一樣值得玩味——陳大為也不寫短詩。後者也許比較容易解

3 《再鴻門》裡的〈今晨有雨〉也許是個少見的例外。

釋——和那些重視小說的長篇甚於短篇的人一樣，為了某些目的，陳大為大概比較重視詩的體積，或曰「容積」，即便是短詩也常把它經營成系列組詩。但這和寫不寫情詩沒有邏輯上的關聯。情詩幾可說是抒情詩之極致，在陳大為二十餘年的詩歌寫作中，沒有情詩之外，一般的抒情詩也少見。揆諸中國古老的詩學教誨，詩無非是抒情言志（「詩者，志之所之也。」「情動於中，而形於言。」），而陳大為的詩，即便是抒情，也不是居於主導的，而是受另外的元素支配。

這種取向，也許在陳大為最開始在台灣詩壇登場時就決定了。作為宣言的〈治洪前書〉就可以看出若干取向。以大禹治水的神話故事為舞台，夾敘夾議，議支配著敘，也就是故事的重述受制於詩人對既定神話敘述提出的不同看法，簡言之即「翻案」[4]；那往往體現為一種評論，以擠出新意，效果上也即是所謂的知性的風格——某種知性風格。它的對象不只是神話，往後更延伸到其他場域，特定的歷史文本（〈再鴻門〉；《史記．項羽本紀》），其他作家的不同文學作品（〈垂天之羽翼〉；我們留台馬華作家），甚至是詩——特定的詩人詩作（〈京畿攻略〉；中國當代詩人），甚至詩本身（〈抽象中行走〉），但這往往關聯著陳大為自身的寫作，也就是反思或陳述詩的可能性（有時表現為所謂的「後設」）。這都是同一思路的自然延伸。然而單是如此並不夠，並不足於讓它們成為詩，必須伴隨著語詞自身的強化，這在〈治洪前書〉裡已有明顯的展現，常是對動詞的獨特運用，如「石頭**頓挫**起**浮腫**的音節／文字古老的形聲大量**醃製**水部的偏旁」之談漢字的起源，流水被石頭阻攔而激發出非同一般的音聲，從象形再轉化為大量的形聲字（包括治、洪這兩個字本身），「**浮腫**」、「**醃製**」都是非常生動的案例，也幾乎是這首因過度宣諭而失衡的〈治洪前書〉的靈魂，即是陳詩詩意的由來。從他一開始寫詩到得文學大獎，才不過短短三年，《治洪前書》精選了初涉詩事前五年的作品，可以看到他搜索枯腸的調度。《治洪前書》裡的詩，幾乎都有一個敘事的框架，取自神話、傳說；史籍、古典小說，確如陳鵬翔教授所言，「陳大為似乎天生就屬於愛說故事型的人。」[5]

作為陳大為詩之路的起點，〈治洪前書〉濃縮了陳大為詩的若干特徵，譬如戲劇化，用了七、八個不同的敘事觀點，河圖、神話、魚、禹、河伯、我、鯀、洛書，從不同觀點去評判、爭議大禹治水、勝者為王的傳統看法。集子中的〈招魂〉、〈堯典〉都是，但單一觀點的還是比較多。我在一九九六年的〈論陳大為治洪書〉也指出，「治洪」同時也可視為陳大為登場的野心宣告，是自我指涉的，它是陳大為的詩學宣言。作為方法，明確的說，那即是翻案、翻寫、重寫[6]。《治洪前書》裡的詩普遍都有那樣的特色，尤其是〈招魂〉、〈堯典〉諸篇，用不同的敘述立場，嘗試翻案。我也指出陳的詩路的一些可能的危機，如「語不驚人死不休」的修辭強化，

4 黃錦樹，〈論陳大為治洪書〉（一九九六），也即前述的「故事新編」。

5 陳慧樺為《再鴻門》寫的序，〈擅長敘事策略的詩人——論陳大為的詩集《治洪前書》和《再鴻門》〉，《再鴻門》，頁vii。

6 關於陳大為敘事詩的策略，張光達以「後設史觀、多重敘事、後歷史」概括之。見張光達〈臺灣敘事詩的兩種類型：「抒情敘事」與「後設史觀」——以八〇～九〇年代的羅智成、陳大為為例〉，《中國現代文學》十四期，二〇〇八年十二月，頁六一—八四。這篇文章也比較了陳大為與台灣前行代詩人敘事詩的差異。不過我對張對陳大為特性的論點持保留態度。

在嘗試活化動詞時，有時卻不見得拿捏得那麼好，時而浮現打油詩的感覺，如〈這是戰國〉的「黎明才有點干將，晌午已徹底魚腸；遠遠雲梯喚起地獄乳名。」[7]〈堯典〉：「文字很獸意象太禽」（頁四六），「將古代跋入星宿，把大篆序進甲骨。」（頁五〇）《靠近　羅摩衍那》以來就少見那樣的強硬操作了。但「再」的策略卻一直延續著，《再鴻門》裡的〈再鴻門〉、〈曹操〉、〈屈程式〉都是以議論推動的「再」，可以發現所敘之事受制於「議」。如〈曹操〉中「說書的秘方」一節所云：

> 全是英雄好漢的演義誰看？
> 沒有忠奸二分的歷史毫無票房
> 羅貫中的做法是飯碗使然；（頁四九）

與及「齊聚一堂」中的，

> 我的閱讀始於哥哥的連環圖
> 止於昨日才看完的裴氏注（頁五一）

這聲音主導著敘述，因此故事本身根本不是重點。雖然在為其第二本詩集《再鴻門》寫的跋裡，陳大為自陳：「我喜歡格局宏大、結構嚴謹、氣勢雄渾的史詩，或長篇敘事詩；我喜歡古老的事物，有歷史的色澤和思想的厚度。」[8]我們可以看到其實陳大為所謂的史詩和敘事詩，和我們一般理解的並不一樣，他的敘事詩不是蘇紹連、羅智成的那種，並不是企圖由語詞構築出一個由人物、場景、氣氛等構成的世界，讓讀者自己去判斷、體悟；而是由一個相當強勢的、理性的、很多意見的小知識份子主導著整個佈局，議論其實蓋過了故事。因此陳大為的詩一直有一種令人不安的清晰，有一種內在的獨斷的理性之光的曝照，一種不尋常的透明度。

從最早的〈治洪前書〉到晚近的〈山城移動〉，二十年過去了。陳大為的反思究竟走多遠，可能可以從詩人晚近在《巫術掌紋》裡的重新盤整來做一番評估。

「我的敦煌很醜，都是洞」

自第二本詩集《再鴻門》以來，陳大為的詩集編纂就採取了一個獨特的策略，新的詩集包含著——或者說折疊——前一本詩集的部分，《再鴻門》包含了《治洪前書》裡的〈堯典〉、〈治

7 《治洪前書》（台北：詩之華出版社，一九九四），頁五四。

8 《再鴻門》，頁一三七。

洪前書〉、〈尸毗王〉（均注明修訂版[9]）；第三本詩集《盡是魅影的城國》也有三篇出自《再鴻門》，即〈會館〉、〈茶樓〉、〈甲必丹〉；第四本詩集《靠近　羅摩衍那》看來是全新的；第五本詩集《巫術掌紋》最有趣，除了卷三的半卷〔垂天之羽翼〕及卷七、卷八及序曲、尾聲近三十首之外，卷〇收《治洪前書》五篇，《再鴻門》卷一除重複收自《治洪前書》之外的全部；《盡是魅影的城國》竟然整本收入！相較之下，《靠近　羅摩衍那》五卷收進三卷，這些重收的詩作均依主題重新整合編次。似乎可以說，《巫術掌紋》是陳大為二十二年間詩作的重整，這重整可以讓我們看到他對相關問題——尤其是歷史原鄉與詩——的思考。

關於史，約略可以分兩部份來談，一是中國史，也可以說是中文系這學科繼承而來的；另一是所謂的原鄉書寫，而且兩者都攸關陳大為對詩——什麼是詩？詩意如何可能——的認識。

《治洪前書》裡的〈再鴻門〉和〈風雲〉，是不同的案例。如果〈再鴻門〉議多於敘，那〈風雲〉則敘多於議。但題目取自著名香港漫畫〈風雲〉，重寫楚漢之爭敗後自覺無顏見江東父老，選擇不渡江寧可自刎的楚霸王項羽，筆調卻是高度武俠漫畫化的——或許因此沒收進《巫術掌紋》。這類題材在《巫術掌紋》裡被集中為卷一〔我們都讀過英雄〕的十七首，雖然這十七首不見得都是以敘事為主——如前所述，陳大為好在詩中針對歷史人物、歷史故事大發議論。而陳大為最鍾愛的歷史故事，無疑是《史記》的楚漢相爭（項羽）、《三國演義》（曹操）及現代詩人少有不愛的楚之謫臣屈原（〈招魂〉、〈屈程式〉）。

關於神州歷史，或者說關於中國文化的根源（中文系這學科的資源與負擔），如前所述，他偏愛揭露史書或傳世歷史故事的程式，不論是〈曹操〉裡的「全是英雄好漢的演義誰看？」，〈屈程式〉的「楚辭裡的屈原才是屈原／但文本裡的導讀磁場非常強大／自秦以來也只有一種讀法」；〈再鴻門〉「本紀是強悍的胎教定型了大腦／情節已在你閱歷裡硬化」因而「我要在你的預料外書寫」，「撬開野史鬆軟的夾層」（〈我們都讀過英雄〉），他的策略無非是立足於懷疑論，運用想像力，似乎是要讓「故事如野馬歧出古板的官道」（〈野故事〉）。但那只是宣諭，身為詩人，他往往意不在重述歷史（以野故事的路徑重述的，必然是演義小說），而是不斷告訴讀者史著或傳說有種種刻板程式，對它的勘破乃構成了詩。但這在一定程度上也是老生常談，說多了自身也會成為程式。其詩意的程式在《靠近　羅摩衍那》的卷一〈抽象中行走〉有相當集中的呈現。〈重新佈置的睡眠〉有幾行相當具有概括性：

從情節抽離了故事
從命運抽離了生平

---

9 我稍微比對一下，修訂的主要是標點符號部份，從散文詩體改成分行體，及極少量的文字更動，如〈堯典〉「天地完成首次線裝」改成「天地完成首次**嚴謹的**線裝」；〈治洪前書〉「**然後**文字古老的形聲醃製水部的偏旁」的「然後」被刪掉了；〈尸毗王〉「忠忠實實地再版**一本**佛典最得意的情節。百緣經如是說。」改為「忠忠實實地再版佛典最得意的情節，百緣經如是說。」（頁八六）。

是不邏輯的
可我務必如此
本末倒置
之後　才看到不一樣的世界（頁二八）

以反邏輯的方式來操作與呈現，方能出奇致勝，產生驚奇感。所以那樣的敘事其實是反敘事——關切的並非故事本身，更別說歷史——如前所述，陳大為感興趣的歷史是野史化、傳奇化的，他的思辨也並非歷史哲學層面的思考，而是倒讀的趣味，那樣的趣味有種青少年的陽光與青稚，但因沉不下來而不易深刻。

而《巫術掌紋》卷一〈我們都讀過英雄〉的最後一首〈我的敦煌〉是很好的例證，也許充份暴露了這種「詩史」本身的窘境——它的自我否定。

以下摘錄若干句子：

我的敦煌很醜／都是洞／都是你不感興趣的老內容／（下略）

某人寫實念頭讓我虛幻的敦煌／有了／栩栩如生的藉口／蜃樓被印證成千年的城
駱駝　被譽為文明之一種／（中略）／我試圖為我的敦煌／草擬一個義不容辭的主題／替你

的眼睛／配上跋涉萬里的器具／交代一些老朽的事物　和星圖／讓你有一條似是而非的絲路
不曾到過敦煌的我／在台北述說／十分宏偉卻有待顯微的廢話／駱駝和沙暴　掩護我不知
所云的嘴型／好些被大膽冒用的譬喻／跑出來　喊冤／沒被貼切寫中的詞
到別處／經營他們所剩無幾的意涵／我很醜的敦煌／遂長滿了歧義的灌木／一朵閒雲　突
然成了隋朝的隱喻／一隻腳印　榮升為唐僧的聖蹟

我沒有到過的敦煌／在測試／可能也沒有到過敦煌的你／你提起王圓籙　伯希和
聽過　但我不認識／反正學者和車隊就這麼來來回回／奔波了百年／佛好累／飛天都坐下
來小睡／我的敦煌坑坑洞洞　還是很醜

這首發表於二〇〇〇年的詩講的似是寫作敦煌之不可能——也沒必要——對一個「沒有到過的敦煌」的人而言，敦煌的傳奇建立於他人的記述與浪漫的想像。但整首詩訴說的是，那樣的敦煌寫作之無謂。這是一種否定式的寫作，而它達致的效果就是「坑坑洞洞」，很醜。這樣的否定和不可能，是否也暗示了對陳大為而言，史詩是不可能的，因為「我沒有到過的敦煌」，從閱讀者的立場來看，所有的文本、所有的記述，都可能找到漏洞，就像「我的敦煌」，總是「坑坑洞洞」。想像力如果不是用於填補、演繹，而是著力於尋找縫隙，那史詩就是不可能的。

那對陳大為而言，他所謂的「史詩」究竟是什麼？一種積木遊戲？

「我嘗試培植一些鮮嫩的註疏」[10]

陳大為「史詩」的另一種型態，或者比較合理的面向且是「有經驗依據的」，那即是陳大為的「原鄉書寫」[11]、南洋書寫，陳大為一度稱之為「南洋史詩」者。

「南洋史詩」是《盡是魅影的城國》最長的一個系列，分成「外篇」、「序曲」、「內篇」。這系列被原原本本搬進《巫術掌紋》的卷四，改題〈我出沒的籍貫〉。在這系列中，〈會館〉是他一再提及的「南洋史詩」的開端，從這首詩也許可以看出陳大為「南洋史詩」的基本策略。簡而言之，就是「避重就輕」。它的本事涉及沉重的歷史，諸如鴉片戰爭，豬仔下南洋；幫派械鬥，方言群與宗親認同，種植園或礦場裡的苦熬等等。地緣與血緣認同直接構成「僑界三寶」之一的會館的肇建，它是華人共同體的早期建制，它的基礎功能在庇護同鄉，讓他們在異鄉可以互相扶助。

《盡是魅影的城國》的外篇三篇中，在〈會館〉裡，那樣的華人史在曾祖父的醉意裡睡去，傳到父親那代已是南獅、麻將、燒豬，而到了「我」這一代，大堂上「每一張遺照都像極了霍元甲」（武俠電影中的人物），「會館瘦成三行蟹行的馬來文地址……」，它在衰敗。〈茶樓〉的敘述策略類似，從堂皇的匾額到走向現代中的沒落（「肯德基與麥當勞是瓜分食慾的暴龍」），

〈甲必丹〉寫吉隆坡的開埠功臣葉亞來，除了歷史課本裡眾所週知的細節外，還回馬一槍，「歷史自有一套刀章，削出大家叫好的甲必丹」。這三篇篇幅並不大，也可以看出陳大為可能對敘事本身——不論是史事還是它的瘋狂變種——其實不是那麼感興趣[12]。

序曲〈在南洋〉一樣用輕的策略，以其歷史欠缺，「在南洋　歷史餓得瘦瘦的野地方」，「務必啟動**史詩的臼齒**／方能咀嚼半筋半肉的意象叢／出動**詩的箭簇**　追捕鼠鹿／和一閃而過的珍貴念頭」，「**我的史識**／將隨那巨蟒沒入歷史棕色的腹部／隨那鷹　剪裁天空百年的寂靜」（粗體字為引者著重），「史詩的臼齒」大概指分判篩選有用細節的能力；箇中史識究是怎麼一回事，在以模糊為能事的意象語言中，根本就看不出來，必須檢視後續的操作。

依順序，第一首〈我出沒的籍貫〉從「我」的籍貫（廣西桂林）、我的身份（外僑、粵語）寫起，取徑是自傳式的、家族史式的；〈別讓海螺吹瘦〉寫太平天國動亂後，饑餓，造反，廣西

---

10 〈甲必丹〉，頁一七四。

11 「原鄉書寫」是陳大為自己的用語，〈巫術掌紋〉，頁五。

12 陳大為的題材往往經幾度重寫，往返於散文與詩，〈會館〉、〈茶樓〉是箇中最顯著的例子。就效果而言，兩首同題詩實不如散文之肌理較為豐富（散文〈會館〉、〈茶樓消瘦〉），雖然散文的「內容」竟然亦步亦趨的跟著詩。陳大為，散文見《流動的身世》（台北：九歌出版社，一九九九），《木部十二劃》（九歌，二〇一二）。會館是南洋華人社會組織中非常重要的建制，是華人兩種最原始的情感（地緣與血緣的）維繫的關鍵，最早的華文教育（方言私塾）也多肇始於會館廟宇。大馬會館的概略性敘述見吳華，《馬來西亞華族會館史略》，新加坡：東南亞研究所，一九八〇。

子孫流散至「南方的南方」，投身錫礦業；〈暴雨將至〉寫拿律事件，廣東廣西子弟方言群械鬥，「方言卯上方言」、「百來字的史實　奉為華校必讀的版本」，斯地錫產豐富，斯時橡膠業肇始，這兩篇都算是鋪陳歷史背景。

接著〈歲在乙巳〉，敘事裡的爺爺誕生、在族譜登錄名字，他也是云云「下南洋」大批華工的一員。這個爺爺因何南下，「南洋史詩」的說書人沒有多著墨，只以「我注定　錯失許多還原不了的秘密」帶過去，讓我們一窺「我史」的坑洞。〈整個夏季，在河濱〉仍徘徊在上一首的坑洞裡，以省略的方式——似乎沒用牙齒——咀嚼那沒有答案的答案，「但我沒有用詩來後設讀者的詰問／或大肆解構　搖晃的史實。」總之南下已是事實。〈在詩的前線行走〉以幾個接續的史詩之臼齒嚼出的意象，快速帶過「詩人從不問津的殖民史」，「歷史玩過了葡屬與荷屬的遊戲／送出了洋總督　又來了東印度公司」。麒麟（神州）交替為鼠鹿（南洋在地），以鱔魚、山豬、人猿等意象帶過爺爺起家的曖昧事跡[13]，安家落戶、割膠維生，父親誕生，而「膠林木訥　沒水又沒電」，單調而無可記述。

其後，〈八月，最後一天〉一九五七年八月三十一日，馬來亞獨立建國，華人的國家認同面臨抉擇；「冒出兩個祖國兩位國父　在拉鋸」，「父親渾然不覺地踏過／一條黃泥鋪設的國族小徑」，南洋也已不再南洋，成了家國。「爺爺的唐山早已氧化成共產黨」，「可他從不提起那次排華的事／『五一三』只是心有餘悸的惡數字／我則不願重謄／被小說　活活寫爛的小馬共」。從這幾句，也可以看出詩人對自己及家人身世背後的歷史沒有什麼深入探究的興趣。這樣的敘事語態是「別再提起」式的，更別說是經由敘事去逼近官方說法與民間成見背後的可能的真實——詩的真理。五一三如此，馬共如此，祖父輩生活的膠林，上輩賴以為生的錫礦均淡淡帶過，足不履地，輕飄飄的。至於那「詩人從不問津的殖民史」更不用說了。難道這就是他自詡遊於蟒、揚於鷹的史識[14]？

這樣的歷史敘述其實欠缺歷史的深度，也很難說有什麼史識。這種恣態還是青少年式的——

13 詩中有這麼一句：「膠刀自雨林最寫實的位置醒來」的敘述應該是錯的，橡膠林已不是雨林，膠刀不會「自雨林最寫實的位置醒來」，膠林已是完全人工化的種植園。「最寫實的位置」在這裡可說是對詩自身尖銳的反諷，很不寫實。〈會館〉裡也有一句「膠刀將樹桐割成三十三度的平衡」也是有語病，「樹桐」指被砍伐下來切割成段的樹幹，這裡應做「樹幹」。「三十三度的平衡」也嫌太刻意，三十至四十的傾斜度應該都可以。

14 許維賢也有過一番批評，見許氏〈在尋覓中的失蹤的（馬來西亞）人——「南洋圖像」與留臺作家的主體建構〉，收入吳耀宗編，《當代文學與人文生態》，台北：萬卷樓圖書公司，二〇〇三。然而張光達說陳的〈南洋史詩〉的特色是：「大寫的南洋歷史也開始動搖崩解，而釋放出那些長久以來被壓抑的多重差異的聲音，改寫了我們習以為常的南洋刻板印象，抗拒了任何企圖將南洋定位為一封閉單一的文化想像與歷史認同。」未免誇大其詞。見氏著〈論陳大為的南洋史詩與敘事策略〉，《中國現代文學》八期，二〇〇五年十二月，頁一七七（頁一六七—一八八）。張的辯護方向是後現代、後歷史、小歷史、多元歷史——這是典型的當代主流論述，但張把論述推到「所有的認同（文化、身份、歷史、主體）基本上來說都是誤識（misrecognition），並不存在一個本質不變的『歷史主體』。」（頁一八二）來為一種虛無主義（一切都是相對的，反對任何核心）辯護，卻步入危險的水域，暴露了自身的盲目。但或許也同時暴露了陳大為本身的「哲學的貧困」——後設就只是後設，翻案就只是翻案，重寫就只是重寫，沒有更深的關懷。

如果不說是孩童式的話。

於是五一三種族衝突的那年（那可是大馬種族政治的分水嶺），繁體的陳大為降生（其實馬來西亞還未跟著中共通行簡體字）。最後兩首，〈簡寫的陳大為〉寫大馬華文文化的退化和詩人立誓「我保證／不會讓南洋久等」及〈在台北〉的「在台北　我註冊了南洋」，這倒相當準確的道出「南洋史詩」的場域位置。

心態上一向瞧不起東南亞的台灣讀者最厭煩於來自熱帶南來的華文文學給他們閱讀上帶來背景負擔，「南洋史詩」這樣的訴說策略恰好讓歷史背景變輕，「不願重謄」，「從不提起」，「膠林木訥」——策略一如王潤華的《南洋鄉土記》，都以趣味見長。反正台灣讀者也不會對那陌生的「背景」感興趣。陳大為多次反覆提及，故鄉馬來西亞對他而言不過是那從小生活其間的小小的怡保，他的興趣從未嘗試超越他的童年視域。同樣的問題也出現在「南洋」這名詞上。「南洋」這漢語稱謂是殖民分割疆域「東南亞」之前的舊稱，十九世紀中國移民「下南洋」（對比於「闖關東」），逃離故土是尋找希望。「南洋」銘刻了一種過時的陌生性，也難怪會遭受同鄉晚輩國族立場的批評。真正的問題或許在於，如其言，「偌大個馬來西亞只有怡保是我關心的地方，其次是住著大量親戚的吉隆坡。」[15]或者，

> 南洋是一個龐大、湮遠的華人移民史，所有壯烈或迷人的章節，都跟我沒有直接的關係，我頂多是個遲到的說書人。怡保卻是真實的存在，是我全部家園情感的根據地，馬來西亞比

> 較是一個名詞，或者較方便定位自己的國籍身分。[16]
>
> 離鄉二十年，馬來西亞這名詞所蘊含的內容日漸萎縮，怡保則日益強大，很多時候，怡保悄悄佔據了馬來西亞的版圖，國家變成家國。但我對地誌學或文化地理學層次的怡保並不感興趣，我只在意我自己的怡保。[17]

雖然這些回顧性的文字都寫於「南洋史詩」完成多年以後，但仍可以看出陳大為其實是個沒什麼歷史感的詩人——即便早已過了二十五歲的艾略特警誡線。他的興趣只在故鄉，僅限於個人情感的記憶，堅持國籍但似乎沒有興致去探求它的意義；在那樣的情況下，馬來西亞是個空洞的符號，「南洋」更不待言。從這樣的心態出發，「南洋史詩」如何可能？

聚焦於那樣小的關懷，從故鄉的井看天空，「南洋」豈不泰半都是空的——也難怪其南洋史詩只能以個人家族史來做概括。經驗的侷限，聞見的侷限，愛的侷限，讓陳大為的南洋史詩，沒

15 《巫術掌紋》，頁七。

16 見其為其散文選《木部十二劃》（台北：九歌出版社，二〇一二）寫的序〈歲月〉，頁四。

17 〈歲月〉，頁六。

有任何靈魂深處的顫動[18]。那樣的史不止乏力，也稱不上美，且難免「都是洞」[19]。

另一方面，從這些「南洋史詩」來看，這裡的「史詩」顯然和西洋文學裡史詩（epic）的經典界定是相當不同的。既不是集體書寫的英雄史詩、民間史詩，也不像是個人創作的文學史詩。據艾布拉姆斯（Mayer Howard Abrams）的《文學術語詞典》，文學史詩具有以下特徵（略舉數項）：「(1)主人公是一個民族乃至宇宙中舉足輕重的偉大人物。」「(2)史詩具有非常廣闊的空間背景，其範圍可以是整個世界甚或更大。」「(3)史詩中描寫的戰爭是一些超乎凡人的行為，……或者描寫英雄經歷的漫漫險途……。（四，五可略）」[20]那「南洋史詩」究竟在什麼意義上可以稱之為史詩呢？說史詩太沉重，依傳統中國詩學分類，其實它勉強可以歸類於詠史／詠懷詩。

少量的、省略的敘事，佐以論議和感嘆。沒有認真的悲傷，只有孩子氣的快樂。

十多年後，《巫術掌紋》重收時以〈我出沒的籍貫〉來統領，而以〈我的南洋〉重新命名〈南洋史詩〉，是比較謙卑也比較名副其實的。「南洋」於他，或許只不過是個異國情調的舞台。這多少也反映了陳大為「原鄉書寫」本身的困難——他希望把故鄉帶去哪裡[21]？在其〈越來越清晰的地理〉曾提出「在某些作家手裡，說不定原鄉書寫只是純粹的寫作策略」，「我喜歡單純的原鄉書寫。原鄉書寫的動機越單純，越能夠看見清晰的地理。」（《明報月刊》二〇一二年二月，頁五九—六〇）

單純，純粹，透明，都與歷史的稠密、陰暗、晦澀對立。

「我換上一套土匪的北腔來寫內心的南方」

a.「生活是江郎才盡的賀年卡」

《靠近　羅摩衍那》二〇〇五年出版之後，到二〇一四年的《巫術掌紋》，陳大為多年沒有詩集出版。《巫術掌紋》裡的新作僅二十多首，也就是說那將近十年間，陳大為的詩作明顯減少了。《巫術掌紋》的卷七〔銀城舊事〕是最晚近的作品。那是對同書卷五〔口袋裡的鄉音〕、卷六〔殖民者的城池〕（均收自《靠近　羅摩衍那》）的重寫，那是陳的原鄉書寫，但集中於對逝者的傷悼（他說，那是「我的錄鬼簿」，他說，見〈站滿禁衛軍〉）——但其實這些詩並不悲

18 詹閔旭（二〇一五，頁四九—五〇）指出，陳大為自己頗為珍視的〈茶樓〉及〈甲必丹〉其實都是台灣大文學獎的落選遺珠。詹的分析與論文腳註中引述的審查意見似乎都沒弄清楚，在台灣的大文學獎裡，「南洋因素」一向是負擔而不是加分。台灣的專業讀者有時甚至覺得那是一種冒犯（因為看不透那昏暗的背景），或挑釁。這多少可以解釋陳大為「南洋史詩」為什麼採取那樣的策略——輕化歷史——雖然在大文學獎裡還是被拒絕，其後的台北文學年金則頗有斬獲。

19 江弱水的辯護策略近於張光達（套用新歷史主義），但更浮淺。見其〈歷史大隱隱於詩〉，《讀書》第一期，二〇〇六。

20 《文學術語詞典》（北京大學出版社，二〇〇九），頁一五五。

21 陳大為，〈越來越清晰的地理〉。

傷，作者的語調仍舊輕快、風格仍主知性，與亡者嬉戲，用的是一貫的「頑童體」，孩童視角（陳詩常採用的視角），主趣，有的篇章是相當精巧的抒情詩。但這不斷回返的意義何在？一如怡保之置換為銀城，是為了更靠近小說一些[22]？

「你終將走入我的銀城舊事／成為樹下乘涼久久不敢散去的椅子」（〈舊事裡行走〉）；「樹下活活站著外公被傳抄成五個版本的幽靈」（〈隱隱有人〉）；「老爺在棺材裡」，因「一切只是故事」，「我據此寫下／童稚　卻無所不知的筆記」（〈陰間的動詞〉）；「我們願意／慎終追遠　但謝絕鬼魅」（〈螺旋狀的哀傷〉）；「外公點點頭／就隨鶴走了。」駕鶴西鶴，「留下廣場　和多邊形的空洞」（〈隨鶴走了〉）；「他們期待誇張的身世」，「我獨自在散文中央帶　虛構的雨」（〈比謠言輕〉）。

陳的故鄉錫埠在這組詩裡化名為銀城，不是吉陵，沒有春秋，只有〈終年不絕的夏天〉。但《巫術掌紋》最後一卷〔山城移動〕第二部分〈拉爾哈特〉，是陳大為小規模的《吉陵春秋》了嗎？

一九九九年羅智成在為陳大為《流動的身世》寫的序〈憧憬〉裡曾期許陳「可以在（童年記憶＋神鬼想像＋宏觀的大馬時空背景）的組合公式中，激發出一部像李永平的《吉陵春秋》的巔峰作品」[23]。《吉陵春秋》是那一代台灣讀者能想像的熱帶華文文學能走到最遠的樣態。它有幾個值得注意的特徵：一、它以純正中文展現；二、它的世界彷彿是純粹、自足的「文學世界」，適合做新批評式的分析，箇中套疊著文學命題；相應的，三、不會讓讀者閱讀時產生「背景負擔」。它不挑戰讀者的現成視域。但傳聞中千餘行的〈拉爾哈特〉全璧未見，《巫術掌紋》只呈現了四首，以便「完整呈現一條從遠古中國神話到赤道原鄉的回家之路，以及多重血緣的敘事詩成長史。」（頁七）「詩人的生命紀錄。」

至於「我換上一套土匪的北腔來寫內心的南方」的〈南蠻〉四首，以武俠小說的口吻、江湖詞彙，講的還是寫詩這回事本身，敘事的主人公是蘊藏作者。以「俺的夢」、「俺的馬隊」喻做詩，「特愛編制一隊又一隊的死忠馬賊」，「吃刀拔酒　越人殺貨」[24]，「帶上風格鮮明且不必分析的器械」（〈坐北朝南〉）；詩界被喻為江湖，從「空無一卷的大文盲書櫃」出發，不像那些「坐困山城」的沒野心的鄉巴佬南蠻同鄉，敘事者有「視死如歸」、上京逐鹿的雄心（〈一流山城〉）。馬華地方風土被貶抑為「不外乎老少咸宜的幾個降頭主題」，我們的詩人當然是不一樣的，南方的巫術裡偷渡北方的魔法，「俺的刀　極其繁複極其迂迴地召喚出北方」（〈極其迂迴〉）；終於可以「在詩歌壇城的亮處　放心熟睡」（〈天下無雙〉），志得意滿，溢於言表。

---

22 《靠近　羅摩衍那》（系列五：殖民者的城池）的九首詩，收進大陸版自選集《方言五里的聽覺》（山東文藝出版社，二〇〇七）即被還原為（怡保第十二）。大為閱後告知，怡保舊稱銀城。

23 《流動的身世》（台北：九歌出版社，一九九九），頁一四。

24 「越人殺貨」，是反諷嗎？

b.「我用瘦弱的滾木搬運巨大的詞」

〈巫術掌紋〉談這組新作，「我在狂想的沙暴中建構了一座古伊斯蘭世界的孤城，把原鄉的感覺從真實的土壤抽出來，注了進去，成了一種半虛構體的地誌學。」（頁七）這不就是小說的一貫作風嗎？《吉陵春秋》不過是著名的例子之一。那只有馬來文地名的故鄉[25]被詩人重新命名為拉爾哈特，「聽起來有點阿拉伯的味道，聽覺裡滿是風沙。」（頁六）這可能是陳大為最接近小說的時刻。然而這「原鄉詩路的終點」究竟呈現了什麼呢？收進《巫術掌紋》的這幾首，看來依然是自我指涉，後設，論在這些詩裡詩意如何構成，這些詩自身的可能性。

「我準備在此遭遇比伊斯蘭早熟兩倍的／詩人　與真神平等」（〈比伊斯蘭〉），似乎欲一探詩人和先知，詩和宗教聖言共同的根源，但隱喻和隱喻在不斷置換，看不到形上的意趣。緊接著的〈掘地三尺〉又變得明朗清晰，「我離地三尺的寫作／你掘地三尺的閱讀　交易了孤城內部／保守的鵝卵石　附帶交易了／寫實派的狠句子」，被錯誤的閱讀認出「混種的野漢語」，而這首後半的篇幅都在訴說，那弄錯方向的讀者，即便用上最新最先進的搜索工具，也找不到拉爾哈特。下一首告訴我，「拉爾哈特　亦是叛軍的」、「我們將發動一場聖戰　應該是精裝版」（〈是叛軍的〉）。是怎樣的聖戰呢？我們並不知道，只隱約有刀有馬有皮靴，閃電，風雨，行軍，反骨，但似乎都在企圖解釋那咒語般的詞拉爾哈特；那所指不明，甚至還異常空洞的能指，它需要重新裝載，重新賦義，重新格式化；但作者在前引序裡又迫不及待的告訴我們它原初的身世，馬來文名的故鄉小鎮。翻譯時如果不循一般的音譯方式——約定俗成的能指相近的漢字，當然有其他選擇，在同音詞之軸上不斷滾動，直到被喊停，但拉爾哈特也可視為一次喊停。

此後　你的脈象隨那台下的分泌移轉
如樁入地　或源起於音譯
逐句逐句偏離的地理

——〈雄渾的銅〉

這「或源起於音譯」的拉爾哈特，我偶然翻閱一本英文的怡保地誌書，一位印度裔馬來西亞人回憶他生長的地方Lahat，後來被稱做小印度（little India）者[26]，大概就是陳大為自《靠近　羅摩衍那》以來再三致意的外祖母家所在的聚落了。

25 馬來半島很多地名的原名都是馬來文名，中文名不過是音譯，包括首都吉隆坡，kuala lumpur馬來文字面義是爛泥河口。

26 M. S. Manogaran aka Mano Maniam, "From Stage Struck to Player" Commander Ian Anderson Edit, *Ipoh, My Home Town: Reminiscences of Growing Up in Ipoh in Pictures and Words*, Media Masters Publishing Sdn. Bhd. Sept. 2011. pp19-22. 這本書收集了不同民族、不同世代的怡保住民的回憶，相當豐富有趣，地域與歷史視野的開闊性遠不是陳大為的「南洋史詩」所能比擬的。此書展現的恰是陳大為不太當一回事的集體回憶與地誌書寫的力量。

這故事彷彿開始了，但其實還沒開始。但它又好像快結束了。我們雖然還看不到它完全展開的樣子，但可以想像它捲起來的樣子。敘事不是用於探討故事之外的某種事情——不論是形上意趣——哲學命題（愛，倫理，時間，命運，……）歷史（歷史哲學層面的思索），而老是關心詩自身、寫作本身，它就會是一種預先閉合的寫作。詞因膨脹而變得巨大，但思辨或情感的滾木卻依然瘦弱，那就會造成某種失衡，就像〔銀城舊事〕那個依然童稚依然青春的聲音和視角，〈拉爾哈特〉也依然是某種孩童似的抓迷藏，自稱遲到的說書人換一襲服裝重述一趟自身的詩的精神之旅，從原鄉到中原再回到原鄉，符號改易了，武俠傳奇的氣味依然。

陳大為追尋的又不是純詩，或純境（如楊際光），那剩下的會是什麼？否定？但否定也要有哲學根基，從大為的詩也看不到對否定本身的思考。如果說他的詩和羅智成最大的差別之一是欠缺哲學意趣，那並不是如論者所言的是其長處。過了三十歲以後，棘手的問題就會慢慢浮現。是不是因為信仰台式的後現代主義，讓他著迷於表面，輕，小，虛無，以致走一條煙一般的詩路？不論如何，當剔除一切之後，它剩下的一定是某種純粹。但它剩下的也許只是語詞本身。拉爾哈特也許就是它的名字。那是個有著浮腫音節的巨大的小詞，因為洪水退後，洪水帶來的某些東西（譬如：石頭和漂流木）還是固執的留了下來。或許因為，畢竟，「滿懷憧憬的韻母起義了措詞」。

身為同代人，其實我倒希望他更現代主義一點。追蹤他漫長的詩路上的足跡，思考他尋找詩意的方式，總覺得有幾分可惜。受時代詩風影響過深，即便不乏炫麗的技巧，陳大為的詩始終欠缺一種真正的深刻。也許這和他對情詩的有意保持距離有某種內在的聯繫？那大量詩作中的隱藏作者，是個孩子，頂多發育到青少年，還未至哀樂中年；這或許源於陳大為在生活上畢竟是個幸運兒，命運沒有給他什麼考驗，因此，其詩無怨。如果把那詩中內在的敘事串聯起來，做一種成長小說式的閱讀，可以發現那個尋找詩意、發明詩意的少年，其實還沒走到生命中驚醒的一刻。在成長小說裡，那往往是悲劇的一刻。經歷了某種幻滅，或許生命將回饋另一種詩意。

二〇一五年四月八日初稿
二〇一五年五月十九日補

「馬華文學的背後有個民國的影子」
——試論馬華文學的「民國」向度

雪人在世界的屋脊上拾到
鵬的遺羽。當黃河改道
乾河床上赫然有麒麟的足印
五百年過去後還有五百年
噴射雲中飛不出一隻鳳凰

龍被證實為一種看雲的爬蟲
表弟們，據說我們是射日的部落
有重瞳的酋長，有彩眉的酋長
有馬喙的酋長，卵生的酋長
不信你可以去問彭祖

彭祖看不清倉頡的手稿
去問老子，老子在道德經裡直霎眼睛
去問杞人，杞人躲在防空洞裡
拒絕接受記者的訪問
早該把古中國捐給大英博物館

——余光中，〈鼎湖的神話〉[1]

名士在麻將桌上，英雄在武俠小說裡。

——〈多峰駝上〉[2]

本文為本人科技部計畫「馬華文學與民國」108-2410-H-260-029研究成果。初稿宣讀於「馬華文學，亞際文化與思想」研討會，高雄：國立中山大學人文研究中心，二〇一九年十月十八—十九日。

1 余光中，〈天狼星〉，氏著《天狼星》（台北：洪範書店，一九八七年七版），頁八九—九〇。

2 同前，頁四八。

前言

在最近的一篇論文[3]裡，我曾指出，中國大陸學界明顯的政治駕馭學術的中國現代文學（一九一七—一九四九）／當代文學（一九四九迄今）之區分，其實蘊含了兩種民族國家文學，前者被視為已完結的中華民國之國家文學，只有短短三十二年；後者迄今已七十年，這個「當代」，甚至可能會延續數百年。這樣的區分在學術上當然是非常離譜的，雖然它有意識型態上的合理性。對於並非身在中國大陸學術體制內的學者當然應該質疑、挑戰它[4]，因為它會妨礙思考。

如果我們以馬華文學為出發點，跳過中華人民共和國，可以看到均對馬華文學有重大影響的兩個階段的民國——一九四九前的大民國，一九四九後的小民國。眾所週知，孫中山肇建民國的過程中曾大量動員海外華僑，從香港、越南、緬甸迄星馬、美國，「華僑為革命之母」並非空洞的口號，而是有史實根據的。星洲之晚晴園作為南洋的根據地，及檳城的「裕榮莊」及所謂的「庇能會議」的革命籌劃[5]，南洋華人的大量捐款[6]，甚至捨命廣州，都斑斑可考。這是星馬華人和民國的起源關係，那關係是歷史的，尤其是華人史，和馬華文學的關係並不大[7]。

一九四九以後，當然就是「中華民國在台灣」這冷戰格局裡倖存的政權，因僑教政策而催生了另一支馬華文學——無國籍華文文學。

本文嘗試在翻轉莊華興「民國遺址」論的前提下，認真的思考中華民國和馬華文學的關係。一方面還原過往「中國影響論」中刻意含糊帶過去的中華民國／中華人民共和國之間的差異。正視民國及其流亡者在星馬企圖建構一個海外的中華文化中心（透過華文教育、華文報及華文文學），及五〇年代在台灣重啟的僑教政策對非左翼的馬華文學的孵育，進而申論國共之爭另一種形式的延長賽，如何決定當代馬華文學的價值觀和審美意趣。在這樣的大背景下，重新理解所謂的「馬華文藝的獨特性」意味著什麼，「文學性」又意味著什麼。

民國遺址？

幾年前，莊華興突發奇想，發明了「民國遺址」論，指的是一九五六年後，接受美國新聞處

3 〈華文文學——作為一種民族國家文學？〉，收入本書。

4 關於民國文學，近年張堂錡等頗費了番功夫重新建構這對人民共和國而言相當敏感的名稱。王德威等編的《哈佛新編中國現代文學史》更全面突破這離譜的區分、區隔。

5 見張少寬，《孫中山與庇能會議》。

6 陳直夫編的《華僑與中國革命運動》一書的第四章「僑胞發動的歷次起義」，列出從廣州起義到武昌起義的十次起義，華僑無役不與，承擔了大部份費用。

7 即便我們想超出新文學視野來談馬華文學，慣常追溯至的黃遵憲、康有為並不屬民國陣營，人家可是維新保皇派。

資助，從香港南下馬來半島，創辦《蕉風》，倡導馬來亞化的純文學，其後更延伸向教科書市場的友聯出版社的文化活動。用莊華興的原話：

香港友聯旋于一九五四年在新加坡設立分部，出版中文出版物和文學雜誌，民國文學終於在海外建立起基地。它在馬華文學發展過程中的五〇年代中期至六〇年代末期，構築了一道奇特的文學風景，本人把它稱為「馬華（民國）文學」。

馬華身後有一個民國的影子。在五〇、六〇年代紛擾的時代背景中，它隱身並主導馬華文學的文教發展約二十年，也為現代主義登陸馬華文壇扮演著導航的角色。[8]

莊華興把一九四九以後因不認同中共政權而移居香港的文化人所代表的文化、政治理想都貼上「民國」標籤，那他們在冷戰的年代銜命南下所從事的文教活動，自然就是「馬華（民國）文學」。雖然華興把它限縮在一九五〇—一九七〇年的二十年間，把它視為「遺址」。但他可能沒有意識到，依這樣的論述邏輯，包括南洋大學、獨中、華小、甚至華文報在內的種種，都可說是「民國遺址」，它們的建立甚至和民國政府有直接或間接的關係。譬如五〇年代後成立的，不論南洋大學還是馬來亞大學的中文系；一直到近年，華校教科書和師資培育，都和偏安台灣的國民政府的教育部和僑委會還有直接的關係[9]。依那樣的邏輯，甚至是整個的近代華人文化，都可以說是一種民國——華人作為近代的產物，從民國的創始，到民國的國運在大陸終結，短短四十年間，從作為「革命之母」被動員，到為抗戰捐款、作為南僑機工為「祖國」犧牲。那華興沒算進去的四十年間的華人文化，依其邏輯，當然也是非常的「民國」——排除了毛主義，峇峇文化，及佛道儒之類有限的傳統文化。

如果認真思考整個南洋華人近代以華語—華文為重心的文化之形成，確實可以重新把「馬華身後有一個民國的影子」當成一個值得思考的問題。自晚清以來，文學的生產和流佈都相當依賴新興印刷媒體，民國肇建後，國語之發明，現代普及化之國語文教育、白話文寫作之大力推行，

8 莊華興，〈戰後馬華（民國）文學遺址再勘察〉，《當今大馬》，二〇一五年六月二日，https://www.malaysiakini.com/columns/300401。華興的論述相當魯莽，充斥著邏輯謬誤，但相當有想像力。當然的預設了左翼文學是更具正當性的，也假設它們更能「反映現實」、更具抵抗性——相較於被他指控為冷戰意識型態的「為文學的文學」。那樣的預設當然是站不住腳的——不過是反映了冷戰意識型態的另一面。中共統治下對文學的嚴密控制是最好的例證，尤其一九五〇年迄文革結束的一九七七年那十七年間，文學只能呼應官方宣傳。詳細的狀況可參考《紅潮》一書。另一方面，他也把「民國」單一化了。把反共、自由主義、復興傳統中華文化、為文學而文學等揉和為他想像的民國特性，而發明了「民國遺址」。其實，中國共產黨成立於民國十年，如果不把民國和國民政府劃上等號，我們可以說，有反共的民國，也有容共的；有擁護傳統文化的，也有主張全盤西化的；魯迅、郁達夫、徐志摩，都是民國的不同風景。而如此單一化「民國」，只能說是論述的需要。偏見所致，冷戰思維，不能太當真。

9 教科書近年已委大陸編纂。

現代文學範本的出現，此後一直是馬華文學不知疲倦的模仿對象。新式教育栽培起來的文人之大量南下，之為馬華文學創始世代的寫作者。甚至整個華文教育，都是仿照中華民國創建的，都可說是民國遺產。即便箇中左派，也是民國產物。人民共和國的極權主義容不下任何質疑的聲音，更別說組織。

華人史的專家業已論證，近代早期的南洋華校基本上是方言學校，華人的群體劃分以方言群為主，它實體化為方言會館（或兼具宗祠，信仰〔廟宇〕，職業功能）。戊戌政變後康有為等保皇派流亡海外，為推廣維新運動而考量用官話作為共同語來超越方言群間的隔閡。之後的革命派在朝向建立中國現代民族國家的過程中，一樣必須以共同語來超越方言隔閡。那既具體化於新式小學（及後來的初中、高中）[10]中，也具體化於報刊雜誌（Benedict Anderson所言的「印刷資本主義」），但最關鍵的還是中華民國肇建後隨之而來的新文化運動，作為現代民族國家之中華民國的國語、國文之創建，作為一種世俗化的形式，降低了學習門檻，且易於流佈。這一民國的自我認同機制，到了南洋之後，成為華人的自我認同機制，一種現代的、前所未有的（相異於祖籍、方言）機制，華校便是那樣的再生產機制，即便在東南亞諸國獨立後，在華人被迫選擇在地國籍後（一九五五年萬隆會議後）。這也是華文文學成立的意識型態背景。即便三〇年代以後主導馬華文學的是左翼的革命文學思潮，那也是民國的產物。可說是民國自我意識之分裂，分裂出一個激進的「自我」作為他者，也幾乎毀滅了它。一九一九—一九四九年的三十年間，說殖民地星馬華人之現代文化生產，那「馬華身後有一個民國的影子」應非虛言。這問題過往都用「中國影響論」籠統帶過去[11]，沒有進一步追問：是哪一個中國？當中華人民共和國收編了民國左翼，並自居為「一個中國」的當然代表之後，民國當然更理所當然的被棄之如敝屣。

我們也容易忽略，一九三八年南下星加坡的郁達夫，是相當有代表性的民國作家。南下後，集中心力為抗戰做宣傳而撰寫了大量政論，企圖捍衛的，不就是那個存亡已深受日軍威脅的中華民國？郁達夫的小說，即便在他活著的年代對馬華文學有影響（這影響也不宜高估，郁達夫南下時已是革命文學的年代，〈幾個問題〉即是答覆左翼青年的），也早已煙消雲散。他沒有活到中共建國，生是民國人，死也是民國鬼，即便是死在國土之外。

生於晚清，在郁達夫南下前兩年逝世、對星馬文青影響超越所有五四作家的魯迅，更不用說，也是民國文人。一直被視為左翼巨擘的魯迅，他的南洋子弟們多半也會刻意忽略他是典型的

10 參鄭良樹，《馬來西亞華文教育發展史》（卷一）。

11 方修，〈中國文學對馬華文學的影響〉（一九七〇），氏著《馬華文藝思潮的演變》（萬里文化企業公司，一九七〇），頁四〇－四七，把中國文學的影響分三個時期，馬華舊文學時期（一八一五－一九一九）；馬華新文學時期（一九一九－一九四九）；五十年代以後（一九五〇－一九七〇）。這第二個時期竟無一字提及民國。方修談到這時期的「中國影響」首先竟然是「接受中國建康文學思潮的傳播」，反帝反封建，及一九二七年前後的革命文學思潮、一九三七年間的抗戰文學思潮，文藝大眾化等。而其時「一些病態的，反進步的文學思想，如什麼『象徵詩』、『民族主義文學』、『幽默文學』等等，都沒有被接受過來。」（頁四三－四四）楊松年主編的《從選集看歷史：新馬新詩選析（一九一九－一九六五）》（新加坡：創意圈工作室，二〇〇三）就不乏象徵詩。但在方修的左翼文學史之眼凝視下，整個民國都只剩下左的紅的。

民國產品——相較於中華人民共和國蘇維埃體制對思想上層建築的苛刻嚴峻肅殺，即便有各式各樣的迫害查禁追捕，民國的相對自由造就了魯迅。雖然那些南洋追隨者只學到他的雜文和攻擊性，暴力和不容情面，沒有留下什麼像樣的文學遺產[12]。莊華興也許不願意承認，如果有什麼民國遺址，魯迅和郁達夫都是，雖然都像是廢墟。

但華興以中華人民共和國建國後的二十年間，以一九六九年五一三事件為斷點，劍指友聯與《蕉風》之接受美援與以自由主義為圭臬的現代主義（「為藝術而藝術」）；以對當代垂死的左翼的懷舊召喚，想像不被自由主義挑戰年代的革命文學一統的年代才是馬華文學的黃金時代。但一九四九以後的二十年間，就星馬彼時的文學場域而言，還是革命文學（所謂的「現實主義」）的「黃金時代」（雖不見得能留下什麼傳世之作），友聯等並不具絕對優勢，相對於左翼的好戰[13]，很多時候其實都居於守勢。說它「隱身並主導馬華文學的文教發展約二十年」未免誇大。中共建國後，雖然星馬殖民政府對中共出版品嚴加管控禁止入口，但實際上紅潮並無法真的禁絕，文革爆發後更是野火燎原[14]。莊之所以會有這樣的論斷，是用歷史的後見之明「倒過來看」，因為革命文學實質上的反文學（政治正確凌駕一切），輕視文學本身的經營，徒以政治正確竊據文學之名，讓它理所當然的，不易留下傳世之作，以致作品缺席。時過境遷之後，在紅潮烈焰陰影裡默默經營的現代主義文學（即便不標榜任何主義，只要投注於文學自身，就會被左翼歸類為現代派、頹廢派，也即是他們的敵人——連這歸類，也抄自彼時大陸學界），若干精品留了下來，那也是我們用當代的文學標準的重新估價的結果。如果你問的是老左（如《爝火》那批遺孽），他們還是會說那些現代派作品是垃圾，長命的中共意識型態應聲蟲馬華現實主義才是主流[15]。這種幾乎不可調和的分歧，似乎是大馬華人意識型態上的國共之爭的延長賽。

同樣的，我們習慣於忽略，或許不認為重要，或許沒注意到，馬華文學是有國籍的，但這國籍是個反諷的存在。原以為會被歸屬為國家文學，幾十年的掙扎後，才發現它其實是非國家—民族文學，「成為國家文學」乃成為它未了的欲望。在一九一一迄一九五七年那四十六年間，方修馬華文學史論述預設的新文學時空，星馬屬英殖民地（除了那三年八個月），而作為現代國家的中國，歷經從中華民國到中華人民共和國的轉換。華人的身份，也歷經從華僑到華人的轉換。在被迫在中國與在地之間做選擇以取得當地的公民權、國籍之前，那實體的中國，如果不是民國，就是人民共和國。學習、模仿中國新文學而逐漸成長起來的星馬華文文學，文學場域內的論爭也難免重演左右之爭，及照搬中國文學場域內的各種議題（時人謂之「搬屍」），沒什麼思想，一切都是模仿借取。所謂的主體性，自有馬華文學（馬華文藝、南洋文藝）以來就不過是在地認

12 對魯迅雜文遺產的正面討論見莊華興，〈冷戰年代與魯迅紀念的兩面性〉，《當今大馬》，二〇一六年八月一日，https://www.malaysiakini.com/columns/350731。

13 他們愛用的雜文，和論文是不同的，其長處並非分析，而是謾罵詆毀。

14 參朱成發，《紅潮：新華左翼的文革潮》。

15 見駝鈴，〈馬華文壇的現狀〉，氏著《駝鈴漫筆》（爝火出版社，二〇一五）。

同、本地風光，沒有更多的東西。甚至所謂的「馬華文藝獨特性」也是個政治概念，不是美學的[16]。

有趣而難免荒謬的是，把一九六九年五一三之後視為「馬華（民國）文學」[17]的結束（或可表述為「後馬華（民國）文學」）。但如果我們認真考慮這一歷史事實：一九四九以後，國民政府遷台，民國只剩台灣；一九五七年前後，重啟僑教政策，以中華文化／文化中國為號召，很快的就有留學生在台灣寫作——在「自由中國」寫作——其實應正名為在民國寫作。如果要和一九四九以前的民國做區隔，可稱做在小民國寫作。即便從一九六〇年算起，迄今，也有將近六十年的歷史，幾乎和「有國籍的馬華文學」的歷史一樣長。換言之，其實和莊華興的表述恰恰相反的是，那是「馬華（民國）文學」的又一度開始。甚至可以說是真正的開始，因為這支馬華文學深深的進駐到民國的傷停時間裡了。

當我們用「在台馬華文學」或「留台」這樣的表述時，箇中的「台」或「台灣」理所當然的是個地域概念，理所當然的忽視這「台灣」，是中華民國這民族國家僅剩的國土[18]。為什麼理所當然的忽視呢？因為，民國這符號彷彿無關痛癢，忽視它是理所當然的。稍微認真想一下，留台所依循的僑教政策管道，對大馬「僑生」而言似乎是不名譽的，這不名譽感來自兩方面的壓力。一是持大馬護照有馬來西亞國籍的「僑生」，多少意識到「僑生」身份預設了以中國為祖國，土生土長的地方被稱做「僑居地」，父輩的身份被還原為「華僑」，直接碰觸到國家認同的敏感神經[19]。需要這留學管道，又嫌惡它的「祖國」預設。另一方面，不知道什麼時候開始，本地生看待僑生，就像我們看待種族固打制下的馬來人，被視為特權份子。就如同這民國倖存於冷戰之下一樣，這樣的僑生也是一種歷史錯位的產物。

林婉文〈我的美術少年〉描述的狀況（「我讀師大美術系的時候。班上沒有一位台灣同學和我說話。四年下來，一句話也沒說過的同學很多。就算十年過去。這班同學都比便利店店員更令人陌生。」[20]），可能很多台灣頂尖國立大學熱門科系的僑生都經歷過，因為那些大學即便是非常優秀的本地生，也得很努力才擠得進去。唸文的，有不同的壓力。單是「怪腔怪調」的華語、發錯音、寫錯別字，就容易增強格格不入感。不少僑生應該都經歷了自覺把腔調調得「標準」，把華語調整為「民國國語」。寫作時，把華文微調為「中文」。

另一方面，國民黨政府有意識的操作祖國認同，在諸多沒本地生的場合，喜歡強調僑生是「回娘家」，而若干受影響而再中國化的僑生，則直接接受台灣為中國（比「民國」大得多的想像實體），不會特別注意到它其實是「民國」（比「中國」更具歷史意味，更當代，更有限，甚

16 詳本書〈「此時此地的現實」？——重探「馬華文藝的獨特性」〉。
17 依這樣的表述邏輯，作為它的對立面的馬華現實主義是不是可以命名為「馬華（人民共和國）文學」？
18 當然，你也可以說我這樣的表述忽略了澎湖、金門、馬祖。
19 因此，二十多年前我就曾撰文討論「僑生」身份問題。《大馬青年》九。
20 馬尼尼為，《自由時報》副刊，二〇一八年九月十三日，http://news.ltn.com.tw/news/supplement/paper/1234140?utm_medium=P。

至有點不堪）。那樣的論述和召喚，都有利於漠視民國踴居在戰爭陰影下的台灣這可悲的現實。

我們刻意忽視的這個民國，在台灣政治解嚴後迅速趨於垂死。所謂的台灣主體意識，台灣價值，台語，想像的國族打造，本省人／外省人的敵我劃分，使得「在台馬華文學」中那理所當然的「台」，已不單純是個地域概念，它已非常政治。比外省人還「外」的前僑生或老僑生，不管入籍與否，在那想像的國族文學裡，當然沒有位置——這一點，和這島嶼民國何其相似。均處於一種歷史錯位中。

這被稱做「在台馬華文學」的鬆散群體，既然有人不喜歡被框入「馬華文學」，「民國」會是個比「台灣」更妥當的公約數嗎？

「馬華（民國）文學」？

a. 終結流亡？

五一三之後，大馬國家文化備忘錄提出後，馬華文壇曾有過一番「馬華文學是否是流亡在大馬的中國文學」[21]的困惑，雖然問題由賴瑞和提出，但可視為天狼星詩社和神州詩社的共同感受。天狼星詩社成立伊始，就相當明顯的向中華民國的現代主義學習，甚至詩社名「天狼星」還是直接取自余光中的長詩〈天狼星〉。溫任平本身在盛年努力經營仿古的中國意象、中國情調，在華教危機、華教復興運動的背景裡，高唱流放、自比屈原。其文學品味，從創作到評論，均努力模仿某個方面的余光中[22]，甚至余氏的現代中國流放意識，中國情懷也被「繼承」。整個詩社可以說是民國—台灣中國性現代主義的一個微縮版。溫任平雖然不是留台人，在詩社的全盛時期，卻比留台人更留台——比民國人更民國——更心向偏安中華民國的「傳統中華文化之發明」的意識型態。

視馬華文學為中國文學之支流的溫瑞安，更進一步把古典中國意象進一步浪漫化為武俠江湖，著力發展武俠小說與武俠詩，並身體力行的演化為文學的行動主義。從天狼星詩社（一九七三—一九八九）到神州詩社（一九七六—一九八〇），可以說是同一個故事的兩個階段，後者甚至直接到彼時島嶼民國的行政中心台北，直接披上古裝扮演「士」。對應於彼時鄉土文學論戰中的台灣，表現得似乎比其時大部份努力美國化的文青更為中國。過度的自我戲劇化，而難免荒謬之感[23]。但整體而言，詩社文學成就並不算高。即便溫瑞安很有天賦，但作品多急就章，且好舖張，過於依賴才氣，並不深刻。最好的作品多完成於高中與大學之間，難脫文青的多愁善感，或自我膨脹。

21 討論見我的〈後五一三時代的「一個大問題」：馬華文學作為流亡文學？〉。

22 詳李樹枝，《余光中對馬華作家的影響研究》（拉曼大學中華研究院，二〇一四）第三、四、五章。

23 詳我的〈神州：文化鄉愁與內在中國〉，《馬華文學與中國性》。

神州詩社的文學作品及行動都可說是「馬華（民國）文學」最極致的版本，他們竟成了彼時民國意識型態的護衛。他們的寫作，整體上可說是首悲哀的青春之歌，是連串歷史錯位的產物——大陸毀滅性的文革，大馬的華教危機，民國台灣的冷戰與戒嚴、白色恐怖、文學本土主義的興起等。嘲諷的是，和大馬本土陷於衰疲的現實主義類似，文學本身陷入了困境，甚至是被「為中國做一點事」給犧牲了。那自詡千里哭龍的大馬青年，在民國的政治淺灘受困數月之後，自我放逐於香江。告別民國後，詩亡於自憐，武俠江湖倒成了獲利頗豐的產業。

真正有突破性的理論意義的，還得等到一九八六年李永平的《吉陵春秋》。

b. 見山不是山

李永平，他的寫作一定程度的反映了垂死的民國本身的精神狀態[24]。

在留台馬華文學的系譜裡，李永平是比長他幾歲的星座詩人更重要、更有成就的寫作者（我們也常會忽略溫任平也長李永平三歲）。雖然李永平一直不情願被歸屬為「馬華作家」，過去我們還是只能姑且在這脈絡裡談他的文學作品，但他更正確的位子或許是民國文學。戒嚴冷戰時代，在自由中國寫作；解嚴時代，在島嶼寫作。國籍身份歸屬是中華民國。不管情不情願、自覺不自覺，李永平都難以逃避的被捲入身份的困擾。他的寫作歷程，在在的見證了這一點。箇中關鍵正是語言的選擇。所謂的見山是山／不是山，究其實還是語言問題。

在晚年的談話裡（二〇一六年十一月二十六日「馬華文學高峰會：李永平v.s黎紫書」，馬來亞大學中文系），他首次談到他語言上的困境，在一開始寫作時就遇到了。他的表述有兩段是之前未曾談及的，是他赴台前的歷史。高一那年，來自中國北方的華文老師針對他習作的語言批評說，「可是你那個語言怪怪的，不是地道的中文，不是純正的中文，帶有奇特的、讓人不舒服的南洋風味。」老師建議他讀魯迅、茅盾、老舍的小說。他以此創造了一種「滿有北方風味，比較純正的華語」來講述伊班人的故事，投稿報紙時卻被退稿，副刊編輯還寫了封信罵他：「你聽誰的話，要用一個你欣賞的語言，所謂純正中文，來講一個發生在南洋的故事。這是很糟糕的行為，你這是造假。你知不知道，你如果要成為真正的南洋作家，你一定要用我們婆羅洲使用的華語，來講述婆羅洲的故事。」[25]（頁一一）經過一番調整之後，李永平寫了歌頌族群和諧的《婆羅洲之子》，那是他蝌蚪時期的寫作。之後來台，寫了〈拉子婦〉。其時台大外文系主任，文學批評界泰斗顏元叔批評他的中文「怪怪的」，建議他把中文「調整一下」。他認真的聽了，通過細讀幾部中國經典章回小說，「用我自己塑造出來的中國北方語言」（這倒很符合胡適「文學的國語、國語的文學」的指示），完成了《吉陵春秋》，大獲好評。

這時是見山是山呢，還是見山不是山？

24 李永平的部份，有千餘字取自發表過的為李永平定調的短文〈遺作與遺產〉。《聯合文學》二〇一八年十一月號，曾宣讀於九月二十九日在紀州庵舉辦之「婆羅洲來的人：台灣熱帶文學」座談會。

25 這段回憶錄似的談話，是不是編來向年輕一代馬華文青解釋「我何以從雜語式的華文走向純正中文」，不得而知。

李永平之所以走向純正中文，不止是因為他說的顏元叔名氣大、「是文壇的重將」；更根本的還是因為，那時的台北文壇，基本上是由一九四九以後隨國民政府南渡的外省移民掌控的「自由中國文壇」，以標準語（民國國語，純正中文）寫作方可能受到充份的肯定，方符合主流意識型態。「怪腔怪調」會被看做是次一等的，外部之人（就像彼時的台籍作家，中文也得被迫標準化，最著名的例子如黃春明），這當然是經過慎思之後的選擇。雖然李永平在那次對談的末尾說，他當初不該聽恩師的話選擇純正中文，應該「堅持那種被認為不純正、不道地、具有怪怪南洋風味的華語，以這種華語為基，加以鍛鍊，把這種語言提升到文學的境界，成為文學的語言。」（頁一五）他還說，如果那樣，「今天李永平的地位會更加崇高」。我懷疑那不過是在星馬客場，迎合星馬華人的場面話。

問題在於，一心航向中國的李永平其實不曾「要成為真正的南洋作家」，而「要成為真正的南洋作家」是否必須「用我們婆羅洲使用的華語，來講述婆羅洲的故事」則是另一個困難的問題。選擇航向中華民國，也就注定了他文學上的最高成就只能是《吉陵春秋》。

《吉陵春秋》出版時，由余光中為其撰寫推薦序（推薦序多為作者親自邀請，或由出版社出面），余氏其時五十八歲，雖然創作在五十過後開始已走下坡，但仍是彼時自由中國文壇名望最高的詩人學者之一。他幾乎可說是最民國的作家（強烈的中國意識，擅於調度古典中國資源，詩、散文、評論成就均高），有頗高的鑑賞力，精熟新批評的分析技巧，確是撰序的不二人選。那篇完美展現新批評長處的〈十二瓣的觀音蓮〉，仔細分析了《吉陵春秋》的特色、長處，「時空背景不很明確，也許是故意如此。……可以推想該是民國初年，也許就是《邊城》那樣的二十年代。但是從頭到尾，幾乎沒有述及什麼時事，所以也難推斷。在空間上，《吉陵春秋》也似乎有意曖昧其詞。就地理、氣候、社會背景、人物對話等項而言，很難斷言這小鎮是在江南或是華北。」（頁一）[26]雖然多年以後對李永平的故鄉砂朥越古晉略有認識的讀者都知道，小說中的萬福巷、棺材街等確有其地，但不知道其實也沒有關係，知道了對理解小說也沒什麼幫助。余光中的觀察是準確的，這部小說的特殊之處首先在於它把時空背景的具體參照去除。切斷婆羅洲歷史地理的聯繫，讓讀者沒有背景負擔，藉此營造出一個適宜新批評閱讀的純文字空間，且很民國。「沒有述及什麼時事」，一旦涉及時事，時間就被標定了，即便那是小說；「很難斷言這小鎮是在江南或是華北」，為什麼斷定它是在中國境內呢？因為它是以絕無一點歐化色彩的「純正中文」構成的：「作者顯然有意洗盡西化之病，創造一種清純的文體，而成為風格獨具的文體家。……他的語言成分罕見方言，冷僻的文言，新文藝腔，卻採用了不少舊小說的詞彙，使這本小說的世界自給自足地定位於中國傳統的下層社會。」（頁七）余的辨識全然依賴於文本，由那樣純粹的中文織就、不涉非中國符碼（「不見馬來人和椰樹，而人物的對話也和台語無關」），小說寫的是底層的人的恩怨情仇，當然只能是中國。再如其敘事手法不重情節的直線展開，「而

---

26 〈十二瓣的觀音蓮〉，《吉陵春秋》，頁一—九。

是反彈與折射」；擅於營造氣氛與懸宕，其戲劇性以省略和留白替代說盡，即便是小說，卻「抒情多於敘事」。主題內容上認真思考罪與罰，但採用的文學技術毋寧接近抒情詩，以之調節戲劇化。這是一個自足的純文學空間，「書中的人物只在吉陵鎮與坳子口之間過日子，……在『現實』的意義上，這是個絕緣的世界。」（頁二）「馬華（民國）文學」走到這一步，才算建立了一種典範，成功的擺脫背景。這樣的建構，作者全然退隱到作品之後，如新批評先驅T．S．艾略特的教誨，作品作為客觀對應物，自足的呈現。

然而，那得付出相當的代價。經營「一個絕緣的世界」，一個純粹的、文字的中國，即便一時得到承認，也已然犧牲了更為廣闊的視野。如果選擇相反的策略，可能又會被責怪不入境隨俗，以前是不夠中，而今是不夠台。

《吉陵春秋》後，李永平沒有沿襲既有的路徑，《海東青》直面其時當下的民國處境，那此時此地的現實。不再和現實絕緣，方言土語回來了，古語被採用了，時事顯現（青少女失蹤，日本老嫖客無處不在，日軍侵華的記憶……），外省老榮民，台籍母親，甚至「我」（靳五，南洋華僑，大學外文系教授）也現身了，痛苦的在即便進行系統符號置換也不難辨識的、發達資本主義下物欲流至觸及作者道德底線的民國台北。但這部野心之作換來的則更多是沉默——學界和文壇都不領情。那之後，別無退路的李永平被迫痛苦的面對歷史的存在，文學上，被迫歸返那被他遺棄多年的婆羅洲故鄉。

在民國這艘注定要沉沒的破船上寫作，本來就是件困難的事。在海東民國的寫作征途上，他已是隻衰老疲憊的公馬。身為永遠的異鄉人，他被分派的位置，終究只能是「見山不是山」。那樣的選擇性自我隔離（和台灣文壇及馬華文壇），且一直不滿於被歸為「馬華作家」，不知他是否比較喜歡作為「馬華（民國）文學」的代表，還是會更喜歡「民國（砂華）文學」（相較於「民國（馬華）文學」）這樣的表述？

c. 揚棄「馬華文藝的獨特性」？

在九〇年代當我們開始思考「旅台文學特區」，或「在台馬華文學」即留台馬華文學史時，這支文學不過只有三十多年的歷史，作品的累積並不多，也欠缺理論反思，但已經歷了「中國化」的時期[27]。台灣政治解嚴，承擔兩蔣威權之罪的民國也隨之被除魅。當我們如是命名它時，意謂著有意識的要把它從自由中國文學（自居「中國文學」）裡分離，而那之前的留台寫作者，巴不得作品被承認為「中國文學」。這支文學對民國—台灣的意義還有待估定（雖然我們曾把它命名為台灣熱帶文學，但也可能只是被視為聊備一格的異國情調而已，那是台灣學術社群的工作），而我們，卻必須判斷它對馬華文學及馬華文學史的意義。

我開始思考這問題時，把它放進典律形成的脈絡，但那時還沒能把問題看得很清楚，只原

27 見張錦忠，《關於馬華文學》（高雄：國立中山大學文學院，二〇〇九）。

則性的談文學語言等的經營（〈馬華文學的蘊釀期？——從經典形成，言／文分離的角度重探馬華文學史的形成〉[28]，一九九一）；十多年後寫〈無國籍華文文學〉（二〇〇六），概要的分析了旅台寫作者不同的書寫策略，其中張貴興、陳大為、鍾怡雯的策略都是「美學化」[29]。又過幾年發表〈近年馬華文學超越既有視域的一種趨勢——若干個案的討論〉（二〇一三）[30]，以若干深受台港陸當代文學影響的馬華新生代之企圖超越「馬華文學既有視域」，也即是超越以「此時此地的現實」為對象的馬華現實主義視域。這其實即是「馬華（民國）文學」的意義，最早的範本即是李永平的《吉陵春秋》（自律美學之完成），接著是張貴興的《賽蓮之歌》、《群象》、《猴杯》等，及晚近陳大為的某些詩[31]，其策略是降低背景負擔（預設的在地知識盡可能低），讓作品成為相對自足的美學客體。但降低背景負擔的同時，也就意味著不再可能被歸類為本土，或寫實。是不是可以說，也就意味著告別了「馬華文藝的獨特性」？

在民國—台灣的寫作者，遠離大馬革命文學的環境，不必承受「反映此時此地現實」的壓力[32]，在相對自由的環境裡寫作（即便時有「為什麼不寫台灣經驗」的愚蠢質問），依文學自身的邏輯，或回應民國—台灣的學術場域，要超越或揚棄「馬華文藝的獨特性」應該是輕而易舉的事。

然而，究竟什麼是「馬華文藝的獨特性」？

「馬華文藝的獨特性」論爭，目前很清楚，關涉的其實在馬共與中共之間路線之爭[33]，不純是文學問題。秋楓（中共黨員吳荻舟之化名）被認為相當公允的總結〈關於「馬華文藝的獨特性」的一個報告〉寫得很清楚：

> 馬華文藝獨特性的提出，目的是希望作家多注意此時此地的革命現實，多寫此地的革命現實，配合此地的革命的要求。[34]

「此時此地的現實」並非一般現實，而是「革命現實」；寫作不是為了別的什麼，是為了「配合此地的革命的要求」。而我們過往的討論，都傾向於忽略它的政治訴求，朝向比較純粹的文學理論問題[35]。即便是那樣，它也是個貧乏的綱領，一種偽本質論，用以區分馬華文學／非馬華文

---

28 《馬華文學：內在中國、語言與文學史》（吉隆坡：華社資料研究中心，一九九六）。

29 《華文小文學的馬來西亞個案》，頁二〇四。

30 《中文人》十二期，二〇一三年六月，新紀元學院大學中國文學系，頁二三—三七。

31 討論見〈「滿懷憧憬的韻母起義了措詞」——遲到的說書人陳大為和他的「野故事」〉，《中山人文學報》四十期，頁六三—八〇。收入本書。

32 對李永平、張貴興這兩位出生、成長於婆羅洲的寫作者而言，本來就與星馬的泛左風氣區隔的。

33 二〇一八年出版之《緬懷馬新文壇前輩金枝芒》（二十一世紀出版社）收有「馬華文藝獨特性論爭文章選編」，收錄了十篇相關文字。

34 原刊於《南僑日報》，一九四八年三月二十七日；引自《緬懷馬新文壇前輩金枝芒》，頁二四三（頁二四一—二五六）。

35 張錦忠的討論見〈過去的跨越：跨越一九四九，回望一九四八，或，重履「馬華文藝獨特性問題」〉，頁一一三—一一四。張錦忠編，《離散、本土與馬華文學論述》（高雄：國立中山大學人文研究中心，二〇一九）。

學[36]。作為藝術風格的「馬華文藝獨特性」必須回到作品，回到個人，回到作者，回到作者論。前提是，那些作者必須遠遠超越平均質，自成家數。而馬華現實主義著重的相對而言是集體。「馬華（民國）文學」的意義，或許就是，讓文學重新找回自己。

結語

如果不深究，不會發現馬華文學和「民國」的關聯如此之深。不論是一九四九以前擁有廣大國土的「大民國」，還是一九四九之後偏安台灣島、冷戰下的「小民國」，都對馬華文學有深刻的影響。前者直接關涉馬華文學的起源、主體形成、再生產機制等，後者則是提供左翼革命文學之外的另一種選擇。藉由留學、文學獎、出版等機制，讓部份馬華文學作品的水平提昇至可以和「中國文學」比肩並列，甚至可以回頭質疑「馬華文藝獨特性」的效度。

二〇一九年八月二十七日初稿

36 黃錦樹，〈「此時此地的現實」？——重探「馬華文藝的獨特性」〉，《華文文學》二〇一八年二月第二期，頁二六—三四。收入本書。

南方華文文學共和國

——一個芻議[1]

文學的「世界體系」

法國學者卡薩諾瓦（Pascale Casanova，一九五九—二〇一八）在《文學世界共和國》（*La republique mondiale des lettres*）中，把布迪厄（Pierre Bourdieu，一九三〇—二〇〇二）的文化生產場域論從單一國家的空間延伸開去，視野擴展到整個歐洲（甚至也略略點到亞洲），勾勒出十九世紀以來以歐洲為中心的「世界文學場域」。很有說服力的列舉了愛爾蘭奇跡（從葉慈、喬依斯到貝克特）、布拉格的卡夫卡個案、北美的福克納個案、二十世紀下半葉的拉丁美洲奇跡（從圖

1 初稿曾宣讀於研討會SINOPHONE STUDIES: NEW DIRECTIONS，Harvard University October 14-15, 2016。本人國科會計畫「南方華文文學共和國芻議」105-2410-H-260-041-。

阿斯圖里亞斯到帕斯、波赫士到馬奎斯）、流亡者如納博可夫、英聯邦的印度裔作家（奈波爾、魯西迪等）被「世界文學場域」認可的條件，及採取的不同語言策略、書寫策略，其中翻譯扮演的角色等。

一開始是以巴黎為中心、後來分散為以倫敦、紐約為中心的文學場域裡，中文文學是沒有位置的，它受注目的程度甚至不如越南及韓國的文學。《文學世界共和國》列舉的成功被接受的邊緣國家的作家，被中心接受的最重要條件之一，在於他們就是用歐洲的主要語言寫作——法語、英語、德語、西班牙語、葡萄牙語——即便是拉丁美洲、非洲的作家，也莫不如此。那些作家甚至具雙語至多語能力，能自由的切換語言的頻道，更別說能自己操控作品的翻譯品質。這些「主流語言」的原生地同時是昔日的殖民帝國，也是所謂的「現代文學」及現代文明的發源地，現代性的原生地，同時也是資本主義最早成功並且向全球擴散的始源地。

卡薩諾瓦描繪的這幅文學地理毋寧有其政治經濟學背景的，甚至，後者才是真正的動力。簡而言之，一如第三世界的現代性和現代文學始終是「遲到」的（既有的文學傳統都被判定為「古典」的，也即是「前現代」的，過去的，甚至過時的），曾經被殖民，被迫以西方的「現代」標尺來衡量文化與文明，被迫以適宜資本主義體制運作而重建國體，被迫工業化（以免於「落後」，甚至被強國吞併），文學的整體建制仿照西方的現代建制（從文類的體系、價值次第——以長篇小說為火車頭，其次是詩）、出版、發表媒介、評論（評論的方式及借鑑的理論、評價體系、術語，論文及文學刊物的體例）、大學的建制暨文學科系等。而要被西方中心承認，只有兩條路走：一是藉由「成功的」翻譯（充份掌握西方專業讀者的口味），亞洲國家中，最成功的應是日本；在亞洲，它現代化得最早最深也最成功，翻譯產業也最為發達。再則是直接用歐洲語言寫作的作家，最常見的是用英語（昔日大英帝國的日不落版圖，讓它即便在去殖民的年代也通用如世界共同語），如奈波爾、魯西迪、石黑一雄、哈金等。

《文學世界共和國》這樣的理論佈景，不難看出它和華勒斯坦（Immanuel Wallerstein，一九三〇—二〇一九）的世界體系理論有潛在的對應。華勒斯坦指出在資本主義分工的過程中，會把國家或區域區分出中心、邊陲、半邊陲這樣的相互關聯的系統；而歐美自現代以來，一直是理所當然的中心，而第三世界只能是邊陲或了不起「上昇」為半邊陲，即便在古代它曾經是雄霸一時的帝國。而該理論也指出，各區域之中也可能有其中心，即便它相對於「真正的中心」只是半邊陲。自近代以來，成功「脫亞入歐」的日本在亞洲扮演的正是那樣的角色。川端康成、大江健三郎之後，村上春樹獲得更為世界性的承認。魯迅、郁達夫、郭沫若等位處現代中文文學開端的作者，也都是吸吮著日本現代文學的奶水長大的；近代中國學界也一直深深受惠於日本的翻譯產業。

文學的加拉巴戈群島

百多年來，在經濟上，全世界都被資本主義無遠弗屆的含納進它的供輸分配體系裡去。但文化與文學的狀況卻不是那樣的，譬如中文現代文學就幾乎一直在那以歐美語言為主體的「世界文學共和國」體系之外，境遇甚至還不如其他東亞小語種，幾乎可說是世界文學裡的加拉巴戈群島。而這，幾乎可說是小語種文學的共同命運（印尼語，馬來語，泰語等莫不如此）。全球化快速消滅了這世上的各種更為弱勢的語言，即便有文學，也難以倖存。倖存而被建構為某一新興民族國家的國語者，國家為了生存，也往往必須向英文妥協。

即便將近百年後的近年，中文小說仍然被西方中心的「世界文學體系」看做是次等的。譬如在英語世界算是最受承認的美裔中國作家哈金即有這樣的證言：

> ……我們的古典小說跟西方小說是完全不同的東西，像梨和蘋果無法比較。我們的現當代小說是舶來品，……所以西方文學界似乎看不起我們的小說。在英語世界要編一本《世界短篇小說選》，當然一定要收入眾多的歐美作家（省略詳細的陳述：俄日拉美都有作家入選），而漢語作家通常是沒人入選的，是可有可無的。至於長篇，我們也有類似的尷尬。我在美國已經三十年了，跟西方作家來往中看得出來他們的確看不起現當代漢語中的長篇小說。每回有哪位中國作家獲得國際獎，我周圍的作家中就會有人問我獲獎人的作品到底好在哪裡。言外之意，他們讀完後心裡不服氣。當然他們有偏見，但憑心而論，現當代漢語中確實還沒有舉世公認的偉大小說。[2]

「舉世公認的偉大小說」當然也得由西方中心來認可，依西方的標準——似乎只能是一種模仿、山寨，在相似性的世界裡，不可能有真正的原創——類似的論斷，也可在英語世界當代中文小說最重要的翻譯者葛浩文（Howard Goldblatt）[3]那裡看到：

> 中國小說如同韓國小說，在西方並不特別受歡迎，至少在美國是這樣。日本的，印度的，乃至越南的，要稍好一些。之所以如此，可能是與中國小說中的人物缺少深度有關。……現代中國作家的「感時憂國」傾向使得他們無法把自己國家的狀況和中國以外的現代世界的人的狀態連接起來。……當代作家也有類似情況，太過於關注中國的一切，因而忽略掉文學創作一個要點——小說要好看，才有人買！……關注中國國內的社會現狀當然無可厚非，但是若因此忽略了文學作品應有的普遍性（universality），很可能有不良效應。[4]

---

2 哈金，〈小說簡釋〉，《聯合文學》三七七期，二〇一六年三月，頁三四—三七。引文出於頁三七，略有刪節及刪除部份冗詞。

3 葛氏翻譯事業的詳細介紹見張繼光，〈中國文學走出去的重要推手——葛浩文〉，《西安外國語大學學報》二十四卷四期，二〇一六年十二月，頁一〇五—一〇七。

4 〈葛浩文：中國文學如何走出去〉，《新浪文化》，二〇一四年七月七日。原載：《文學報》，二〇一四年七月三日，http://www.sinologystudy.com/news.Asp?id=340&fenlei=17。這是訪談紀錄，中國藝文界的回應見〈在國際上，中國文學地位真不如越南？——針對漢學家葛浩文的批評，晶報邀國內作家與翻譯家「論劍」〉，https://read01.com/LJyM5L.html#.WhjyKVWWbIU。

「好看，才有人買！」那是資本主義世界的商品法則了。葛浩文的指控，詹明信在建構廣為人知的國族寓言時，就針對這樣的現象——第三世界的小說對第一世界的讀者而言讀起來總是「似曾相識」——做了辯解，他提出的藥方是歷史的興趣——西方讀者必須有誠意歷史化（且是充份的歷史化）第三世界文本，去感受箇中深處的寓言的共振[5]。對把小說當休閒讀物的消費者而言，這幾乎可說是陳義過高了。

葛浩文甚至大膽推測，那都是中國傳統小說害的——這指控朝向整個中國既有的敘事傳統，

> ……為什麼要加入那麼多描述，甚至是芝麻小事的細節，把小說變成文學百科全書？仔細描述每一個大小人物的特徵是否有助於敘述？不斷岔開故事主要情節並加入一些無關緊要的細節是否有必要？是否更有助於讀者的閱讀？我想，這個寫作傾向或許跟傳統章回體小說的根深蒂固的影響有關。幾乎所有我認識的作家都是讀這些章回體小說長大的，潛移默化的影響力不可忽視。
>
> 中國古典名著，如《紅樓夢》，或《石頭記》等，要是用西方當代小說評論標準來看，讀起來很有趣，但這些作品不見得能算是偉大的小說（novel），因為書裡夾雜了太多無關緊要的瑣碎細節，使得敘述不夠流暢。《紅樓夢》或許可以當作是清代貴族生活的記錄，但是否算是一個結構嚴謹的小說（novel）？不該有的都有了，該有的卻不一定都有。[6]

以葛氏翻譯現當代中文小說數量之大之深廣，閱讀之誠意，身份之專業，他的意見特別有代表性。「無從比較」的那一端是只有極少數漢學家感興趣、看得懂的，有它自身合理性的另一個系統的敘事，它由不同的標準構成。從這些論斷大致可以看出世界文學的品味的政治。誰有權界定在小說裡哪些成份「該有」，哪些「不該有」？而「不符西方偉大小說標準」是否意味著，在西方中心的文學世界共和國裡，明顯的存在著文學的「國際法」？而中國之被接受為原本只是歐洲列強瓜分世界的「國際法」的一員，正是藉由和歐洲列強簽訂諸多不平等條約，付出極慘重的代價之後[7]。「一個結構嚴謹的小說」之缺席，就像海通以來「中國沒有哲學」的論斷一樣（這導致近代以來中國哲學家之紛紛模仿西方觀念論哲學，汲汲營營的構造大體系、寫大書），都是一元標準，西方中心，「遲到者」根本毫無機會。中國之大尚且如此，中國之外的華文文學更不必說了。

然而漢語在東亞曾經是強勢語言。唐宋以降，文言表述和漢詩曾經是日本、高麗、安南等

5 詹明信（Fedric Jemason）〈處於跨國資本主義時代中的第三世界文學〉，氏著《馬克思主義：後冷戰時代的思索》（牛津大學出版社，一九九四），頁八七—一一二。

6 葛浩文，同前。

7 見汪暉《現代中國思想之起源》（北京：三聯書店，二〇〇四）上卷第二部「帝國與國家」第六章第四節「主權問題」第二小節「國際法與主權」，頁六九五—七〇六。詳細的歷史過程見林學忠，《從萬國公法到公法外交——晚清國際法的傳入、詮釋與運用》（上海：上海古籍出版社，二〇〇九）。

「朝貢體系」共同的書面語。帝制時代的中文文學在東亞自成一「世界體系」，以中國為理所當然的中心。雖然明亡後也曾出現「華夷變態」，日本或韓國爭奪漢文明正統的狀況[8]，但那樣的狀況並沒有維繫很久。

近代以來，在西方列強干擾下，昔日中華帝國的藩屬紛紛「去中國化」。除日本是更快速的成功歐化成為現代帝國之外，韓、越均曾淪為帝國殖民地，在朝向民族國家之路中，創立了自身的國語，也去除對漢字漢文的依賴，在文化上脫離前述的「世界體系」，模仿歐洲諸國，朝向現代轉型。

華文文學全然是現代的產物。一如「華人」，都是離境的產物，也是時間沉積的現象。白話文運動讓識字和寫作變得容易，門檻降低後，不必有高深的古典文史知識也能寫作；民國時期現代化的國民教育和多元的報紙副刊、文學雜誌也讓寫作得以普及。即便在中國之外，那樣的體制也不難複製。隨著移民的世代繁衍，那樣的文學也有了自身的歷史。八〇年代中國改革開放後，華文文學被重新建構為一個學科，因此中國以外的華文文學都被視為一個統稱為「世界華文文學」、「海外華文文學」或「台港暨海外華文文學」的整體，但它的立基並非學術的，而是政治的。以「文化中國」、民族主義為預設。是以中國為立足點的俯視，中國文學本身並不在「華文文學」之內，但它是整個「中文文學世界體系」當然的中心[9]，是為不在場的在場。也許因為政治掛帥，雖然有些文學史整理做得不錯，大陸學界三十年來沒提出什麼有意思的論題（詳細的討論見我的〈兼語國民文學史？〉[10]）。更甚者，那是一種國家立場、文化民族主義的收編論述

（譬如從祖籍地出發去把移民作家做分類，考察所屬祖籍地的文化投影[11]），不關注各地域的在地主體性、差異性，很難發現後者真正的意義。

華文文學，晚近被美國學界重新命名為Sinophone Literature，我不反對這個英譯，也感謝因王德威、史書美教授的推廣吸引了一群美國年輕學者投入研究。但我不喜歡「華語語系」這拗口的稱呼，仍偏好「華文文學」這舊招牌。它處於中國境外，包含了台灣、香港、新加坡和馬來西亞（其他地區暫勿論，理由詳後）。它本身就是個民國後的現代現象——白話文，現代文學體制，民國肇建後的移民（台灣則主要是日本殖民統治結束後，尤其是一九四九年國民黨失去大陸之後，方有大規模的中文寫作）。因為中國是白話新文學的發生地，最初始的中文現代文學建制都來自五四一代學者（且多為留洋知識分子）的商榷議定；最初的文類、文學技巧示範、文學的評價體系，都始於中國。甚至趙家璧於一九三六年主催出版的第一套《中國新文學大系》也成為各地華文文學模仿的大型選集體制。台灣如余光中等編《中國現代文學大系》

8 近年這方面的研究不少，以韓國為個案，近年有本有趣的書，即思想史家葛兆光的《想像異域——讀李朝朝鮮漢文燕行文獻札記》（中華書局，二〇一四）。

9 我多年前的批評，〈在「世界」之內的華文與「世界」之外的華人〉（一九九三），本人，《馬華文學：內在中國、語言與文學史》（華社資料研究中心，一九九六）。

10 本人，《華文小文學的馬來西亞個案》（台北：麥田出版，二〇一五）。

11 如朱雙一，《台灣文學與中華地域文化》（鷺江出版社，二〇〇八）。

（一九五〇—一九七〇）八輯（台北：巨人出版社，一九七二），余光中等編《中華現代文學大系一九八九—二〇〇三》十二冊（台北：九歌出版社，二〇〇三）。新馬如方修主編的《馬華新文學大系》（一九一九—一九四二）十冊（新加坡：世界書局／香港：世界出版社，一九七〇—一九七二），李廷輝主編《新馬華文文學大系一九四五—一九六五》（新加坡：教育出版社，一九七四）。香港則是出版中的《香港文學大系一九一九—一九四九》。在一九四九以前，中國一直被邊緣地帶華文文學視為文學之「源」，國際漢學界眼中的現代中文文學也一直僅僅是中國現代文學。中國一直是現代中文文學無可質疑的中心。因為一九五〇年後的台灣一直自視為中國（自由中國），鄉土文學論戰後，隨著本土意識抬頭，方漸漸自我描述為台灣文學。除台灣之外，香港、新加坡、馬來西亞的華文文學一直是以地域做自我命名（如香港文學，馬華文學），都是中文文學的加拉巴戈群島中的小島。這是我所謂的華文文學，它一直是區域性的、在地性的，各地的學者各自處理在地的個案，鮮少整合[12]。這裡頭，星馬華文文學是邊緣的邊緣，長期受港台文學影響，以之為模仿對象。港台，尤其是民國—台灣，一直是半邊陲的位置——相較於位居中心的中國——在一九五〇後斯文掃地、文化塗炭的二十年間，冷戰戒嚴美援下的民國—台灣曾一度「代表」現代中國文學，深刻的影響了星馬華文文學。更尤其，透過民國—台灣的僑教政策，在台灣的內部造就了一支旅台馬華文學。

「失語」的南方：獅子島華語

台、港、星馬三地[13]，都有異於中國的，存在的特殊歷史境遇；尤其是被殖民的經驗。最短的也有五十年，長的更超過百年，因此受特定殖民帝國文化的深刻浸染，也有著比中國更早的現代性經驗。地理上位於中國南方、境外，加上殖民區隔，即使是受過現代的華文教育（中華民國的國民教育的一種模仿），華文／華語受日用的閩粵方言（甚至殖民帝國的語言，及土語）的濡染，文學發展和中國境內有著明顯的差別。但那也需要時間的深度。有一些條件不足的例子需要稍微說明一下。

相較於八〇年代後，因中國新移民而造成的新的華文文學與中國的連帶還很深——譬如美華（譬如嚴歌苓），加華，澳華，甚至部份新一代的新華文學，都只能視為「中國文學的海外版」[14]。在東南亞，華人移民歷史和馬來半島一樣久遠（甚至更為久遠）的印尼、泰國、菲律

12 大陸學者比較喜歡整合，但用的是「海外華文文學」之類的空洞架構，最喜歡的題目是望鄉、中國情懷、中國影響之類的老調牙論題。

13 策略上，星馬可視為一體，見我的〈星馬華文文學一體論〉，新加坡《聯合早報》，二〇一六年五月六日。

14 南來文人以中國經驗為主題，即馬華文學史上的「僑民文學」。近年有人以國籍論文學身份（葉金輝，〈文學的國籍、有國籍馬

賓，三〇年代後，曾經也有過同樣是以現代華文教育及華文報章雜誌為基礎的華文文學，但卻因為五〇年代以降，各種由國家主導的強勢的同化法案（印尼甚至是激烈、殘酷的排華法案，直接摧毀「華社三寶」），終至讓華文文學趨於滅絕。新加坡的情況也頗為特殊，七〇年代李光耀政府成功的撲滅了島上相當有規模的、有左傾之嫌的華文教育，其後針對人口佔絕對多數的華人推行講華語運動，但同時禁制通行於華人之間的各種方言[15]。以與世界接軌、滿足就業市場需求的名義，把華文從正規教育系統（小學，中學迄大學）全面的驅逐出去。一九七八年始，新加坡推廣講華語運動，取消方言的公共運用，廣播，電視均不得以方言播出。海峽殖民地一直是華人人口高度密集的地方，方言會館，各方言群的廟宇，以方言表演的地方戲，及市場裡的日常運用，在華語運動裡不止受到擠壓，更成功的造成斷層，方言能力隨世代遞減。為「推廣華語」，李光耀甚至親上火線：

> 我絕不要像模里西斯或盧森堡那樣，讓一個粗俗的福建話成為新加坡華人的共同語，讓它干擾我們推行的雙語教育，讓它分裂新加坡的華人社群。我明白，新加坡只要一天讓福建、潮州、客家、海南、上海和其他方言繼續存在，要學生同時學習華語就非常困難，因為那是兩種對他們完全陌生的外語。
>
> 很多人對我說，既然英文是新加坡人謀生的用語，福建話是新加坡人的生活語言，我何不就順其自然，讓福建話像香港廣東話，成為新加坡華人的共同語呢？而事實上，自戰後，福

建話已逐漸成為新加坡華人的共同語。但是，它不像香港的廣東話，水準很高，整個香港講的只是一種廣東話一種方言，我們卻是講十二種方言混在一起的福建話。香港人在學校用廣東話讀書、遊戲、開會、辯論、創作。如果我們的福建話有香港廣東話那樣的水平，也許任由它留下來是一種選擇，因為那是高水準的語言。可是，新加坡的福建話卻是粗俗的，是沒有文字的。[16]

李氏認為方言與華語只能取其一，那其實沒有什麼學理依據。因為在有華小（或華語幼兒園）的地方，即便家裡說方言（方言經常是家庭內部的語言，也多是在家裡習得），在教育體系裡可以快速學會華語。李氏預設的情境是教育系統全然不提供華語，全英語的教學環境，那幾乎

華文學、與「入臺」（前）馬華作家：兼與黃錦樹和張錦忠商榷〉，《中外文學》四十五卷二期，二〇一六年六月），殊不知依那樣的邏輯，一九五七年前的馬華文學都不是馬華文學，統統該算中國文學，不管他們寫什麼。那時的華僑新客都是中國籍。

15 簡單的報導見〈為什麼李光耀堅持不讓新加坡人說方言？〉，http://cforum1.cari.com.my/portal.php?mod=view&aid=57625，詳見集中突顯此一問題的《李光耀回憶錄：我一生的挑戰　新加坡雙語之路》，台北：時報文化出版公司，二〇一五。出版社把李光耀回憶錄中關於語言的論述集中出版。一九七九年李氏在推行講華語的同時，禁止在公共場所講方言，也禁止電視廣播以方言播出，方言節目一律改成華語配音。但新加坡原本是方言會館最密集的城市，在會館裡也常演出各方言戲劇。

16 《李光耀回憶錄：我一生的挑戰　新加坡雙語之路》，頁一八八—一八九。

是為他一手擘畫的新加坡華人而設計的「語言救濟」[17]。「分裂新加坡的華人社群」、「對他們完全陌生的外語」云云，都是政治語言，多少也反映了李氏身為華語和福建話均為「外語」的土生華人的語言處境（李氏是客家人，所屬方言群相對少數，他的華語和福建話都是後來學的，對這兩種語言大概也沒什麼感情）。

李氏論證時且舉了「華語」在中國和台灣被廣泛運用的例子。但前者其實是「普通話」和「國語」，並不等同於「華語」[18]。星馬建國前，作為維新和辛亥革命遺產的華語，流佈於南洋，其實是流亡的民國國語，情感色彩濃烈。受馬來化壓制催生的大馬華教運動，即部份繼承了那份悲情。李氏大概沒有察覺，新加坡建國後的華語，其實是另一種發明，而他是最重要的推手之一。由於時值台灣的「自由中國」時期，或許理解，或許裝傻，李光耀沒有提到可以和香港粵語狀況相提並論的台灣福建話。

李氏的華語運動對大馬華社影響深遠，尤其是南馬，廣播和電視都仰賴新加坡[19]。那樣的政治—社會語言工程，致使新一代的新加坡華人即便會說華語，也少了方言的援濟，華文也變得相對乾枯，他們的華語真的變成了扁平的、新加坡式的「普通話」。父親是新加坡華人歸僑的王安憶一九九一年訪星後留下可貴的觀察紀錄：

> 我發現他們漢語詞匯（彙）貧乏，且被語法捆住了手腳。漢語對於他們已相當隔膜，然而他們都懷有強烈的好奇心。像他們這一代的孩子，大都受英語教育，不會說漢語；他們的父

母，會說廣東話或閩南話，勉強會說一點普通話，再加上一點英語；再上一代，他們的祖父母，則只會廣東話或閩南話了。這便是新加坡的語言面貌。[20]

引文中的「他們」是新加坡建國（一九六五）後出生的一代人。我的同代人。「詞匯貧乏，且被語法捆住了手腳」，以標準化的標準語寫作，本來就是個悲劇[21]。「他們的父母」——二戰前後出生，星馬第一代本土華文作家，普遍具備方言及馬來語、英語能力（即便不是非常流利），古文閱讀能力可能也較佳，那都可能讓他們的語彙比「標準化的一代」豐富。王安憶〈漂泊的語言〉準確的勾勒長堤兩岸不同政治體制下，差異甚大的華語文生存狀

17 可悲的是，大馬的華教運動似乎也接受了李氏的論述，把華語和方言看做是對立的。最近的一則報導道出了這一我此前並不知道的狀況，見〈紀錄鄉音　推廣保存：張吉安　華語方言理應並存〉，《光明日報》，二〇一七年十一月二十一日，http://www.guangming.com.my/node/417873。

18 關於華語及大馬華語研究的狀況，詳邱克威，〈論「華語」與馬來西亞華語研究〉，《馬來西亞華人研究學刊》十五期。

19 影響應不只南馬，更可怕的直接影響華教高層，把李光耀的陰謀當真理。常見報載，很多華小以新加坡的方式限制學生在學校時使用方言。

20 王安憶，〈漂泊的語言〉，氏著《漂泊的語言》（王安憶自選集之四，散文卷），頁二一四—二一八，引文見頁二一六。

21 如布拉格結構主義者穆考洛夫斯基在〈標準語和詩歌語言〉言：「詩歌語言（文學語言）是對標準語的系統違反。沒有這種違反，就沒有文學的可能性」。違反，扭曲受阻，增加語言的強度。方言相對於標準語即是一種「系統的違反」。收於趙毅衡編選，《符號學：文學論文集》（百花文藝出版社，二〇〇四），頁一五—三一。

況，但她筆下的大馬華文寫作者的民族文化瀕臨淪亡的悲愴感，可能也只屬於某個特定的世代。

在新加坡，官方推行的是「標準英語」（「倫敦腔」）和「標準華語」（既非京腔普通話，也非民國—台灣的國語）——比較乾巴，比較像「外語」。但民間交流時實際運用的是混合語。其中新加坡式洋浜津英語（singlish）[22]最具代表性，因為它是跨族混合語——以英語為基礎，吸收福建話、馬來語、淡米爾語等詞彙。猶如百年前在海峽殖民地自然形成的菜市馬來語（pasar melayu）——以馬來語為主體，吸收了大量閩南語詞彙。華人人口居多數的福建移民，在清朝海禁的背景裡娶當地女人為妻，為了方便溝通而自然形成的混合語。李氏在談話裡批評的「粗俗的，沒有文字的」、「十二種方言混在一起的福建話」，那因豐饒蕪雜而被詆毀撲殺的「新加坡華人的共同語」，或可稱之為「菜市福建話」。那並不妨礙在正式的場合讓它更規範一些——香港一樣存在著「菜市粵語」。同理，百姓日用之間的華語，也是一種混合語，混雜了方言土語——也許可稱之為「菜市華語」。南方華文文學，它的根基正在於這種在「標準」下方的言語活動。

華文：本土腔，外語腔

在美國三十年，以英文寫作、與美國標準語搏鬥的哈金，在〈為外語腔辯護〉裡寫道：

> 在康拉德的小說中，我們可以感覺到一種由英語字典所界定的語言邊界——他不會創造那

種會使英語耳朵感到陌生的文字和詞句。

我們在英語的邊緣地帶、在語言和語言之間的空隙寫作，因此，我們的能力和成就不能只以對標準英語的掌握來衡量。[23]

大馬建國後的華文寫作者對方言土語是節制的，尤其是七〇年代後，深受時為「自由中國」的台灣文壇學界的影響而偏好流暢、平順的中文。其後大概是新加坡華語運動的潛移默化。九〇年代後更加上中國當代文學衝擊，更偏向所謂的「標準中文」，那似乎預設了中國文化區讀者的語感。[24]

---

22 關於singlish，見Colin Goh Y. Y. Woo編《胡說牛津新加坡式英語詞典》*The Coxford Singlish Dictionary*, Singapore: The Forest Publishing Pte Ltd, 2009。

23 哈金，《在他鄉寫作》（台北：聯經出版公司，二〇一〇）。

24 最不可思議的是，部份華教高層竟然意圖用「普通話」來修正、規範大馬自然衍生的「華語」。星馬慣用的表述「舞獅」竟有有心人指出應做「獅子舞」。或可稱之為「獅子舞」事件。語言學家邱克威撰文批判：「若按其以『兩部權威的辭書』為規範的依歸，則《現代漢語詞典》不收『農曆新年』，我們只能過『春節』；詞典只收『羽毛球』、『腳踏車』，我們都不能打『羽球』、騎『腳車』；雖然新版詞典收了『豆花兒』，免卻我們學生都只能吃『豆腐腦兒』，但卻規定『豆花兒』必須兒化；只是無論如何我們今天仍然不能喝『豆花水』。」（〈「舞獅」與「獅子舞」〉，《東方日報》，二〇一三年六月二十九日）這事件相當有象徵意義：部份華人自發性且盲目的屈從中國標準，不覺得在地的差異是有意義的。

馬來亞建國後的二十多年間，除了從四〇年代中國習得的文學語言（南來文人一般都有較好的文字教養，如方天、白垚、蕭遙天、黃思騁等），抒情流麗，但時而過於唯美（從憂草到王葛）；在某些本地出生、無意於語言本身的經營的作者身上，漸漸形成一種本地腔（如雨川）——一種殘缺的華文，多陳腔濫調，套語，繁冗的構句，那是種沒有個性的文體。

但也有少數秀異如溫祥英者，經過艱苦的打磨後，開發出一種獨特的語感，一種「大馬土生華文」，偶見生澀，有一種格格不入的美感，那是馬來半島熱帶風土，可以說是自然演化出來的受方言土語、殖民遺產浸染的華文。在一些大型的文學獎評審席上，對中國及台灣評審而言，那樣的華文帶有股令人不安的外語腔。譬如二〇一五年花踪小說推薦獎，當競爭者是溫祥英和黎紫書，後者自然是贏家，似乎也一向如此。流麗的中文一向完敗「破損的華文」。前者對「中心」而言更熟悉、安全、馴化。但如果只是走那條路，不太可能創造真正的「獨特性」，和「中心」的文學產生有意義的區隔。

接下來，我們從台灣和香港這兩個「華文文學的加拉巴戈群島」中的小島的若干個案，進一步申論。

相較於星馬，沒有強勢的「華語」的壓制，粵語在香港得以自由發展，深刻的影響了該地書面語的語感，一種孤絕的方言之美。我最常舉的例子是黃碧雲的《烈女傳》、《烈佬傳》，當然其他作家不乏傑出表現。黃碧雲的例子是粵語與中文之間的協商，聊舉一例，如《烈女傳》的這麼一段文字：

你婆婆老母初來香港，上海街，廣東道，新填地街都是海，只得廟街一條街。彌敦道是山。那時候，下午不可以睡覺，鬼佬會來查屋。見你睡覺，以為你病，就拉你去，打死人針，醫死你。洗太平地，怕有病，家家戶戶拿床去浸臭水。一個大鐵桶，床板木板，拿進去浸。鬼佬查屋會聞，如無臭水，就要拿床板去洗。你婆婆宋香用臭水抹落床板上，就不用洗。[25]

這語感是粵語的，且是底層的，老母、浸臭水（浸消毒水）、鬼佬等慣用語，……短促的句子；一般如果直接用粵語標記（如香港漫畫），「是」寫做「係」，「不用」寫做「唔使」，「睡覺」應做「瞓覺」，「拿」做「攞」。這樣的妥協是蠻常見的，既保留粵語的語感，又藉用若干普通話詞彙，讓它不致充斥拼音假借，即便不諳粵語，也應看得懂這類句子。如果懂粵語，就可以聽到另一層聲音。而這類寫作的存在，必須對方言充份寬容。如果標準語過於強勢，它就很難得到發展。

25 黃碧雲，《烈女傳》（台北：大田出版公司，一九九九），頁五六。

閩南語在台灣，日據時代如賴和、楊守愚獨特的「台灣話文」，其後雖經歷主導語言（「國語」）的長期壓制（日據：日語，民國：華語），少數秀異的寫作者仍努力試驗。一九四九以後，代表性的先驅如致力於狂歡體的王禎和，譬如〈嫁妝一牛車〉裡的一句鄉民之言——「是這臭耳郎咧！不怕他。他要能聽見，也許就不會有這種事啦！」[26]「臭耳郎」，閩南語，耳聾之意。「不怕他。他要能聽見，也許就不會有這種事啦！」卻是民國國語了。倘若真寫成閩南語，「不怕」應寫做「唔驚」；「不會」應做「袂（𣍐）」；「這種事」寫做「這款代誌」。那對不曉閩南語的讀者，要看懂最只怕是非常困難了。

它經歷了不同世代的演化，舞鶴的《拾骨》：「咸菜脯一樣的臉望了一會爛瓜一樣的天。」[27]黃翰荻《人雉》（「我忝矣！欲去倒一下，各人毋通𣍐記敆你个書搬轉去！」）[28]到唐捐《蚱哭蜢笑王子面》、《金臂勾》等，鑄造出一種幾乎不可譯的表述。譬如這樣一首詩〈大愛果汁機——為聖女小番茄而作〉的第一節：

厚，麥擱胖啊
強強滴A大愛果汁機
泰國芭樂沈重A悲哀，汝敢會栽？
木瓜尚蓋討厭是牛奶，汝敢會栽？

旺來是旺來，令狗是令狗（一邊一國啦！）
檨仔卡想生佇樹仔頭，汝敢會栽？
請借問
亂胖一通A黑肉賞
汝敢好勢，強強欲落聖女甘仔蜜和姻姐妹啊A目屎？[29]

麥擱，台語，別再。胖，狀果汁機運轉之聲，讀做pong。A，華語「的」的台語發音，「汝敢會栽」國語做「你哪會知」，「栽」純記音。「尚蓋」，最是。旺來，閩南話鳳梨。令狗，讀做lingo，日語蘋果。檨仔，芒果（台語）。甘仔蜜，甜如蜜。目屎，台語眼淚。

讀者即便嫻熟普通話，如果沒有南方方言背景，也感到索解為難。但方言也不是唯一的決定性因素，關涉的是文學的整體表現。只是這些南方方言只有在長久的離境之後——離開被「普通話」書同文的「普天之下，莫非王土」的背景。

26 王禎和，《嫁妝一牛車》（台北：洪範書店，一九九六），頁七三。
27 〈調查：敘述〉，《拾骨》（高雄：春暉出版社，一九九五），頁一〇〇。
28 《人雉》（台北：麥田出版，二〇一五），頁八〇。
29 《蚱哭蜢笑王子面》（台北：蜃樓出版社，二〇一三），頁五四。

如前所述，台灣、香港、馬華共同的外位；南方風土、南方方言、殖民地經驗；進入各自的歷史深處，尋找自身文學的定位的激情和焦慮等，都可以把它們整合進「南方華文文學共和國」的文學史烏有鄉去。

和卡薩諾瓦的《文學世界共和國》的視角不同——該著以邊緣作家如何採取特定的策略進入中心，被接受、承認為焦點，來組織不同的在地個案。但我著眼的不是「進入中心」這樣的敘述策略（雖然近年台灣作家如朱天文、朱天心、張大春、駱以軍、李永平等，馬來西亞如黎紫書，都「登陸成功」，作品出了簡體版，且受到相當的肯定，作品裡的「中國」都被編輯校改為「祖國」），而是在外——某種特定的書寫策略（譬如對中原文學場域而言相當陌生、對北方讀者容易有閱讀障礙的閩粵方言），雖然也不見得是刻意的「去中心」。相關寫作策略也是不想跟著「中心」設定的文學標準走（這問題，在近現代中文文學場域裡，或可稱之為「《海上花》困境」——韓邦慶以吳語撰寫的《海上花列傳》（一八九四）出版後百餘年一直不受「國語讀者」青睞，如張愛玲所言，「看官們三棄《海上花》」[30]），也不為中共的意識型態天花板所限，不以其禁忌為禁忌，而集權國家的禁忌還真不少——學者黃子平因此而有「害怕寫作」之嘆。「南方華文文學共和國」的提法因此是反諷的借用《文學世界共和國》的標題。這是個沒有中心也沒有國界的共和國。

因大小有別，台、港文學之間的相互瞭解多一些，馬華文學除了極少數個案，很少為台港作家學者所瞭解。雖然這幾個地方其實共享相似的問題境遇：都不甘願成為中國文學的附庸，都力圖創造出有意義的差異。

我自己的初步探索始於一九九五年的〈華文／中文：「失語的南方」與語言再造〉（收於我的《馬華文學與中國性》），藉王安憶對兩岸相互隔離下小說語言各自演化結果的一個觀察，把南方問題化，也嘗試概念化「華文」——馬來西亞中學即設有「華文課」[31]，那是台灣「國文」的在地轉化、去國家化。在那篇文章裡，我嘗試區分境外華文作家經常採取的兩種不同的語言策略，「中文」是典雅流暢的中文（台灣方面，是余光中及若干中文系學者在七〇年代提出的「純正中文」，如李永平在《吉陵春秋》的實踐），「華文」則是刻意以翻譯體、方言俗語等去系統的扭曲它的平順流暢。《文學世界共和國》也提到邊緣域作家經常採取的兩種不同策略：一是採用民族語言的路徑；一是採用昔日殖民帝國的語言。前者要進入「中心」只能翻譯為歐洲主流語言。後者又可區分為兩種途徑，一是用漂亮流利規範的帝國標準語（大多數想要進入中心的作家採取的作法），一是以方言去爆破它（喬依斯、貝克特最激烈的實踐）。〈華文／中文〉是我華文文學研究的綱領性文章之一，其後把它接合進我的「中文現代主義」論[32]，探討的是相對於西

30 張愛玲，〈國語本《海上花》譯後序〉，張愛玲註譯《海上花落》（台北：皇冠文化公司，二〇〇九）。
31 本人，〈華文課〉，收於《火笑了》（台北：麥田出版，二〇一五）。
32 我的另一篇綱領文字，〈中文現代主義？一個未了的計畫〉，《謊言與真理的技藝：當代中文小說論集》（台北：麥田出

方「文學世界共和國」的中文世界文學創造的可能——必須和西方「中心」拉開一個距離，創造出自身的「現代主義」。在台灣，即便是嚴格意義上的現代主義，也可看到華文／中文的分歧途徑，前者如七等生、王禎和、王文興、舞鶴；後者如白先勇、李永平、郭松棻，前者常借鏡方言俗語。

「南方華文文學共和國」議題可以成立的另一個原因是，台港星馬之間存著文學歷史與地理的關聯。英殖民年代的馬來半島華文文學，源於自中國經香港流寓南洋的「南來文人」，方修、方北方、韋暈等都是；而力匡、馬博良、楊際光、黃崖等同時也是「香港作家」[33]；馬華現代主義的燃燈人白垚從大陸經香港、留學台灣後遷往馬來半島；一九五〇年後的三十年間，台港文學場域是密切關聯的（五〇年代現代主義的轉介，詩人學者的相互流動——譬如葉維廉、鄭樹森的深刻介入台灣文學場域，西西全部作品的在洪範出版），那二十多年間，中華民國—台灣自居為中文文學的中心，也是當然的中心。而馬來亞或之後的馬來西亞，五〇年代以後一直以港台現代文學為文學養份，一直是輸入、吸收，如依賴理論所描述的邊陲對中心和半邊陲的依賴狀態。六〇年代後，藉由僑生管道而來台留學的華裔子弟，方以親臨現場的方式（以創作和論述）介入台灣文學領域，有限的重演《文學世界共和國》描述的「尋求承認」路徑。而近二十年間，年輕的馬華文青也透過台灣的重要文學獎獲取文學場的入場券，以作品在台出版為進一步的承認。另一方面，一九六〇年後的三、四十年間，台港文學都是馬華文青重要的模仿對象，這兩地的文學評論也直接影響星馬作家的文學想像和文學判準，三地間有一種內在的緊密，甚至唇齒相依。相較於中國，這些小島的文學未曾因政治的干擾而中斷，一直延續著，依自己的步調演化，也出現了一些中國大陸不可能出現的作品——香港如西西、也斯那些千變萬化的寫作，台灣如瘂弦、楊牧、夏宇這些現代詩大家，當然也包括王文興與舞鶴那些大有爭議、顯然不可譯的小說。然而，文本的「不可譯」本該是個重要的目標。那是文學的加拉巴戈群島的奧義。當然，台港的文學工作者都不該只關注自己的文學，或者高於自己的世界文學，而忽略了自身的小文學境遇，及相似處境的華文文學的相鄰個案。

面對這種種個案，必須回到它們各自的固有語境。因此我們的立場是原著主義的，而非全球化文學。三浦玲一以這組區分來分判大江健三郎與村上春樹的作品[34]，也解釋了何以後者較諸前者得到更為世界性的關注，更為流行，更為暢銷。在理解上，前者注重的是文本特定的意義脈絡，那促成它被生產的「背景」、特定的文化語境。而這樣的解釋路徑其實並不在詹明信「國族寓言」說的延長線之外。也唯有如此，方可能消除因「遲到」而造成的「似曾相識」幻象。後者

版，二〇〇一）。

33 二〇一五年我應《香港文學》之邀處理了兩個個案，劉以鬯和方天，見〈香港—馬來亞：熱帶華文小說的兩種生成，及一種香港文學身份〉，《香港文學》三六五期，二〇一五年五月。收入本書。

34 見其《村上春樹與後現代日本》，陳明霞譯（華中科技大學出版社，二〇一六）。

的特性是，讀者閱讀時盡可抽離脈絡，因為它的文本策略原就朝向「普世性」，把跨地域讀者感興趣的各種要素都整合進敘事裡，無視它之所以產生的歷史語境並不妨礙對它的審美享受。也因此，更易為卡薩諾瓦界定的「文學世界共和國」所接受，也往往顯得更為「成功」[35]。

當然，我們的加拉巴戈群島境遇，是歷史偶然條件造成的。中華帝國的衰弱，人民共和國的鎖國，香港的被殖民，台灣的民國情境及被壓抑的鄉土，大馬危機重重的華語生存環境——那樣的境遇裡獨自演化。有朝一日，這些歷史偶然條件消失了，那些有意義的差異或許也就煙消雲散了。

二〇一六年九月十四日初稿
二〇一六年十一月補

35 一直以來，經由翻譯途徑進入漢語的世界文學，經常是去除脈絡的，往往只有譯者的序或後記對作者和他在自身語系裡的位置、「世界文學」裡的接受狀況做一些概略的介紹，外文的重要研究成果幾乎不會被譯進來。換言之，再怎樣原創性的鉅著，引進中文時也往往被抽離為「全球化文學」。也許，中文作品被翻譯進那個「世界」時，也是循著同樣的途徑，因此好像沒什麼特色。為滿足美國受眾的胃口，葛浩文的翻譯甚至經過大幅度的修潤甚至改寫。見李景端，〈葛浩文式翻譯是翻譯的「靈丹妙藥」嗎?〉，http://epaper.gmw.cn/zhdsb/html/2015-10/21/nw.D110000zhdsb-20151021-2-05.htm。

附錄

花踪——一場文學運動？

花踪文學獎自一九九一年創辦以來，剛過了十四屆（按：本文寫於二〇一七年，至二〇二二年，花踪已至第十六屆），二十八個年頭過去了。最近倒頗聽說它可能離終結之期不遠。它的頒獎典禮之華麗一向頗受矚目，當然也不乏批評（「奧斯卡」之類的），但無可諱言，近三十年來，它對馬華文學作品的生成、水平的提昇，都扮演著推進器的作用。它的高曝光度、「成名」的入場券、高額獎金等，對年輕的寫作者是極大的誘因；而限定參賽資格（除世華獎之外，都限定「馬來西亞公民」），排除了國外（尤其是中、台、港）的寫手，當然增加了自家人得獎的機會。這種與貿易保護主義類似的「保護主義」對弱勢群體而言，卻是必不可少的。否則本土的產品永遠沒機會發展成熟、在地的幼苗沒機會茁壯長大。如果只是為人作嫁，那就真的沒意思了。

也許為了減緩因國籍之牆造成的閉塞感，二〇〇一年增設了花踪世界華文文學獎。限定「馬來西亞公民」顯然並不足以讓它成為國家文學，反而讓它與「花踪」蘊涵的文化民族主義意味相扞格，自我呈現為地方。但看來是「國際化」指標的花踪世界華文文學獎，自二〇〇一年以來頒了九次，不知何故台灣作家居多，佔了五位（陳映真，楊牧，王文興，余光中，白先勇）；美華一位（聶華苓）；中國兩位（王安憶，閻連科）；香港一位（西西）[1]——中國只有兩位，顯然少得離譜（何以台灣特多？因主其事者多為留台人？）——馬華迄今一個都沒有（李永平、張貴興都不夠資格嗎？）不管怎樣，這個獎對那些「得獎者」其實並不能增加什麼，那些都是成名已久，響噹噹，甚至已進入文學史的作家了。世華這部份，確實是「錦上添花」了。甚至可以說，花踪需要他們，遠甚於他們需要花踪。因此如果花踪不辦了，這一塊可說是毫無影響；繼續辦下去，大概也成不了中文世界的諾貝爾獎——「中文世界的諾貝爾獎」這一表述當然是反諷，諾貝爾獎的精神恰恰是跨語——雖然那仍以歐美語言為主體。

即便花踪試圖立基於跨國的文化中國想像，但它主要的貢獻應該還是在馬華文學——有國籍的馬華文學。那是馬華文青的主場，沒有「背景負擔」[2]。

二十八年來，經由花踪的認可機制，確實栽培出一整個世代的寫作者。七〇後，黎紫書（一九七一），游以飄（一九七〇），陳耀宗（一九七四），龔萬輝（一九七六），施慧敏

1 香港方面，最可惜的是沒給也斯（梁秉鈞，一九四九—二〇一三）頒個獎。梁不止是詩人，同時還是香港文學論述的開創者之一，有這種雙重身份的作家並不多，很有象徵意義。

2 指因評審（讀者）不熟悉特定作品的背景而造成對它的低估或錯誤評估。在「客場」，評審會覺得那作者「不識好歹」，甚至意在挑釁；反之，在馬的「主場優勢」應會促使國外評審自覺某方面的知識或許要加強。

（一九七六），木焱（林志遠，一九七六），邢詒旺（一九七八），吳道順（一九七？），翁菀君（一九七八），許裕全（一九七二），許維賢（一九七三），周若濤（一九七七），周若鵬（一九七四），梁靖芬（一九七五），曾翎龍（一九七六），戴曉珊（一九七六），張柏榗（一九七八），劉慶鴻（一九七九）等，及若干「六字輩」，如李天葆（一九六九），方路（一九六四），吳龍川（一九六七），呂育陶（一九六九），陳大為（一九六九），鍾怡雯（一九六九），黃靈燕（一九六九）等；及八〇後的牛油小生（陳宇昕，一九八七）等，族繁不及備載。名單雖並不齊全，然而這包含了各文類的陣容已經相當驚人。好些名字在不同屆反覆出現，重複獲取肯定。文學獎的封閉[3]競技特性，使得重返者或新入場者都必須求新求變，尋找新的可能性，確實可能讓作品更趨於精緻、精巧。詩趨於繁複晦澀，散文時而越界（甚至山寨），小說每一層面的技術都極考究……有的作品也許因而異常匠氣，帶著濃重的文學獎氣味。但這樣的競賽也有可能讓馬華文學作品的水平提昇到此前未曾抵達的高度及難度，而不只是達到中文世界的基本水平而已；競技的高門檻強迫作者全力以赴，以發掘自己的潛能[4]。

那是自一九五七年以來的三十年間，一向對文學自身沒什麼要求的現實主義世界觀所無法想像的，現實主義作家也集體的在花踪裡缺席（不論是甄選獎還是推薦獎[5]）。從這角度來看，文學的典範（典律）轉移已然發生。花踪文學獎得獎作品即是明證：三十年來的馬華文學已有一番全面的更新。因緣際會，最得利的主要是「六、七字輩」，加上少數五〇末、八〇初的，差不多就是一個大的世代[6]。他們可能是大馬建國後最幸運的一個世代，在寫作的第一個十年，台灣兩個最重要的文學獎也還沒熄燈，而且沒有限制參賽者的國籍，有興趣的馬華文青都可一試身手，或許可同時在台、馬出名。

六〇年代後的三十年，一向被稱做是台灣文學的盛世，而兩大報文學獎至少支撐了該文學盛世中的三分之二，扮演著極重要的、作家能力的確認功能。在那盛世終結之後，文學獎在台灣已沒那麼重要（不再受矚目，小說的字數且刪減至不可思議的少），像逃走的壁虎留下的尾巴還會動，它們還繼續生存了若干年。那些年，也許花踪的重要性還超過了氣數已盡的那兩條斷尾。

一九九四年開始的新秀獎，讓有志者（在受保護的情況下）[7]提早受到肯定，學習辨識所謂

3 限定「馬來西亞公民」也幾乎心照不宣的限定了背景，在場（或曾經在場），「馬華文學」。若干屆之後，自身的審美特性，優先於「反映現實」也成了默契。

4 連續參加了八屆方得首獎的曾翎龍是個有趣的例子，他是黎紫書、龔萬輝、許裕全這類屢得首獎的寫手的對照組。曾翎龍的自白很有趣，「空白期歷時十六年，讓自己堅持下去的，無疑是一種信仰：我明明寫得很好，只是他們不懂。」（〈我與花踪〉十之四）輕舟已過萬重山之後，回頭看：「以前確實不好。但好在一直覺得自己很好。」換言之，十六年的歷練，不止技藝精進，更有眼力，理應也更能掌握「好作品」的可能空間。

5 詩推薦獎前三屆還有方昂、小曼、寒黎，之後整個群體被淡出。

6 王列耀、彭貴昌的〈「花踪文學獎」與馬華文學新生代的崛起〉（《華文文學》三十七卷十二期，二〇一五年十二月）詳細描述了二十多年來花踪文學獎造成的新生代典律轉移，頁一—七。

7 受保護——純粹新手間的競爭，不必受老手干擾。

的好作品是長什麼樣子的，應具備哪樣的條件。一開始即與文學獎同時存在的文藝營，能讓文青提前瞭解文學成規，提早入門，知道寫作是怎麼一回事。那些為文學獎熱身的知名作家學者的講座，委員們為文學獎決審留下的詳細紀錄——非常直觀的文學評論。雖然沒時間就文本做充份的細讀，以致不見得能完整的論證，但決審的場合不容含糊，每位評審都必須做出判斷，給出理由——以致不得不暴露自身的品味、愛好、判斷力和學養，那也是個考驗。作品之得獎與否，和這些要素有直接的關聯[8]。文學獎常有遺珠，也可見文學判斷的相對性、或相對主觀性[9]。但不管怎樣，近三十年來的馬華寫作者要成名，鮮少能繞過花踪文學獎者。

這以文學獎為核心建構起的龐大再生產系統，徹底改變了馬華文學的體質。甚至可以說，是它逐步終結了[10]老化疲乏的馬華現實主義，新的文學價值觀淘汰了革命文學的殘渣死灰（為人民服務／反映現實）。是它的生產性，而不是「燒芭」，造成了典律的轉移[11]。只有生產能終結生產。

然而，花踪能改變馬華文學「經典缺席」的狀況嗎？十一年前馬大中文系講師潘碧華如此提問。在那篇盛氣凌人的雜文裡，她咄咄逼人的質問道：

> 本地作家們正在舞臺上亢奮的同時，我們不禁要問：我們的讀者在哪？有多少位本地作家的著作可以賣超過兩千本？我們的經典著作在哪？有多少位本地作家可以以文養生？答案都

8 有些評審格外認真，就可以看到對特定作品相當細緻的討論。舉例而言，第十二屆詩組的決審，陳育虹對〈忘年〉的仔細辨析，就細到進入肌理，也因此能成功的說服有疑慮的其他兩位決選。又譬如第十四屆的散文決審，鍾怡雯對〈貧窮病〉的仔細批評，也是深入到冗言贅句病語，相當有說服力。

9 在不同時間裡曾作為參賽者、複審委員、工委的曾翎龍的描述（見〈我與花踪〉之九），不少參賽者的落選作品都在台灣的文學獎得了大獎，可見落選作品的水平並不差，也可見出評審的相對主觀性——但也可能台灣的競爭對手變弱了。近年我參加過一次中國時報文學獎決審，作品水平低到難以置信。

10 這裡的「終結」當然不是殺草劑似的噴殺到吋草不生，而是把它們逐漸的邊緣化。作品得不了獎（或不敢參賽），選集不收，推薦獎沒人推薦，沒人請去當評審……很快就被忘得乾乾淨淨。

11 詳細描述了二十多年來花踪文學獎造成的新生代典律轉移的〈「花踪文學獎」與馬華文學新生代的崛起〉最大的問題大概在於對「新生代」的認定過於含混。諸如「從第一屆開始，新生代作家就成了推薦獎的主要候選人，此後，新生代作家所占比例越來越大，直至囊括各大獎項，到第四屆起，推薦獎已經被新生代作家們盡收囊中。」（頁七）這論斷並不準確。第九屆的小說推薦陳政欣（一九四八—）、詩推薦沙河（一九四六—）都是「四字輩」，不是什麼「新生代」，雖然四、五、六、七、八屆是以「六字輩」為主。第一至三屆的推薦獎中，潘雨桐（一九四七—，小說第二、三屆推薦獎）、小曼（一九五三—，詩第二屆推薦獎）、方昂（一九五二—，詩第一、三屆推薦獎）都不是什麼新生代。關於「新生代」，王列耀、溫明明等編著的《二十世紀九〇年代馬來西亞華文報紙副刊與「新生代文學」》（中國社會科學出版社，二〇一五）有一番界定：「……以『六字輩』和『七字輩』為主的一批作家」。（頁一一）相較於甄選獎，個別文類的推薦獎是比較可能被操作的，第九屆的多以文壇前輩為推薦對象，看來是有意為之，是為四、五、六、七屆的（過於）偏重年輕人做個平衡。相較之下，甄選獎都是年輕世代的天下。

二十多年過去，不太可能出現沒詩意的詩、沒有「小說的感覺」的小說、「太散」的散文。

這後來停辦的單一文類推薦獎當然有它先天的侷限：作品一定要發表在兩年內的星洲副刊，副刊主編又有權力決定作品刊登與否，易言之，副刊主編似乎就有決定權。

花踪第十屆（二〇〇九）方始創的馬華文學大獎，位置可說是介於單一文類的推薦獎、與（看來）不會頒給本地薑的世華獎之間。如果說第一、二屆是還在試音的階段，第三、四屆之後它的調子大概比較確定了，是個成就獎——有國界的成就獎。

是令人洩氣的。[12]

問錯了問題，答案如果不「令人洩氣」，才怪。「以文維生」、「作品賣兩千本以上」，即便我們這些被她當成台灣作家的留台人，也做不到[13]。大馬潛在的華文文學閱讀人口那麼少，如此苛求一個文學獎，只能說是莫名其妙。「花踪文學獎固然可以讓馬華文學來個自我肯定，但經典之作並不是花踪可以製造出來的。」這倒不見得，雖然我不是很確定箇中的「製造」是什麼意思。事實上，一方面「經典之作」常出於重要的文學獎，我們編選集時也常參考文學獎得獎作品，畢竟那是耗費鉅額社會成本挑出來的[14]。眾所週知，文學獎、選集和詮釋活動（所謂的文學評論），都是典律建構的重要環結。再則，文學獎把寫作者的寫作水平鍛鍊提昇之後，即使不是特定的得獎作，同一作者的其他作品也有可能是「經典之作」（或「準經典之作」[15]）。另一方面，即便傳火人不願意承認，黎紫書可說是花踪栽培起來，而廣受中港台承認的國際馬華小說作者。花踪當然有它的廣告效果。

至於「我們的讀者在哪？」我曾用比較有理論意味的方式問過這問題：「誰需要馬華文學？」[16]彼時，著名的大馬潮州怒漢嗆曰：「人民需要馬華文學！！！」然而，我們的「人民」到底在哪裡？在茫茫的風裡？在雪櫃的雪裡？

我的看法迄今不變：我們不得不承認，馬華文學本來就是支沒什麼讀者的文學。寫得難和寫得簡單，寫得好、寫得普通，一樣有人嫌的。同代的寫作人肯讀一讀同儕的作品就很「佛心」

了。「沒有了讀者的作品還是文學作品嗎？」[17]當然還是，作品水平如果夠高，總會有讀者的，即便是在遙遠的未來，小眾（除非你認為小眾讀者不是讀者）。讀者也是要培育的，文藝營和學院裡的文學選讀課，擔負的不就是那樣的功能嗎？如果一定要大眾才算數，只好去寫推理言情，驚悚傳奇，科幻武俠，或無聊瑣碎的八卦專欄了。

也許有人會問，文學運動不是該有宣言、宗旨之類的宣示文字嗎？特定的文學運動不都會綱舉目張的揭櫫對「好作品」的看法嗎？作為文學獎，花踪用了一種獨特的、開放的方式處理——

---

12 潘碧華，〈花踪文學獎：經典仍缺席〉，《東方日報》，二〇〇六年九月十日。

13 一直以來，華文閱讀人口基數至少超過大馬不止十倍的台灣，情況也好不了多少。作者要嘛另有職業（教書，編輯，記者），要嘛靠打零工、接通告，清苦度日。

14 文學獎作品的限制是，只能就該次參賽作品中挑出最好的，但它未必真的就是最好的。選集則必需跨出單一文學獎的限制，更廣泛的比較取樣。

15 譬如，收入《故事總要開始》（台北：寶瓶文化公司，二〇一三）的梁靖芬的〈黃金格鬥之室〉可能因手法比較隱蔽，國內外評審均不知所云。同屆龔萬輝得評審獎的〈遠方的巨塔〉我們沒收（我認為它技術上有小瑕疵），但收了同一作者的〈無限寂靜的時光〉。同樣是《故事總要開始》，吳道順的〈籐箱〉是花踪馬華小說第十屆首獎作品。張柏榗的小說〈捕夢網〉得了該屆的評審獎，但我們收進選集的是他得第三屆海鷗文學獎的〈邊界〉。

16 〈誰需要馬華文學？〉，《注釋南方》（有人出版社，二〇〇九），頁一一五—一一八。我這篇文章還比前引潘文晚三年，「時光如此遙遠」，也許她早就改變想法了？

17 均引自潘文。那諸多不盡合理的提問，就大馬華人的集體知識狀況來看，應該有相當的「群眾基礎」。

交由評審去裁決。雖然初、複、決審各階段都有風險，但也是行內人的工委們可根據結果進行調控。最終的結果是讓他們心目中的好作品現世。換言之，真正決定這場運動的，可能是藏身幕後的文青工委們。選哪幾位作家學者，他們的品味、立場、學養等已一定程度的被掌握，得獎作品（甚至決選作品）大致被定向，劃出有限的可能空間[18]。經過多年的調整，這空間大致穩定了。那也即是「好作品」的可能空間[19][20]。偶而有太突出的作品，甚至可能反而落選[21]。

或許該進一步追問——從這將近三十年的實驗，是否可以看到新世代對「馬華文藝獨特性」的想像？

如同王朝，文學獎也有它的起落興亡。始於一九七六年的聯合報文學獎，辦了三十五屆，二〇一四年突然宣佈停辦；始於一九七八年的中國時報文學獎，辦了三十八屆，二〇一六年七月突然按下「暫停鍵」（按：近年又復活了）。扶育了好幾代作家，也算功成身退了。主要的原因，是文學本身的邊緣化與政治化，及報社本身的經營出了狀況（譬如，《中國時報》自從「旺旺」之後，副刊自身也淪為汪洋中的一條船了，還顧得了文學獎？）。而且，更為「本土」、獎金更高的文學獎早已取而代之。

近年，其他的台灣的文學獎，也多限定參賽者的國籍（「限中華民國國籍」），也實施「貿易保護」了。早年那種「四海一家」的華文文學共同體的烏托邦想像，那種國際化，那種自信，隨著台灣文學的進一步台灣化，也就煙消雲散了。相較於台灣「有國籍的文學獎」林立（各鄉鎮、中學、大學[22]），會館林立的大馬，不知道有沒有可以接棒這場「回到文學自身」的文學運動？

二〇一七年九月十八日

---

18 有心人不難經由研究歷屆的得獎作品和評審紀錄而掌握這空間。

19 這可能性空間，大致是以一九六〇年代以來台灣三十多年中文文學「黃金時代」的經典之作為參照的。也即是從現代主義，歷經鄉土文學到所謂的後現代、後殖民的各種文學實驗。同樣的時間段落內，大陸有十年忙於文革、破四舊，九年反右，其後是十多年的新文學爆炸。世華文學獎的五位台灣得獎者，無一不是這「黃金時代」內的經典作家。旅台的「世華遺珠」，也是這黃金時代孕育出來的。世華的大陸得獎者，是改革開放後文學爆炸的中堅份子。

20 因參賽老手對那可能性空間的熟悉，對文學獎的要求過於瞭解，就會衍生出另一個問題——得獎者的不斷回鍋。一般如果之前只是得佳作，或屢戰屢敗，為得首獎而屢試，那情有可原；如果是為收集首獎獎盃，或把它當成一種收益，就難免爭議了。一般來說，老手由於熟悉成規，不難製作出滿足各種「得獎要求」的作品。而技術上無懈可擊的作品，一般評審都會比較青睞，選它，風險較小。反之，新手的作品即便很有潛力，很有趣，如果它有若干技術瑕疵，一般評審也不敢冒險挺它。換言之，得獎老手的回鍋確實會排擠掉有潛力的新手。第十三屆的散文獎是很好的案例。如果不是鍾怡雯力辯，許裕全的〈貧窮病〉就很可能得首獎。即便如此，或許更具本色意味的〈吳西〉還是被擠掉了。同樣在散文獎，更嚴重的當然是「山寨散文」了。如果只是老手們回籠競技，那文學獎的意義就小多了。老手應該往成家之路走去。當然，「已得獎的老手不回鍋」還只能是潛規則，但其實大部份得獎者都懂的。以台灣的兩大報文學獎為例，那麼多年來，裝不懂或裝傻的也只有那寥寥數位。

21 「太突出」常是太偏於一隅，走偏鋒，往往有的評審非常欣賞，有的評審非常不喜歡，投票時就非常不利，很難得到首獎。

22 敝縣有「玉山文學獎」，除了參賽資格等各種限定外，竟然規定「作品內容須以描述南投縣風土民情為題材，倘未符合，不得參選。」

馬華文學裡的橡膠樹
——我們的情感記憶，我們的「窠臼」

(1) 馬來亞的靈魂

你忍受著最大的痛苦
讓白刀子
把你的皮肉剝開——
用你潔白的乳汁哺育著馬來亞

你用潔白的乳汁哺育著馬來亞
和馬來亞的人民
你身上的刀痕
是馬來亞的史詩

你用綠色的手掌
——那和平的象徵
擁抱著馬來亞
在太平洋的沿岸

你是不能死亡的
你是馬來亞的靈魂

這首杜紅的十行詩〈樹膠〉寫於五〇年代，詩末沒註明年份，但收入的集子《樹膠花開》出版於一九五八年，也就是馬來亞「猛得革」的次年。和那年代的左翼歌吟一樣，用的是直白的明喻，假定它的對象是勞苦大眾，相當直接的、以最概念化的方式把橡膠的價值說出來——它是馬來亞的生命線。《樹膠花開》裡那首篇幅多五倍的同名作〈樹膠花開〉，一樣的概念化，但更為口語，更為鬆散，五〇年代的馬來半島，誠如過客韓素英在她的自傳《吾宅雙門》裡說的，處處是橡膠園，處處是膠工辛勤勞動的身影。

一九五五年創刊的《蕉風》半月刊，在第一、二期就有方天筆致細膩的小說〈膠淚〉，寡母獨子，生病的母親、暗夜摸黑割膠的孩子，一心想上學以擺脫窮困的命運，受創的橡膠流淚人也流淚，而命運如同暗夜，希望如同頭上油燈的微芒，但割膠仍然是希望，即便它渺小。

五〇年代剩下的那些年，也常看到類似杜紅〈樹膠〉的歌吟。譬如在創刊的次年，一九五六年七月第十七期，就有黃枝連短短的〈膠樹的話〉：

今天一看，
碩大的軀幹，
又多了這許多創傷，
像沙場上的英雄
掛了綵。
「何必為我們神傷？」
那來的聲音
——沈毅、有力，它說：
「多忍受一次痛苦，
增加了半島的興旺。
是的，像英雄掛了綵；
我們覺得
無比

榮光！」（頁二〇）

和杜紅〈樹膠〉意思是一樣的，只是多了點小小的戲劇化技巧，也更強調橡膠樹的犧牲——它一直是橡膠工人的隱喻，往往也擴大為工人的隱喻。因為橡膠被採割而流淚（血）的特性，因為它的移植及外來。此後也一直作為華人勞工的隱喻。第二十二期（一九五六年九月二十五日）署名葉綠素的作者寫的〈膠樹〉一樣是直白簡單的宣諭，以「一棵膠樹／一杯膠汁／一顆種芭人的希望」（頁八）破題，「托辣斯的壟斷又迫使你再一步走向貧窮哪」道出題旨。次年一月，李旺開的〈割膠的人〉一樣非常直白，像散文，明喻，關懷勞工，血和淚、勞動、剝削。第一節寫景，然後題旨宣洩而出：

一個給生活壓得扁了的靈魂／彳亍於密長著蘆葦的小徑間／軀殼裡以鶉衣百結的割膠衣／一把膠刀握在顫抖的手裡

一行行的橡膠樹給削割上「y」字／那潔白的膠漿涔涔地淌下——／是軀體迸出的苦汗和血漿／是生命中的命脈

那些大橡膠廠和車輪胎廠家／坐著大型汽車住著豪華大廈／是否用膠工底血汗辛苦砌成？／然而呀割膠者住的吃的穿的是什麼？（頁一〇）

已經出現明顯的左翼的程式化、口號化，膠汁↓血汗已有陳腔濫調的意味。以《蕉風》為觀察對象，以詩而論，一九六三年一月秋吟的〈雨後的膠林〉幾乎可說是絕響了[1]：

> 風雨的足音隱了／一個銀白色的球仍被雲堆困著／膠林似哀怨的少女／在這青色年代的夢裡掉淚
> 大地吮吸不盡那一串淚水／溝邊流載孩子潔白的紙船／流載著孩子的笑聲和希望
> 雨後的膠林　再也聽不到膠葉的嘆息／唯有膠林的眼淚吻著割膠人的苦臉／唯有行人的噓唏和怨語（頁一三）

少了左翼的口號式吶喊，代之以感傷的新文藝腔，代之以呢喃。而彼時現代主義風潮已呼嘯而來了。而現代詩裡，不容易再見到橡膠樹了，那些詩的辭庫多的是樹林，樹木，古樹，雨樹，樹。橡膠樹好像過於具體，被左翼口號操壞而被廢棄了[2]。

方天的〈膠淚〉算是審慎節制了，方天之前，早在方修編的《馬華新文學大系（四）．小說二集》裡，就有饒楚瑜的〈囚籠〉和一村的〈橡林深處〉（均發表於一九三四年），兩篇寫的都是南來第一代單身男性割膠工人，在賭與嫖裡耗費生命，膠林如同囚籠；那是我祖父那代割膠人的故事，和後來的所有膠工的故事都不同，見證了某個特定的歷史時刻。但〈橡林深處〉較具宣喻色彩，除了控訴賭博，還呼籲工人們應協力合作，以克服困難。就文學而言，後者不如前者，

1 檢《新馬華文文學大系六》，冰谷有〈橡林．母親〉以膠林與母親，母親的血汗滴落膠林，「遼闊的膠園餵哺著祖國」調子是非常典型的，結以「母親，我希望接下你肩上的擔子／以你的勤樸，以你的愛／散播在祖國，散播在廣袤的橡林」（頁三〇〇）非常勵志。何乃健有〈橡籽爆裂了〉，用童話的角度，基本題意是：「飽嘗了母樹的愛護／橡籽爆裂了，遠離故枝」（頁三八四），未註明發表日期，亦未見出色，因橡實爆裂時整座膠林處處是橡膠籽，就算有機會發芽，也絕對會像雜草灌木那樣被除盡，即便「遠離故枝」，也是絕望的象徵。不會如詩中母親的叮嚀「無論漂泊到哪一塊土地上，／孩子們，記取表現你生命力的剛強」，這希望的聲音是小知識份子強加的。冰谷詩集（一九七七—一九九〇）《血樹》（馬來西亞華文作家協會，一九九三）有幾首寫橡膠樹的詩，如〈血樹〉（一九七七）核心比喻也是膠汁＝血（犧牲）；〈母親和我數著橡樹〉（一九七八）和其回憶割膠與母親的散文相似，有相濡以沫的溫暖。其佳節如「橡樹／每天流下一杯杯乳白／母親和我知道它的痛苦／橡樹也知道／我們的痛苦」（頁二〇—二一），但都用明喻，較少周折。又如〈落葉的林間〉、〈橡樹密植的港灣〉（均一九八〇）及〈橡膠樹〉（一九八七）均直白無餘韻；〈橡樹——給自己〉（一九九〇）以膠樹的一身傷喻自己成長的坎坷，但這意思一九六三年的散文〈兩顆橡籽〉已做了更生動更微妙的表達。總體上冰谷的橡膠詩不見得比前賢佳，但更有感情。可是遠不如他的散文——詩的必要經營還是欠缺的。

《新馬華文文學大系六》同卷又有李販魚〈寡婦和獨生子〉，好像是從方天〈膠淚〉延伸出來的故事，寡母獨子，割膠維生，但故事有加入「像離別親人一樣默默地告別了膠林／我們被團團的鐵絲網圍住」新村計畫下的困境（頁四〇〇）。但全詩詩味寡淡，很勵志。三首調子一致，反映的既是編選者的問題，也可能是這題材的可能性即將被耗竭。

2 天狼星詩社成員之一的藍啟元在一九七九年寫有〈橡膠樹的話〉（《橡膠樹的話》，天狼星出版社，一九七九，頁六七，感謝李樹枝兄提供）：

> 我忍受肚腹的皮肉之傷，我流血／白色的注滿／能解你饑渴我很歡愉／能給你溫情我很安慰／而我樂於付出／如果能預見更
> 多笑靨／我樂於傾注
> 祈盼能長久相守／在這國度，啊／你我的相依為命

這橡膠樹感覺比較自虐。

但後者的題目要好一些。一九五七年旅居星馬的劉以鬯也寫了篇短短的〈在膠園裡〉，但那不過是個以膠園為背景的故事而已。

(2) 情感的記憶

因此毫不奇怪的，寫膠林生活，表現得比較好的不是詩。小說除饒楚瑜〈囚籠〉（一九三五）、方天的〈膠淚〉之外也少見佳作（雅芳的〈苦命的膠工〉〔《蕉風》一九五九年二月，第七十六期〕、〈膠工的日記〉〔《蕉風》一九五九年三月，第七十七期〕都略嫌單薄）。反倒是本性安份的散文較為可觀。諸如管弦的〈膠工生活一頁〉（《蕉風》一九五七年六月，第三十四期）、雅芳的〈割膠記〉（《蕉風》一九五八年六月，第六十四期）、飛雲〈生活在膠園的一天〉（《蕉風》一九六〇年五月，第九十一期）等，雖然篇幅都不長，文字也質樸，但呈現的是較為真實親切的細節。從膠林裡的蚊子、割膠收膠汁的方式、收入的狀況，至少能免於流於概念化、口號化。這樣質樸的寫作，前有所承、後有所繼，《新馬華文文學大系二》裡即收有蕭村寫於一九四九年的〈割膠〉（一九四九）和林西寫於一九五〇年的〈落葉〉，小說也寫得相當好的蕭村的文字比林西細緻得多，也比後起的魏萌、冰谷、章欽等更具文學感性。

而在這些散文裡，文學品質最高的當屬魯莽[3]的〈橡林裡的夜聲〉（《蕉風》一九六〇年八月，第九十四期），完全從膠林裡的生活體驗出發，寫蟲鳴鳥叫風雨聲，有一種身在其中的歡悅（而不再只是痛苦的工作場所）。只需舉一段寫橡實爆裂的——

你聽過橡膠果炸裂的清脆聲音嗎？你聽過橡膠籽滾落在泥土上的細微聲響嗎？我想，那「劈拍劈拍」的爆炸聲及墜落在泥土上的微細聲響是屬於夜的，在單純的聲響中蘊含一種很優美的節奏。橡膠果樹炸裂是代替夜梟的哀叫而來的，彷彿悄悄的提醒你：季節在緘默中又轉換啦！是的，季節在緘默中又轉換啦，可不是麼？點綴在枝梢上的紅葉凋落了，那一顆顆深藏在葉叢裡的橡膠果，沈甸甸地垂掛著，像一個個飽滿的蘋果，先前是很不容易看見的，現在都明顯的暴露出來了。我猜不透它是自感孤單冷落呢，抑是煞不住強烈的陽光？橡膠果皺起黛綠的皮，自動炸裂，「劈拍劈拍」的把楕圓形的橡膠籽彈出來，從高高的枝梢直滾落在地上。在這個時候，住在橡林下的人，時時刻刻可以聽橡膠果的炸裂聲；尤其是在深沈的夜裡，響得更清晰。夜來無事，不妨靜靜地依在窗畔，默數橡果的炸裂聲，聽墜落下來的橡

似乎是首比喻直白而略帶猥褻的情詩。但這也幾乎可說是這一題材在現代詩裡的「絕響」了。

3　魯莽，祖籍福建安溪，一九三九年六月一日生於吉隆坡，一九六二年創辦荒原社並任《荒原》主編。曾任《虎報》、《馬來亞通報》、《建國日報》、《新生活報》編輯，主編《風采》等。著有散文集《希望的花朵》。見馬崙的《新馬文壇人物掃描》。

膠籽在屋頂上滾動，從水槽裡射出去，想像著它已經跌落在草叢裡或深埋在枯葉下，你便在這單純的節奏中獲得一份喜悅和滿足。（頁四）

作者自言在膠林長大，所言應非虛。這段文字帶著孩童的好奇心及對橡實爆裂的細緻觀察，文筆之細膩猶在後來的王潤華、冰谷、章欽等人之上（他們都寫過橡實爆裂）。冰谷曾收入初中《華文》的名篇〈橡實爆裂的季節〉，也寫橡實爆裂的歡樂，卻是質樸得多，不若魯莽有現代感。那麼強烈的文字感性，那麼有節奏感，文字本身也好似浸潤著童心喜悅[4]。

魯莽的同代人憂草（佘榮坤，一九四〇—），是六〇年代馬華散文名家。「憂草體」曾風靡一時，有類三〇年代中國的美文，也較注重文字的節奏、色調，不乏佳作，其時不少人模仿；〈膠林的頌歌〉[5]的頌歌體，現在讀起來可能會覺得怪怪的，但也可見出其時其人的情感率真。何乃健（一九四六—二〇一四）的〈四月的橡林〉、溫任平的〈落葉的橡林〉[6]都有點憂草調，但溫任平〈落葉的橡林〉以橡膠落葉對比敘事者的失業，以樹喻人，淒涼憂鬱得多，但也明示希望——新芽乍現，「……我覺得自己就好像一棵橡樹，當多雨的三月過去後，溫暖的四月即將蒞臨——歡樂難道還會遠嗎？」（頁一二）；同代人慧適（林木海，一九四〇—二〇〇九）的〈橡膠花〉[7]文字亦平實，敘寫的場景緊接著橡膠落葉——其後橡膠結果——及前文述及的許多人寫過的橡實爆裂、膠籽彈出（魯莽〈橡膠籽〉；冰谷〈兩顆橡籽〉）。魯莽散文集《希望的花朵》裡另有一篇不知發表於何年的〈橡膠籽〉，以一種簡樸的戲劇化場景寫「我」

對橡膠籽的感情，短短一篇文章，「它是馬來亞的命根，它繁殖了馬來亞廣大的橡膠林。」重複了三次，極言其重。

相較於〈四月的橡林〉，何乃健〈膠林裡的墳〉哀悼的則是無依無靠的老膠工，回應的是饒楚瑜〈囚籠〉裡那台灣稱之為「羅漢腳」的第一代孤老華工，題材比較特別，也有總結一個時代的意味。

這題材的文章，在華文世界最有名的作品也許當數王潤華的〈天天流血的橡膠樹〉[8]，因為它竟然得了一九八一年的中國時報文學推薦獎。其時王潤華的象徵資本已遠非儕輩能比，文學技巧也嫻熟。但其實這篇文章的所有元素，相關的膠林書寫都可以見到（「青蘋果一般的橡實」的比喻和魯莽那篇一模一樣），文學水平並不見得優於前賢。文章語調輕快，有一種兒時記憶的歡悅，寫橡膠樹本身寫了十三段，而寫橡實爆裂就仔細寫了三段，可謂印象深刻。帶著幾分輕巧，

---

4 《新馬華文文學大系三》裡有一篇慧適的〈橡實爆裂的時節〉（沒注明發表年月）一樣用綠蘋果來形容未熟的橡實，寫橡仔滾動的聲響等等。也許寫得比王潤華、冰谷晚，更晚於魯莽，這純粹是我的猜測——文學史也是個競技場，時間不是重點，重點是：它是否可以被替代。

5 《風雨中的太平：憂草散文集》（香港藝美圖書公司，一九六〇），頁一〇六—一〇八。

6 《風雨飄搖的路》（駱駝出版社，一九六八），頁一〇—一二。感謝李樹枝兄提供。

7 《海的召喚》（新綠出版社，一九六三），頁五八—六〇。

8 收入《南洋鄉土集》（台北：時報文化出版公司，一九八一）。

直接把橡膠樹和華人移民在比喻上等同起來，輕輕避開了和膠林有關的一切歷史，與及割膠工人處境的種種艱辛，立場比較像是個旁觀者。這篇可以說是相當美學化的，也可說是個美學化的里程碑，走到美學化的危險邊界。另一篇寫於一九七八年的〈在橡膠王國的西岸〉是反高潮的尋根文學，而「在雲南園，橡膠樹都死光了」之語，或許不無感嘆南大被迫改制以致原始精神淪於寂滅之意。

(3) 無風格的散文

同樣成長於膠林的魏萌（魏國芳，一九三二—一九八六）對膠園生活很有感情，雖然〈膠園裡的夢痕〉（一九七四）沒多少文學上的經營。而馬華文壇，居多數的就是這類近乎素人（對文學懂得不是很多——我這裡並沒有貶意）的寫作者。散文不如小說和詩有那麼高的技術要求，直抒胸臆，平淡質樸，因而反而能有一番成就。就膠林題材而言，冰谷、章欽、潘歧源都是同代的素人寫作者。其中最早受肯定的是冰谷，他既是馬華現代主義的同代人，也是有國籍的馬華文學的本土世代[9]。而素人寫作是最難談的，因為幾乎所有理論、所有學院學來的文本分析技術都用不上。這一點從陳大為為《橡葉飄落的季節》寫的推薦序〈從馬華散文史視角論《冰谷散文》〉（頁六—一一）即可見出一二，連修辭分析（類似工筆畫的當代美文〔台灣散文的最大宗〕最宜修辭分析）都用不上，重述內容又毫無必要——那些作品都很直白，沒什麼文本策略，那樣的文本不隱藏什麼。我把那樣的寫作稱做無風格的寫作（相較於美文、詩、小說無可避免的高度風格化），那樣的作品具備一種無風格的透明度。如果風格化是為了標識特定的作者，製造差異，讓它從諸多名字中被區分出來，無風格的寫作則相反，那群人彷彿共享同一個作者功能（好些馬華新詩和小說也是如此——是否已反映現實我們並不知道，只是可以明顯看到那共同的意圖——至少努力告訴讀者：我們在盡力反映現實！慘的是，有時這成了唯一看得到的功能。），而那樣的作品，在最好的情況下，提供的不是審美愉悅，而毋寧是見證，而且見證構成其存在的絕對的地平線。散文的謙卑在這方面讓它具有先天的優勢，質樸彷彿可以是它先天的本色，只要它能維護經驗與情感的真（當然，讀者的驗證也是訴諸直觀，訴諸各自的閱讀經驗）。雖然，那見證也是個人的情感記憶。這樣的作者，好像是為人類學家提

9 這一世代包含了一群人，admin：「一九六〇年，在北馬有憂草于二十歲出版個人第一本散文集……同一個時期，在馬來亞北部土地上出生的寫作者還有陳慧樺、慧適、梁園、宋子衡、蕭艾、游牧等人。這些人大都出生于三〇年代末到整個四十年代，都是土生土長、完全接受這鄉土教育成長成人的。……在同一時期，還有中南馬一代土生土長的寫作人，如馬漢、夢平、杰倫、原上草、端木虹等人。……」冰谷當然是其中一員（〈從哪說起？馬華文學〉，《星洲日報‧文藝春秋》，http://tech.sinchew-i.com/ny/node/202707）。李錦忠在〈悼念慧適〉（《南洋商報‧南洋文藝》，二〇一二年十月十九日）中也提到這世代，一九六二年，「北藍羚、憂草、綠穗、蕭艾、游牧、丘梅、林峰、陳慧樺、梁園、冰谷和杰倫等人」成立海天出版社。海天犀牛，都匯聚了彼時的初代本土文青。其中的陳慧樺留台獲博士學位，受過完整的英美文學與比較文學訓練，惟對馬華文學建樹不大。

供訊息的報導人，但那並不是民族誌（作者不是人類學家，經人類學家轉述的民族誌也是高度體制化的），似乎可以權稱之為生活誌。冰谷、章欽、潘歧源的寫作因此可以視做是同一個系統，作品間的訊息是互補的。

以下的描述針對具體作品時，當然還是得提及特定的作者的名字，而且他們登場的時間有先後。三個作者中，冰谷的文筆還是稍微好一點的。

就馬華書寫史來看，自一九六三年冰谷（林成興，一九四〇—）的〈兩顆橡籽〉（《蕉風》一九六三年十月，第一三二期，這篇是冰谷散文中少見的有明顯佈局的）寫盡割膠人的辛酸後，整個馬華文壇的膠林寫作，似乎就可說進入冰谷時代了。之所以如此誇張的說，在於接下來的十年間，冰谷於膠林題材著墨最多。這方面的代表作（也是其成名作）《橡葉飄落的季節——園坵散記》雖出版於近年[10]，但其實大部份篇章曾在一九七三年以《冰谷散文》書名在檳城棕櫚出版社出版。近年的《歲月如歌：我的童年》也有若干篇什。冰谷和章欽（鍾欽貴，一九四五—）都是第二代華人，均長居膠林，對膠林及橡膠製程相當瞭解，文字質樸而近乎素人，幾乎只用白描直敘，像報告文學一樣為膠林生活的方方面面留下一份詳實的紀錄——割膠、磨膠刀、製膠片、雨、野火、頭燈、紅泥路、橡膠落葉、樹膠開花、橡實爆裂，蟲魚鳥獸、野味、野果、抓魚……。這種種，自有人開始寫膠園生活以來就點點滴滴的被書寫，一直到潘碧華、廖宏強、李樹枝、曾翎龍，甚至楊邦尼。那不是寫作題材的仿襲或繼承，更不是什麼局外人所謂的「舊題新寫」，或重寫，而是源自共同的經驗。

就膠林生活寫作史來看，同樣的題材就考驗寫作者的功力（如橡林裡的夜聲、橡籽在高處滾動等細膩的感覺就很難超越魯莽），有些比喻也近乎爛熟（膠汁→血淚）。冰谷和章欽因為成長在一個紛亂的時代，就有機會見證歷史從膠林走過——諸如日軍南侵，英軍剿共，新村計畫。雖然冰谷對歷史著墨較少，但近年寫的〈辜卡兵的禮物〉、〈恐怖的槍殺事件〉[11]都是難得的見證。兩人都聽過歷史的槍炮聲，而章欽則著墨較多。《走過鄉間》的〈十九碑的膠山〉、〈埋葬在膠林底下的亡魂〉[12]；《揚起一片風帆》的〈深夜〉、〈早晨的炸彈聲〉、〈杯弓蛇影〉、〈舅父〉、〈餓肚子的一天〉、〈搬遷〉[13]寫緊急狀態下膠林工人的驚恐（似乎可以把它重組成〈緊急狀態下的膠林〉）；再則是寫膠林裡的馬來工人、印度工人，〈記憶裡的印度話〉、〈到烏士曼家〉等，都是其他人較少涉及的。

冰谷的膠林生活散文多寫於六〇年代及二〇〇五年後，章欽的則寫於近年。與他們同輩的潘歧源（一九四一年生，王潤華也生於這一年）也是素人寫作者，也是白描膠林生活的點點滴滴，作品裡我們可以看到很多共同的部份。但潘歧源是橡膠廠管工，寫膠廠種種就道人所未道了，不

10　台北：秀威資訊科技公司，二〇一一；吉隆坡：有人出版社，二〇一二。
11　均收於冰谷《歲月如歌：我的童年》（有人出版社，二〇一一）；台版《辜卡兵的禮物》（台北：釀出版，二〇一五）。
12　章欽，《走過鄉間》（霹靂文藝研究會，二〇〇九）。
13　章欽，《揚起一片風帆》（霹靂文藝研究會，二〇一四）。

同的經驗可以互補，選文當然會關注差異。這位置的差異從冰谷、章欽、潘歧源、王潤華身上也都可以清楚的看出。

再下來是那個世代的子姪輩的六、七〇年代出生的我們的世代了。潘碧華（一九六五—）和她爸潘歧源住在同一個膠園，但童年成長的記憶畢竟更為細緻，文筆也更為老練，有的有民俗的趣味（〈煙房舊事〉、〈灶神就位〉）。受過更好的文學訓練，也離開了美文的年代，但多熟稔現代散文壓縮經驗的寫法（廖宏強〈家在南方〉、〈落雨的時節〉；我的〈流淚的樹〉，曾翎龍〈回味〉）。從莊華興（一九六三）到李樹枝（一九六九—），甚至晚一世代的曾翎龍，都有相關的體驗。但生於一九七六年的曾翎龍可能是末代了，比他大四歲的楊邦尼（一九七二—）、比他小十多歲的盧姵妗，卻已是旁觀者了。

但這些膠林書寫有兩點蠻顯明的。一是這類寫作都因回憶而有了重量。陳大為談《橡葉飄落的季節》時說那些園坵裡的細節是「乏善可陳」的[14]，這全然是局外人語，魯莽的〈橡林裡的夜聲〉就已充份說明了，那是情感的記憶，回憶的距離更可以為它增添審美質量（如果有相應的文學技術，更可以把它的效應放大）。那必然是對失落時光的追捕——甚至是傷逝。能寫作，表示業已離開那生活（冰谷應是例外，他在那生活裡一直寫到生活外）。另一個特點是作者多為男性（潘碧華是異數），而且多半與母親（有的是雙親）有著強烈的情感聯帶，自冰谷、章欽以迄廖宏強、曾翎龍甚至楊邦尼，割膠的記憶也都聯結著母親。這意味著，那是段和至親同甘共苦的經歷，也多半發生在敘事人成家之前。那是和原生家庭最緊密連結的時光，箇中細節，雖然多的是汗水與苦澀，但它的意義不會下於普魯斯特《逝水流年》那塊馬德連蛋糕。

(4) 膠林深處

我最早動念為膠園生活的寫作編一本書，是在二〇一四年廣州研討會後的間隙。潘碧華送了我一本她父親潘歧源先生薄薄的隨筆《膠園深處有人家》。我很驚訝她也是膠園裡長大的孩子，後來看到她寫膠園生活的散文，好多生活經驗都是相似的。驀然想起，自十九世紀末橡膠種植在馬來半島迅速擴散，橡膠種植園的歷史和馬來西亞華人晚期移民的歷史基本上是重疊的，靠割膠維生的華人也不知凡幾。有的家庭兩代，甚至三代，和膠園、膠樹的關係都可說親密至極，甚至可以說，對膠園、膠樹有很深的感情。但為什麼同代人寫得那麼少呢？

年輕時最早讀到的是王潤華得大獎的〈天天流血的橡膠樹〉，近年則較常讀到章欽的膠園題材寫作。而隨著馬來西亞近年油棕業的興盛，大片大片的膠園都被剷除、翻種成油棕，一個時代眼看就要過去了。有割膠、膠園生活經驗的，以後會越來越少了，甚至絕跡。沒住過膠園，或沒

14 〈從馬華散文史視角論《冰谷散文》〉，頁一〇。

割過膠的，多半不會有那樣的感覺，甚至覺得我做這種事純粹是無聊，更不可能關心它的消失。所謂的「我方的歷史」其實是這麼一回事——它微小，不被承認，易於忽視或漠視；它微不足道，因此總是會被遺忘，但那是我們幾代人共同的情感記憶。華人普遍上太世故太聰明，所以文化上難有累積。文化需要愚人。

我想，也許我們可以為這幾代人的共同記憶做一點事，從文學的角度。

強調以本地風光來建立自身特色的馬華文學，對橡膠、膠園的再現應該也有長遠的傳承吧，即便在台灣那已被視為是我們的「窠臼」——在他鄉愚蠢的政治視域裡，對那些膠林雨林傻傻分不清楚的地瓜沙葛們而言。身在海外，報紙副刊翻閱不易，已掃瞄上網的《蕉風》則頗為簡便，雖然留得下來的文章並不多。再則是幾套不同的馬華文學大系、選本、讀本。好的大型選集是最重要的積累，只可惜華社一向不太重視這類工作，做得並不理想。

我並不是要為膠園寫作做個大匯編，那沒什麼意義，很多作品其實是經不起時間考驗的，我的著眼點還是文學，或者說文學的情感記憶。而從理論的角度來看，任何題材在一代代的書寫之後，都可能被耗竭；對個人而言是新鮮的經驗，但寫成文字是另一回事。同代人之所以少寫膠林，有可能是有相關經驗的寫作人並不多。但也可能是，它被反覆的寫過了，已難見新意。任何題材都可能出現類似的狀況，但也許只是我個人主觀的印象。為了編選集必須把找得到的都看一遍，整體看下來，難免會有那樣的感受。我想我們同代的寫作人，可能也都只讀過王潤華那篇，也都對它有輕微的不滿意。

我自己剛開始寫作時讀到的並不多，更不可能感覺它已被耗竭，雖然許多人的情感經驗是相似的。經驗也會重複他人的經驗，但發生在自己身上的，必須被視為唯一的、本真的。寫作是另一回事。

寫作比生活更艱難。

要為膠園生活編本文選確實不易，只好兼朝多人合集的方向走。現在不做，以後會更困難。某種生活方式即將成絕響了。

寫膠林的詩像樣的絕無僅有，幸虧翎龍推薦了冼文光的〈額前之燈〉，恰可借來做序詩。其他從期刊選集搜到的，如果篇幅不大，我就用引文的方式摘錄下來，省去版權轉載的囉嗦。小說方面，我看到的也不多，似乎也難逃詩歌寫作遇到的窘境——總是陷於要反映膠工的被剝削、控訴不義。而散文裡其實不乏歡樂，這是個有趣的對照。

一九九四年我發表了篇〈膠林深處〉，以一個假擬的台灣記者的面具，讓他去尋訪一個長居於膠林深處的馬華作家，嘲謔的反思馬華現實主義文學的困境。那時我腦中浮現的是因我一九九二年「重寫」其〈鄭增壽〉而得大馬客聯文學獎、而與我略有通信的前輩作家雨川（黃俊發，一九四〇—二〇〇七，我曾給他寄過一本志文出版的馬奎斯的《百年孤寂》），我覺得他是另一種意義上的王文興——對那樣的寫作人而言，寫作行為的意義已大於作品，寫作行為已然「以自身為目的」。而雨川的意義或許在於，示範了寫作的不可能——甚至是寫作馬華文學的不可能。因為這位陳鵬翔教授的小學同學——他只有小學學歷——並沒有任何學術資源可資調度，但熱愛寫作。與語文搏鬥必敗無疑。而慘敗，讓他成為另一種意義上的傳奇。為求道，燒盡肉身而無舍利。在那裡，膠林已是馬華文學困境的終極隱喻。

陳大為《最年輕的麒麟》特別提到這篇小說，質疑我為什麼要藉後設的技藝「把話說得如此明白」，「看來，他對預設讀者的基本水平非常不放心。」[15]這話說對了，書出後確有台灣讀者怪責我們老是寫讓他們看到霧煞煞的小說，不是雨太大，就是林子太黑，或故意玩什麼把戲。並沒有意識到小說預設了他們的反應。那個假擬的來自台灣的記者還有瞭解的誠意，還想經由接觸來瞭解那令人憂鬱的黑暗。近年現實裡的他們進化得更聰明了，乾脆不看，當然也可能因此錯過了我們對台灣文學的挑戰。

簡言之，透過膠林——在文學裡它興許只是個隱喻，但在馬華文學裡可不止如此——可以看到馬華文學的某個側面。也許不只是側面[16]。

後記

最後，我補充幾句關於我與膠林。

對於生長於膠林的孩子來說，在很長一段時間裡，膠林幾乎就是這世界的全部。膠園一般都種有一些熱帶果樹，多野生動物，確有不少值得回味的。從魏萌、魯莽到我的同代人，他們寫的，均是我相當熟悉的生活場景。那風、雨、霧，落葉、橡實、榴槤、紅毛丹，清水溝，打架魚，蜂巢、蟻穴。多年來的寫作，那方方面面我也幾乎都寫遍了，作為敘事舞台的材料，織就一個個織布鳥的巢，從〈M的失蹤〉、〈撤退〉、〈錯誤〉、〈夢與豬與黎明〉……〈魚骸〉、〈非法移民〉、〈烏暗暝〉、〈膠林深處〉……〈流淚的樹〉、〈舊家的火〉……〈如果父親寫作〉、〈雨〉系列……如果說作品是陶器般的容器，那膠林於我就像是土。就前期作品而言，其實寫得比馬共還多得多。技術比較成熟之後，每篇需要用到的經驗性材料就只需有少許。相較之下，年輕時簡直就是揮霍。而各種文類中，散文對於經驗性材料的消耗無疑是最為驚人的。

我目前住的村莊在山腳下。一位白髮蒼蒼的老先生說他曾經到馬來半島旅遊，他說：你們那裡和我們這裡一樣，你們割的那種樹我們山上種了一大堆。他的話讓我大吃一驚，台灣也有採割膠汁？我怎麼從沒聽說過？後來一查，原來日據時代整片山種漆樹，村人多靠採割生漆維生，供給日本製作漆器。割漆和割膠確有共同處，樹身割V字型，以小杯承接，但它汁液是褐色而不是

15　陳大為，《最年輕的麒麟——馬華文學在台灣一九六三—二〇一二》（台南：國立台灣文學館，二〇一二），頁二二一。

16　初稿草就後錦忠傳來蘇燕婷的論文〈戰前至獨立初期馬華小說的橡林刻畫與本土意義〉（第四屆海外華人研究與文獻收藏機構國際會議論文，二〇〇九年五月，頁九—一一），但她的關切和我大異其趣，我關心的問題並不是「本土意義」這空洞的表述能概括的。另，蘇文的取材太過侷限，時間限於「戰前至獨立初期」，文類限於小說，關心的是膠園的「形象」所展現的「南洋色彩」，問題的視野過於窄仄。

白的，更為粘稠，而且量沒膠汁多。但割漆其實比割膠更要起早，午夜過後即動工，摸黑頂著頭燈，「遠望如點點鬼火」，村人說。

二〇一五年一月六日埔里初稿
二〇一五年二月補

別再「華語語系」

馬華文學可以沒有華語語系論述，華語語系論述不能沒有馬華文學。

——張錦忠[1]

華人史，華人，華文文學

感謝廖咸浩老師的邀約，來談談我本來不太想談的「華語語系」。不想談的主要原因在於，能談的也多是些老生常談。

這個講演就從一個個人的小故事出發。二十多年前，一九九二還是九三年左右，我向《中

1 二〇一九年十一月二十二日講於台大文學院會議室。張錦忠，〈回到華「文」文學：在告別的年代重履華語語系論述〉，《當代評論》，二〇一八年十二月二十七日，http://contemporary-review.com.my/2018/12/27/1-135/。

外文學》投了篇論文〈神州：文化鄉愁與內在中國〉。那時的廖老師是《中外文學》主編，他把稿子給我退回來，還附了張短箋，要我給他打個電話。在電話裡，廖老師仔仔細細告訴我這篇蕪雜的初稿該如何重新調整主題的先後順序，哪些該刪、哪些該補等等，那時我還不太會寫論文。論文大幅度改寫後於一九九三年七月在《中外文學》刊出。那是我發表的第一篇正式學術論文，當然是篇華文文學論文，雖然這並不是我第一篇華文文學論文。我最早是從思考「馬華文學的困境」出發的，而這篇，探討的是大馬華裔旅台青年的中國認同問題。換做現在流行的行話，就是事關離散。

我的所有華文文學論文都是以華人史為背景來思考的，因為華文文學是華人史的一部份，華人也是。但什麼是華人史？什麼是華人？什麼是華語、華文？

我把華人史大致分成三種，第一種是《史話》類，由奇聞異事構成。第二種是由（退休）殖民官僚（如Victor Purcell）撰寫的，呈現了英殖民官僚的治理視野，有時不乏深刻的觀察。早期英殖民官僚華人史中的Chinese包含了土生華人與華僑，也就是第一及第二型華人。

第三種華人史由星馬在地的華人學者撰寫，他們多為移民的第二代，如王賡武、顏清湟、崔貴強、柯木林、楊進發、麥留芳等，受過專業史學、或社會科學訓練，從不同的專題著手。可以理解是處於激烈身份變動的華人自我理解的產物。這些都是二戰後的生產，寫作者都是第二、三類華人。

說到華人史，宋旺相（Song Ong Siang）[2]初版於一九二三年，以英文撰寫的《新加坡華人百年史》（*One Hundred Years' History of the Chinese in Singapore*）[3]，以史話的方式，講述從一八一九年萊佛士開埠到一九一九年間的百年華人史，從佘有進到陳嘉庚，瑣瑣碎碎的講述不少生活性細節及奇聞軼事。宋旺相本人是土生華人（海峽華人），即第一類華人，《百年史》也講了他自己及家族的故事。

從華人史的角度來看，華人至少有三種歷史類型，第一種類型是峇峇娘惹，也就是多半不會說華語的土生華人，早期華人移民的後裔。第二種類型是華僑，也就是十九世紀末、二十世紀初的晚期華人移民，所謂的新客；第三種是民族國家建立後擁有當地國籍，政治上認同在地國、而在政治上不再認同中國，但文化上可能認同中華文化，或可能不[4]。

---

2 宋旺相（一八七一—一九四一），戰前新加坡海峽僑生社會的領袖，生於新加坡，曾留學英國，返新後為職業律師，一八九七年與林文慶創辦《海峽華人雜誌》（*The Straits Chinese Magazine*），一九〇〇年他與林文慶等海峽僑生領袖發起組織「海峽英籍僑生公會」（Straits Chinese British Association）。見《中華百科全書》，http://ap6.pccu.edu.tw/Encyclopedia/data.asp?id=1092&forepage=2。

《新加坡華人百年史》講述其本人的故事見於本書頁二〇四—二〇九。

3 此書由葉書德譯，新加坡中華總商會出版發行，我手頭的是一九九三年版。

4 據此，也可能區分出兩種不同的華人——受華文教育而認同中華文化(a)，及受英文（或馬來文）教育而不認同中華文化(b)。但這(b)還是我分類中的第一類。王賡武的原始版本順序和我這裡的陳述不同，他的第一類是華僑，第三類是土生華人。見其〈馬來亞華人的政治〉、〈東南亞華人少數民族〉等文。姚楠編，《東南亞與華人》，北京友誼出版社，一九八六。

華人有句俗話：三代成峇。也就是華人移民到南洋，一般不過三代就會「終結離散」，變成土生華人（王德威曾輕巧的把它戲稱做「夷民」[5]）。那是華人移民南洋數百年的自然歷程。

關於馬來西亞的土生華人，台灣外文學界最熟悉的可能是《月白的臉》的作者林玉玲。幾年前《文化研究》策劃了個專號要我們回應她，我的短文〈牆上貼著的中國字〉[6]已經有完整的陳義。在那篇文章裡，我借梁紹文一九二〇年代訪問南洋後寫下的《南洋旅行漫記》中與幾位馬六甲土生華人的相遇時的觀察，引出議題。梁紹文批評其中一個土生華人陳思福：

> （他）遠祖來到馬六甲，至他本身已是第八代了，以年數來算，最少也有四百多年；他原籍是福建人，但是現在連福建話也說不出來，平日在家裡講的都是馬來話，在社交所用的是英語。（陳）禎祿和他都是一樣！最怕的是講中國話；還有那生意往來的中國字他不但不用它，連見面也怕見得。但是我見他的牆壁上，仍然糊著「招財進寶」、「精神爽利」的迎春帖子，神台上還有「陳門堂上歷代祖先」的靈牌。我心裡想，他怕見生意往來的中國字，為什麼竟不怕牆上貼著的中國字呢？[7]

準新客梁紹文的觀察有相當的普遍性。土生華人的不識漢字，不會說華語是不足為奇的[8]，數百年來一直如此。涵化，生存適應，識不識中國字、說不說中國話並不影響生存。

紀錄片《下南洋六》中的兩個片段很足以說明問題。兩段都和族譜有關。第一個個案韓尾公為了讓家族在印尼可以得到當地人保護，而選擇與當地人通婚。在長期的生存適應中，那天花板上的星宿般的族譜（可能是華人族譜中最獨一無二、最精彩，也最富於象徵意味的）並不是用漢字表徵的，而是拼音文字，但唸出來都是閩南語，賽挪風。另一個個案，是新加坡著名的陳篤生醫院創辦者的後人，二十多英呎長的族譜，都是英文名了[9]。

在新加坡最古老的華人老墳場咖啡山，有的墳墓型制還是典型的閩式，鐫刻的人名卻都已是蟹行的英文，不見中文字。這些都是「終結離散」的常態案例。

以華文—華語來界定身份的新型華人，反而是新歷史條件的產物，直接肇端於民國之創建，國語—國文—國民的民族國家建制，南洋華人不過是把箇中的「國」改為「華」而已。因為「國」要嘛指涉民國，要嘛指涉中國，「華」則指涉民族，或民族文化。而華文教育和華文報等都是箇中再生產機制。華文文學也是在那樣的歷史背景下誕生的[10]。以印尼、泰國、菲律賓、新

5 王德威，〈何謂中國？何為華語語系文學？〉，二〇一七。
6 《文化研究》二十一期，二〇一五，頁二三八—二四五。
7 《南洋旅行漫記》（台北：新文豐出版社，一九八二），頁一四八。（初版於一九二四，上海中華書局）
8 這部份的權威研究見陳志明，*The Baba of Melaka: culture and identity of a Chinese peranakan community in Malaysia*, Petaling Jaya, Selangor: Pelanduk Publications, 1988.
9 《下南洋》紀錄片・第六集《千年家族》（北京：北京新影世紀影視文化發展有限公司，二〇一三）。
10 這部份當然已有大量討論，見林開忠，《建構中的「華人文化」：族群屬性、國家與華教運動》（華社資料研究中心，

加坡的情況來看，華校的消滅是同化的關鍵，因此大馬政府迄今還時不時恫嚇要消滅華小，為的當然是史書美說的「終結離散」。但只要華文小學一出問題，華文文學很快就會奄奄一息，泰、菲、星都是顯例。它對單一語言民族國家同化政策的抵抗，一向被視為是對國家整合的敵意，那一類型的華人，還經常被指控為種族主義者、沙文主義者，甚至被恐嚇「別忘了五一三」。因為他們不肯「終結離散」，妄想創造一個文化上的「國中之國」[11]。

這在東南亞民族國家敵意裡倖存的、沒什麼讀者、作品質量普遍不佳、精品少、幾乎出不了國門的華文文學，到底有什麼意義——除了「倖存」本身的意義外？

各位可能也知道，大陸學界八〇年代末突然萌發的「海外華文文學」這政治意味頗濃的學術範疇，乃是因為改革開放後他們發現了馬華文學——台港對中國而言只是「後方」，但馬華文學不同，它有國籍，無法直接用政治收編（文化收編是另一回事）。這當然非常反諷，因為這是支不受國家承認的有國籍文學。它的處境是華人文化處境的隱喻，是那樣的單一語言民族國家裡不安的存在，是芒刺，但也讓國家文學成為馬華文學永遠也滿足不了的欲望。

就馬華文學本身而言，它不只是倖存的華文文學，而且嚴重欠缺自主性。作為下游（以河為喻），不可避免的長期受上游（中台港文學）的影響，那種影響是絕對的。因此它不止保留了中國之外最長命的中國革命文學——社會寫實主義——通稱「馬華現實主義」，也保留了它的政治欲望。馬華現實主義的小說，是妄想成為華人史[12]；它的詩，經常是一種分行的雜感或雜文[13]，為了「反映現實」而犧牲了審美與詩意，因後者被認為不政治正確，甚至是頹廢的[14]。這種反文學的文學確實預設了一種貧窮美學，而那種貧困也被自我正當化為它們存在的理由。與它分庭抗禮的現代主義文學興起於六〇年代，除了少數例外，深受港台同時期文學影響，也和冷戰的地緣政治脫離不了干係。它的基本欲望是重新找回文學性，視文學作品之完成為基本要求。這一系統的里程碑完成於解嚴前夕的台灣，以李永平的《吉陵春秋》為路標[15]，那或許伴隨著強烈的中國認同（如李永平），但也不必然。簡言之，似是一定程度的重演了三〇至五〇年代星馬華人社群內

一九九九）第四、五章，頁一一七—一七一；黃錦樹，〈中國性與表演性〉，氏著《馬華文學與中國性》（修訂版，台北：麥田出版，二〇一四），頁五二—九四。

11 以少數統治多數，殖民者對華人的不信任其來有自，因此早期多關注幫會、私會黨這類可能對殖民統治造成威脅的武裝力量，三〇年代後中國左翼文人南渡、馬共建黨及其後中共的輸出革命後，更有「第五縱隊」的疑慮。「國中之國」這用語，見巴素，《東南亞之華僑（上）》（台北：國立編譯館出版，一九六八），頁九七七。

12 討論見我的〈從華人史看馬華文學〉，「華夷風起：檳城文史研習營」講稿，台灣大學中國文學系、哈佛大學東亞語言與文明系、馬來西亞拉曼大學中華研究院、蔣經國國際學術交流基金會聯合主辦，檳城，二〇一九年七月七—十三日。

13 討論見我的〈論非詩〉，《中山人文學報》四十八期，二〇二〇年一月。收入本書。

14 那樣的誓言普遍見於現實主義者的文論。

15 見我的〈後五一三的「一個大問題」：馬華文學作為流亡文學？〉，「May 13, 1969：後五一三馬來西亞文學與文化表述國際會議」，國立中山大學人文研究中心，二〇一九年五月十三—十四日。〈「馬華文學背後有個民國的影子」——馬華文學的民國向度〉，「馬華文學・亞際文化與思想」研討會，國立中山大學人文研究中心，二〇一九年十月十八—十九日。均收入本書。

部的國共之爭，尤其是文化主導權上的搶奪。方修的馬華文學史論述及其編纂的大系，可視為是左翼在文化主導權方面的戰果。而馬來亞建國後，民國—台灣重啟的僑教政策為馬華文學提供了意想不到的契機，得以遠離革命文學的教條與淫威。

我們和溫瑞安這些大馬建國之後出生的受華文教育的華人，原本應屬於這第三種類型。也就是，即便認同中華文化，也不會有中國認同，國家認同毫無疑問的是馬來西亞。會造就神州那樣誇張的大暴走，當然有歷史的因素——大馬民族國家建立後，華人文化被邊緣化到幾乎連華文教育都不保的地步[16]，更遑論華人的文化生產——只有用馬來文寫作方可能被接受為國家文學。而種族固打制被堂而皇之的實施，等於公開宣告馬來人之外的種族都是二等公民。

另一方面，五〇年代後，冷戰格局下的僑教政策，其論述就是把這些華人重新召喚為華僑，以「祖國」的姿態召喚他們回歸。在意識型態上，那是一種返祖的操作。不止是文化民族主義，不止是血緣，還關涉民國本身的由來——某個幽靈回來了——當年孫中山搞革命曾經積極動員南洋華僑，南洋富商的巨額捐款，南洋子弟的被動員參與，一直到民國肇建後，華僑和民國的聯帶感還是很深的；一直到南洋諸民族國家建立，身份認同才產生比較嚴重的危機。

就在溫瑞安等人赴台的前兩年（一九七二），當時還在唸高中的賴瑞和以讀者投書的方式引發了一場「馬華文學是不是流亡文學」的論爭[17]。那是後五一三的開端、國家文化備忘錄出台、新經濟政策推行後，大馬華人面對強迫同化——也就是史書美高唱的「終結離散」——的一種絕望的哀嚎。神州詩社，及七、八〇年代大馬華人文化上的「中國性與表演性」都源於那樣的特殊背景[18]。如果單一語言民族的塑造是大馬民族國家的終極目標，那華文文學很可能只是過渡現象而已。那樣的情境，使得一種滅亡感常伴著馬華文學。

中華帝國是大國，文學上也是大國。即便晚清後因為國勢轉弱一度淪為東亞病夫、幾至被歐洲殖民帝國瓜分，文學上還是有豐沛的生產；進入現代後，即便被強迫依西方「世界文學」的標準重新開始，成為弱勢的「第三世界文學」，但因為文學人口多，文化根基深厚、傳統資源豐沛，很快就達致相當規模。加上台港（即便從一九四五往下算），整體現代中文文學的規模其實已相當可觀。或可稱之為「第三世界的大國文學」。相較之下，星馬華文文學幾乎是唯一一支華文小文學。它幾乎就體現了中文文學的極限經驗，那是中港台文學難以想像的處境。

在這樣的背景下，可以談談所謂的「華語語系」研究。

---

16 Liok Ee Tan, *The Politics of Chinese Education in Malaya, 1945-1961*, Oxford University Press, 1997；柯嘉遜，《馬來西亞華文教育奮鬥史》（吉隆坡：董教總教育中心，一九九九）。

17 討論見我的〈後五一三的「一個大問題」：馬華文學作為流亡文學？〉。收入本書。

18 討論見我的〈中國性與表演性〉，《馬華文學與中國性》（台北：麥田出版，增訂版，二〇一二）。

檢視Sinophone研究相關成果

從二〇〇四年初算起[19]，或保險一點，從二〇〇七年算起[20]，華語語系論述迄今也有十二年的歷史了。累積的成果不算多。策略上，我們可以回顧一下相關的專書。我們可以從檢視兩個Sinophone Studies讀本來看看它的原始視域。

一，王德威與石靜遠（Jing Tsu）合編，二〇〇七年在哈佛合辦的「全球化現代中文文學：華語語系與離散書寫」，會後部份論文結集成華語語系專書《全球華文文學論文集》（*Global Chinese Literature: Critical Essays*，Leiden. Boston: Brill, 2010）。

二，史書美與貝納子（Brian Bernards）、蔡建鑫（Chien-hsin Tsai）合編的《華語語系研究讀本》（*Sinophone Studies: A Critical Reader*，New York: Columbia University Press, 2013）

前者雖然書名掛了「全球」，但只收了十二篇論文，扣除〈導言〉和〈評論〉，只得十篇，十篇之中，兩篇通論，石靜遠*Sound and Script in Chinese Diaspora*之一章，史書美的〈反離散〉（與*Sinophone Studies*所收同），Carlos Rojas（羅鵬）的阿來論（與*Sinophone Studies*所收同），王德威的江文也論，周蕾的香港文學個案，我的〈華文小文學：離散現代性的未竟之旅〉，張錦忠的〈（再）定位華語語系文學〉及Andrea Bachner的張貴興論，馬華文學竟然就佔了三篇；王德威、石靜遠合撰的導言（"Introduction：Global Chinese Literature"）清楚道出這裡的Sinophone，依其定義，「排除或包含了大陸的文學」（頁六）。其實大陸學界的「世界華文文學」或「海外華文文學」也是把自身排除在外。即便Sinophone意圖作為中國現代文學及世界華文文學的對抗論述，就領域的劃定而言，卻是相似的。

《華語語系研究讀本》收了二十八篇論文，規模也更為「全球」。此書分兩輯，輯一的十篇論文多篇關涉中國性的討論，包括周蕾的〈作為理論問題的中國性〉，Ien Ang的〈可以對中國性說不嗎？〉，我的〈華文／中文：「失語的南方」與語言再造〉，王德威的〈後遺民論〉，哈金的〈在英語中流放〉，王賡武的〈中國性：地方與實踐的困境〉，李歐梵的〈論中國論述的邊陲〉及王靈智的〈雙重宰制的結構〉。輯二的十八篇論文均為個案討論，香港文學兩篇，台灣文學四篇，西藏兩篇，馬華文學兩篇（一篇是張貴興專論），新加坡文學一篇，老舍一篇，高行健一篇，林語堂一篇，天使島詩一篇，其他的兩篇。整體上，它比*Global Chinese Literature: Critical Essays*《全球華文文學論文集》豐富、廣泛得多，最明顯的當然是台灣文學的份量暴增，

19 張錦忠：「史書美在《美國現語會學刊》（PMLA）發表"Global Literature and the Technologies of Recognition"時已採用『Sinophone literature』一詞，而中文版〈全球的文學，認可的機制〉同年六月在《清華學報》（三十四卷一期）刊出時，譯文用詞即『華語語系文學』。」〈回到「華文」文學〉，史書美自己也喜歡從這裡談起。

20 王德威說，二〇〇七年史書美的《視覺與認同：跨太平洋華語語系表述．呈現》（*Visuality and Identity: Sinophone Articulation Across the Pacific*）的出版方引起注意。（《華夷風起：華語語系文學三論》〈序言〉，頁ii）

香港、馬華、西藏、美華也都有顯眼的位置。這些個案的主題可以說大致勾勒了「華語語系」的全景。也符合史書美為此選集寫的導論〈華語語系的概念〉（"Introduction : What Is Sinophone Studies?"）所勾勒的藍圖。

為什麼Sinophone Studies需要馬華文學，表面上還是看不太出來。

進一步檢視Sinophone Studies引導下的幾本個人專著（也就那麼幾本），就可以看到有趣的現象。

石靜遠的*Sound and Script in Chinese Diaspora*（Harvard University Press, 2010）《離散華人的聲音與文字》大概是箇中最有企圖心、視野幅度最廣的一部。從她所謂的「文學治理」literary governance的視角，處理現代漢語在不同離散社群的文學實踐裡的不同爭論，「聚焦於那些促進了文學治理的全球化過程的作者，讀者，批評家，語言政策，雙語主義，打字技術，書寫的物質性等的各種方式」（頁五），因此她從國語運動中的漢字表音符號體系、拉丁化等問題往下談，林語堂的中文打字機計畫，林語堂、張愛玲、哈金等的雙語寫作，日據時代以來台灣漢文的表述問題，最後兩章關涉的是馬華文學，一章是李永平和黃錦樹的小說，一章是張貴興的小說。

古艾玲（Alison M. Groppe）的*Sinophone Malaysian Literature: Not Made in China*（Amherst, New York, Cambria Press, 2013）《馬來西亞華語語系文學》顧名思義，全書都以馬華文學為討論對象，七章裡，前三章都是導論性質，回顧馬華文學史種種爭議。中間四章的個案，分別是黃錦樹，李天葆與蔡明亮，李永平，及一章馬共小說。「本土馬華作者」被討論的只有李天葆和黎紫書，文類也幾乎都集中在小說。

陳榮強（E. K.Tan）篇幅不大的*Rethinking Chineseness: Translational Sinophone Identities in the Nanyang Literary World*（Amherst, New York, Cambria Press, 2013）《反思中國性：南洋文學世界裡的翻譯華語語系認同》第二章以張貴興的小說為討論對象，第三章討論新加坡郭寶崑的戲劇。

貝納子（Brian Bernards）的*Writing the South Seas: Imagining the Nanyang in Chinese and Southeast Asian Postcolonial Literature*（University of Washington, 2015）《書寫南洋：中國及東南亞後殖民文學裡的南洋想像》首兩章處理徐志摩、許地山、老舍、郁達夫等的南行及南洋書寫，第三章即討論黃錦樹的小說，第四章討論李永平、潘雨桐、張貴興等的「婆羅洲雨林書寫」；第五章討論新加坡英培安、謝裕民等的小說，第六章討論泰華通俗小說，也是系列Sinophone研究中僅有涉足泰華文學者。

二〇一九年剛取得芝加哥大學比較文學博士學位的王學權（Yok Hin Nicolas Wong）的學位論文*Minor Peninsular Genres: Genealogies of Twentieth-Century Southeast Asia Chinese Writing*（2019）《小半島文類：二十世紀東南亞華文書寫的譜系》可能是絕響了。論文扣除導論和結論分四章，第一章討論許雲樵三〇年代在泰國流寓時的日記，第二章討論金枝芒的小說和馬共的集體創作《十年》，第三章討論白垚、文化中國之夢和馬華現代詩的起源，第四章討論「文」和黃錦樹的寫作。這可能也是以馬華文學為對象的相關著作中最雄辯、思路最特異的。

系列Sinophone論著中，中文方面唯一值得一談的是王德威的《華夷風起：華語語系文學三論》（高雄：國立中山大學，二〇一五），三篇論文分別關涉台灣文學、華語語系論與中國文學及馬華文學。作為Sinophone最重要的推波助瀾者的王德威教授，以他的論域之廣，從中國現當代文學以致港台、星馬文學，其實他並不需要Sinophone，Sinophone並不能為他增加什麼，他寫的馬華文學也不只這一兩篇。從〈「根」的政治，「勢」的詩學：華語論述與中國文學〉一文，更清楚道出他和史書美論述上的分歧[21]。

略微盤點一下，可以看到真正從Sinophone中「獲利」的確實是馬華文學（而且侷限於幾個特定的作者，他們的作品被反覆的討論；且幾乎集中在單一文類，小說，詩和散文被晾在一旁）。但為什麼被討論最多的是馬華文學，而不是港台文學？因為台港文學實質上並不屬於華文文學？因為馬華文學有國籍？

我也一直到最近（二〇一八年末）才注意到，史書美的反離散論幾乎和其華語語系論同時提出，〈反離散〉一文同時被收入兩個重要的選本，就可以看到她對該文的珍視。在我看來，其反離散論本身可視為華語語系論本身的一記喪鐘——處處以馬華文學為參照的華語語系論，當反離散論反身式的施於馬華文學，意味著不該以中文寫作，終結離散意味著以馬來文寫作，就不會有華文文學，還談什麼Sinophone？Sinophone不是一種離散論述嗎？「反離散」豈不自掘墳墓[22]？開端即墳墓？

另一方面，要檢視這十多年Sinophone論的成果及其侷限，王德威主編的《哈佛新編中國現代文學史》（*A New Literary History of Modern China*，Belknap Press, 2017）可能是另一個有用的參考點。

在這部不依傳統文學史以線性順序、大師巨著為因果貫串組織的「新編」裡，從晚明一直到未來的科幻時間二〇六六年，連電影都包含在內，跨越雅俗、不論文類，共一百六十一則（如果扣除文學革命之前的三十六則，則為一百二十五則）的文學史事件敘述裡，Sinophone的寵兒馬華文學其實只佔了兩則，第九十六則一九六〇年由莊華興撰寫的〈《饑餓》與馬華左翼敘事〉（"Hunger and the Chinese Malaysian Leftist Narrative"）[23]，第一百五十二則二〇〇八年由Alison M. Groppe執筆的〈漫遊作家李永平與馬華作家〉（"Writer-Wander Li Yongping and Chinese Malaysian Literature"）[24]；台灣文學部份，從一九二一年台灣新文化運動始，霧社事件（舞鶴的小說），呂赫若，二二八事件，現代主義，楊牧，三毛，陳映真，郭松棻，邱妙津，《孽子》，侯孝賢，蔡明亮，李昂，朱西甯等，大約佔了總數的十分之一；香港文學略少些，包括金庸，劉以鬯，也斯，董啟章等數篇，西藏當然更少了。這樣的圖景，反映的其實正是「中文現代文學」的實際樣

21 張錦忠曾以是否把中國文學包括在內／在外作為二者的區分點，見其〈回到「華文」文學〉。

22 批評見我的〈這樣的「華語語系論」可以休矣——史書美的「反離散」到底在反什麼？〉，《馬華文學批評大系：黃錦樹卷》（桃園：元智大學中文系，二〇一九）。

23 David Der-wei Wang, ed., *A New Literary History of Modern China*, Cambridge, Mass.: The Belknap Press of Harvard UP, 2017, pp635-639.

24 前揭，pp906-911。

貌。即便採取破格的方式，中國本土的文學體量畢竟龐大得多；港台及「海外」相比之下只佔相對微小的比率。那是文學史的「政治現實」，也是實力上的差距。在這樣的全景觀照之下，我們應可看出賽揶風本身的窘境，即便一小撮人用論述把它做大，它實際上還是那麼小——作為小文學，它的被放大很難說不是論述的幻術造成的。

《哈佛新編中國現代文學史》的台灣部份可說已放到最大，馬華只勉強擠個位子而已，李永平和旅台寫作人的部份，多少還是「搭上民國的慢船」，和冷戰下的民國台灣同框（因此這也得納進入台灣文學的版圖）；而金枝芒和馬華左翼，一定意義上是中共輸出革命的文學版。

包括李歐梵、王德威在內的現代中國文學研究者（包括王的弟子羅鵬），其實並不需要Sinophone，如果你能兼顧現當代（甚至晚清），大陸港台。「海外」值得一談的確實並不多，包括在內或在外都不是什麼大問題。換言之，「賽揶風」可能也就只不過是一陣風，塵埃落定之後，剩下的，或許只是烈焰燃盡之後的那股微微不安的氣味罷了。

最後，來談談華夷風。

二〇一七年王德威在一場題為〈何謂中國？何為華語語系文學？〉的演講中，重申其「三民主義」：

> ……後移民、後遺民、後夷民。有的移民是遷移到海外的移民；有的是移民到了海外心念

> 祖國，年深日久仍然不能忘懷祖國一切的移民；還有的是我們的下一代，我們的下兩代，一旦到落跡在英國、法國，他們如果忘掉了語言的源頭，生活的習性，他們就真的變成了洋人了。
>
> 今天從中國大陸到美國留學的，有很多心念祖國的是第二代遺民，但是更多的可能第二、第三代變成了洋人，變成了夷民了。[25]

這略嫌輕巧的「三民主義」論，直接改編自華人的三種歷史類型，「夷民」也者是被充份在地化的土生華人，尤其是那些移居強勢前殖民帝國的晚期移民的後裔，更容易選擇移居地的強勢文化，「成了洋人」，但峇峇就是他們的歷史原型。

王德威先生翻新名詞也許只是為了好玩，但我對「夷」字被重新召喚回來，卻有一些不安。Sinophone之被譯為華夷風有它的故事[26]，它直接源於馬六甲古玩店的一副對聯，「庶室珍藏今古寶，藝壇大展華夷風」，我不知道這對聯有多久的歷史，但作為古玩店的門面卻意味深長，它確是歷史的遺留物。當然，我們習用的「華」確實來源於華／夷這樣的區分，只是幸運的，不

25 《騰訊文化》，https://cul.qq.com/a/20170608/045706.htm。

26 《華夷風起：華語語系文學三論》〈序言〉（頁 iv）。

知道什麼時候它被脫卸了，「華」成了表述民族身份的不可退讓之點。

眾所週知，華／夷之分有它非常古老的歷史，是天朝華夏中心論的核心部份，晚近因中國崛起為大國而重新被召喚為帝國主義論的骨幹[27]。〈華夷之變：華語語系研究的新視野〉可說是「華夷風」這表述而被迫擴大了的戰場——華夷論本身。以王德威所處的位子，或許有他不得不回應的對象——大國崛起時代，為來臨中的帝國構築帝國主義論述的準國師們。政治儒學，復興的華夏中心論，華夷論——它的核心正是民族主義。因此，說「夷」字沒有對異族的歧視只怕沒人相信[28]。但會用華／夷這樣的表述的，還得是讀過一些書的知識階層，底層華人直接稱那異族、異地的差異為番。番埠，過番歌，落番，番客，入番，番仔……它隱藏的對立面不是華，而是唐。簡言之，哪怕是最底層的農民、工人，哪怕沒受什麼教育，在華人的集體意識裡，還是有一種文化的、甚至是種族上的優越感，這「番」字可不是地方的、在地的那麼單純而已。

如果說華語、華人是超越方言群的認同，夷也比番更為正式，更為「文雅」，但它畢竟是個幽靈，歧視的幽靈。

而「華夷風」所表述的，難道沒有別的替代性用語嗎？晚近比較笨拙的如許文榮愛用的文本混血、雜交，三〇年代以來南來文人直白的稱之為地方色彩、南洋色彩。那樣的表述雖然看來簡單，但至少沒帶著歧視性的幽靈。

就好比娘惹菜，娘惹服，肉骨茶，都是在地適應的產物，無需言番或夷。

其實華語、華文的概念本身就帶著地方色彩，華語「總是怪腔怪調」，華文遠不如中文「純正」，這也是「華文文學」和「中文文學」的內在差異[29]。看來我們不止不需要結結巴巴的「華語語系」，也不需要帶著歷史幽靈之重返的「華夷風」。

二〇一九年十一月初稿

27 王德威最近有長文談這問題，見其〈華夷之變：華語語系研究的新視野〉，《中國現代文學》三十四期，二〇一八年十二月，頁一—二八。

28 劉禾的討論雖然略嫌誇大，但這夷字在晚清和列強簽定條約時確實出了問題。詳氏著《帝國的話語政治》第二、三章（北京：三聯書店，二〇〇九）。

29 見我的〈華文／中文：「失語的南方」與語言再造〉《馬華文學與中國性》，修訂版（台北：麥田出版，二〇一二）。

金枝芒的《饑餓》和我們的貧困

二〇一五年由《文訊》雜誌主辦的「小說引力二〇〇一—二〇一五華文長篇小說」票選各地域的代表性華文長篇小說時，金枝芒的《饑餓》很快就出局了，評選紀錄只留下一句評語：「金枝芒的作品重要，但就嚴肅與文學性的兩項要求，它似乎還不能列入五部複選的名單裡頭。」（李樹枝〈二〇〇一—二〇一五華文長篇小說二十部〉馬來西亞評選紀錄〉，《文訊》三六九期，二〇一六年七月號，頁六〇）沒有更多的說明，因此不是很確定評委們覺得《饑餓》「嚴肅與文學性」不足是怎麼一回事。這活動的時間切分和文類選擇（譬如為什麼剛好是這十五年，為什麼獨宗長篇）等均不無可爭議處，但《饑餓》被一干馬華文壇精英如此輕率的處理掉，還是相當令人吃驚。從評委的意見來看，「嚴肅與文學性」的對立參照應是黎紫書《告別的年代》；或更標準的是張貴興因年限畫分而被排除掉的《群象》和《猴杯》（長篇匱乏的馬華文學史，至少應以五十年為縱深度量），為討論問題方便，甚至我們可以拿張貴興的《野豬渡河》做參照。它符合我們對「好小說」的所有期待。

自《賽蓮之歌》以來，張貴興的長篇敘事開展了一種文學性滿溢、從字詞到意象、情節人物經營都極盡鋪張之能事的寫作，《群象》和《猴杯》都是如此，《野豬渡河》更是踵事增華到無以復加——你能想像得到的文學性的指標，他都可以滿足你。以食物做比喻，那是滿漢全席，甚至可以說是誇富宴。你所能想像得到的美食都陳列給你，讓你吃到飽。就好比捷克作家赫拉巴爾小說傑作《我曾待候過英國國王》那些鋪張的飲宴場景，諸如：

> 等到駝肉快熟時，他們便把那兩隻填滿了火雞餡兒的羚羊塞到駱駝肚子裡，而火雞肚子裡也塞了魚，還用煮雞蛋填滿了所有空當。[1]

我過之曾把它命名為張的美學劇場，它可以說是《吉陵春秋》的進階版，充份符合藝術自主的美學要求，對讀者而言，沒什麼「背景負擔」。

我們大部分讀者的美學養成，在學院文學科系的內外、在文學公共領域裡，對「嚴肅與文學性」的認知，都是朝向這種品味的。比張貴興稍遜的，是黎紫書，名單中的其他人又次之。

相較之下，《饑餓》之類的作品處於光譜的另一端。它之被排擠，是因為排擠者的美學無意識作祟，沒能意識到其實有另一種「嚴肅與文學性」，它的表現形式不是炫麗、富餘、味

1　赫拉巴爾（Bohumil Hrabal），星灿、勞白譯，《我曾侍候過英國國王》（中國青年出版社，二〇〇三），頁九三。

道濃郁，而是極致的貧困、素白。《饑餓》以饑餓的文體寫饑餓的故事（這一點華興好像中論過了），它寫的是受困馬共戰士的極限饑餓狀態，沒東西吃，只好亂吃野菜，以致中毒，狂拉肚子，或出現幻覺，垂死。在危機四伏的原生態雨林裡處處是死亡的陷阱。那世界一點都不魔幻（迥異於張貴興波斯地毯式的雨林），卻粗莽得可怖，血是血，汗是汗，金枝芒企圖以最沒有裝飾文字去再現那絕望的現場。「嚴肅」嗎？當然嚴肅。因敵人戰略的成功，部隊被逼入絕境。你嫌它有教條氣，處處展現馬共的教條信仰。沒東西吃的時候，不靠信仰、意志，靠什麼支撐？那是馬共部隊裡存在的真實性，少了這一塊反而虛假。沒「文學性」嗎？那裡頭展現的其實是對我們習以為常的、以享樂、飽足為主的文學性的一種否定，一種饑餓狀態的文學性，文學性的零度。相較之下，深受黎紫書稱許的海凡的寫作，其實更靠近我們喜歡的那種文學性。

饑餓、貧乏、慘烈、悲壯，喜歡強調在地性、本土性（這兩個詞是同義詞）、主體性的評委們極可能讀不進去這樸拙到極點的小說，當然不可能去感受這部小說對該評選活動的反諷——評委們內化了這活動本身以當代「中原美學」為基準的期待視野，而《饑餓》不正是二十多年來不斷質疑批判文學性、為一種貧乏或貧困美學辯護的林建國夢想中的樣本嗎？

這當然是絕響了。身為南來文人中文學能力和思辨能力均鶴立雞群的祖輩，大概也只有金枝芒有能力寫出那樣的巨著。革命眼看無望，唯有以文字樹碑；告知後世讀者，我們盡力了，其他的，無能為力了。

《饑餓》當然也可說是馬華文學存在的一種隱喻（這一點華興似也說過），但它其實展現了一種精神上的昂揚，像一部集體的遺書。

不管從哪一方面看，它都可以說是馬華現實主義的最高成就。輕易的拋棄它，與其說是它的問題，不如說代表這一代馬華文學精英判斷力出了問題。即便傑作在你眼前，你也看不出來。[2]

這樣的小說當然是有「背景負擔」的，甚至賀巾和海凡的小說，和陸續出版的馬共回憶錄，都可以看作是它的註腳。評委唾棄它，更根本的原因或許是對馬共史冷淡，不感興趣。這事件也透露了馬華文學自我理解本身的隱憂，歷史意識的稀淡。所謂的「評論之匱乏」怕的就是這種狀態，貧困，最終只會選出平庸的作品作為自身平庸眼界的代表。

2 有趣的是，由王德威主編之《新編哈佛中國現代文學史》（*A New Literary History of Modern China*, The Belknap Press of Harvard University press,2017），從華文文學（sinophone）的觀點，不以疆域和政權正統為囿，給馬華文學留下兩個位置，在馬的恰是金枝芒和《饑餓》，在台的則是李永平和留台作者群。前者由莊華興撰寫（1960” *Hunger* and the Chinese Malaysian Leftist Narrative”,pp635-639），後者由Alison M.Groppe擬寫（2008” Writer-Wanderer Li Yongping and Chinese Malaysian Literature”,pp906-911）不過如果《饑餓》有幸複選入那場長篇小說的評選，決選時「下場」會大概也和李永平張貴興差不多，別忘了英才們還有個「馬華主體性原則」。一九四八年即潛入地下的金枝芒（陳樹英），一九八八年客死北京，期間似不太可能去申請大馬公民權，更別說身份證。

如果說郁達夫的失蹤給我們留下一個意味深長的沒有，金枝芒給我們留下的有，只怕一樣會被視為沒有。因為我們的讀者被太豐饒富足的環境養成了「知食份子」。

二〇一九年五月五日

馬華文學的欲望
——一個「文學性」的故事

沉默的倫理？

六年前（二〇一三年），林建國教授在回應我對他的批評（準確的說，是回應我對他對我的批評的批評[1]）時有這麼一段文字：

1 文中說是回應我的〈重返〈為什麼馬華文學〉〉（二〇一三年六月二十五日，《南洋文藝》），那是為該年七月在新紀元學院召開的「理論與馬華文學」研習營而寫的「廣告詞」，真正的回應是在該研習營上宣讀的〈為什麼馬華文學需要理論——重返〈為什麼馬華文學〉〉（後以〈審理開端——重返〈為什麼馬華文學〉〉刊於《馬來西亞華人研究學刊》二〇一三年第十六期），之後收入我的《華人小文學的馬來西亞個案》。我這篇文章已預先回應了〈文學與非文學的距離〉。我的回應千言萬語，可以歸結為：所謂文學性的爭議，與其說是個理論問題，不如說是個實踐的問題。做點什麼，總好過什麼都不做，剩一張嘴。

林建國的後續回應包括有點無聊的萬字長文〈文學性的奇幻之旅〉（《星洲日報．文藝春秋》，二〇一三年十二月一日、這些馬華文藝作者，白日營生，夜晚筆耕寫作，毅力之大，看在我們當今一輩位居廟堂高位的人們眼裡，暗暗自嘆不如。他們對於文學志業，有著無比巨大的仰望，留下的是股龐大的氣場，豪氣外加骨氣。這股無價的精神資產，就是富有。問題是，他們根本不知他們作品多麼不好。忙了半天，他們依舊「經典缺席」，依舊是窮爸爸。[2]

喜歡把文學史問題簡化為貧／富的林教授，在對馬華現實主義作家一番讚嘆之後，進一步給馬華文學的研究者提出「三項倫理選擇」：「一是數落他們是剝落的瓷磚；二是作出文學史的選擇，對他們保持沈默；三是對他們說：感謝你們，你們是富爸爸。」（同頁）林的選擇是後二者（第三項是第二項的昇級版），即心存感激，保持沈默。其實馬華文學的研究者並不多，有膽去批評特定流派的寫作者寫得不好的更少[3]——沒有多少人願意得罪作者，更何況是在倫理上犯罪。這些話從受過完整比較文學訓練、熟諳各種「大國理論」的林教授道出，格外的意味深長。原來馬華文學在某種意義上是不可觸的。因此林這篇文章也解釋了另一個馬華文壇長期的現象：評論文字之匱乏。如果你從事文學批評，面對馬華文學那股「龐大的氣場，豪氣外加骨氣」、那股「無價的精神資產」，你沒有太多選擇，即便不願心存感激，也應保持沉默，千萬別說他們寫得不好，否則在倫理上你就犯了罪。為什麼馬華文學如此神聖？它真的如此神聖嗎？還是說，論者不過是轉移焦點，以解釋他自己為什麼自〈方修論〉之後，在馬華文學研究上近乎二十年的空白。可能是為了給這二十年空白一個自圓其說的理由而發明出上述的「倫理學解釋」——似乎什麼都不做才是王道，才是倫理上正確的。

十二月八日），我對此文作了簡短的、帶著玩笑意味的回應〈句號。後面〉（《星洲日報．文藝春秋》，二〇一三年十二月九日），因為其實已無需回應。林教授大概被激怒了，很快的又回應了篇〈拋磚引玉〉（《星洲日報．文化空間》，二〇一四年一月六日），不脫愛教訓人的高姿態，我就懶得再理他了。多年過去，好多理論如果不是已成老生常談，就是已然破產。而我們的對話早就結束在〈審理開端——重返〈為什麼馬華文學〉〉，甚至更早的〈方修論〉（二〇〇〇）。本講稿並非對林教授的回應，因為主辦單位把我和林教授放在一塊（對我而言這是個奇怪的設定語境），且預設的聽眾對馬華文學（或華文文學）可能沒什麼瞭解，因此我只好選擇一種特殊的說故事方式——與個人經歷有關的路徑——來介紹這支華文文學。為了減少溝通障礙，我還在講稿末附了三個關鍵詞解釋，包括了文學性。我對這概念的解釋只有一百一十五字。聽眾如果嫌不足，或不嫌煩，不怕暈船，可向林教授索取萬字宏文〈文學性的奇幻之旅〉拜讀，網路上已檢索不到。（按：講稿收進本書時只保留了「文學性」這一關鍵詞，其他兩個〔馬華文學、在台馬華文學〕比較沒有爭議，可略。）

2 林建國，〈文學與非文學的距離〉（二〇一三），《馬華文學批評大系：林建國卷》（桃園：元智大學中文系，二〇一九），頁二七八。這裡選擇〈文學與非文學的距離〉作為故事的引子，原因之一是它被收入《林建國卷》，表示作者自己承認它有價值。

3 比較突出的是被林建國稱許為「具有無與倫比的論述能力」（〈大山腳學的起手式〉，《林建國卷》，頁二四七）的馬華現代派旗手溫任平。作為馬華現實主義的論爭對手，八〇年代馬華文學場域最有象徵資本的作家，他必須做出判斷。溫任平在《馬華當代文學選》的〈總序〉老實不客氣的指出馬華現實主義文學的問題，在於「思想主題狹隘化，以及對文字技巧的普遍忽視」、「主題簡單化、思想公式化」（《馬華當代文學選》，馬來西亞華人文化協會，一九八四，第二輯（小說，頁六、七）。這判斷是公允的，很容易證實。

製作馬華文學

林的這番解釋是典型的「維持現狀」論，對改變現狀當然毫無助益。而且一個明顯的漏洞是，幾乎全然忽視這三十年非「現實主義」陣營的馬華文學生產[4]。不知道他對這些被馬華現實主義者視為洪水猛獸的「現代派」是不是也「作出文學史的選擇，對他們保持沉默；對他們說：感謝你們，你們是富爸爸」？還是延續〈方修論〉的基本論點，認為身處資源分配不均、貧乏的第三世界，再怎麼努力都是徒然的，寫不過第一世界、富國的作家，注定是窮光蛋[5]，寫了也是白費？

而經典之所以缺席，部份原因也在於文壇學界典律建構的工作做得不夠。這至少需要兩方面的工作，一是論述，包括宏觀問題的重新問題化，及個別佳作的細緻分析。二是選集編纂，如能輔以具體的作品分析更佳。這是八〇年代末以來留台學人比較有計畫展開的工作。從《赤道形聲》、《赤道回聲》、《一水天涯》、《別再提起》、《馬華散文史讀本》、《馬華新詩史讀本》到《百年華文文學選‧馬華卷》等。論述的部份成果，可見於陳大為、鍾怡雯編《馬華文學批評大系》留台學人部分，及個別作者的論文集及創作集。簡言之，二十多年來，「經典缺席」的貧困問題被我們一定程度的解決了。

個人方面，一九九二年引發經典缺席論爭、一九九七年撰文批判馬華現實主義；再之前的一九九一年（和林建國〈為什麼馬華文學〉撰於同年）嘗試為馬華文學的典律建構一個「文學自身」的標準，並以幾位留台代表作家的代表作為正面舉例（〈馬華文學的蘊釀期？——從經典形成，言／文分離的角度重探馬華文學史的形成〉）[6]。這篇文章雖然比較粗疏（對馬華文學的既有累積掌握不足），但勾勒的問題，及對文學性的強調其實延續六〇年代以來白垚以《蕉風》和《學生周報》為舞台展開的新詩革命、溫任平等短命的現代主義運動。但其後的馬華文學選集（不論前述留台人編選、在台灣出版的，還是在馬出版的如《與島漂流》等，雖有少數酬庸，或題材考量，大部份都不能不首先考量作品的藝術性），編選集必須做出選擇和判斷，選什麼、不選什麼都必須給出（學術的、文學的、文學史的）理由，不是鄉愿式的「感激的沉默」可以糊弄過去的。選擇、做出決斷才是倫理上負責的態度。

二十多年過去，對我而言，馬華現實主義已成歷史遺跡，研究上也沒有什麼推進，也許大家都默默遵守著林氏兩大倫理守則——沉默，感激，或許沉默即感激。但那和視而不見有什麼差

4 唯一的例外也許是辛金順，見林氏頗為誇誕的〈理想詩人之路〉（《林建國卷》）。

5 在〈方修論〉裡，林在嘲諷詹明信國族寓言說時順便輕蔑了魯迅的小說（「這種表現平平的第三世界作品（詹明信的例子是魯迅）」，《林建國卷》，頁一二九），用的是某些崇洋的比較文學學者典型的態度。魯迅尚且如此，其他的更無足論矣。可見林的沉默應該有兩種，感激的沉默，與及輕蔑的沉默。二〇〇〇年後，我記得他對我的《由島至島》和張貴興的《我思念的南國公主》在《中國時報·開卷》上都發表過語調輕蔑的書評。

6 黃錦樹，《馬華文學：內在中國、語言與文學史》（華社資料研究中心，一九九六）。

別？裝瞎就能解決問題？

典律建構之外，要深入瞭解馬華現實主義，當然還是必須回到個案。[7]

現實主義個案

一九九一年林建國的著名論文〈為什麼馬華文學〉看似複雜其實簡單的為馬華文學尋找存在的理由：當華人、華文、華語流向南方，流向中國的域外，那異樣的存在，就注定了一種新文學的誕生，它不需要文化資源的奧援。實際情況當然沒那麼簡單。只需「反映現實」，不需要任何文學本身的要求？

為什麼寫不好依然可以持續寫一輩子？那種意志的根源是什麼？如果沒有信仰的支撐是不可能的。

華人移民南洋六百年，為什麼一直到十九世紀末、二十世紀初期才有文學？除了相應的主客觀條件——諸如現代印刷媒體、白話文、五四新文學作為範本／模仿對象，作為先驅的南來文人把五四一代的啟蒙與教化的文學工具論（「為社會而藝術」）也傳了下來，那可以說是最初的、壽命最長的「寫作的理由」，「政治」是它的欲望對象，審美要求是次要的。當社會寫實主義引進中國，隨左翼文人快速南傳之後，日本南侵造成的亡國危機，讓工具論更其絕對化。毛澤東〈在延安文藝座談會上的講話〉成為中共的文藝指導原則後，南洋左翼欣然景從；其後隨著中共取得政權，教條階級論更造成美學上的徹底禁欲，文學不是作為藝術品被創造，而是作為某種政治工具。在星馬，「反映現實」成為文學存在的唯一理由，「現實」是它的欲望對象。而「反映」那「現實」的程式，就具現在馬華現實主義的歷史裡。

但那作為欲望對象的現實到底是什麼？

不同的欲望對象源於不同的主體設定。〈審理開端——重返〈為什麼馬華文學〉〉已嘗試揭露我和諸爭辯對象之間主體位置的不同。對於現實主義的傳統捍衛者而言（當然包括陳雪風），馬華現實主義文學是自三〇年代以來由數代人集體寫下的鋼鐵一般的歷史事實，是馬華文藝獨特性（它的地方色彩、「反映現實」，甚至文學上的缺失）之體現。在歷史中被本質化為一種神聖般的存在，它提供了模式，那模式及對藝術性、藝術技巧的禁欲保障了它清教徒般的神聖性，因此任何挑戰爭辯都是一種對信仰的冒犯[8]。可悲的是，曾經的困境（限制它做得更好的那些主客觀因素，那現實）被內化為它的本質屬性。他們對自己的愛很可能已然聚焦於傷疤上，但因為它被不同立場的人說破了，反而需要拼命捍衛。

7　近年在馬華文學上比較有意思的發展是莊華興對被忽略的早期流星式左翼作家的考察，從戴隱郎到鐵戈、許傑、野火（林晃昇）等，及黃琦旺對馬華五〇年代早期現代派的考古。

8　這是我多年來「觸犯」馬華現實主義得到的教訓。最近的收穫見於〈從華人史看馬華文學〉，以駝鈴和一批老牌現實主義者在「方北方事件」後創辦（一九八九）並延續迄今的《爝火》文學雜誌為考察對象。

二十多年來，我討論過幾個現實主義個案，方北方（方作斌，一九一八—二〇〇七），雨川（黃俊發，一九四〇—二〇〇七），金枝芒（陳樹英，一九一二—一九八八），賀巾（林金泉，一九三九—二〇一九），駝鈴（彭龍飛，一九三六—），對馬華現實主義問題因此有不同的瞭解。這些個案可分兩類，一類是馬共陣營內的，一類是非馬共陣營的。先談後者，有的是能力不足，以為那樣寫作就是至境（方北方）；有的沒機會受比較好的文學教育，以致最基本的技藝都無法掌握——比如雨川[9]（試比較藝術家的陶製品和膠杯之間的差距）；有的認為文學不必仰賴技藝，平鋪直敘就是天籟（駝鈴）[10]；馬共陣營的其實比較特殊，譬如賀巾，選擇長篇小說的形式，但那樣的小說卻像自傳，全然沿著自身的經歷展開——拒絕跳出自身經驗的視野——那為什麼不乾脆寫自傳呢[11]？駝鈴的馬共小說也是沿著同樣的路徑展開。甚至金枝芒那些寫壞的作品（或未及修至完善者，如《烽火牙拉頂》），也一樣的貼近經驗材料（差別在於金枝芒用的是集體經驗），極端的現實主義者認為只有直接經驗才具有絕對的真實性（因此駝鈴的《寂寞行者》會大篇幅的去「抄寫」馬共中委張佐的回憶錄），流軍的馬共小說被批評只靠採訪而來的間接經驗，甚至金枝芒的馬共小說也會被某些人詬病憑藉間接經驗[12]。他們似乎並不知道，從經驗到文學作品，那文學和非文學之間，還有一段很長的距離。大才如金枝芒留下的作品，也見證了那樣的歷程——材料和作品之間的距離——文學和非文學之間的距離。

那被歸為現代派的

相較於六〇年代從港台（及法、英）引介的強調審美特性的文學主張，我們可以看到，存在著兩種對立的文學觀（或者說，馬華文學有兩種自我意識）。一種是晚清以來，從日本學界轉手，參照西方象徵主義以降的美文學belles-lettres[13]，既作為新創建的大學文學科系的基本認知[14]，也作為新文學創作之基本預設。在啟蒙與教化的文學觀興起後，它被邊緣化為少數群體的文學信仰（如京派，象徵主義，早期現代主義）。六〇年代當白垚引介現代主義時，不止港台當代的現

---

9 黃錦樹，〈書寫困難與困難的書寫〉，《馬華文學與中國性》（修訂版）。

10 黃錦樹，〈從華人史看馬華文學——現實主義問題的駝鈴個案〉，收入本書。

11 黃錦樹，〈在或不在南方——反思「南洋左翼文學」〉，《華文小文學的馬來西亞個案》。

12 對那些人而言，我輩不依傍馬共經驗的寫作當然更等而下之了。這在文學上當然是相當愚蠢的爭論。我的爭辯見〈在或不在南方——反思「南洋左翼文學」〉。那些奇奇怪怪的意見參二十一世紀出版社編輯部，《緬懷馬新文壇前輩金枝芒》（二十一世紀出版社，二〇一八）第二部份所收諸文。

13 鈴木貞美著，王成譯，《文學的概念》，中央編譯出版社，二〇一一。第四章〈翻譯詞「文學」的誕生〉。

14 見陳國球，〈文學立科——《京師大學堂章程》與「文學」〉，氏著《文學如何成為知識？——文學批評、文學研究與文學教育》（北京：三聯書店，二〇一三）。

代實驗，還包含了中國四〇年代曇花一現的現代主義。在大陸，當極左成為王道，它一直被壓抑到文革結束、改革開放。馬華現實主義因為沒有強勢的政治作為後盾，即便援用和大陸極左言談一模一樣的暴力修辭來攻詰現代派這眼中釘（文藝副刊之外，更集中於《浪花》、《火炬》之類的刊物[15]），但沒法實質上消滅他們，於是只好勉強忍受他們作為文學場域裡的競爭者，持續的口誅筆伐[16]。但真正的戰役取決於受眾——各自的作品，論述，編纂的選集等，及整個文學體制。

雖然我並不瞭解學院裡的馬華文學教育是怎麼對待馬華現實主義的[17]，但包括花踪、海鷗之類的文學獎，自開辦以來，挑選作品都不能不首先考量它的文學性，而不是「反映現實」。甚至評審，也越來越少「現實主義者」，他們的權威性在流失。另一方面，十多年來美國學界的Sinophone研究，雖多涉及馬華文學，但談馬華文學時，也多關注留台的作者，絕少以馬華現實主義者的作品為討論對象[18]。

很顯然，自建國以來馬華文學的寫作者可能已分化為兩個對立、幾乎不可能對話的場域。這不是簡單的重複四、五〇年代馬來亞華人政治上的國／共、右／左之爭，以左翼政治為潛在信仰的作為一種遺產，對新的世代，尤其是中共文革結束後成長起來的一代人（中國的革命夢，也以文革為一個句點[19]），蘇維埃制度的恐怖、暴政與反智，對意識型態思想上層建築的全面操控（一切都得聽黨的，如中國大陸現今依然嚴格的出版審批），不可能對那種體制心存幻想，它所投射出來的對文學的政治設想及實踐，在現今的文學場域裡也沒有競爭力。文學愛好者的自我教育也與四〇至六〇年代紅潮氛圍裡成長起來的世代大不同，不敢輕忽技巧的學習。換言之，馬華現實主義是一種意識型態的滯留，可能真的已「後繼無人」（現實主義者自八〇年代以來就不斷哀嘆的「後繼無人」應放在這樣脈絡下理解）。

兩個路標：《吉陵春秋》與《饑餓》

自一九六、七〇年代，全然不受馬華現實主義教條影響、和台灣的現代派更具親緣性的大馬留台文學漸成氣候，而真正的里程碑或許要數一九八六年李永平脫卸背景負擔、備受肯定的《吉陵春秋》，那是全然的「為藝術而藝術」的佳作[20]，我把它視為文學性滿溢的例子[21]。但在另一極

15 不只政治清算，更是道德上的抹除。

16 駝鈴的〈蚍蜉撼大樹〉（《爝火》四十五期，二〇一一年八月，頁九）是個相當有代表性的例子。

17 馬大中文系、拉曼大學中文系的馬華文學課程教本，由許文榮和孫彥莊主編，馬大中文系畢業生協會、馬大中文系聯合出版的《馬華文學文本解讀》（二〇一二）雖然分類怪異，也選了些戰前的小說文本，但馬華現實主義的文本比重相對不大，很多「名家」都被「保持沉默」了。

18 即便是宣揚「反離散」的史書美，也忽略了馬華現實主義者或許才是她該敬禮的對象。

19 在大陸，比較可悲的是，由於迄今掌權的紅二代是文革的實際獲利者，毛澤東和斯達林都是他們的偶像，那種集權統治作為模範不無反覆的可能。

20 在一九九一年，林建國和我的論文都圍繞這部小說反覆思考。

21 更其滿溢的是張貴興的後期小說。

的馬華現實主義也並非沒有佳作，完成於一九五九年，比《吉陵春秋》早完成二十多年，卻比它晚二十多年廣泛流佈（二〇〇八年方由吉隆坡二十一世紀出版社出版）的長篇小說《饑餓》，我把它視為文學性零度的傑作[22]。劣於它的，則是文學性為負的，在馬華文壇比比皆是。《饑餓》之所以能在現實主義群體中鶴立雞群，一定程度依賴於金枝芒（陳樹英，一九一二—一九八八）本身的文學能力[23]，金枝芒並非不重視文學技巧，《饑餓》裡就包含了一些相當現代的技巧[24]。

當然，零度是個反諷的說法。事緣參與中文長篇小說一百強大馬區評選的大馬專家學者竟然以「嚴肅與文學性不足」來打發掉《饑餓》，很顯然接受當代文學性教育長大的一代人已無法欣賞那和他們的品味不同的文學作品——既保留馬共部隊內部固有的政治教條（作為信仰）、蘇俄革命小說的程式，又能以寫實的手法、寓言構造寫下馬共的致命困境。也許對於大部份當代讀者而言，它的文學性難以辨認——那其實不是它的問題，而是讀者的辨識系統的問題，那也可以說是《饑餓》這樣的作品給馬華文學提出的問題。但《饑餓》幾乎是絕無僅有的，同屬馬共陣營的賀巾的作品就無此力量，非馬共陣營的「現實主義者」（即便是方北方）的作品，也沒法達到這一高度。那樣的現實主義作品，其文學性可能就是「負」的了。

多年來，《吉陵春秋》一直是台灣學界認可的馬華小說的最高成就，它的「文學性滿溢」建立在它拒絕和自身的歷史對話，因此台灣讀者不會覺得有什麼東西猜不透（當年林建國〈為什麼馬華文學〉對《吉陵春秋》的背景還原是徒然的），憑新批評就可以完整的掌握它。但代價是，它欠缺歷史的奧援。最壞的情況下，甚至可能成為一種美學盆景。那樣的作品，歷史化（馬克思主義、後殖民論述最強調的分析方法）是無效的，因為它用美學的手段切斷了文本與歷史的連結。但它的長處是，它因此獲得了某種意義上的普遍性，超越了馬華文學，甚至可以說，成功的擺脫馬華文學自成立以來就援以證成自身存在的馬華文藝的獨特性——首先是地方色彩，再則是歷史的差異性[25]。《饑餓》兼具這二者。它需要歷史化，因為它作為小說的存在即是與歷史對話。在最糟的情況下，馬華現實主義作品妄想成為歷史，華人史，以華人史為其欲望對象（包括方北方，駝鈴）。因為文學能力、文學技術及文學觀念太糟（技術太糟的部份原因在於對技藝的漠視，觀念上把文學視同報導，抗拒戲劇化），那欲望成為不可能的欲望，那樣的作品在美學上不能自立，既不能證史，也不能存史[26]。

---

22 見我的〈金枝芒的《饑餓》和我們的貧困〉，《季風帶》十二期，二〇一九年六月。收入本書。

23 在他以殷枝陽、乳嬰等筆名寫的短篇小說即被收入《馬華新文學大系》。

24 詳細的分析見我的〈最後的戰役——論《饑餓》〉，《華文小文學的馬來西亞個案》。

25 因此，要讀懂《吉陵春秋》，你對婆羅洲的殖民歷史、砂勝越的胡椒產業、華人移民史、東馬華人的方言群結構、原住民的歷史糾葛一無所知也沒關係，知道了也沒什麼幫助。

26 見我的〈從華人史看馬華文學〉，收入本書。

中間地帶

那有沒有中間地帶呢？

《吉陵春秋》的座標形成之後，那些也是被劃歸為現代派的馬華文學，不止以「文學自身」為欲望對象；既注重文學的藝術技巧，同時以大馬現實為關照（不是用老派現實主義的新聞之眼的關注方式），是不是可以視為馬華現實主義之自我更新與進化——換言之，所謂的現代派，其中很大的一部份是不是其實是現實主義的演化版？圖式如下（參看表一）：

在這表裡，我們可以看到另一種意義的「文學與非文學的距離」。和選集編纂、文學獎、文學教學等實做的判斷、選擇不同，雖然都關涉作為操作觀念的文學性（而非理論家好高騖遠空談的本體論、倫理學上的差異），這是文學行動者文學實踐上的選擇。

但馬華文學並不必然以「文學本身」為其欲望對象，現實主義者的欲望對象從革命現實到一般現實，甚至妄想成為華人史；

表一

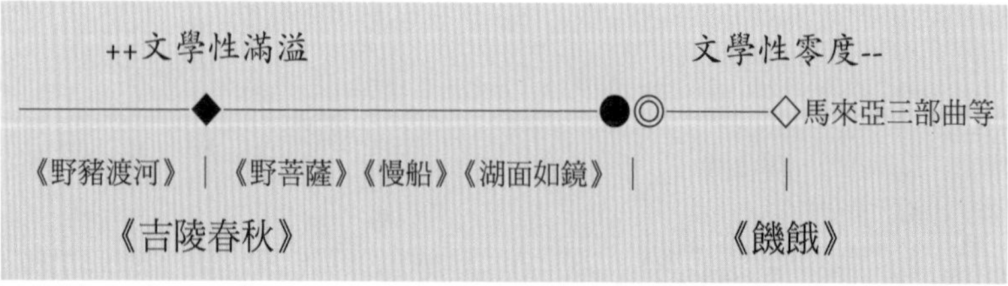

大馬建國後，國家文學一直是境內馬華文學永遠滿足不了的欲望對象。

二〇一九年八月十日

附錄：

名詞解釋：

文學性

指文學之所以為文學的要素。一般指經由語言的特殊操作程序，譬如有意的藉由意象、隱喻、節奏、韻律等，使自然語言具有詩意。或經由特定的敘事程序，讓故事具有文學意味。最早由俄國形式主義者Roman Jacobson在一九二〇年代提出，作為文學形式分析的基本預設。

引用書目

〈《爝火》文學季刊創刊宣言〉，《爝火》創刊號，一九九八年十二月二十七日。

〈在國際上，中國文學地位真不如越南？——針對漢學家葛浩文的批評，晶報邀國內作家與翻譯家「論劍」〉，https://read01.com/LJyM5L.html#.WhjyKVWWbIU。

〈紀錄鄉音　推廣保存：張吉安　華語方言理應並存〉，《光明日報》，二〇一七年十一月二十一日，https://www.guangming.com.my/node/417873。

〈葛浩文：中國文學如何走出去〉，《新浪文化》，二〇一四年七月七日，原載《文學報》，二〇一四年七月三日，https://www.sinologystudy.com/news.Asp?id=340&fenlei=17。

《中華百科全書》，http://ap6.pccu.edu.tw/Encyclopedia/data.asp?id=1092&forepage=2。

《蕉風》二二四期，一九七一年九月，「牧羚奴作品專號」。

《蕉風》二四〇期，一九七三年二月，「評論專號」、「宋子衡短篇小說評論專輯」。

《蕉風》半月刊，一九五五年，一九五六年，一九五七年。

《爝火》文學季刊，一—五十八期，一九九九年至二〇一九年，馬華文學電子圖書館，http://

www.mcldl.com/library/book/9771511605008—29。

Admin，〈從哪說起?·馬華文學〉，《星洲日報·文藝春秋》。

Alison M. Groppe, *Sinophone Malaysian Literature: Not Made in China*, Amherst, New York: Cambria Press, 2013.

Anthony Milner, *The Malays*, United Kingdom: Blackwell Publishing, 2008.

Brian Bernards, *Writing the South Seas: Imagining the Nanyang in Chinese and Southeast Asian Postcolonial Literature*, University of Washington, 2015.

Colin Goh Y. Y. Woo編，*The Coxford Singlish Dictionary*, Singapore: The Forest Publishing Pte Ltd, 2009.

Commander Ian Anderson Edit, *Ipoh, My Home Town: Reminiscences of Growing Up in Ipoh in Pictures and Words*, Media Masters Publishing Sdn. Bhd.

Der-wei Wang, *A New Literary History of Modern China*, Belknap Press, 2017.

E. K. Tan, *Rethinking Chineseness: Translational Sinophone Identities in the Nanyang Literary World*, Amherst, New York: Cambria Press, 2013.

Eric Hayot, "Commentary: On the "Sainifeng賽呢風" as a Global Literary Practice." *Global Chinese Literature: Critical Essays.*

J. M. 布勞特著，譚榮根譯，《殖民者的世界模式：地理傳播主義和歐洲中心主義史觀》，社會科學文獻出版社，二〇〇二年。

Jing Tsu, David Der-wei Wang, 2007, *Global Chinese Literature*: *Critical Essays*, Leiden Boston: Brill, 2010.

Jing Tsu, *Sound and Script in Chinese Diaspora*, Harvard University Press, 2010.

Leung, Ping-kwan, *Aesthetics of Opposition*: *A Study of the Modernist Generation of Chinese Poets 1936-1949*, Sandigo: University of Califonia, 1984.

Liok Ee Tan, *The Politics of Chinese Education in Malaya 1945-1961*, Oxford University Press, 1997.

Roman Jakobson, "Linguistic and Poetics." *Language In Literature* Belknap Press of Harvard University Press, 1987, pp62-94.

Roman Jakobson, "What Is Poetry?" *Language In Literature*, Belknap Press of Harvard University Press, 1987, pp368-378.

Shih, Shu-Mei （EDT） / Tsai, Chien-Hsin （EDT） / Brian Bernards, *Sinophone Studies*: *A Critical Reader*, New York: Columbia University Press, 2013.

Tee Kim Tong, "*(Re)Mapping Sinophone Literature.*" pp77-91, Jing Tsu and David Der-wei Wang Edited, *Global Chinese Literature*: *Critical Essays*, Koninklijke Brill NV, Leiden, The Netherlands, 2010.

Tan Chee Beng, *The Baba of Melaka*: *Culture and Identity of a Chinese Peranakan Community in Malaysia*, Petaling Jaya, Selangor: Pelanduk Publications, 1988.

Yok Hin Nicolas Wong, *Minor Peninsular Genres: Genealogies of Twentieth-Century Southeast Asia Chinese Writing*, Doctoral Thesis in Comparative Literature, University of Chicago, 2019.

一村，〈橡林深處〉，方修編《馬華新文學大系（四）・小說二集》。

二十一世紀出版社編輯部，《緬懷馬新文壇前輩金枝芒》，吉隆坡：二十一世紀出版社，二〇一八年，頁二五七—二九三。

三浦玲一著，陳明霞譯，《村上春樹與後現代日本》，華中科技大學出版社，二〇一六年。

也斯，〈從《迷樓》到《酒徒》——劉以鬯：上海到香港的「現代」小說〉，氏著《城與文學》，浙江大學出版社，二〇一三年，頁六四。

子凡，〈「非詩」的深淵〉，《蕉風》三〇二期，一九七八年四月，頁五。

川谷，〈馬華作者的歸向〉，《蕉風》二五〇期，一九七三年十二月，頁二〇—二五。

巴素（Purcell, Victor）著，郭湘章譯，《東南亞之華僑》（上），台北：國立編譯館，一九六八年。

方天，《爛泥河的嗚咽》，吉隆坡：蕉風出版社，一九五七年。

方北方，〈九十年代馬華文學發展方向〉（一九九〇），氏著《看馬華文學生機復活》，ＰＪ：烏魯冷岳興安會館，一九九五年。

方昂，《鳥權》，吉隆坡：千秋事業社，一九九〇年。

方修，〈中國文學對馬華文學的影響〉（一九七〇），氏著《馬華文藝思潮的演變》，新加坡：

萬里文化企業公司，一九七〇年，頁四七—四九。
方修，《馬華文學的現實主義傳統》，新加坡：洪爐文化企業，一九七六年。
方修編，《馬華新文學大系（六）．詩集》，新加坡：星洲世界書局，一九七一年。
方修編，《馬華文學六十年集：鐵抗作品選一九一九—一九七九》，新加坡：上海書局，一九七九年。
方修，《馬華新文學簡史》，吉隆坡：馬來西亞華校董事聯合會總會，一九八六年。
方修，《戰後馬華文學史初稿》，吉隆坡：馬來西亞華校董事聯合會總會，一九八七年。
毛姆（W. Somerset Maugham）著，黃福海譯，《木麻黃樹》，上海：譯文出版社，二〇一二年；毛姆著，先洋洋譯，《馬來故事集》，南京：譯林出版社，二〇一四年。
王列耀、彭貴昌，〈「花踪文學獎」與馬華文學新生代的崛起〉，《華文文學》三十七卷十二期，二〇一五年十二月，頁一一一七。
王列耀、溫明明等編著，《二十世紀九〇年代馬來西亞華文報紙副刊與「新生代文學」》，中國社會科學出版社，二〇一五年。
王安憶，〈漂泊的語言〉，氏著《漂泊的語言》（王安憶自選集之四，散文卷），頁二一四—二二八。
王枝木整理，《天籟的迴響：駝玲小說的創作藝術》，霹靂文藝研究會，二〇〇二年。
王禎和，《嫁妝一牛車》（增訂版），台北：洪範書店，一九九三年九月。

王德威，《華夷風起：華語語系文學三論》，高雄：國立中山大學出版社，二〇一五年。

王德威，〈何謂中國？何為華語語系文學？〉（二〇一七），《騰訊文化》，https://cul.qq.com/a/20170608/045706.htm。

王德威，〈華夷之變：華語語系研究的新視野〉，《中國現代文學》三十四期，二〇一八年十二月，頁一—二八。

王潤華，《南洋鄉土集》，台北：時報文化出版公司，一九八一年。

王潤華、淡瑩，〈星座隕落的綠色之星〉，《文訊》三九四期，二〇一八年八月。

王賡武，《南洋華僑簡史》，台北：水牛出版社，一九六九年。

王賡武著，姚楠編，《東南亞與華人》，北京：中國友誼出版公司，一九八六年。

半島，〈批評．論戰．立場．資格：有關文藝批評的幾個問題〉，《嫩葉集》，頁四六—五一。

史書美，〈關係的比較學〉，《中山大學人文學報》三十九期，二〇一五年七月，頁一—一九。

史書美，《反離散：華語語系研究論》，台北：聯經出版公司，二〇一七年。

布迪厄（Pierre Bourdieu），《藝術的法則：文學場的生成和結構》（*Les regles de l'art*），北京：中央編譯出版社，二〇〇一年。

白垚，〈不能變鳳凰的鴕鳥〉（一九六四），《蕉風》一三七期，一九六四年三月，頁一二—一三。

白垚，〈浮槎繼往傳黃石　歷史蕉風，當年的創刊意識〉，氏著《縷雲起於綠草》，ＰＪ：大夢書房，二〇〇七年，頁六七—七二。

白垚，《縷雲起於綠草》，ＰＪ：大夢書房，二〇〇七年。

白萩，《白萩集》，台南：國立台灣文學館，二〇〇九年。

伊格頓（Terry Eagleton），《當代文學理論》，台北：南方叢書出版社，一九八九年。

冰谷，《血樹》，馬來西亞華文作家協會，一九九三年。

冰谷，《歲月如歌：我的童年》，吉隆坡：有人出版社，二〇一一年。

冰谷，《橡葉飄落的季節》，台北：秀威資訊科技公司，二〇一一年；吉隆坡：有人出版社，二〇一二年。

冰谷，《辜卡兵的禮物》，台北：釀出版，二〇一五年。

托多洛夫（Tzvetan Todorov），〈文學的概念〉，氏著《巴赫金、對話理論及其他》，百花文藝出版社，二〇〇一年。

朱成發，《紅潮：新華左翼的文革潮》，新加坡：玲子傳播私人有限公司，二〇〇四年。

江弱水，〈歷史大隱隱於詩〉，《讀書》第一期，二〇〇六年。

艾布拉姆斯（Mayer Howard Abrams），《文學術語詞典》，北京大學出版社，二〇〇九年。

艾青，《詩論》，人民文學出版社，（一九八〇）一九九五。

何偉亞（James I. Hevia），《英國的課業：十九世紀中國的帝國主義教程》（*English Lessons: The Pedagogy of Imperialism in Nineteenth—Century China*），北京：社會科學文獻出版社，二〇〇

七年。
余光中，〈十二瓣的觀音蓮〉（一九八六），李永平《吉陵春秋》，台北：洪範書店，一九八六年，頁一—九。
余光中，《天狼星》，台北：洪範書店，一九八七年。
吳岸，〈馬華文學的再出發〉，氏著《馬華文學的再出發》，馬來西亞華文作家協會，一九九一年，頁一—一三。
吳華，《馬來西亞華族會館史略》，新加坡東南亞研究所，一九八〇年。
宋子衡，《宋子衡短篇》，棕櫚出版社，一九七二年。
宋子衡，《冷場》，吉隆坡：蕉風出版社，一九九一年。
宋子衡，《表嫂的眼神》，燧人氏事業，二〇一三年。
宋以朗口述，陳曉勤訪談，〈張愛玲沒有寫的文章〉，《南都網》，二〇一三年七月九日，http://ndnews.oeeee.com/html/201307/09/80776.html。
宋旺相著，葉書德譯，《新加坡華人百年史》，新加坡中華總商會，一九九三年。
宋哲美，《馬來西亞華人史》，香港：中華文化事業公司，一九六三年。
李揚，《五〇—七〇年代中國文學經典再解讀》，北京大學出版社，二〇一八年。
李永平，《拉子婦》，台北：華新出版公司，一九七六年。
李永平，《吉陵春秋》，台北：洪範書店，一九八六年。

李永平，《海東青》，台北：聯合文學出版社，一九九二年。

李亦園，《一個移殖的市場——馬來亞華人市鎮生活的調查研究》，台北：正中書局，一九八五年。

李光耀，《李光耀回憶錄：我一生的挑戰　新加坡雙語之路》，台北：時報文化出版公司，二〇一五年。

李有成，〈檳城〉，《蕉風》二一七期，一九七一年一月，頁六四—六五。

李景端，〈葛浩文式翻譯是翻譯的「靈丹妙藥」嗎？〉，https://epaper.gmw.cn/zhdsb/html/2015-10/21/nw.D110000zhdsb_20151021_2-05.htm。

李樹枝，《余光中對馬華作家的影響研究》，金寶：拉曼大學中華研究院，二〇一四年。

李樹枝，〈「二〇〇一—二〇一五華文長篇小說二十部」馬來西亞評選會議記錄〉，《文訊》三六九期，二〇一六年七月，頁五九—六三。

杜紅，《樹膠花開》，新加坡：青年書局，一九五八年。

汪暉，《現代中國思想之起源》上卷第二部「帝國與國家」第六章第四節「主權問題」第二小節「國際法與主權」，北京三聯書店，二〇〇四年，頁六九五—七〇六。

汪暉，《現代中國思想的興起》，上海三聯書店，二〇〇四年。

周策縱，〈總結辭〉，《第二屆華文文學大同世界國際會議：東南亞華文文學》，新加坡歌德學院與新加坡作家協會，頁三五九—三六二。

周粲編選，《新馬華文文學大系．新詩》，新加坡：教育出版社，一九七八年。
孟沙，〈掙扎求生的馬華文學〉，氏著《馬華文學雜碎》，學人出版公司，一九八六年。
林水檺、何啟良、何國忠、賴觀福合編，《馬來西亞華人史新編》，馬來西亞中華大會堂總會，一九九八年。
林水檺、駱靜山合編，《馬來西亞華人史》，馬來西亞留台校友會，一九八四年。
林果顯，《「中華文化復興運動推行委員會」之研究——統治正當性的建立與轉變》，台北：稻鄉出版社，二〇〇五年。
林建國，〈方修論〉（二〇〇〇），《馬華文學批評大系．林建國卷》，桃園：元智大學中文系，二〇一九年，頁一二一—一六八。
林建國，〈文學與非文學的距離〉（二〇一三），《馬華文學批評大系．林建國卷》，桃園：元智大學中文系，二〇一九年，頁二七二—二七九。
林建國，〈文學性的奇幻之旅〉，《星洲日報．文藝春秋》，二〇一三年十二月一日、八日。
林建國，〈拋磚引玉〉，《星洲日報．文化空間》，二〇一四年一月六日。
林建國，〈大山腳學的起手式〉，《馬華文學批評大系．林建國卷》，桃園：元智大學中文系，二〇一九年，頁二三六—二六二。
林曼叔編，《香港文學大系一九一九—一九四九．評論卷二》，香港：商務印書館，二〇一六年。

林開忠，《建構中的「華人文化」：族群屬性、國家與華教運動》，吉隆坡：華社研究中心，一九九九年。

林運鴻，〈邦國疹瘁之後，雨林裡還有什麼？〉，《中外文學》三十二卷八期，二〇〇四年。

林綠，《十二月的絕響》，星座詩社，一九六六年。

林綠，〈關於「自我放逐」〉，氏著《林綠自選集》，台北：黎明文化公司，一九七八年，頁五七—六一）。

林學忠，《從萬國公法到公法外交——晚清國際法的傳入、詮釋與運用》，上海古籍出版社，二〇〇九年。

花提摩，〈談報告文學〉，《蕉風》三十五期，一九五七年四月十日。

邱克威，〈論「華語」與馬來西亞華語研究〉，《馬來西亞華人研究學刊》十五期，二〇一二年，頁一—二四。

邱克威，〈「舞獅」與「獅子舞」〉，《東方日報》，二〇一三年六月二十九日。

金枝芒，《饑餓》（一九五九），吉隆坡：二十一世紀出版社，二〇〇八年。

金苗，《嫩葉集》，吉隆坡：摸象出版社，一九七六年。

保羅·德曼，《解構之圖》，北京：中國社會科學出版社，一九九八年，頁一六—一八九。

哈金，《在他鄉寫作》，台北：聯經出版公司，二〇一〇年。

哈金，〈小說簡釋〉，《聯合文學》三七七期，二〇一六年三月，頁三四—三七七。

柯嘉遜，《馬來西亞華教奮鬥史》，吉隆坡：董教總教育中心，一九九九年。
流軍，《林海風濤》，流軍寫作室，二〇一五年。
流軍，《在森林和原野》，台北：釀出版，二〇一九年。
秋楓，〈關於「馬華文藝的獨特性」的一個報告〉（一九四八），《緬懷馬新文壇前輩金枝芒》，吉隆坡：二十一世紀出版社，二〇一八年，頁二四三（頁二四一—二五六）。
苗秀，〈論「僑民意識」與「馬華文藝獨特性」〉（一九四八），《新馬華文文學大系》第一集，新加坡：教育出版社，一九七四年，頁二五七—二六〇。
苗秀，〈論文藝與地方性〉（一九六三），《新馬華文文學大系》第一集，新加坡：教育出版社，一九七四年，頁一四四—一四七。
苗秀主編，《新馬華文文學大系》第一集，新加坡：教育出版社，一九七四年。
重陽，〈再談馬華文藝〉，《蕉風》二十二期，一九五六年九月二十五日。
原甸，《馬華新詩史初稿（一九二〇—一九六五）》，三聯書店香港分店／新加坡文學書屋，一九八七年。
唐捐，《蚱哭蜢笑王子面》，台北：蜃樓出版社，二〇一三年。
夏衍，〈「馬華文藝」試論〉，《香港文學大系一九一九—一九四九．評論卷二》，香港：商務印書館，二〇一六年，頁二九三—二九九。
奚密，〈現代漢詩十四行探微〉，氏著《現當代詩文錄》，台北：聯合文學出版社，一九九八年。

奚密著，宋炳煇譯，*Modern Chinese Poetry Theory and Practice Since 1917*，《現代漢詩：一九一七年以來的理論與實踐》，上海三聯書店，二〇〇八年。

孫玉石編選，《象徵派詩選》，北京：人民文學出版社，一九八六年。

孫郁，《民國文學十五講》，山西人民出版社，二〇一五年。

徐威雄，〈馬新華語的歷史考察：從十九世紀末到一九一九年〉，《馬來西亞華人研究學刊》十五期，二〇一二年。

徐鋒編，《陳瑞獻選集．小說／劇本卷》，長江文藝出版社，一九九三年。

翁貝特．埃科（Umberto Eco）著，翁德明譯，〈博爾赫斯以及我對影響的焦慮〉，氏著《埃科談文學》（*Sulla Letteratura*），上海：譯文出版社，二〇一五年，頁一一八—一三六。

馬丁．艾米斯（Martin Amis），《時間箭》，台北：寶瓶文化公司，二〇〇七年。

馬尼尼為，《自由時報》副刊，二〇一八年九月十三日。

馬崙編著，《新馬文壇人物掃描一八二五—一九九〇》，Skudai：書輝出版社，一九九一年。

商晚筠，《癡女阿蓮》，台北：聯經出版公司，一九七七年。

崔貴強，《新馬華人國家認同的轉向（一九四五—一九五九）》，廈門大學出版社，一九八九年。

張少寬，《孫中山與庇能會議》，南洋田野研究室，二〇〇四年。

張光達，〈論陳大為的南洋史詩與敘事策略〉，《中國現代文學》八期，二〇〇五年十二月，頁一六七－一八八。
張光達，〈台灣敘事詩的兩種類型：「抒情敘事」與「後設史觀」──以八〇～九〇年代的羅智成、陳大為為例〉，《中國現代文學》十四期，二〇〇八年十二月，頁六一－八四。
張景雲，〈語言的逃亡〉，《有本詩集：22詩人自選》，二〇〇三年，頁一－七。
張景雲，〈立錐無地〉，《東方日報》，二〇〇六年十二月十七日。
張愛玲，〈國語本《海上花》譯後序〉，張愛玲註譯《海上花落》，台北：皇冠文化公司，二〇〇九年。
張瑞星，《眼前的詩》，吉隆坡：人間出版社，一九七九年。
張瑞星，《白鳥之幻》，吉隆坡：人間出版社，一九八二年。
張誦聖，《文學場域的變遷》，台北：聯合文學出版社，二〇〇一年。
張德厚主編，《中國現代詩歌史論》，長春：吉林教育出版社，一九九五年。
張錦忠，〈雙城（初稿）〉，《蕉風》三八二期，一九八五年三月。
張錦忠，〈歲末小詩：有情波動〉，《蕉風》四〇〇期，一九八七年二月。
張錦忠，〈書寫的人與無盡的書寫〉，《蕉風》四一二期，一九八八年三月。
張錦忠，〈國家文學與文化計畫：馬來西亞的案例〉，氏著《南洋論述：馬華文學與文化屬性》，台北：麥田出版，二〇〇三年，頁一一三。

張錦忠，《南洋論述：馬華文學與文化屬性》，台北：麥田出版，二〇〇三年。

張錦忠，〈1957，大家一起猛得革〉，《星洲日報．文藝春秋》，二〇〇七年八月二十日。

張錦忠，〈亞洲現代主義的離散路徑：白垚與馬華文學的第一波現代主義風潮〉，張錦忠編《離散、本土與馬華文學論述》，高雄：國立中山大學出版社，二〇〇八年。

張錦忠，《關於馬華文學》，高雄：國立中山大學文學院，二〇〇九年。

張錦忠，《馬來西亞華語語系文學》，吉隆坡：有人出版社，二〇一一年。

張錦忠，〈「守著另一種燈光或黑暗」：追憶（馬華現代詩的）逝水年華（一九七〇—一九七九）〉，「時代、典律、本土性：馬華現代詩歌國際學術研討會」，二〇一二年七月七—八日，Kampar, Perak：拉曼大學中華研究中心—拉曼大學金寶總校區。

張錦忠，〈南方的前衛：陳瑞獻的案例〉，「全球化下的南方書寫：文學場域與書寫實踐」國際研討會，二〇一三年十月十二—十三日，台南：國立成功大學中文系。

張錦忠，〈在冷戰的年代：華語語系現代主義文學的（未竟與延遲）故事〉，「冷戰時期中港台文學與文化翻譯」國際學術研討會，二〇一五年三月六—七日，香港：嶺南大學。

張錦忠，〈回到華「文」文學：在告別的年代重履華語語系論述〉，《當代評論》，二〇一八年十二月二十七日，https://contemporary—review.com.my/2018/12/27/1—135/。

張錦忠，〈過去的跨越：跨越一九四九，回望一九四八，或，重履「馬華文藝獨特性問題」〉，頁一二三—一四〇；張錦忠編《離散、本土與馬華文學論述》，高雄：國立中山大學人文研究中心，二〇一九年。

張繼光，〈中國文學走出去的重要推手——葛浩文〉，《西安外國語大學學報》二十四卷四期，二〇一六年十二月，頁一〇五—一〇七。

梁紹文，《南洋旅行漫記》，台北：新文豐出版社，一九八二年，頁一四八。（初版於一九二四年，上海中華書局）

梁園，〈怎樣才算是馬華文藝〉，《蕉風》二五一期，一九七四年二月，頁一〇—一一。

梅子編，《劉以鬯卷》，香港：天地圖書公司，二〇一四年七月。

眾人，《有本詩集：22詩人自選》，吉隆坡：有人出版社，二〇〇三年。

章太炎，〈中華民國解〉，原刊於《民報》十五號，一九〇七年七月五日；收錄於《章太炎全集四・太炎文錄初編》，上海人民出版社，一九八五年。

章欽，《走過鄉間》，霹靂文藝研究會，二〇〇九年。

章欽，《揚起一片風帆》，霹靂文藝研究會，二〇一四年。

莊華興，〈劉以鬯的南洋寫作與離散現代性〉，《當今大馬》，二〇一四年三月六日，https://www.malaysiakini.com/columns/256202。

莊華興，〈香港——馬華文學共同體的形成〉，《當今大馬》，二〇一四年六月二日，https://www.malaysiakini.com/columns/264527。

莊華興，〈戰後馬華（民國）文學遺址再勘察〉，《當今大馬》，二〇一五年六月二日，https://

www.malaysiakini.com/columns/300401。

莊華興，〈冷戰年代與魯迅紀念的兩面性〉，《當今大馬》，二〇一六年八月一日，https://www.malaysiakini.com/columns/350731。

莊華興，〈現實主義寫作仍有可為——兼談流軍長篇小說《林海風濤》〉，新加坡文獻館，二〇一六年八月十六日，https://www.sginsight.com/xjp/index.php?id=16935。

許維賢，〈在尋覓中的失蹤的（馬來西亞）人——「南洋圖像」與留台作家的主體建構〉，吳耀宗編《當代文學與人文生態》，台北：萬卷樓圖書公司，二〇〇三年。

許霆、魯德俊著，《十四行體在中國》，江蘇：蘇州大學出版社，一九九五年。

郭志剛、李岫主編，《中國三十年代文學發展史一九三〇—一九三九》，湖南教育出版社，一九九八年。

郭沫若，〈申述「馬華化」問題的意見〉，林曼叔編《香港文學大系一九一九—一九四九・評論卷二》，香港：商務印書館，二〇一六年，頁三〇〇—三〇三。

郭惠芬，《戰前馬華新詩的承傳與流變》，雲南人民出版社，二〇〇四年。

陳大為，《治洪前書》，台北：詩之華出版社，一九九四年。

陳大為，《再鴻門》，台北：文史哲出版社，一九九七年。

陳大為，《流動的身世》，台北：九歌出版社，一九九九年。

陳大為，《亞細亞的象形詩維》，台北：萬卷樓圖書公司，二〇〇一年。

陳大為，《盡是魅影的城國》，台北：時報文化出版公司，二〇〇一年。
陳大為，《方言五裡的聽覺》，山東文藝出版社，二〇〇七年。
陳大為，〈越來越清晰的地理〉，《明報月刊》，二〇一二年二月，頁五九─六〇。
陳大為，《木部十二劃》，台北：九歌出版社，二〇一二年。
陳大為，〈從馬華散文史視角論《冰谷散文》〉（二〇一二），《橡葉飄落的季節》序。
陳大為，《巫術掌紋：陳大為詩選一九九二─二〇一三》，台北：聯經出版公司，二〇一四年。
陳直夫，《華僑與中國國民革命運動》，香港：香港時報社，一九八一年。
陳映真，《陳映真文選》，北京三聯書店，二〇〇九年。
陳美萍，《美援僑生教育與反共鬥爭（一九五〇─一九六五）》，國立暨南大學歷史系碩士論文，二〇〇四年。
陳國球，〈文學立科──《京師大學堂章程》與「文學」〉，氏著《文學如何成為知識？──文學批評、文學研究與文學教育》，北京三聯書店，二〇一三年。
陳國球，〈放逐抒情──從徐遲的抒情論說起〉，氏著《香港的抒情史》，香港中文大學出版社，二〇一六年，頁四一三─四三三。
陳強華，《那年我回到馬來西亞》，加影：彩虹出版公司，一九九八年。
陳雪風，〈談談詩歌創作的幾個問題〉（一九七六），氏著《關於文學的思考》，吉隆坡：千秋事業社，一九九五年，頁八二─九二。

陳雪風，〈論現代詩及其他〉，氏著《關於文學的思考》，吉隆坡：千秋事業社，一九九五年，頁一〇二—一一〇。
陳雪風，《人民需要馬華文學：陳雪風文學評論集》，吉隆坡：野草出版社，二〇一二年。
陳雪風編，《是詩？非詩？論爭輯》，吉隆坡：野草出版社，一九七六年。
陳智德，〈純境的追求：論楊際光〉，氏著《解體我城：香港文學一九五〇—二〇〇五》，香港：花千樹出版公司，二〇〇九年，頁九二—一一一。
陳瑞獻，〈牆上的嘴〉，《蕉風》二二四期，一九七一年九月，頁五—三二。
陳瑞獻，《陳瑞獻小說集一九六四—一九八四》，新加坡：跨世紀製作城，一九九六年。
陳慧樺，〈擅長敘事策略的詩人——論陳大為的詩集《治洪前書》和《再鴻門》〉，《華文文學》三十一期，一九九七年十二月，頁七一—七三。
陳鵬翔，〈新馬留台作家初論〉，《文訊》三十八期，一九八八年十月，頁一二九—一三八。
陳國首，〈賀巾談創作與人生〉（上）（下），新加坡：《聯合早報》，二〇一三年四月二一—五日。
麥克·哈特、安東尼奧·奈格里，《帝國：全球化的政治秩序》，鳳凰出版集團，二〇〇八年。
麥留芳，《方言群認同——早期星馬華人的分類法則》，台北：中央研究院民族所，一九八五年。
麥樂文，〈讀劉以鬯的兩篇南洋故事：《蕉風椰雨》與《星嘉坡故事》〉，http://www.101arts.

net/viewArticle.php?type=hkarticle&id=1417）。
傅承得編，《陳徵崇：他的文字與紀念他的文字》，吉隆坡：大將出版社，二〇〇九年，頁八。
博爾赫斯著，王永年譯，《虛構集》，浙江文藝出版社，二〇〇八年。
曾翎龍，〈花踪〉，氏著《吃時間》，吉隆坡：有人出版社，二〇一八年，頁一一五—一一七。
游川，《血是一切真相》，吉隆坡：千秋事業社，一九九三年。
游川，《游川詩全集》，吉隆坡：大將出版社，二〇〇八年。
游汝傑，《西洋傳教士漢語方言著作書目考述》，黑龍江教育出版社，二〇〇二年。
游俊豪，《移民軌跡和離散論述：新馬華人族群的重層脈絡》，上海三聯書店，二〇一四年。
菊凡，《暮色中》，棕櫚出版社，一九七八年。
菊凡，《落雨的日子》，棕櫚出版社，一九八六年。
賀淑芳，《迷宮毯子》，台北：寶瓶文化公司，二〇一二年。
賀淑芳，〈《蕉風》的本土認同與家園想像初探（一九五五—一九五九）〉，《中山人文學報》三十五期，二〇一三年七月，頁一〇一—一二五。
賀淑芳，《湖面如鏡》，台北：寶瓶文化公司，二〇一四年。
馮承鈞，《中國南洋交通史》，商務印書館，一九三七年。
黃昏星，〈「談問題的重點」與「漫罵文章」〉，《蕉風》二六〇期，一九七四年十一月，頁一九—二一。

黃子平，（一九九六）《革命、歷史、小說》（增訂本）香港：牛津大學出版社，二〇一八年。
黃琦旺，〈原始的脈絡——廿四節令鼓的抒情敲擊〉，《學文》十三期，二〇一八年一月，頁一〇八—一一四。
黃琦旺，〈動地（不）哀吟——在一條悲壯的詩意上求索〉，《學文》十四期，二〇一八年二月，頁七九—八七。
黃碧雲，《烈女傳》，台北：大田出版公司，一九九九年。
黃碧雲，《烈佬傳》，台北：大田出版公司，二〇一二年。
黃翰荻，《人雉》，台北：麥田出版，二〇一五年，頁八〇。
黃錦樹，〈在「世界」之內的華文與「世界」之外的華人〉（一九九三）。
黃錦樹，〈神州：文化鄉愁與內在中國〉（一九九四），氏著《馬華文學與中國性》，修訂版，台北：麥田出版，二〇一二年。
黃錦樹，〈馬華文學的醞釀期？——從經典形成，言／文分離的角度重探馬華文學史的形成〉（一九九五），氏著《馬華文學：內在中國、語言與文學史》，華社資料研究中心，一九九六年，頁二七—五四。
黃錦樹，〈論陳大為治洪書〉（一九九五），氏著《馬華文學與中國性》，台北：元尊文化公司，一九九八年，頁三七九—四〇三。
黃錦樹，《馬華文學：內在中國、語言與文學史》，華社資料研究中心，一九九六年。

黃錦樹，〈馬華文學現實主義的實踐困境〉（一九九七），氏著《馬華文學與中國性》，修訂版，台北：麥田出版，二〇一二年，頁九五—一一四。
黃錦樹，〈書寫困難與困難的書寫〉，《蕉風》四八七期，一九九八年十二月，頁一〇—一二；收入氏著《馬華文學與中國性》，修訂版，台北：麥田出版，二〇一二年。
黃錦樹，〈中文現代主義？——一個未了的計畫〉，氏著《謊言與真理的技藝：當代中文小說論集》，台北：麥田出版，二〇〇一年。
黃錦樹，〈馬華文學與（國家）民族主義〉，《中外文學》三十四卷八期，二〇〇六年一月，頁一七七—一九二。
黃錦樹，〈無國籍華文文學〉，《文化研究》二期，二〇〇六年三月，頁二一一—二五二。
黃錦樹，〈重寫自畫像——馬華現代主義者溫祥英的寫作及其困境〉（二〇〇七），氏著《華文小文學的馬來西亞個案》，台北：麥田出版，二〇一五年，頁二五七—二八〇。
黃錦樹，〈最後的戰役——論《饑餓》〉（二〇〇八），氏著《華文小文學的馬來西亞個案》，台北：麥田出版，二〇一五年，頁三一五—三三四。
黃錦樹，〈誰需要馬華文學？〉（二〇〇九），氏著《注釋南方》，吉隆坡：有人出版社，二〇一五年，頁一一五—一一八。
黃錦樹，〈重返〈為什麼馬華文學〉〉，《南洋文藝》，二〇一三年六月二十五日。
黃錦樹，〈近年馬華文學超越既有視域的一種趨勢——若干個案的討論〉（二〇一三），《中文人》十二期，二〇一三年六月，新紀元學院大學中國文學系，頁二三一三七。
黃錦樹，〈在或不在南方——反思「南洋左翼文學」〉（二〇一三），氏著《華文小文學的馬來西亞個案》，台北：麥田出版，二〇一五年，頁三八七－四〇八。
黃錦樹，〈尋找詩意〉，《中國現代文學》二十三期，二〇一三年六月，頁一五五－一七三。
黃錦樹，〈審理開端——重返〈為什麼馬華文學〉〉（二〇一三），《馬來西亞華人研究學刊》十六期，二〇一三年；收入氏著《華文小文學的馬來西亞個案》，改題〈墳與路〉，台北：麥田出版，二〇一五年，頁八五－一〇六。
黃錦樹，〈句號。後面〉，《星洲日報．文藝春秋》，二〇一三年十二月九日。
黃錦樹，〈馬華文學與馬共小說〉，二〇一四年十一月二十四日廣州暨大演講；收入氏著《華文小文學的馬來西亞個案》，台北：麥田出版，二〇一五年，頁三三五－三六六。
黃錦樹，〈香港－馬來亞：熱帶華文小說的兩種生成，及一種香港文學身分〉，《香港文學》三六五期，二〇一五年五月。
黃錦樹，〈華文課〉，氏著《火笑了》，台北：麥田出版，二〇一五年。
黃錦樹，〈牆上貼著的中國字〉，《文化研究》二十一期，二〇一五年，頁二三八－二四五。
黃錦樹，《注釋南方》，吉隆坡：有人出版社，二〇一五年。
黃錦樹，《華文小文學的馬來西亞個案》，台北：麥田出版，二〇一五年。
黃錦樹，〈「滿懷憧憬的韻母起義了措詞」——遲到的說書人陳大為和他的「野故事」〉，《中山人文學報》四十期，二〇一六年，頁六三—八〇。

黃錦樹，〈地方特色與南洋色彩〉（二〇一六），氏著《論嘗試文》，台北：麥田出版，二〇一六年，頁四八一—四八五。

黃錦樹，〈「此時此地的現實？」——重探「馬華文藝的獨特性」〉，《華文文學》二〇一八年二月號，頁二六—三四。

黃錦樹，〈遺作與遺產〉，《聯合文學》四〇九期，二〇一八年十一月。

黃錦樹，〈金枝芒的《饑餓》和我們的貧困〉，《季風帶》十二期，二〇一九年六月。

黃錦樹，〈後五一三時代的「一個大問題」：馬華文學作為流亡文學？〉（二〇一九）。

賀桂梅編，《「五〇—七〇年代文學」研究讀本》，上海書店出版社，二〇一八年。

楊白楊，〈老調重談人才外流〉，《當今大馬》，二〇〇五年九月十二日，https://m.malaysiakini.com/columns/40276?fbclid=IwAR3iluOJQQHkGbVBLzjC4fhhWDIoSSC8—xrojsweuoOMlEbpUZJZ0Er—t9c。

楊松年，《新馬華文文學論集》，新加坡：南洋商報，一九八二年。

楊松年，《戰前新馬文學本地意識的形成與發展》，新加坡：新加坡國立大學中文系、八方文化企業公司，二〇〇一年。

楊松年主編，《從選集看歷史：新馬新詩選析（一九一九—一九六五）》，新加坡：創意圈工作室，二〇〇三年。

楊際光，《純境可求》，燧人氏事業，二〇〇三年，頁八三。
溫任平，《風雨飄搖的路》，霹靂：駱駝出版社，一九六八年。
溫任平，《無弦琴》，霹靂：駱駝出版社，一九七〇年。
溫任平主編，《大馬詩選》，天狼星詩社，一九七四年。
溫任平，《馬華文學》，香港文藝書屋，一九七四年。
溫任平，〈馬華現代文學的意義和未來發展：一個回顧與前瞻〉，《蕉風》三一七期，一九七九年八月，頁八三—一〇一；收入溫任平編《憤怒的回顧》，天狼星出版社，一九八〇年，頁六三—八六。
溫任平，〈馬華文學的幾個重要階段〉，收入溫任平編《憤怒的回顧》，天狼星出版社，一九八〇年，頁五—一四。
溫任平，〈馬華現代文學的幾個重要階段〉，氏著《文學觀察》，天狼星出版社，一九八〇年，頁一〇七—一一四。
溫任平，〈天狼星詩社：七十年代大事記〉，氏著《文學觀察》，天狼星出版社，一九八〇年，頁一三一—一三二。
溫明明，《離境與跨界：在台馬華文學研究（一九六三—二〇一三）》，中國社會科學出版社，二〇一六年。
溫祥英，《溫祥英短篇》，棕櫚出版社，一九七四年。

溫祥英，〈更深入自己〉，《蕉風》二五四期，一九七四年四月，頁五—一一。

溫祥英，〈盲人摸象——菊凡「暮色中」的摸索〉，《蕉風》三〇九期，一九七八年十一月，頁三七—四四。

溫祥英，《半閒文藝》，蕉風出版社，一九九〇。

溫祥英，《清教徒》，吉隆坡：有人出版社，二〇〇九年。

溫里安，〈漫談馬華文學〉，氏著《回首暮雲遠》，四季出版社，一九七七年，頁一四—一五。

葉金輝，〈文學的國籍、有國籍馬華文學、與「入台」（前）馬華作家：兼與黃錦樹和張錦忠商榷〉，《中外文學》四十五卷二期，二〇一六年六月，頁一五九—一九〇。

葉嘯，〈什麼生活寫什麼詩〉，傅承得、劉藝婉編《游川式：評論與紀念文集》，吉隆坡：大將出版社，二〇〇七年，頁一七—三八。

葉輝，《書寫浮城》，香港：青文書屋，二〇〇一年。

葛兆光，《宅茲中國——重建有關「中國」的歷史論述》，台北：聯經出版公司，二〇一一年。

葛兆光，《想像異域——讀李朝朝鮮漢文燕行文獻劄記》，中華書局，二〇一四年。

蒂費納．薩莫瓦約（Tiphaine Samoyault），《互文性研究》，天津人民出版社，二〇〇三年。

詹宏志，〈兩種文學心靈〉，氏著《兩種文學心靈》，台北：皇冠文化公司，一九八六年，頁四四。

詹明信（Fedric Jemason），〈處於跨國資本主義時代中的第三世界文學〉，氏著《馬克思主義：

後冷戰時代的思索》，牛津大學出版社，一九九四年，頁八七—一一二。
詹閔旭，〈當多種華語語系相遇：台灣與華語語系的糾葛〉，《中外文學》四十四卷一期，二〇一五年三月，頁二六—六二。
鈴木貞美著，王成譯，《文學的概念》，中央編譯出版社，二〇一一年。
舞鶴，〈調查：敘述〉，氏著《拾骨》，高雄：春暉出版社，一九九五年。
趙元任，《趙元任語言學論文集》，北京：商務印書館，二〇〇二年。
趙戎編著，《新馬華文文藝辭典》，新加坡華文教師會、教育出版社，一九七九年。
劉以鬯，《他有一把鋒利的小刀》，香港：獲益出版社，一九九五年。
劉以鬯，《對倒》，香港：獲益出版社，二〇〇一年。
劉以鬯，《酒徒》，香港：獲益出版社，二〇〇三年。
劉以鬯，《天堂與地獄》，香港：獲益出版社，二〇〇七年重出。
劉以鬯，《甘榜》，香港：獲益出版社，二〇一〇年。
劉以鬯，《熱帶風雨》，香港：獲益出版社，二〇一〇年。
劉以鬯，《黑色裡的白色，白色裡的黑色》，香港：獲益出版社，二〇一二年（一九九四）。
劉以鬯，《打錯了》，香港：獲益出版社，二〇一三年（二〇〇一）。
劉以鬯著、梅子編，《椰風蕉雨：南洋故事集》，四川人民出版社，二〇二二年。
劉禾，《帝國的話語政治》，北京三聯書店，二〇〇九年。

劉紹銘，〈讀「中文作者在馬來西亞的處境」後的感想〉，氏著《靈台書簡》，台北：三民書局，一九八九年（一九七二），頁二二六—二二九。
憂草，《風雨中的太平：憂草散文集》，香港藝美圖書公司，一九六〇年。
潘歧源，《膠園深處有人家》，吉隆坡：大將出版社，二〇一四年。
潘婉明，〈文學與歷史的相互滲透——「馬共書寫」的類型、文本與評論〉，彰師大國文系編《從近現代到後冷戰：亞洲的政治記憶與歷史敘事國際研討會論文集》，台北：里仁書局，二〇一一年。
潘婉明，〈政治不正確與文學性：馬共書寫的「馬共書寫」〉，《燧水評論》，February28, 2015, http://www.pfirereriew.com/20150228/。
潘碧華，〈五、六十年代香港文學對馬華文學傳播的影響（一九四九—一九七五）〉（一九九九），黃維樑主編《活潑紛繁的香港文學：一九九九年香港文學國際研討會論文集》下冊，香港：中文大學，二〇〇〇年，頁七四七—七六二。
潘碧華，〈花踪文學獎：經典仍缺席〉，《東方日報》，二〇〇六年九月十日。
鄭良樹，《馬來西亞華文教育發展史》（卷一），吉隆坡：教總，一九九八年。
駝鈴，《駝鈴文集》，鷺江出版社，一九九五年。
駝鈴，《硝煙散盡時》，霹靂文藝研究會，一九九九年。
駝鈴，《沙啞的紅樹林》，霹靂文藝研究會，二〇〇〇年。

駝鈴，〈蚍蜉撼大樹〉，《爝火》四十五期，二〇一一年八月，頁九。

駝鈴，《駝鈴自選集》，漫延書房，二〇一二年。

駝鈴，〈馬華文壇的現狀〉，氏著《駝鈴漫筆》，爝火出版社，二〇一五年，頁一九五—二〇一。

駝鈴，〈關於歷史小說〉，氏著《駝鈴漫筆》，頁一二四—一二五。

駝鈴，《華燈邊上的寒星——駝鈴說人生經歷》，文運企業，二〇一六年。

駝鈴，〈逆流中的《爝火》〉，《爝火》五十八期／二十週年特刊，二〇一九年六月，頁八。

錢振文，《《紅岩》是怎樣煉成的——國家文學的生產和消費》，北京大學出版社，二〇一一年。

魯莽，〈橡林裡的夜聲〉，《蕉風》九十四期，一九六〇年八月，頁三—四。

黎紫書，《野菩薩》，台北：聯經出版公司，二〇一一年。

盧郁佳，〈其實你是胡人，你全家都是胡人——《中國窪地：一部內亞主導東亞的簡史》〉，https://www.mirrormedia.mg/story/20171219cul001/。

穆考洛夫斯基，〈標準語和詩歌語言〉，趙毅衡編選《符號學：文學論文集》，百花文藝出版社，二〇〇四年，頁一五—三二。

翱翱，〈他們從未離開過〉，《中國時報》「海外專欄」，一九七二年五月七日；收入氏著《從木柵到西雅圖》，台北：幼獅文化公司，一九七六年，頁一八一。

蕭依釗主編，《花踪文匯》三—十三，星洲日報社，三、四無出版日期（一九九七、一九九九？），五（二〇〇一），六（二〇〇三），七（二〇〇五），八（二〇〇七），九（二〇〇九），十（二〇一一），十一（二〇一三），十二（二〇一四），十三（二〇一七）。

賴瑞和，〈「文化回歸」和「自我放逐」〉，附錄於溫任平《馬華文學》，香港文藝書屋，一九七四年，頁一五三—一五六。

賴瑞和，〈中文作者在馬來西亞的處境〉，附錄於劉紹銘《靈台書簡》，台北：三民書局，一九八九年（一九七二），頁二三〇—二三三。

謝川成，〈略論馬華現代短篇小說的題材與表現〉，《蕉風》三三八期，一九八一年五月，頁八五—九五；收入溫任平編《憤怒的回顧》，天狼星出版社，一九八〇年，頁四九—六二。

謝冕，《中國新詩史略》，北京大學出版社，二〇一八年。

謝詩堅，《中國革命文學影響下的馬華左翼文學（一九二六—一九七六）》，檳城：韓江學院，二〇〇九年。

鍾怡雯，《馬華文學史與浪漫傳統》，台北：萬卷樓圖書公司，二〇〇九年。

鍾怡雯、陳大為編，《馬華新詩史讀本一九五七—二〇〇七》，台北：萬卷樓圖書公司，二〇一〇年。

韓素英著，陳德彰、林克美譯，《吾宅雙門》，中國華僑出版公司，一九九一年。

顏崑陽，〈論《文心雕龍》辯證的文體觀念〉，中國古典文學研究會編《文心雕龍綜論》，台北：學生書局，一九八八年，頁七三—一二四。
魏月萍，〈「此時此地」：馬華與中國左翼革命文學話語的競爭轉化〉，《「跨越一九四九」研討會論文集》，二〇一六年。
羅友枝（Evelyn Sakakida Rawaski），〈再觀清代——論清代在中國歷史上的意義〉；何炳棣，〈捍衛漢化——駁羅友枝之〈再觀清代〉〉，劉文鵬編《清朝的國家認同：「新清史」研究與爭鳴》，中國人民大學出版社，二〇一〇年，頁三—五二。
羅智成，《傾斜之書》，台北：時報文化出版公司，一九八二年。
羅智成，《擲地無聲書》，台北：少數出版社，一九八八年。
羅廣斌，《紅岩》，北京：中國青年出版社，一九六一年。
饒宗頤，《中國史學上的正統論》，中華書局，二〇一五年。
饒楚瑜，〈囚籠〉，方修編《馬華新文學大系（四）．小說二集》，頁八八—八九。

論文原發表處

卷一

〈華文文學：作為一種民族國家文學？〉，《華文文學研究二〇一八高端論壇》，汕頭大學，二〇一八年十一月二十六日—二十八日。

〈為什麼要讀馬華文學？〉，《自由副刊》，二〇一五年六月九日。

〈「此時此地的現實」：重探「馬華文藝的獨特性」〉，《華文文學》二期，二〇一八年二月。

〈香港—馬來亞：熱帶華文小說的兩種生成，及一種香港文學身份〉，《香港文學》三六五期，二〇一五年五月。

〈從華人史看馬華文學——現實主義問題的駝鈴個案〉，「華夷風起：檳城文史研習營」講稿，二〇一九年七月七日至二〇一九年七月十三日。

〈為什麼失敗的革命需要小說？——再論「馬共小說」〉，「在流動與地方創生之間—現代華人與華文文學之間的東南亞世界」工作坊（線上），新加坡國立大學／美國杜克大學合辦，二〇二一年一月二十八至二〇二一年一月二十九日。

〈後五一三時代的「一個大問題」：馬華文學作為流亡文學？〉，「May 13, 1969：後五一三馬來西亞文學與文化表述國際會議」，國立中山大學人文研究中心，二〇一九年五月十三日至二〇一九年五月十四日。

卷二

〈尋找詩意：馬華新詩史的一個側面〉《中國現代文學》二十三期，中國現代文學學會，二〇一三年六月。

〈論非詩〉，《中山人文學報》四十八期，二〇二〇年一月。

〈空午與重寫：馬華現代主義小說的時延與時差〉，《華文文學》一三三期，二〇一六年二月。

〈「滿懷憧憬的韻母起義了措詞」——論陳大為的「野故事」〉，《中山人文學報》四十期，二〇一六年三月。

〈南方華文文學共和國芻議——一個芻議〉，《中山人文學報》四十五期，二〇一八年七月。

〈「馬華文學的背後有個民國的影子」：試論馬華文學的「民國」向度〉，《馬來西亞華人研究學刊》二十四期，二〇二〇年十二月。

附錄

〈花踪：一場文學運動？〉，《季風帶》六期，二〇一七年一月。

〈膠林深處：馬華文學史上的橡膠樹〉本文為冰谷、黃錦樹、張錦忠、廖宏強合編之跨文類文學選集《膠林深處——馬華文學裡的橡膠樹》，（居鑾：大河出版社，二〇一五年九月）的緒論。

〈別再華語語系〉，人文社會高等研究院尖端講座，二〇二〇年。

〈金枝芒的《飢餓》和我們的貧困〉，《季風帶》十二期，二〇一九年六月。

〈馬華文學的欲望——一個「文學性」的故事〉，二〇一九年九月十五日，名古屋大學「赤道上製造台灣：移動中的當代馬華文學」演講。《依大學刊》二期，二〇二〇年十二月。

國家圖書館出版品預行編目資料

現實與詩意：馬華文學的欲望/黃錦樹著. – 初版. -- 臺北市：麥田出版：英屬蓋曼群島商家庭傳媒股份有限公司城邦分公司發行, 2022.11
面；　公分. --（人文；28）

ISBN 978-626-310-317-7（平裝）

1. CST: 馬來文學　2.CST: 文學評論　3.CST: 文集

868.707　　111014349

人文 28

現實與詩意：馬華文學的欲望

作　　者　黃錦樹
責任編輯　陳淑怡

版　　權　吳玲緯
行　　銷　何維民　闕志勳　吳宇軒　陳欣岑
業　　務　李再星　陳紫晴　陳美燕　葉晉源
副總編輯　林秀梅
編輯總監　劉麗真
總 經 理　陳逸瑛
發 行 人　凃玉雲

出　　版　麥田出版
104台北市民生東路二段141號5樓
電話：(886)2-2500-7696　傳真：(886)2-2500-1967
發　　行　英屬蓋曼群島商家庭傳媒股份有限公司城邦分公司
104台北市民生東路二段141號11樓
書虫客服服務專線：(886)2-2500-7718、2500-7719
24小時傳真服務：(886)2-2500-1990、2500-1991
服務時間：週一至週五09:30-12:00．13:30-17:00
郵撥帳號：19863813　戶名：書虫股份有限公司
讀者服務信箱E-mail：service@readingclub.com.tw
麥田部落格：http://ryefield.pixnet.net/blog
麥田出版Facebook：https://www.facebook.com/RyeField.Cite/

香港發行所　城邦（香港）出版集團有限公司
香港灣仔駱克道193號東超商業中心1樓
電話：(852) 2508-6231　傳真：(852) 2578-9337

馬新發行所　城邦（馬新）出版集團【Cite(M) Sdn. Bhd.】
41-3, Jalan Radin Anum, Bandar Baru Sri Petaling,
57000 Kuala Lumpur, Malaysia.
電話：(603)9056-3833
傳真：(603)9057-6622
E-mail：cite@cite.com.my

印　　刷　前進彩藝有限公司
排　　版　宸遠彩藝有限公司
設　　計　蔡南昇

初版一刷　2022年11月

定價／480元
ISBN：978-626-310-317-7
ISBN：9786263103191 (EPUB)
城邦讀書花園
www.cite.com.tw